EVA LAURENSON

Das Erbe des Seefahrers

D1730682

Autorin

Eva Laurenson wurde am 10. Juni 1982 in Berlin, Deutschland, geboren. Nach dem Studium der Agrarwissenschaften an der Humboldt Universität zu Berlin studierte und arbeitete sie im Fachgebiet der Tierzucht in den Niederlanden und Schottland. Nach ihrer Promotion zog sie 2013 nach Australien, wo sie neben der wissenschaftlichen Arbeit auch Drehbücher und Theaterstücke schreibt und Regie führt.

www.evalaurenson.weebly.com

Eva Laurenson

Das Erbe des Seefahrers

Historischer Abenteuerroman

cub & calf

Ein Glossar mit norddeutschen und seetechnischen Begriffen befindet sich auf Seite 361.

1. Auflage
Genehmigte Taschenbuchausgabe September 2020
Copyright © 2020 cub & calf publishing,
129 Kirkwood Street,
Armidale, NSW, Australia
Alle Rechte vorbehalten.
Umschlaggestalltung und Satz: Eva Laurenson
Lektorat und Korrektorat: Wolma Krefting,
https://www.bueropia.de/
Druck: Amazon Media EU S.à r.l.,
5 Rue Plaetis, L-2338, Luxembourg
ISBN 978-0-6489185-0-9

Für meinen Vater,

der seine Liebe zu Segelbooten und Abenteuergeschichten
mit mir teilte.

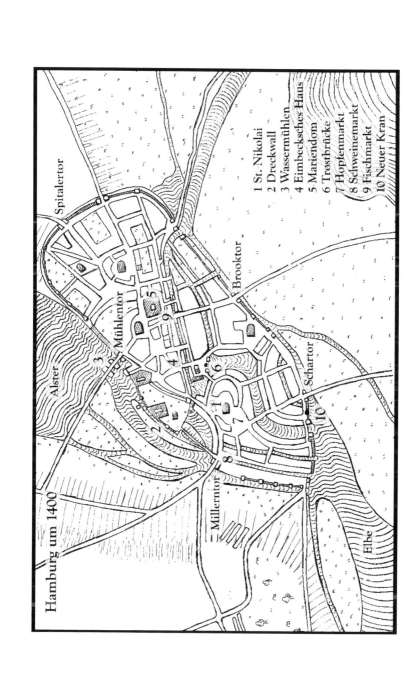

Hamburg um 1400

Spitalertor

Brooktor

Mühlentor

Alster

Schartor

Millerntor

Elbe

1 St. Nikolai
2 Dreckwall
3 Wassermühlen
4 Eimbecksches Haus
5 Mariendom
6 Trostbrücke
7 Hopfenmarkt
8 Schweinemarkt
9 Fischmarkt
10 Neuer Kran

1

Der Fleetenkieker

Ich hab ihn persönlich getroffen und weiß, dass er ein feiner Kerl ist", warf Konrad Netzeband in die sich dahinschleppende Diskussion ein, denn auch wenn es ein Thema war, bei dem alle mitredeten, waren die Bewohner der kleinen Hütte am Dreckwall müde von ihrem Tagwerk.

„Also is es wahr, was die alte Käthe erzählt hat, dass sie einen Sack voll Hafer und einen Krug Milch vor ihrer Tür gefunden hat? Und dass der Witzler in der Nacht den Störtebeker gesehen hat, wie der voll beladen mit noch zwei andern durch die Gassen geschlichen ist?", fragte Konrads kleiner Sohn Nikolas wissbegierig.

Mit pfeifendem Atem brachte Hannes Lüders, der mit Frau und Tochter ebenfalls in der Hütte lebte, seinen Unmut hervor. „Das glaub ich nich. Piraten denken doch nur ... an sich, die sind wie Räuber. Nur eben aufm Meer. Denen is dat auch egal, ob du wat hast oder nich ... Dann nehm'se dir eben die Kleider vom Leib."

Lotte, seine Frau, reichte ihm eine Schale mit dampfendem Tee, den sie aus frischen Kräutern aufgebrüht hatte. Ihre einzige Tochter hatte sich schon hinter das löcherige Laken zurückgezogen, das ihrer Familie etwas Privatsphäre in der Hütte gab.

Konrad beobachtete verstohlen, wie Lotte ihrem Hannes sanft über den Rücken strich und eine Decke um seine schmalen Schultern legte.

„Papa, meinste nich, dass das der Störtebeker war, den die alte Käthe gesehen hat?" Nikolas wippte auf dem Strohsack, der ihre Bettstelle war, aufgeregt hin und her, um die Aufmerksamkeit seines Vaters zu erlangen.

„Das würd ich ihm schon zutrauen. Auch wenn's recht gewagt war. Der Herr Bartholomäus hat mir heut gesagt, dass die Kaufleute sich das nich mehr gefallen lassen wollen und beim Rat angefragt haben, ob da nich mal was gegen gemacht werden kann."

„Aber die helfen doch den Leuten, warum wolln se die dann vertreiben?"

Das Eintreten des letzten Bewohners der Hütte unterbrach das Gespräch zwischen Vater und Sohn. Ein Luftzug ließ den kleinen Kerzenstummel auf dem schiefen Tisch unter dem Fenster beinahe verlöschen. Der Mann, ein Schiffsbauer, der erst letzten Monat nach Hamburg gekommen war, legte einen Stapel voll Holz neben die Feuerstelle. Er sprach nie viel und auch diesmal gab er nur ein Kopfnicken als Gruß, schürte noch einmal die Glut und zog sich dann in seine Ecke zurück.

„Papa, erzähl noch 'ne Geschichte. Die, wo du den großen Fisch gefangen hast und fast ins Wasser gefallen wärst!"

Nikolas wollte noch nicht schlafen, doch sein Vater war müde und sein Rücken schmerzte. Währenddessen richtete sich Hannes Lüders schwer atmend auf und schlurfte, gestützt von seiner Frau, hinter das Laken zu ihrer Schlafstelle. Das Stroh raschelte und ein Hustenanfall hinter dem Laken ließ auch Nikolas ganz ruhig werden. Dann war nur noch Lüders pfeifender Atem zu hören.

„Komm, Schlafenszeit. Die Geschichte muss ich dir außerdem schon tausendmal erzählt haben." Konrad zog die Wolldecke hoch und streckte seinen Rücken gerade. Nikolas blies die Kerze aus und krabbelte zu ihm unter das zerschlissene Tuch. Konrad Netzeband drückte seinen kleinen Sohn fest an sich, seinen Sohn, der die gleichen blonden Haare und blauen Augen hatte wie seine Mutter.

Schweren Herzens dachte er daran zurück, wie sie sich damals Kinder gewünscht hatten, einen ganzen Haufen in ihrer Verliebtheit. Damals, als sie noch hinter dem Deich wohnten, ein paar Schafe hatten und vom Krabbenfang lebten. Doch die jahrelange schwere Arbeit auf dem Krabbenkutter hatte Konrads Körper ausgezehrt. Sie waren in die Stadt gezogen, in der Hoffnung, hier einfachere Arbeit zu finden, doch das Schicksal hatte etwas anderes für die kleine Familie Netzeband vorgesehen.

Nach Jahren der Kinderlosigkeit hatten sie einen Sohn bekommen, doch Margarete Netzeband blieb nur wenig Zeit auf Erden, um sich an dem späten Glück zu erfreuen. Die Geburt war zu anstrengend gewesen, und nur einige Tage später musste Konrad seine geliebte Frau zu Grabe tragen. Und dann wollte auch noch die Kirche den Jungen in ein Waisenhaus bringen. Der Domherr von Sankt Marien versprach ihm eine gute Ausbildung zukommen zu lassen, doch Konrad wehrte das entschieden ab. Er würde sein einziges Kind nicht in eine Pfaffenschule fortschicken, sondern ihn alles, was er wusste, selbst lehren. Diesen Entschluss hatte er eines Abends getroffen, als er im Wilden Eber gesessen und versucht hatte, seinen Schmerz über den Tod seiner Frau im Bier zu ertränken. Ein Seemann namens Klaus Störtebeker, der nun zu den gefürchtetsten Piraten der Westsee gehörte, hatte ihm ins Gewissen geredet.

Es waren harte Jahre geworden, hart die Arbeit und hart die Mühe, einen Säugling ohne Mutter oder Amme großzuziehen. Doch Nikolas war stark, und so hatten sie die letzten sieben Jahre in dieser Hütte verbracht, ohne auch nur einen einzigen Tag voneinander getrennt gewesen zu sein. Der Junge hatte seine Sehnsucht nach dem Meer zwar nicht mit der Muttermilch aufgesogen, aber mit jeder Geschichte, die Konrad ihm erzählte, und mit jeder Kogge, die den Hamburger Hafen schwer beladen und mit geblähten Segeln verließ, wurde das Fernweh stärker.

Die wohlige Wärme, die von dem kleinen lebendigen Körper neben ihm abstrahlte, ließ Konrad endlich in einen tiefen, traumlosen Schlaf sinken.

Nikolas jedoch glitt mit wachem Geist in eine Wunschwelt, in der er mit vorgehaltenem Säbel den gierigen Pfeffersäcken ihre Waren abnahm und unter großem Jubel sein Schiff nach Hamburg steuerte, wo ihn sein Vater mit stolz geschwellter Brust auf die Schultern hob und ihn auf eine Schale würzige Schweinefüße in die Deichstraße führte.

Der nächste Morgen war noch klammer und feuchter, als es die Nacht gewesen war. Tau hatte den Staub der Straßen gebunden und kleine Tropfen glänzten an den Grashalmen, die sich, nach Wärme und Licht lechzend, zwischen Häusern und Straßen hervorwagten. Doch es versprach ein schöner Frühlingstag zu werden, und schon schickte die Sonne ihre ersten belebenden Strahlen über die Felder und Wiesen vor den Toren Hamburgs, wo der Tau langsam in Nebelschwaden aufzusteigen begann.

„Nun komm schon. Glotzen kannst du später noch genug!" Konrad war auf dem Weg zur Arbeit und hatte nur wenig übrig für dieses Wetter, das seine Gelenke schmerzen ließ. Nur schwer konnte sich Nikolas von dem Ausblick durch das Millerntor losreißen, denn er glaubte, Gestalten heimlich durch den Nebel davonschleichen zu sehen. Waren es vielleicht Piraten?

Sie gingen über den Hopfenmarkt, der noch still und jungfräulich dalag, und an St. Nikolai vorbei. Vom Hopfenmarkt bogen sie schließlich in die Deichstraße ein, wo das Lagerhaus des Herrn Bartholomäus lag. Herr Bartholomäus war ein überall angesehener und wohlhabender Patrizier. Als Mitglied des Rates hatte er die Aufgabe übernommen, den Handel, der über das Nikolaifleet geführt wurde, zu kontrollieren und am Laufen zu halten. Dazu gehörte es auch, die Befahrbarkeit der Fleete für die Schuten zu garantieren. Vor sieben Jahren hatte Herr Bartholomäus Konrad eingestellt, der ihm seither als Fleetenkieker gute Dienste leistete. Konrad war nicht nur für das Nikolaifleet zuständig, sondern auch für das Alsterfleet bis hinauf zur kleinen Alster und für die ganzen kleinen Verbindungswege dazwischen.

Die Fleete waren für den Transport von Handelswaren zwischen Hafen und Lagerhäusern von äußerster Wichtigkeit und ihr Wasser wurde auch zum Waschen und Kochen in der Stadt genutzt. Da sich in ihnen jedoch auch jeglicher Unrat aus der Stadt sammelte, der einfach hineingeworfen oder mit dem Regen über die Straßen und Gassen hineingeschwemmt wurde, war es ein Glück, dass sich durch die Tide der Elbe das Wasser täglich austauschte.

Jedoch wurde nicht alles von der ablaufenden Ebbe mit fortgerissen, und bei Niedrigwasser lagerten sich Schlick und allerlei stinkender Abfall ab. All dies verstopfte und verpestete die Fleete und die umgebende Luft.

Es war nun die Aufgabe des Fleetenkiekers, die Fleete frei zu halten, um eine ausreichende Wassertiefe für den Schiffsverkehr zu gewährleisten.

Konrad musste jeden Tag aufs Neue hinab in das Wasser und in den Schlamm steigen. Bewaffnet mit einem langen Stab, an dessen Ende ein Schieber befestigt war, mit Eimer, Seil und Winde hatte er dafür Sorge zu tragen, dass die Fleete benutzbar blieben. Dies war nicht weniger mühsam und kräftezehrend, als auf einem Krabbenkutter zu arbeiten, aber er hatte keine andere Wahl, wenn er sich und seinem Sohn das Überleben sichern wollte. Ein offizielles Schreiben der Stadt gestattete ihm den Zugang zu den Höfen der Händler, Brauer, Gerber und im Prinzip zu jedem Haus, das direkt an einem Fleet gebaut war. Die Bezahlung war mehr als dürftig und sein Ansehen in der Stadt lag nur wenig über dem eines Bettlers, erlaubte es ihm jedoch, als freier Mann in der Stadt zu wohnen.

Konrad traf Herrn Bartholomäus tief in Gedanken versunken und mit einer Sorgenfalte auf der Stirn an. Er wartete ehrerbietig in der Tür des Kontors, bis der Händler das Wort an ihn richtete.

„Ah Konrad, da seid Ihr ja. Kommt näher, kommt näher!" Von jetzt auf gleich waren alle Anzeichen von Sorgen im Gesicht des alten Händlers hinter einem Ausdruck der Gutmütigkeit verschwunden.

„Wie geht es Euch heute Morgen?"

„Ich will mich nich beklagen, Herr Bartholomäus."

Konrad trat näher, jedoch ohne sich aus seiner leicht gebückten Haltung aufzurichten, denn die war seit Jahren weniger seiner Ehrerbietung als seinen steifen Gliedern zuzuschreiben.

„Papa, ich glaub, ich hab Piraten gesehen!"

„Ah, da ist er ja, der kleine Wirbelwind. Und du sagst, du hast Piraten gesehen? Hier in der Stadt?" Freundlich beugte sich Herr Bartholomäus zu Nikolas herunter, der soeben in das Lager gestürmt war und sich nun schüchtern an den Beinen seines Vaters festhielt.

„Moin, Herr Bartholomäus", begrüßte Nikolas den alten Händler und schüttelte höfflich die ihm dargebotene Hand.

„Na, wenn du sie gesehen hast, dann wollen wir mal hoffen, dass die Stadtbüttel sie auch sehen und diese Tagediebe festsetzen", fuhr Herr Bartholomäus fort. „Leider scheinen jedoch unsere Herren Stadträte und der Rest der Hanse blind für die Gefahr zu sein und bezahlen diese vermaledeiten Likedeeler auch noch für ihre Überfälle. Dabei ist es nur eine Frage der Zeit, bis die sich nicht mehr nur auf dänische Handelsschiffe stürzen, sondern auch noch das ganze Westmeer verpesten!"

Nikolas hatte schon angesetzt, ihm zu widersprechen und mit leidenschaftlichen Worten seiner Kinderseele Luft über diese Verleumdungen zu machen, doch Konrad, der spürte, was sich da in seinem Sohn zusammenbraute, legte mit eisernem Griff eine Hand auf die Schulter des Jungen. Nikolas wusste, ohne dass die beiden auch nur ein Wort gewechselt hätten, dass er den Mund zu halten hatte, und das tat er auch, aber dafür stürzte er wütend aus dem Lager und ließ sich die nächsten Stunden nicht mehr blicken.

Herrn Bartholomäus' Aufmerksamkeit hatte sich derweil auf einen kräftigen Burschen gerichtet, der in herausgeputzten Kleidern dastand und der sich, obwohl er darin höchst respektabel aussah, dennoch nicht so recht wohl zu fühlen schien und an seinem Halstuch zupfte. Nach einem kurzen Gespräch umarmten sich die beiden Männer unbeholfen, und als der Jüngere an Konrad vorbei nach draußen stakste, erkannt er die frappierende Ähnlichkeit zwischen den beiden.

„Mein Sohn macht sich heute auf den Weg nach Brügge, um dort den letzten Schliff zu erhalten. Ich hab ihm hier alles gezeigt, was ich konnte, doch der Lausebengel hat Flausen im Kopf, die ihm ein Ortswechsel hoffentlich austreiben wird. Nanu, da hat sich wohl noch jemand aus dem Staub gemacht?" Erst jetzt bemerkte Herr Bartholomäus, dass Nikolas nicht mehr da war, hielt sich jedoch nicht weiter damit auf.

„Nun zu uns. Die Stürme der letzten Woche haben einiges Geäst und ganze Zweige in die Alster gefegt, die zu Problemen führen." Sie gingen durch das wohlsortierte Lager zu einer Holztür im hinteren Bereich, die Herr Bartholomäus aufstieß. Beide Männer blickten direkt auf das Nikolaifleet, dessen Wasser noch einige Fuß unterhalb der Tür träge dahinströmte.

„Seht Ihr da oben, wo das Fleet den Knick macht? Da hat sich ein Ast quergelegt. Der muss unbedingt weg, sonst wird's hier bald zum Himmel stinken."

„Wird gemacht. Das kann ich wohl dort von der Brücke aus erledigen", erwiderte Konrad und war erleichtert, dass er nicht schon so früh am Morgen durch das knietiefe Nass waten musste.

Nikolas war immer noch verschwunden, als Konrad seinen ersten Auftrag in Angriff nahm. Doch er machte sich keine Sorgen um den Jungen, denn schon seit Nikolas laufen konnte, war er bei allen Gewerbetreibenden entlang der Fleete und besonders bei den Frauen so bekannt und beliebt, dass sich Konrad kaum um ihn zu kümmern brauchte, wenn er seiner Arbeit nachging. So wuchs Nikolas inmitten von Fässern voll Bier, Säcken mit Gewürzen und Ballen feinster Stoffe aus aller Herren Länder auf, beobachtete Handwerker und Händler bei ihrer Arbeit und bekam von den Bäckers- und Krämerfrauen kleine Leckereien zugesteckt, die verzückt seufzten, wenn er sie lächelnd mit seinen strahlend blauen Augen anschaute. Am liebsten ließ er sich jedoch von seinem Vater Geschichten über das Meer erzählen, wenn sie Hand in Hand an den Fleeten vorbeischlenderten und nach Unrat Ausschau hielten.

Konrad entdeckte in dem Schlamm, der sich hinter dem Ast aufgetürmt hatte, eine glänzende, perfekt gerundete blaue Glasscherbe, die er herausfischte und in seine Tasche steckte, um sie später Nikolas zu geben. Zu dessen sechstem Geburtstag hatte er ihm eine kleine Holzkiste geschenkt, die dieser wie einen Schatz hütete. Denn ein Schatz war sie für ihn, ein Piratenschatz. Immer wieder kam es vor, dass sich zwischen gammelnden Hühnerknochen und verrottendem Holz kleine glänzende Dinge in dem mit Unflat versetzten Schlamm fanden.

Für gewöhnlich beobachtete Nikolas vom sicheren Ufer aus seinem Vater, wenn dieser mühsam im Schlick stocherte und jeden rostigen Nagel und jeden metallenen Knopf für ihn einsammelte. Sie hatten auch schon mal ein paar Hohlpfennige gefunden, die jetzt zusammen mit den Glasscherben, Nägeln und Knöpfen in der kleinen Holzkiste für den Notfall aufgehoben wurden.

Heute jedoch blieb Nikolas lange verschwunden. Konrad hatte sich schon bis zur kleinen Alster vorgearbeitet. Die Flut kam bereits langsam zurück, doch die Wasserräder im Alsterfleet, die durch den Zufluss der Alster angetrieben wurden, klapperten noch schnell und ohne Unterlass. Nur eine der Getreidemühlen stand still. Ein Ast hatte sich im Mühlrad verklemmt und nun schlug das Wasser strudelnd und schäumend gegen die hölzernen Schaufeln, ohne sie anzutreiben.

„Da bist du ja wieder", sagte Konrad, als Nikolas an seiner Seite auftauchte. „Ich muss noch den Ast da rausziehen und dann machen wir Mittag. Die Flut kommt eh zurück."

„Gut", erwiderte Nikolas einsilbig.

Konrad legte Schieber und Eimer beiseite, befestigte das eine Ende des Seils an einem Uferpoller und legte sich das andere Ende in großen Schlingen um die Schulter. Dann stieg er vorsichtig die Böschung hinab und bahnte sich seinen Weg im unruhigen Wasser auf das verklemmte Mühlrad zu. Rutschige Steine auf dem Grund machten ihm zu schaffen und er war schon beinahe völlig durchnässt, als er plötzlich das Gleichgewicht verlor. Er geriet unter Wasser. Seine Gedanken kreisten, und instinktiv hielt er den Atem an. Er bemühte sich Halt zu finden, doch die Strömung zog ihn mit sich und drückte ihn mit Wucht gegen das Mühlrad, das er doch zu befreien vorgehabt hatte. Verzweifelt versuchte Konrad an die Wasseroberfläche zu gelangen, doch seine Kraft verließ ihn schneller als die Luft seine Lungen.

Erst als Konrad nach einer gefühlten Ewigkeit nicht mehr auftauchte, fing Nikolas an, flehentlich um Hilfe zu schreien. Ein Gerber, der rechtzeitig aus seiner Hütte getreten war, konnte ihn gerade noch davon abhalten, ins Wasser zu springen. Schließlich rannte er auf den Mühlsteg und entdeckte seinen Vater unter Wasser. Eine Traube von Schaulustigen hatte sich am Ufer zusammengefunden, doch Hilfe für den Ertrinkenden kam nicht.

Konrad verließen die Kräfte. In seinen Ohren hörte er ein Tosen, das ihn an einen mächtigen Sturm auf dem Meer erinnerte. Und dann sah er durch das Wasser hindurch das verschwommene Gesicht seines Sohnes. Die Frühlingssonne schien zwischen den Wolken herab und umflutete das Kindergesicht. Das Getöse erstarb, das Licht wurde heller und das Gesicht wandelte sich. Seine Frau lächelte ihn an und reichte ihm ihre Hand.

Es verging eine Stunde, ehe sie es schafften, den Körper des Fleetenkiekers aus dem Wasser zu ziehen. Nikolas war schreiend und weinend von einem befreundeten Händler weggeführt worden. Er hatte nicht gesehen, wie sie seinen Vater an Land holten, hatte nicht in das leblose Gesicht geschaut, verstand noch nicht, dass sein Leben von nun an nicht mehr so sein würde wie bisher.

Die Nachricht vom Tod des Fleetenkiekers hatte sich wie ein Lauffeuer verbreitet. Nikolas saß in der kleinen Gesindeküche des Händlers und löffelte eine dünne Suppe, als sich die Tür öffnete und die Kerzen aufflackerten. Herr Bartholomäus, der sich für Nikolas verantwortlich fühlte, hatte sogleich einen Boten an die St. Nikolai-Schule geschickt, und so führte der Händler einen jungen Mann in einer Kutte herein, den Nikolas noch nie zuvor gesehen hatte.

2

Lehren und Lernen

$\mathcal{D}$er Unbekannte war ein junger Kleriker namens Matthias, der Nikolas als Lektor der St. Nikolai-Schule vorgestellt wurde. Wie im Traum folgte Nikolas dem Mann durch die Straßen. Matthias redete freundlich mit ihm, doch die Worte flogen an Nikolas vorbei. Hätte er zugehört, so hätte er erfahren, dass er durch Gottes Gnade und natürlich dank der Güte des Canonicus Scholasticus nun als Scholaris sub jugo leben und lernen würde.

Stunden später erwachte Nikolas in einem ihm unbekannten Zimmer und Panik breitete sich in ihm aus. Er rief nach seinem Vater, doch die Stimmen, die ihm aus der Dunkelheit antworteten, waren ihm ebenso fremd wie die nächtlichen Schatten. Eine Kerze wurde angezündet und ein junger Mann in einer einfachen braunen Kutte kam zu ihm herüber.

„Beruhige dich, Junge. Du bist im Schlafsaal der Schule zu Nikolai. Dein Vater kann nicht kommen. Schlaf jetzt", flüsterte er und Nikolas erkannte in ihm den Lektor von Stunden zuvor.

Ein wenig beruhigt hörte er auf zu weinen, und als der junge Ordensmann wieder gegangen war, sah sich Nikolas im Dunkeln um. Er lag nicht auf einem Strohsack auf dem Boden, sondern in einer hölzernen Schlafkiste, und außer seiner standen noch zwanzig weitere solcher Schlafstätten nebeneinander in dem Zimmer. Im Mondlicht erkannte er, dass in jeder eine Gestalt lag.

Nikolas erinnerte sich, dass ihn Matthias in die St. Nikolai-Schule gebracht hatte, an der er doch erst an diesem Morgen mit seinem Vater vorbeigekommen war. Doch er erinnerte sich auch daran, dass sein Vater in der Alster ertrunken war, und ein dumpfes Gefühl sagte ihm, dass dies jetzt sein neues Zuhause werden würde.

Er hatte nur wenige Stunden geschlafen, als Matthias erneut erschien und ihn weckte. Ihm wurde eine braune Kutte gereicht, die er über sein Hemd zog, und zusammen mit den anderen Jungen und Männern gingen sie hinaus in die Nacht.

„Wo geh'n wa hin?", fragte Nikolas den schlaksigen Jungen neben ihm. Doch er bekam nur ein Kopfschütteln als Antwort. „Ich heiß Nikolas, und du?", versuchte Nikolas es erneut, doch diesmal wurde er unsanft am Ohr gepackt und beiseite gezogen. Er hatte nicht gemerkt, wie sich eine dünne Gestalt genähert hatte und nun starrte er erschrocken in ein bleiches Gesicht. Wächserne Haut spannte sich straff über den hageren Schädel, was ihn im Kerzenschein wie einen Totenkopf wirken ließ.

„Es ist den Scholaren bis nach der Frühmette nicht gestattet, zu sprechen", zischte ihn der wandelnde Tote an, bevor er seinen Weg zur Kirche fortsetzte. Nikolas spürte, wie wütender Widerspruch in ihm aufstieg, er war kein Scholar, niemand hatte gefragt, ob er einer sein wollte. Doch ebenso schnell, wie der Zorn gekommen war, verlosch er wieder und er beeilte sich in der Dunkelheit, zur Gruppe aufzuschließen.

In der Kirche musterte Nikolas die anderen Jungen aus seinem Schlafsaal. Sie waren alle um die fünfzehn Jahre alt, hoch aufgeschossen, mit Armen, Beinen und Nasen, die noch unproportioniert schienen und einige mit fiesen Eiterpickeln im Gesicht. Weiter vorne saßen die älteren Scholares majores, die für kirchliche Aufgaben ausgebildet wurden. Viele von ihnen hatte Nikolas auf Umzügen durch die Stadt gesehen, wo sie in spaßigen Verkleidungen Aufmerksamkeit auf sich zogen, um Spenden zu sammeln und dem Volk das Wort der Bibel näherbrachten. Er hatte die Prozessionen immer gemocht und die Schüler um die anschließenden Schmausereien beneidet. Würde ihn die unendliche Schwere der Trauer und Einsamkeit nicht so stark vereinnahmen, hätte er sich darauf gefreut, dass auch er nun an den Umzügen teilnehmen würde.

Nach einer Stunde Messe mit eintönigen Psalmen war seine Trauer einer bleiernen Müdigkeit gewichen, doch Nikolas war stolz, dass er nicht eingenickt war, wie so viele der anderen Schüler.

Einige Stunden Schlaf bekamen sie, bevor sie erneut zur Messe geweckt wurden. Doch diesmal wartete der bleiche Mann, der Nikolas zuvor einen Heidenschrecken eingejagt hatte, am Tor auf ihn.

„Nikolas, komm hierher", winkte er ihn aus der Gruppe der Scholaren zu sich. Anstatt der braunen Kutte, die Nikolas und die anderen Jungen einschließlich Matthias trugen, war dieser in eine tiefschwarze Kutte mit weißem Halstuch gewandet. „Wie ich sehe, hast du dich bereits der Gruppe zum Kirchgang angeschlossen. Dies ist sehr löblich."

„Hab ja sonst nix zu tun", versuchte Nikolas sein Unbehagen hinter einer flapsigen Antwort zu verstecken.

Streng musterte der dünne Mann den kleinen Jungen, der allem Anschein nach keinen Respekt zeigte. „Zum Ersten wirst auch du mich mit Magister Deubel anreden, wenn du das Wort an mich richtest, denn ich bin hier der Canonicus Scholasticus und nur aus Nachsicht und Güte habe ich dich hier in meiner Schule aufgenommen. Des Weiteren ist der Messgang von höchster Vordringlichkeit für die Scholares sub jugo, falls es doch einmal vorkommen sollte, dass du etwas anderes zu tun hast."

„Ich denk, da ich deinen Namen jetzt ja kenne, is es wohl nur richtig, dich auch damit anzureden. Und der Messgang is so früh, da hab ich sonst auch nix zu tun", überlegte Nikolas laut und fügte schnell noch ein „Magister Deubel" hinzu.

„Deine Sprache, hilf Himmel, da werde ich noch einiges mit dir zu tun haben", fuhr der Canonicus Scholasticus verdrossen fort. Missmutig schaute er von oben herab auf die bloßen Füße des Jungen. „Es hätte so vieles in den richtigen Bahnen verlaufen können, hätte dein Vater nicht darauf bestanden, dich selbst zu erziehen. Selbst wenn deine Mutter noch leben würde, könnte man nicht viel mehr erwarten als einen verzogenen Straßenjungen. Was sollte einem rheumatischen Fischer und einem Bauerntrampel auch sonst entspringen?"

„Meine Mudder war kein Bauerntrampel!", schrie Nikolas und trommelte mit seinen kleinen Fäusten gegen die weite Kutte, die den mageren Körper des Magisters umhüllte, sodass er vor den Hieben kaum etwas spürte.

Mit festem Griff packte Magister Deubel den jähzornigen Jungen an den Handgelenken und zerrte ihn zum Schulgebäude, wo er ihn in eine kleine Kammer sperrte.

„Andere Jungen in deinem Alter haben bereits ein Jahr bei einem Meister gelernt oder sind in eine Schule geschickt worden. Ich kann nur hoffen, dass sich schnell ein Kloster meldet und dich aufnimmt, denn hier sehe ich keine Zukunft für dich", donnerte er, bevor er die Tür von außen verriegelte.

Nikolas verbrachte Stunden ohne Wasser und Brot in der Kammer. Wenn er sich auf die Zehenspitzen stellte, konnte er durch ein kleines Fenster auf einen Hof schauen, an dessen gegenüberliegenden Seite ein knorriger Birnbaum stand. Es fing schon an zu dämmern, als Matthias die Tür endlich wieder öffnete. Nikolas meinte, der Tag müsse nun so gut wie vorüber sein, doch dem war nicht so.

Der Lektor führte ihn einen dunklen Korridor entlang, der nur an dessen Ende von einer heruntergebrannten Kerze erleuchtet wurde. Zu beiden Seiten gingen Türen ab. Matthias öffnete die letzte Tür und helles Licht von etlichen Öllampen blendete Nikolas. In dem Zimmer saßen die Jungen aus seinem Schlafsaal, die, wie er, als Scholares sub jugo galten, sowie ein paar der älteren Zöglinge. Zu seiner Bestürzung saß am Pult vor der Klasse Magister Deubel mit unbewegter Miene, denn er war der oberste Lehrende an der Schule.

„Wie ich sehe, hast du dich wieder beruhigt." Nikolas wurde von dem jungen Geistlichen weiter in die Klasse geschoben, bevor dieser die Tür hinter ihm wieder schloss. Nikolas schwieg verbissen. Am liebsten wäre er einfach davongelaufen, doch so starrte er nur auf die Steinfliesen vor sich.

„Solange es keinen Platz in einem Kloster für dich gibt, wirst du am Unterricht teilnehmen. Ich gehe davon aus, dass du weder lesen noch schreiben kannst, daher werden wir mit Grundübungen beginnen." Der Canonicus Scholasticus nahm eine Schiefertafel und begann damit, Zeichen darauf zu malen. „Dieses ist der Buchstabe A und der erste Buchstabe des lateinischen Alphabets. Im Griechischen ist der erste Buchstabe Alpha, was auch Anfang bedeutet. Der zweite Buchstabe ist das B." So ging der Schulmeister das gesamte lateinische und das griechische Alphabet durch, bis er wieder von vorne anfing und diesmal Nikolas aufforderte, ihm den Namen des Buchstabens zu sagen, den er soeben auf den Schiefer geschrieben hatte. Immer noch schwieg Nikolas beharrlich. Auch den zweiten und dritten Buchstaben weigerte er sich zu nennen, obwohl er sich an die Namen erinnerte. Heimliches Kichern durchbrach die Stille, während der Canonicus Scholasticus auf eine Antwort wartete. Er drehte sich um und stieß wie ein Habicht gezielt auf den Störenfried zu.

„Warum kicherst du?", fuhr er den erschrockenen Scholaren an. Als dieser nicht antwortete, riss er das Pergament vom Pult, an dem der Schüler gerade eine Abschrift von der Offenbarung des Johannes anfertigte. „Die Buchstaben sind ja alle unterschiedlich groß", empörte sich der Magister. „Die linke Hand auf den Tisch!"

Fünf Rohrstockschläge musste der Junge über sich ergehen lassen, während ihm die anderen mit gesenkten Köpfen nur versteckte Blicke zuwarfen. Danach bedeutete Magister Deubel Nikolas, an dem freien Pult neben dem Störenfried Platz zu nehmen, gab ihm Feder, Tinte und Pergament und hieß ihn für den Rest des Tages die lateinischen und griechischen Buchstaben von einer Vorlage abzuschreiben.

So vergingen die ersten Wochen in Nikolas' neuem Leben und weil er sich oft weigerte, zu antworten, besonders dann, wenn er das Gefühl hatte, ungerecht behandelt zu werden, so blieb auch ihm der Rohrstock nicht erspart. Lob bekam er vom Magister Deubel nicht, obwohl er schon bald die Kunst des Lesens und Schreibens erlernt hatte und mit Leichtigkeit und Schwung die Buchstaben aufs Papier brachte, sodass es eine Freude war, die alten Texte erneut durch seine Feder zu lesen. Dadurch wurde Nikolas schnell in weitere Klassen geschickt, in denen er nun auch Altgriechisch lernte und in die Grundlagen der Philosophie und Theologie eingeführt wurde. Diese wurden von Doktor Schlegel unterrichtet.

Doktor Schlegel hatte bereits in Tours und Toulouse gelehrt. Nikolas mochte ihn am meisten, denn obwohl Schlegel ebenfalls hauptsächlich die Scholares majores unterwies, so waren seine Lektionen in Astrologie und Geografie am faszinierendsten für den Jungen.

Die beiden Magister wurden von dem Lektor Matthias unterstützt, der erst vor Kurzem sein Lizenziat abgelegt hatte, was ihn dazu befähigte, sich seinerseits auf den Abschluss als Magister vorzubereiten.

Der Schulalltag und der strenge Tagesablauf mit regelmäßigen Kirchgängen ließen Nikolas kaum Zeit seinen Gedanken und seiner Trauer nachzuhängen. Man hatte ihn außerdem in den Kirchenchor geschickt, wo er nun jeden Sonntag und an hohen Feiertagen im Mariendom singen musste.

Nach ein paar Monaten hatte sich Nikolas schließlich an das Leben als Scholar gewöhnt und sich dem ungewohnten Rhythmus und den gestellten Aufgaben angepasst. Eine Nachricht, dass man ihn in einem Kloster aufnehmen würde, traf nie ein. Er fühlte sich weniger müde und hatte auch mit den anderen Scholaren Freundschaft geschlossen. Wenn ihn eine Aufgabe langweilte oder er sie mal wieder schneller als die anderen Schüler erledigt hatte, dann verlor er sich in seinen Träumen. Immer noch war seine liebste Vorstellung, zur See zu fahren und in jedem Hafen mit Jubel empfangen zu werden. Doch sein Vater würde nicht mehr da sein und ihn voller Stolz in seine Arme schließen.

Der Sommer wurde heiß, und die jüngeren Scholaren schlichen sich öfter an den Nachmittagen hinaus und lieferten sich Wasserschlachten mit den anderen Kindern aus der Stadt. Wurden sie dabei erwischt oder kamen sie gar zu spät zum nächsten Unterricht oder zur Messe, schickte man sie hungrig zu Bett und ließ sie in ihren freien Stunden Psalmen kopieren. Die schlimmste Bestrafung war, in Einzelarrest gesteckt zu werden und ohne Kontakt ihre Aufgaben abarbeiten zu müssen. Doch auch diese Tage gingen vorüber, und besonders Nikolas hielten auch die gemeinsten Maßregelungen nicht mehr davon ab, wann immer möglich durch die Stadt zu streifen, wie er es früher getan hatte.

Wenn er zur Strafe oder zum stillen Kontemplieren in den Hof geschickt wurde, dann kletterte er in den Birnbaum. Von dort aus konnte er die Masten der Schiffe an ihren Ankerplätzen sehen, im Herbst saftige Birnen naschen und dann mit einem Satz über die Mauer springen. Meist lief er hinunter zum Hafen und sah den Schiffen zu, wie sie langsam mit dem Strom der Elbe davonglitten, irgendwohin, wo es wunderbare Abenteuer zu erleben gab.

So gingen die Jahre dahin. Nikolas gehörte nun zu den besten in seiner Klasse, übertraf sogar die älteren Scholaren an Wissen und sprach fließend Latein und Griechisch. Doch noch immer geriet er regelmäßig in Konflikt mit Magister Deubel und hatte sogar schon die eine oder andere Nacht unter freiem Himmel verbracht. Doch bisher war er immer wieder zurückgekommen. Nur Doktor Schlegel hatte das Interesse und die Anlagen des Jungen richtig erkannt und fachte dessen Wissensdrang immer mehr an, indem er ihm neue Lektüre zum Lesen gab. Obwohl von Magister Deubel nicht gestattet, steckte er Nikolas ab und zu das ein oder andere Buch aus seiner privaten Sammlung zu. Begeistert verschlang Nikolas die Werke von Aristoteles und Eratosthenes bis hin zu Ptolemäus und verbrachte ganze Sommer damit, am Ufer der Elbe entlangzustreifen und die Beobachtungen der alten Griechen nachzuvollziehen. Doch je mehr er lernte, desto größer wurde auch seine Sehnsucht danach, selbst in die Welt hinauszugehen, den Zwängen und Pflichten der Schule zu entfliehen. Wehmütig blickte er den Koggen nach, die sich auf die Reise nach Brügge, London oder Reval machten und noch immer träumte er von dem freien Leben eines Piraten.

Eines Winters, Nikolas war nun schon fast sechs Jahre an der St. Nikolai-Schule, tagten die Hansestädte, um dem Treiben der Piraten auch auf der Westsee Einhalt zu gebieten. Herrn Bartholomäus hätte dies sicher gefreut, doch der alte Händler war bereits zwei Jahre zuvor verstorben, und sein Sohn, heimgekehrt aus Brügge, hatte das Kontor übernommen. Wenige Monate später beobachtete Nikolas, wie im Hamburger Hafen die größte Flotte, die er bisher gesehen hatte, auslief, um vier Wochen danach, unterstützt von der Lübeckischen und Bremischen Kriegsflotte, in der Westerems den ersten Kampf gegen Störtebekers Vitalienbrüder aufzunehmen.

Nikolas hörte später, das Geschehen habe nur eine Stunde gedauert, zwei Schiffe seien erobert und von rund zweihundert Piraten seien achtzig getötet worden. Nur eine kleine Schar habe gefangen genommen werden können, der Rest hätte sich an die Küste gerettet.

Nicht nur Nikolas, sondern auch alle anderen Bewohner der Stadt, die Störtebeker wohlgesinnt waren, bangten um das Heil ihres Volkshelden. Die wenigen Nachrichten, die durchsickerten, waren so widersprüchlich, dass nur mit Sicherheit gesagt werden konnte, dass er nicht zu den Gefangengenommenen gehörte. Die kommenden Wochen und Monate lauschte Nikolas auf jedes kleinste Gerücht, das ihm Anlass zum Hoffen gab. Er stellte sich vor, wie er den verkleideten Störtebeker in der Stadt treffen und als Einziger erkennen würde. Er würde ihn verstecken, bis er eine neue Mannschaft aufgetrieben hatte und dann würde er mit ihm in See stechen und endlich frei sein.

Doch obwohl er viele Male vermummten Gestalten nachgeschlichen war, musste er jedes Mal enttäuscht feststellen, dass es meist nur Tagelöhner waren, die unerkannt von ihren Frauen das nächste Brauhaus aufsuchen wollten.

Einmal musste er dafür sogar Prügel von einem Mädchen einstecken. Er war wieder einmal einem Mann bis vor eine kleine versteckte Schenke gefolgt und hatte sich zwischen Bierfässern und Körben voller Äpfel geduckt, als ihn plötzlich ein Tritt traf, begleitet von Geschrei: „Ein Dieb!" Er sprang auf und sah sich einem Mädchen gegenüber, die zu einem rechten Haken ausholte, dem er gerade noch ausweichen konnte. Doch beim Weglaufen traf ihn ein Apfel so hart am Kopf, dass er vornüber gegen die nächste Hauswand krachte und benommen auf den Boden sackte.

Es kam ihm wie eine Ewigkeit vor, die er dalag und in den Himmel starrte, bis ein großer breitschultriger Mann sich über ihn beugte.

„Was hast du denn nun schon wieder gemacht, Mathi? Musstest du ihn denn gleich niederstrecken?"

„Er wollte unser Obst klauen, da hab ich ihm nur gegeben, was er wollte. Ich konnte ja nicht wissen, dass es ihn von einem gammligen Apfel gleich hinhaut."

„Geht es dir gut, min Jung", fragte der Mann. Nikolas rappelte sich hoch und schaute in das freundliche Gesicht des Mannes und dann in das kampflustige des Mädchens, das einen weiteren Apfel in der Hand jonglierte.

Er wollte auf keinen Fall erklären müssen, was er hinter den Kisten zu suchen hatte. So nahm er die Beine in die Hand, zog den Kopf zwischen die Schultern und rannte, so schnell er konnte, davon.

Nach diesem Zwischenfall schlich er niemandem mehr in irgendwelche Gassen nach, sondern beschränkte sich darauf, den Tratschereien auf den Märkten und den Unterhaltungen im Hafen zuzuhören.

3

Auf und davon

Trotz des Sieges der Hanse und eines Friedensabkommens mit den ostfriesischen Stammesfürsten gingen die Kaperfahrten der Vitalienbrüder weiter. Einer von ihnen war Klaus Störtebeker, der, ausgestattet mit einem Kaperbrief des Grafen Albrecht von Holland, seine Beutezüge in der Westsee wieder aufnahm.

Erleichtert über das Wohlergehen seines Helden und die Freude über neue Abenteuer verbrachte Nikolas mehr Zeit den je am Hafen mit seinen Träumereien und vernachlässigte darüber immer häufiger seine Lektüre.

Auch der Hansebund hatte erfahren, dass sich Störtebeker und Konsorten wieder auf See befanden. So sandten sie ein Jahr nach der ersten Schlacht erneut eine schlagkräftige Flotte aus, um die Seeräuberbanden ein für alle Mal zu zerschlagen. Der Kampf dauerte diesmal einen ganzen Tag und viele Männer auf beiden Seiten fanden den Tod. Doch dreiundsiebzig Vitalienbrüder mitsamt ihrem Anführer wurden in Gewahrsam genommen. Die Anhänger Klaus Störtebekers munkelten, dass man ihn nur deshalb lebendig gefangen hatte, weil ihm ein Fischernetz übergeworfen worden war und er sich deshalb nicht mehr bis zum Letzten hatte verteidigen können. Ansonsten hätte er selbstverständlich den ehrenvollen Piratentod im Gefecht gewählt.

Die Gefangenen wurden in die Kellerverliese des Hamburger Rathauses gesperrt. Nikolas ging jeden Tag dort vorbei und hoffte, einen Blick auf die ersten echten Piraten in seinem Leben werfen zu können. In seiner Fantasie sah er sich nachts den Schlüssel für die Zellen, den er vorher den Wachen gestohlen hatte, durch ein Fenstergitter reichen und an der Seite von Störtebeker das größte Schiff im Hafen kapern.

Doch die Wachen passten so gut auf, dass er noch nicht einmal das Gitter des Fensters sah, hinter dem sich die Delinquenten befanden.

Der Richterspruch überraschte niemanden, und doch war ein Raunen der Empörung in den Straßen und Gassen Hamburgs zu hören. Schuldig in allen Anklagepunkten lautete das Urteil, und die Bestrafung konnte deshalb nur sein: Tod durch Enthauptung. Der 20. Oktober 1401 sollte nicht nur Störtebekers irdischem Dasein ein Ende setzen, sondern auch Nikolas' Leben in eine vollkommen andere Richtung lenken, als sie Magister Deubel für ihn vorgesehen hatte.

Es war ein grauer, verhangener Morgen, doch eine Unruhe lag versteckt unter den Nebelschwaden, wie sie die Stadt wohl noch nie erfüllt hatte. Nikolas saß angespannt an einem Tisch und bekam einen Brief von Magister Deubel diktiert, in dem darum gebeten wurde, einen der Scholaren an der Domschule zu Köln aufzunehmen. Er schaute oft aus dem Fenster und hörte das Schlurfen und Trappeln hunderter Füße unten auf der Straße, die alle nur einem Ziel entgegenstrebten - der kleinen Elbwiese und dem Grasbrook, der zum Schauplatz der Hinrichtung bestimmt worden war. Schließlich wurde es still in den Gassen, und nur ab und zu hörte Nikolas die schnellen Schritte eines Nachzuglers. Er wurde immer nervöser. Es konnte, es durfte einfach nicht sein, dass der Mann, der ihn die letzten Jahre so viel beschäftigt hatte und seinem Leben einen Sinn außerhalb der Schulmauern gegeben hatte, heute seinen Kopf verlieren sollte.

Der Brief war fertig und nun sollte Nikolas eigentlich in den Unterricht zu Doktor Schlegel gehen, doch selbst die Vorlesung über Astrologie hielt ihn heute nicht auf der Schulbank. Er schlich sich die Treppe hinunter und öffnete vorsichtig das Tor zum Hof, um das Quietschen der Türangeln zu vermeiden. Er huschte zum Birnbaum, der nun voller goldener Früchte hing, doch selbst diese interessierten ihn heute nicht. Leise wie eine Katze sprang er hinunter in die kleine Gasse hinter der Schulmauer und äugte vorsichtig um die Ecke zum Hopfenmarkt, doch es war niemand da. Im Schatten der Nikolaikirche rannte er flink über den Platz und nahm die nächste Brücke am Neuen Krahn hinüber zum Schaltor und hinaus aus der Stadt.

Die Stadt lag wie ausgestorben da, doch auf dem Grasbrook, da drängelten sie sich. Mühsam schob sich Nikolas durch die Menge, bis er nicht mehr weiterkam. Wenn er sich auf die Zehenspitzen stellte, konnte er den Scharfrichter und den Abdecker sehen. Einen Tag zuvor war ein großes Viereck eingezäunt worden, das als Richtstätte dienen sollte und von niemandem betreten werden durfte. Am anderen Ende konnte Nikolas die Verurteilten erkennen, doch welcher von ihnen Störtebeker war, wusste er nicht zu sagen. Die Anklage und der Richterspruch waren schon verlesen worden und es wurden dem Anführer zwei Wünsche gewährt. Der erste war bereits erfüllt und deshalb standen die Verurteilten in ihren schönsten Gewändern, wie sie sonst nur die hohen Herren der Stadt trugen, vor dem Richtblock. Die Nennung des zweiten Wunsches ließ die Luft vor Spannung und Wispern vibrieren. Klaus Störtebeker war zugebilligt worden, dass all jene seiner Waffenbrüder begnadigt werden sollten, an denen er nach seiner Enthauptung noch vorbeischreiten konnte.

Für einen kurzen Augenblick konnte Nikolas zum ersten und letzten Mal in seinem Leben einen Blick auf den größten Piraten, den er kannte, werfen. Störtebeker war ein großer rothaariger Mann, dessen Nase scheinbar mehrfach gebrochen war, was ihn umso verwegener aussehen ließ. Er wurde aus der Reihe seiner Kumpane zum Richtplatz geführt, und als er sich schließlich hinkniete, um sich seinem Schicksal zu ergeben, da war er auch schon wieder aus Nikolas' Blickfeld verschwunden. Der Scharfrichter holte mit seinem Schwert aus und ein Schauer und ein Kreischen liefen durch die Reihen der Zuschauer, als der dumpfe Klang von Metall auf Holz zu hören war. Eine gespannte Stille folgte, in der die versammelte Menge darauf wartete, dass der Geköpfte sich erhebe und seinen nun wirklich allerletzten Gang antreten würde.

Die Wolkendecke riss auf und die Sonne blendete Nikolas, ein großer Mann schob sich in sein Blickfeld, und gerade als er sich weiter nach vorne drängeln wollte, wurde er am Ohr gepackt und aus der Menschenschar gezogen. Er erhaschte noch einen letzten Blick auf einen fein angezogenen Mann, der sich langsam in dem Viereck der Richtstätte bewegte, doch er konnte nicht sehen, ob der Mann seinen Kopf noch hatte oder nicht.

„Habe ich es mir doch gedacht, dass ich dich hier finde", schrie ihn Magister Deubel außer sich vor Wut an, als er ihn durch die Straßen zurück zur Schule schleifte. „Aber dir werde ich schon die Piratengeschichten austreiben. Ein für alle Mal. Du wirst nie wieder zum Hafen gehen und stundenlang Schiffe anglotzen. Dafür habe ich mich nicht jahrelang mit dir herumgeplagt. Wenn die Antwort aus Köln eintrifft, wirst du dich unverzüglich auf den Weg machen!"

„Aber es war Klaus Störtebeker ..." Nikolas konnte den Satz nicht zu Ende sprechen, denn in dem Moment traf ihn eine schallende Ohrfeige. Gleich darauf wurde er übers Knie gelegt und erhielt eine Tracht Prügel, wie er sie noch nie bekommen hatte.

Das Sitzen war eine Qual, als er den Rest des Abends mit schmerzendem Hintern und blauen Flecken vor einem Stapel Bücher hockte. Magister Deubel saß ihm gegenüber und starrte ihn mit finsterem Blick an.

Die Zeilen, die er las und kopierte, drangen nicht bis in sein Gehirn vor, denn dort herrschte ein Durcheinander an Gedanken, das alles andere verdrängte. War Klaus Störtebeker aufgestanden und an seinen Kumpanen vorbeigegangen? Waren sie freigekommen? Würde es je wieder Piraten geben, die ihre Beute mit den Armen teilten und Abenteuer erlebten? Schließlich kam ihm der Brief an die Domschule in Köln wieder in den Sinn und erst da wurde ihm bewusst, dass er der Scholar war, der dorthin geschickt werden sollte. Obwohl die Domschule eine der bedeutendsten der Welt war und alle Schüler sich darum rissen, dort aufgenommen zu werden, stieg in Nikolas nur verzweifelte Abneigung auf. Er würde auf gar keinen Fall nach Köln gehen und den Rest seines Lebens mit Büchern verbringen. Er wollte raus, raus aufs Meer und hinaus in die Welt. Er wollte die Abenteuer erleben, von denen er bislang nur geträumt hatte. Er würde das Leben des Störtebeker fortführen und der größte Pirat auf Erden werden. Er würde weglaufen und auf einem Schiff anheuern.

„Für heute ist es genug." Die Stimme des Magisters riss ihn aus seinen Gedanken. „Wenn alles gut geht, wirst du in zwei Wochen nach Köln abreisen."

Nikolas blieb kurz wie angewurzelt stehen, bevor er sich zum Gehen wandte. Da war es wieder, dieses Gefühl des Widerwillens, und er fasste den Entschluss, dass er sich heute Nacht noch, wenn alle schliefen, aufmachen würde, um Abenteuer zu suchen.

Nikolas musste nicht allzu lange warten, bis die gleichmäßigen Atemzüge seiner Mitschüler im Schlafsaal ihm verrieten, dass nun der Augenblick gekommen war, von dem er seit Jahren geträumt hatte und der ihm plötzlich so viel Angst einjagte. Doch bei dem Gedanken an ein Leben hinter Kirchenmauern erhob sich sein Körper beinahe von allein. Barfuß und fröstelnd stand er im Schlafsaal und überlegte, was er mitnehmen könnte. Doch da war nichts, was ihm gehörte oder ihm auch nur ansatzweise nützen könnte. Seine Piratenkiste, die er zusammen mit seinem Vater gefüllt hatte, hatte er nie wiedergesehen. Sie war wahrscheinlich von Lotte Lüders zu all dem anderen Unrat über den Dreckwall geworfen worden. Wenn sie klug gewesen war und hineingeschaut hatte, wären ihr vielleicht nicht die Hohlpfennige entgangen, von denen sie sich einen halben Laib Brot hätte kaufen können. So zog sich Nikolas nur seine braune Kutte über, schnürte seine Schuhe und versuchte, an nichts mehr zu denken, während er ein letztes Mal in den Birnbaum kletterte und in dem Nebel, der sich wieder über die Stadt gelegt hatte, verschwand.

Seine Füße trugen ihn zielstrebig zum Hafen. Erst als er das Schlagen des Wassers gegen die Kaimauer hören konnte, kam ihm der Gedanke, dass womöglich niemand am Hafen zu dieser nachtschlafenden Zeit wach war und auslaufen würde. Er musste sich für die nächsten Stunden irgendwo verstecken, um nicht von den Stadtbütteln aufgegriffen zu werden.

Während er vor sich hingrübelte, bog er um eine Ecke und sah den Schein von Laternen durch den Nebel tanzen. Er duckte sich hinter einen Holzstapel und schlich vorsichtig näher. Schließlich konnte er Männer erkennen, die eine kleine Schute beluden. So wie die Kerle sich umsahen und leise flüsternd miteinander sprachen, konnte das, was Nikolas da sah, kein offizielles Beladen eines Schiffes sein. Er schlich noch weiter heran, um zwei Männer belauschen zu können, die untätig an eine Hauswand lehnten.

„Ich glaube ja nicht, dass unser Kapitän wirklich Ahnung von der Seefahrt hat, auch wenn sein Vater einer der wichtigsten Händler der Stadt war. Meiner Meinung nach ist er nur ein großer Schwätzer", sagte der eine, der Nikolas am nächsten war.

„Ihm gehört das Schiff. Also lassen wir ihn Kapitän sein", antwortete der andere.

„Für jetzt. Die Zeit wird schon zeigen, was wir von ihm zu halten haben. Und dann wissen wir, was zu tun ist."

Plötzlich trat ein dritter Mann mit einem Pergament in der Hand hinzu und ging so dicht an Nikolas vorbei, dass er dessen Stiefel hätte berühren können.

„Ist das alles aus dem Lager, Derek?"

„Jawohl, Kapitän", erwiderte der erste Mann.

„Gut, gut, dann macht, dass ihr an Bord kommt und lasst uns den Pfeffersäcken zeigen, dass sie Störtebeker zwar den

Kopf vom Rumpfe trennen können, aber sein Geist in uns weiterlebt."

Die beiden Kerle drehten sich um und verschwanden auf der Schute.

Nikolas konnte sein Glück kaum fassen, und ohne weiter nachzudenken, gab er sein Versteck auf und ging auf den Kapitän zu, der immer noch am Ufer stand und sein Pergament studierte. Der Kapitän sah auf, als er die Schritte hörte.

„Wer da?", fragte er in den Nebel und hielt seine Laterne höher.

„Hier bin ich", antwortete Nikolas, als er merkte, dass der Kapitän in eine völlig falsche Richtung blickte.

„Oh. Was? Du bist ja nur ein kleines Bürschlein. Was machst du zu dieser Stunde hier draußen?"

„Ich bin auf der Suche nach dem, was ihr vorhabt."

„So! Und was haben wir vor und was hast du damit zu tun, du kleiner Naseweis?"

„Ihr wollt das Erbe des Störtebeker antreten und dieses Schiff kapern." Nikolas deutete auf das einzige Schiff im Hafen, auf dem ein kleines Licht brannte.

„Zunächst mal ist das mein Schiff, also kann von Kapern gar keine Rede sein, und das andere ist eine bloße Verleumdung, dafür sollte ich dir eine Tracht Prügel verpassen." Diese Worte reizten Nikolas und er machte noch ein paar Schritte auf den Mann zu, sodass er in den Laternenschein trat.

„Die Tracht Prügel habe ich schon bekommen und Ihr verleugnet Euch selbst. Ich habe Euer Gespräch gehört und möchte bei Euch anheuern."

„Du bei mir anheuern? Und aus welchem Grund sollte ich dich nehmen?"

„Ich kann lesen und schreiben, und ich beherrsche Latein und Griechisch", antwortete Nikolas.

„Und was soll mir das bringen, wenn wir, wie du sagst, auf Kaperfahrt gehen?"

Darauf wusste Nikolas keine Antwort. Er hatte noch nie einen Fuß auf ein Schiff gesetzt oder körperliche Arbeit verrichtet, sondern ausschließlich theoretisches Wissen angesammelt.

„Selbst wenn das Schiff Euch gehört, so wird sich das Gericht sicherlich dafür interessieren, was Ihr damit vorhabt, dass es um Mitternacht beladen werden muss. Ein Stadtbüttel wird sich schnell finden lassen, auch um Mitternacht." Damit drehte sich Nikolas um und holte tief Luft, als ob er gleich laut um Hilfe schreien wollte.

„Also gut, also gut, einen Schiffsjungen kann ich noch gebrauchen. Mach, dass du an Bord kommst, wir legen jetzt ab", unterbrach der Kapitän Nikolas' Vorhaben.

Mit klopfendem Herzen bestieg Nikolas die voll beladene und schwankende Schute, die sie zu der Kogge auf dem Fluss bringen sollte. Die beiden Männer, die er belauscht hatte, schauten ihn misstrauisch unter ihren Kapuzen hervor an, doch niemand sagte etwas zu ihm.

Erst als sie an Bord kletterten, machte der Kapitän bekannt, dass er der neue Schiffsjunge sei. „Alles klar zum Auslaufen. Im Morgengrauen wollen wir die Elbmündung erreicht haben."

Ungeordnet machte sich das halbe Dutzend Männer auf Befehl ihres Kapitäns an die Arbeit. Bei ihrem Auslaufmanöver hätten sie beinahe ein weiteres Schiff gerammt, das ruhig und zuvor zwei Schiffslängen entfernt dagelegen hatte. Das wäre ein Tohuwabohu geworden und hätte nicht nur die Stadtbüttel, sondern sicherlich auch halb Hamburg auf den

Plan gerufen. Doch so starrte Nikolas mit weit aufgerissenen Augen nur das Ungetüm von Schiff an, das beim Näherkommen immer größer zu werden schien, und versuchte schließlich mit bloßen Händen, die Kollision zu verhindern. Doch weder brechendes Holz noch das geringste Knirschen war zu hören. Endlich lenkte der Steuermann sie langsam in die Mitte des Flusses und ließ sie ohne Segel mit der Strömung davontreiben.

Nikolas stellte sich hinten ans Heck und beobachtete die dunklen, in Nebel gehüllten Umrisse der Häuser, wie sie langsam und still vorbeizogen, bis sie wie eine schwache Erinnerung in der Nacht verschwanden.

In der Dunkelheit waren nur das sanfte Rauschen des Windes und das leise Schlagen der Wellen gegen die Schiffswand zu hören.

Eigentlich hatte Nikolas wach bleiben wollen, doch die Müdigkeit übermannte ihn schließlich. Steif und frierend wachte er zusammengekauert auf dem Achterkastell der Kogge auf. Die Sonne hatte sich einen Weg durch die Wolken gebahnt und spiegelte sich im Wasser. Weit hinten konnte er die Küste sehen, und kleinere Sandbänke ragten hier und da aus dem flacheren Wasser. Doch vor ihnen erstreckte sich nichts als die spiegelnde Oberfläche der sich leicht kräuselnden See. Sein Herz hüpfte vor Freude und in seinem Bauch kribbelte es vor Aufregung. Endlich war er an dem Ort, von dem er immer geträumt hatte. Er reckte sich ein wenig und sah sich auf dem Schiff um. Da kein Segel gehisst war, dümpelte es in der Elbmündung umher und wurde nur von der Ebbe weiter meerwärts gezogen.

4

Landratten

𝒟ie Kogge war bereits mit einem Bugkastell ausgerüstet worden, auf dem Nikolas an der Spitze des Schiffes den Kapitän stehen sah. Bug- und Achterkastell waren mit Zinnen, wie bei einer Burg, bestückt und gaben dem Schiff ein recht klobiges Aussehen. Er schätzte die Kogge auf eine Länge von gut sechzig Fuß und eine Breite von etwa fünfzehn Fuß. Im Krähennest saß ein Mann, die Kapuze hochgezogen, und ließ die Beine baumeln, und auf dem Achterkastell direkt vor ihm, stand am Steuer ein breitschultriger Mann mit wildem rötlichem Bart, dessen struppiges Haar vom Wind noch mehr zerzaust wurde. Der Hüne blinzelte Nikolas nur kurz an, um seinen Blick gleich wieder auf den Horizont zu richten.

„Moin", brummte der Steuermann und deutete mit dem Kopf nach vorne zum Bugkastell und zum Kapitän.

Nikolas verstand den Wink und kletterte auf das Deck hinunter. Er kam an zwei Männern vorbei, die sich um mehrere Seile stritten, die verschlungen und verknotet umherlagen. Schließlich humpelte ein alter Mann mit wettergegerbtem Gesicht und nur wenigen Haarbüscheln auf dem Schädel heran, schlug beiden von hinten gegen den Kopf und nahm ihnen die Schoten aus der Hand.

Erstaunt ging Nikolas weiter und bestieg das Bugkastell, wo der Kapitän in ein Gespräch mit Derek, dem einem der Männer, die er letzte Nacht belauscht hatte, vertieft war. Nikolas wartete etwas abseits und sog die salzige Meeresluft tief in seine Lungen.

„Na, endlich aufgewacht? Hab gesagt, sie sollen dich ein letztes Mal gut schlafen lassen. Arbeit auf einem Piratenschiff ist kein Zuckerschlecken." Der Kapitän musterte Nikolas von oben bis unten. „Wie heißt du denn?"

„Nikolas."

„Ich bin Ben. Dies hier ist mein zweiter Steuermann Derek, mein erster Steuermann Hein steht natürlich am Ruder, wie es sich auch gehört."

Er trat an den Rand des Kastells und schaute auf das Deck hinunter, wo sich die drei Männer von vorhin nun heftig anschrien und mit den Enden der Seile voreinander herumwedelten. Ohne sich von den Streithähnen beirren zu lassen, fuhr Ben fort: „Da jetzt alle wach sind, können wir zum wichtigsten Teil des Tages übergehen."

Bei dem couragierten Tonfall seines Kapitäns spürte Nikolas Stolz in sich aufsteigen. Er hatte es geschafft, er hatte auf einem Piratenschiff angeheuert und Ben würde sie bei ihren künftigen Abenteuern zu Ruhm, Ehre und Reichtum führen. Überhaupt sah Ben wie ein höchst respektabler Herr aus, der wusste, wovon er sprach. Er trug die Gewänder eines wohlhabenden Händlers und sein rosiges und immer noch jugendliches Gesicht ließen zusammen mit der etwas fülligeren Leibesmitte einen gehobenen Lebenswandel vermuten.

Mit ein paar schwungvollen Schritten hatte sich Ben hinunter an Deck begeben, wo er seine Mannschaft zusammentrommelte.

„Meine hoch verehrten und rechtschaffenen Freunde. Da
wir hier nun endlich alle versammelt sind, an Deck der alten
Gundelinde, die schon für meinen Vater viele Male diese
Mündung verlassen und auf der Rückfahrt glücklich wieder
erreicht hat, und auf der ich als Knabe in den Diensten meines Vaters …"

„Komm zur Sache!"

Dieser unhöfliche Zwischenruf kam von Henning, der
seinen Posten im Krähennest verlassen hatte und auf halber
Höhe in der Takelage hing. Er war der zweite der beiden
Männer, die Nikolas in der Nacht belauscht hatte.

„Nun denn", fuhr Ben etwas verstört fort. „Als ich jeden
von euch von eigener Hand selektiert und rekrutiert habe, da
habe ich euch ein Vermögen versprochen. Ein Vermögen,
das ich nicht habe."

„Was soll das denn jetzt heißen", entrüstete sich nun einer der beiden Streithähne, der immer noch ein Seil in der
Hand hielt und es diesmal als Zeigestock verwendete.

„Wenn du dich erinnerst, Pitt, dann habe ich gesagt, dass
wir das Vermögen erst verdienen müssen."

„Tja schon, aber …" Pitt, der noch nicht aufhören wollte,
sein Unverständnis kundzutun, war ein hochgewachsener
Mann, der augenscheinlich schon die ein oder andere Raufe-
rei mitgemacht hatte, denn eine feine Narbe durchzog seine
rechte Augenbraue und ein grünlicher Schimmer umrahmte
sein linkes Auge. Dennoch war sein Aussehen mit den asch-
blonden Haaren und den verschmitzt blinzelnden grauen
Augen sicherlich nicht zu verachten.

Bevor Pitt sich jedoch in Rage reden konnte, wurde er
von Klaas unterbrochen, einem stämmigen Mann mit dunklen Haaren, dem man ebenfalls seine raue Lebensführung
ansah, und der Pitt mit einem anderen Seilende unter der

Nase herumfuchtelte. „Nehmt es ihm nicht krumm. Wenn Pitt einen Maßkrug Bier getrunken hat, dann vergisst er sogar Frau und Kinder."

„Wie oft soll ich dir noch sagen, dass du meine Frau da rauslassen sollst."

Und schon hatten sich die beiden Streithähne wieder in den Haaren.

„Jetzt reicht's aber!" Hein, der Steuermann, ließ seine gewaltige Stimme ertönen. Nikolas zuckte unter dem Dröhnen zusammen, doch Klaas und Pitt lösten ihre Umklammerung erst, als Hein sie mit seinen Pranken packte und auseinanderzerrte.

„Seid ihr denn von Sinnen? Ihr seid hier, um eure Kampfeslust beim Entern auszuleben und nicht, um euch gegenseitig an den Kragen zu gehen."

Auch Ben war nun nicht mehr nur irritiert, sondern geradezu aufgebracht über dieses Durcheinander und funkelte die beiden Zankteufel, die von Hein am Schlafittchen gehalten wurden, böse an, was durch seine rosigen Wangen jedoch nicht sehr überzeugte.

„Wir sind alle hier, weil wir uns so ein besseres Leben verdienen können als zu Hause. Jedoch schien es, als hättest du einen Plan, der es uns, wie soll ich sagen, etwas leichter machen sollte", warf Derek ein.

„Ja, den habe ich und den bin ich bereit, mit euch zu teilen." Ben nickte Derek anerkennend zu und zog dann mit stolzgeschwellter Brust ein Stück Pergament aus seinem Wams. Als er es entfaltete, scharten sich alle aufgeregt um ihn und versuchten einen Blick darauf zu erhaschen. Es waren mehrere Striche und zittrige Linien zu sehen, neben denen in einer feinen, geschwungenen Schrift einzelne Worte geschrieben standen.

„Was soll das sein?"

„Keine Ahnung, aber so 'n Bild würd ich mir nicht mal in der Speisekammer an die Wand hängen." Klaas und Pitt waren immer noch um keine Antwort verlegen.

„Das ist eine Karte, die uns zu Störtebekers Schatz führt", erklärte Ben jetzt aufgeplustert wie ein Gockel.

„Und wie soll uns die Karte führen, so ganz ohne Längenangaben oder Himmelsrichtungen?" Diesmal hatte Ben kein zustimmendes Nicken für Derek übrig und das gesunde Rosa seiner Wangen wich einem verschämten Rot.

„Das ist Rügen, wenn mich meine trüben Augen nicht täuschen. Diese Küstenlinie kenn ich wie meine Westentasche." Der alte Mann, dessen blasse Augen klein aus dem verhutzelten Gesicht blinzelten, hatte sich nach vorne gedrängt.

„Da steht's ja auch." Nikolas war an der Takelage emporgeklettert und deutete nun von oben auf ein kleines Wort, neben das ein Kreuz gemalt war. Der alte Mann ließ ein abfälliges Schnauben hören, das wie *Nebelgeist* klang, wobei Nikolas nicht ganz sicher war, ob das verhutzelte Männchen etwas in die falsche Röhre bekommen hatte.

„Christian und Nikolas haben recht. Störtebekers Schatz ist auf Rügen versteckt." Bens Selbstvertrauen schien wiederhergestellt. „Und dahin wird uns auch unsere erste Reise führen", fügte er triumphierend hinzu.

Derek und Henning tauschten bedeutungsschwangere Blicke aus. Henning kletterte wieder hinauf ins Krähennest, denn er hatte genug gehört, und Derek lehnte sich gleichgültig gegen die Treppe zum Achterdeck.

„Nun denn, alle Mann an die Arbeit. Steuermann! Kurs auf Rügen und mögen uns die Wellen gewogen sein!"

So enthusiastisch Ben auch seine Mannschaft zum Aufbruch aufrief, so stark war der Kontrast zu der unbewegten Stille, die folgte. „Was ist? Hab ihr mich nicht verstanden? Wir fahren nach Rügen."

„Kapitän, ich für meinen Teil war bisher nur Lotse in der Elbmündung. Ich kann zwar ein Schiff steuern, aber den Weg weiter als bis Brunsbüttel kenn ich nicht." Nikolas war überrascht, dieses Eingeständnis von dem bärenhaften Hein zu hören, und war seine Stimme zuvor erschreckend gewaltig gewesen, so schrumpfte sie jetzt zu einem kleinlauten Brummen.

„Alles in Ordnung, alles unter Kontrolle. Wir werden einfach der Küste folgen, um Dänemark herum und dann auf der anderen Seite bis nach Rügen. Das schaffst du doch, Hein, oder nicht?"

„Tjoa joa, man kann's ja mal versuchen", knurrte dieser seinem Kapitän zu.

„Na also. Hein ans Ruder und das Segel gehisst."

War das erste Problem auch scheinbar gelöst, so wartete bereits das nächste. Keiner rührte sich, um das Segel aufzuziehen. Klaas und Pitt hielten zwar immer noch ihre Seile in den Händen, doch schienen sie nicht zu wissen, was sie damit machen sollten.

Allmählich dämmerte es Nikolas, dass diese Mannschaft nicht aus gestandenen Seemännern, sondern aus Raufbolden und Möchtegern-Piraten bestand. Und wie er so darüber nachdachte, kam er zu dem Schluss, dass auch er nur ein Möchtegern-Pirat war. Noch nicht mal das, er war lediglich ein Schiffsjunge auf einer Kogge, die wegen der Inkompetenz ihrer Mannschaft wahrscheinlich noch eine ganze Weile in der Elbmündung dümpeln würde und womöglich noch vor

Sonnenuntergang von den hiesigen Autoritäten aufgegriffen würde.

„Christian, mein guter alter Christian und meine Hoffnung darauf, dass wir bald ein wohlgeblähtes Segel haben. Nimm diese beiden und zeig ihnen, wie sie das Segel setzen." Christian blinzelte aus seinen kleinen Augen seinen Kapitän an und Nikolas fragte sich, wie dieser vom Alter gebeugte Mann schwere Arbeiten auf einem Segelschiff verrichten sollte. Doch da kam schon ein geflissentliches „Aye, aye", und mit einer Flinkheit, die Nikolas ihm nicht zugetraut hätte, scheuchte der alte Christian Klaas und Pitt über das Deck.

„Jan. Nikolas hier kann dir zur Hand gehen. Er wird überall einspringen, wo Hilfe nötig ist." Erst jetzt entdeckte Nikolas den schlaksigen, vielleicht achtzehnjährigen jungen Mann, der sein hellbraunes schulterlanges Haar zu einem Zopf gebunden trug und still auf einigen Apfelfässern gesessen hatte. So plötzlich angesprochen sprang er von seinem Sitzplatz auf, zog sich seine Hosen zurecht, die eine Handbreit über seinen Knöcheln endeten, und stand parat für weitere Anordnungen. Doch Ben hatte bereits Derek zu sich gewinkt und beide verschwanden in der kleinen Kajüte unter dem Bugkastell.

„Ich bin Jan", sagte der Junge, worauf Nikolas spontan ein „Ich weiß" erwiderte und dann daran dachte, dass Magister Deubel ihn dafür gescholten hätte. Doch der Schulmeister war viele Meilen entfernt und auch Jan schien sich nicht daran gestört zu haben. „Komm mit, ich zeig dir, was wir alles unter Deck haben. Herr Bartholomäus hat noch einiges beiseiteschaffen können."

„Herr Bartholomäus?" Nikolas war überrascht, denn wenn auch lange her, so erkannte er doch diesen Namen des altehrwürdigen Patriziergeschlechts aus Hamburg wieder.

Aus vergangenen Tagen erschien ihm das gutmütige Gesicht des Händlers mit den klaren wachen Augen, und der Duft von Gewürzen und Fisch stieg in seiner Erinnerung auf.

„Ja, Kapitän Ben, wie er sich jetzt zu nennen pflegt." Jan bemerkte Nikolas Verwunderung nicht und ging zu einer Luke, die unter Deck führte.

„Aber Herr Bartholomäus ist schon vor Jahren gestorben", setzte Nikolas nach.

„Auch richtig. Kapitän Ben ist sein Sohn."

„Wieso ist er nicht auch Händler geworden?"

„Nun, er war es. Für kurze Zeit. Doch er hat das gesamte Vermögen seines Vaters in den Sand gesetzt, oder besser gesagt in Schatzkarten investiert. Den Rest hat er wohl beim Glücksspiel durchgebracht. Dieses Schiff ist das Einzige, was ihm geblieben ist und auch das sollte morgen an einen Schuldner gehen."

Nikolas hörte fasziniert zu und es erschien ihm mehr und mehr als Schicksaal, dass er als Sohn von Herrn Bartholomäus' Fleetenkieker auf dem Schiff dessen Sohnes anheuerte, der ebenso wie er als Pirat zur See fahren wollte. Ben wurde Nikolas immer sympathischer, auch wenn seine Fähigkeiten als Kapitän nicht gerade überwältigend zu sein schienen.

„Und wo hat er die Mannschaft aufgetrieben?", fragte Nikolas.

„Neugieriger kleiner Bursche bist du. Jeder von uns hat doch irgendwo Dreck am Stecken." Er deutete mit dem Kopf hinüber zu Klaas und Pitt, die unter den strengen Blicken vom alten Christian versuchten, ein paar Seile zusammenzuknoten. „Die beiden haben sich einen Ruf von Harvestehude bis nach Hamburg als Trunkenbolde mit Hang zu derben Scherzen erarbeitet, die nicht selten in Massenkeilereien endeten. Der alte Christian ist schon so lange zur See gefahren, dass er an Land kaum gerade laufen kann. Hab gehört, er sei sogar mit Störtebeker höchstselbst gesegelt. Derek und Henning halten sich recht bedeckt, aber ich hab es munkeln hören, dass Derek ein Bastard des Vogts von Ritzebüttel sein soll und sich ohne die Aussicht auf ein Erbe auf Geldwäscherei verlegt hatte. Ist wohl vor einiger Zeit aufgeflogen und ich vermute, er versucht nun, seiner Strafe zu entgehen. Henning ist da auch drin verstrickt, aber nichts Genaues weiß man nicht. Über Hein wird auch so einiges erzählt. Er soll seine Stellung als Lotse ausgenutzt haben, um Handelsschiffe zu erpressen, die sich in den Untiefen der Elbmündung nicht auskennen."

„Woher weißt du das alles?"

„Och, ich bin seit Jahr und Tag Küchenjunge in Herrn Bartholomäus' Kontor und da hört man so einiges."

„Und warum bist du an Bord?"

„Um zu kochen, was sonst?"

„Nein, ich meine, warum bist du nicht zu einem anderen Händler gewechselt?"

„Nee, ich bleib bei Herrn Bartholomäus, wer weiß, was mich bei sonst wem erwartet." Nikolas sah ein, dass dies ein guter Grund war, jedoch war er sich nicht so sicher, ob Jan wusste, was ihn als Pirat erwarten könnte.

Jan hatte endlich die Luke aufgeschlagen, und eine steile Treppe führte hinunter in ein schwarzes Loch. Unter Deck dauerte es eine Weile, bis sich Nikolas' Augen an die Dunkelheit gewöhnt hatten, und als Jan eine Kerze anzündete, sah er, wie sich zum Heck und zum Bug hin Kisten und Fässer stapelten. Backbord befanden sich ein langer Tisch und Bänke. In der Mitte war ein kleiner Ofen als Kochstelle eingebaut und steuerbord war ein halbes Dutzend Hängematten zwischen den Balken befestigt worden. Aus einer der Seemannskisten, die darunter standen, hing der Ärmel eines Hemdes, aus einer anderen ragten die Griffe von Schwertern und Degen. Jan schritt umher und zündete weitere Kerzen an, die hier und da an den Wänden in Haltern steckten. Das dumpfe Licht, das nun unter Deck herrschte, tauchte alles in einen flackernden gelben Schein.

„Ich weiß, es sieht sehr beengt aus, aber wenn man sich vorstellt, dass auf einem normalen Handelsschiff unter Deck nur Waren gelagert werden und die Besatzung oben an Deck schlafen muss, dann leben wir hier doch schon fast wie die Ratsherren zu Lübeck." Nikolas war so aufgeregt, endlich auf einem Schiff zu sein, dass er auch ein ganz normales Handelsschiff großartig gefunden hätte.

„Jetzt hab ich dir alles verraten, doch warum du hier bist, weiß ich immer noch nicht." Jan hatte die letzte Kerze angezündet und war zurück zu Nikolas gekommen, der sich neugierig umsah. „Der alte Christian hat schon die Hosen voll und erzählt, dass du letzte Nacht von den Nebelgeistern geschickt worden bist, um uns in die Irre zu führen."

„So 'n Quatsch! Ich bin ein Scholar der St. Nikolai-Schule und führe gewiss nichts im Schilde, um auch nur irgendjemandem unrecht zu tun", stammelte Nikolas und war überrascht über seinen eigenen Schrecken.

„Keine Sorge", lachte Jan. „Du hast doch sicherlich Hunger." Während Jan eine Schale mit dünnem, aber dampfendem Haferbrei füllte, der auf dem Ofen gestanden hatte, erklärte er Nikolas dessen neue Pflichten. „Wenn du fertig bist, dann kannst du die Tiere an Deck füttern. Wir haben dreißig Hühner mit einem Hahn und zwei Ziegen mit einem Bock an Bord. Das wird deine Aufgabe sein, die du jeden Tag erledigen musst. Morgens und abends bekommt jeder

Käfig mit Hühnern zwei Hände voll Weizen. Die Ziegen bekommen Hafer und es sollte immer etwas Heu in den Raufen sein. Kannst du melken?"

Nikolas schüttelte mit vollem Mund den Kopf, noch nicht einmal in der Lage, sein Erstaunen darüber zu äußern, dass lebende Tiere an Bord waren. Doch dann dachte er, dass dies recht schlau war, da man so auch auf langen Fahrten immer frische Eier und Milch hatte oder im Notfall sogar Fleisch essen konnte.

„Das wirst du schnell lernen. Bevor du fütterst, werden die beiden Ziegen gemolken. Das Saubermachen der Käfige wirst du auch übernehmen. Jeden Tag schmeißt du den ganzen Dreck über Bord. Du musst auch darauf achten, dass die Tiere immer Wasser haben. Ich zeig dir, wo das Futter steht, und dann wirst du lernen, wie man melkt."

Neben den Hafer- und Weizenvorräten lagerten Fässer mit Wasser für die Tiere und Dünnbier für die Besatzung. Weitere Fässer mit Äpfeln und Säcke voll Roggen standen gestapelt, und unzählige geräucherte Fische und gepökelte Schinken hingen von der Decke. Auf der anderen Seite lag ein riesiger Berg loser Rüben und weiter hinten waren Stroh und Heu aufgeschichtet.

Nikolas füllte sich etwas Weizen in einen Scheffel, etwas Hafer in die Hosentasche und nahm einen großen Arm voll Heu. So bepackt kletterte er mühsam die steilen Stufen wieder hinauf.

Oben an Deck war erneut eine Streiterei zwischen Klaas und Pitt im Gange.

„Aber er hat behauptet, dass die Schot an der Winsch festgeknotet wird", beklagte sich Pitt.

„Wenigstens hab ich nicht an den Wanten versucht, das Segel zu hissen", gab Klaas eingeschnappt zurück.

„Du weißt doch nicht mal, was Wanten sind", kam es prompt von Pitt.

Der alte Christian setzte sich erschöpft auf eine der Kisten an Deck und schlug die Hände über dem Kopf zusammen.

„Schluss mit den Mätzchen!" Ben streckte den Kopf aus seiner Kajüte. „Ihr habt beide keine Ahnung von der Seefahrt und deshalb werdet ihr tun, was Christian euch sagt. Vielleicht merkt ihr euch davon ja was und man kann euch irgendwann auch ohne Gouvernante einen Befehl geben. Nichts für ungut, Christian", fügte Ben an den alten Seemann gewandt hinzu, der empört die Luft zwischen zusammengebissenen Zähnen eingezogen hatte.

Nikolas beobachtete das Schauspiel und war sich immer noch nicht im Klaren, ob er das ganze lustig oder zum Verzweifeln finden sollte. Er bemerkte nicht, dass Derek sich neben ihn gestellt hatte.

„Ob unser Kapitän so viel von der Seefahrt versteht, wird sich auch noch zeigen müssen", raunte Derek.

„Aber als Kapitän muss er doch Bescheid wissen", gab Nikolas verwirrt zurück.

„Er ist Kapitän, weil ihm das Schiff gehört. Ansonsten ist er so unbedarft, wie ein verwöhnter Pfeffersack nur sein kann." Sie beobachteten, wie sich Ben wieder in seine Kajüte zurückzog. „Als Kapitän sollte er sich auch nicht in sein Kämmerlein einschließen, findest du nicht?", setzte Derek hinzu.

Nikolas war dankbar, dass der zweite Steuermann sich, ohne eine Antwort abzuwarten, entfernte, als Jan an Deck geklettert kam. In Dereks Gegenwart fühlte er sich unbehaglich, und er konnte das Gefühl nicht abschütteln, dass der Mann noch Schwierigkeiten machen würde.

Jan hielt Nikolas an, das Füttern der Tiere nie zu vernachlässigen, denn schließlich könne das über Leben und Tod entscheiden. Nikolas sah es zwar nicht ganz so eng, aber er wollte auch einem anderen Lebewesen kein Leid zufügen. So ging er hinüber zu den Käfigen auf dem Achterdeck. Die Hühner streckten schon ihre Köpfe durch die Stäbe und die Ziegen fingen an, hungrig zu blöken.

Als er mit den Hühnern fertig war, kam Jan mit einer tiefen Schale zu ihm.

„Dann werd ich dich jetzt in die hohe Kunst des Melkens einweihen", sagte er mit einem Augenzwinkern. Er kniete sich neben die erste Ziege, die genüsslich ihren Hafer fraß, und begann mit Leichtigkeit, Milch aus dem Euter in die Schale zu melken.

„Du musst immer darauf achten, dass der Bock auch wirklich angebunden ist, sonst kann es ungemütlich werden."

„Warum habt ihr überhaupt einen Bock an Bord?"

„Weil Ziegen Kitze kriegen müssen, um Milch zu geben. Also, sieh her. Du kniest dich so hinter die Ziege, berühr sie vorher am Bauch oder tätschle ihnen den Hintern, bevor du an das Euter gehst. Dann greifst du so von hinten zwischen den Beinen durch ans Euter. Mit Daumen und Zeigefinger drückst du am Ansatz die Zitze zu und dann drückst du die Milch nach unten raus, als wenn du eine Wurst ausquetschen willst. So." Ein feiner weißer Strahl frischer Milch spritzte erneut in die Schale. „Und jetzt bist du dran."

Nikolas hockte sich hinter die Ziege und gab ihr einen Klaps auf das Hinterteil.

„Na, Jan, hast du dem Kleinen schon gezeigt, was das Weibsvolk will?", tönte Pitt plötzlich, der die Unterrichtsstunde beobachtet hatte. Er und Klaas brachen in Gelächter aus.

Jan wurde puterrot im Gesicht und außer einem Gurgeln brachte er keine Antwort heraus, was Klaas und Pitt noch mehr amüsierte. Nikolas ließ sich nicht beirren. Er spürte das warme Euter an seinen klammen Händen und umschloss vorsichtig die Zitzen, so wie Jan es ihm gezeigt hatte. Doch nichts geschah.

„Nicht so ziehen, sondern nur drücken, sonst tust du ihr weh", sagte Jan, erleichtert, dass er einen Grund hatte, die Schmähungen zu ignorieren. „Vielleicht probierst du es mit beiden Händen? Mit der einen hältst du oben zu und mit der anderen drückst du die Milch raus."

„Das solltest du aber nicht bei Frauen ausprobieren, sonst wird sie dir eine scheuern, dass dir die Ohren schlackern", feixte nun Klaas lauthals.

„He, Kleiner, wenn du einen Rat vom größten Liebhaber der Welt haben willst, dann versuch's mal mit dem Mund", johlte Pitt.

„Die einzigen Titten, die du je gesehen hast, waren die deiner Mutter, als sie versucht hat, dich zu stillen! Und selbst damals warst du schon zu blöd, um zu wissen, was du damit machen solltest", fuhr der alte Christian dazwischen. „Macht euch an die Arbeit, ihr zwei Taugenichtse!"

Nikolas war überrascht, solche Worte von einem alten Mann zu hören, und auch Jan schaute ihm verdutzt nach.

Der Ratschlag, mit beiden Händen zu melken, funktionierte, und erneut spritzte ein weißer Strahl warmer Milch in die Schale. Erfreut sah er Jan an, der lächelnd nickte.

„Na, dann kann ich dich ja jetzt allein lassen. Und denk dran, nicht ziehen", ermunterte Jan ihn, „oder dran nuckeln."

Langsam wurden Nikolas' Hände warm und geschmeidig. Bei der zweiten Ziege versuchte er es wieder einhändig und auch das klappte jetzt.

Als er damit fertig war, gab ihm Jan eine Bürste und einen Eimer, um das Deck zu schrubben. Er ließ den Eimer an einem Seil ins Meer hinab. Doch beinahe hätte er ihn fallen lassen, als es über ihm laut rauschte. Nikolas blickte auf und sah, wie das Segel im freien Fall auf das Deck herunterkam. Doch schon rief der alte Christian ein Kommando, und Klaas und Pitt stemmten sich in die Seile, um das Segel festzumachen. Endlich blähte es sich im Wind und langsam setzte sich die Gundelinde in Bewegung.

5

Neue Geschichten

Nikolas beobachtete, wie das Land vorbeizog. Langsam passierten sie den Leuchtturm von Brunsbüttel, und er sah kleine Fischerboote nahe der Küste. So musste auch sein Vater einst mit seinem Kutter auf Krabbenfang gewesen sein, bevor er sich als Fleetenkieker verdingt hatte.

Dann begann Nikolas das Deck zu schrubben. Er war gerade mit dem Achterdeck fertig und wollte mit dem Hauptdeck weitermachen, als er merkte, wie sich ein flaues Gefühl in seiner Magengrube breitmachte. Er versuchte sich abzulenken und schrubbte immer heftiger. Er biss die Zähne zusammen und starrte stur auf die Maserung der Holzplanken. Schließlich meinte er, jede kleine Woge zu spüren, die das Schiff streifte, und auch sein Gehirn schien im Schädel hin und her zu schaukeln. Dann gesellten sich seine Eingeweide zu der Schaukelei dazu. Er war in der Mitte des Decks angekommen, als er es nicht mehr aushielt, doch da war es auch schon zu spät. Sein Magen gab dem ganzen Hin und Her nach und beförderte den halbverdauten Haferbrei mitten auf das Deck.

„Da hat unser kleiner Leichtmatrose aber eine Sauerei angerichtet. Das nächste Mal häng dich über die Reling", kam es schadenfroh aus Klaas' Mund.

„Hat das Baby Bäuerchen gemacht", quakte auch Pitt.

Grün im Gesicht und schwach vor Übelkeit blickte Nikolas auf, doch ihm blieb keine Zeit, etwas zu erwidern. Er stürzte, geschüttelt von einem erneuten Würgen, zur Reling.

„Na wenigstens lernt er schnell", hörte er Pitt zu Klaas sagen, bevor sie wieder von Christian dazu verdonnert wurden, sich die Bedeutung von stehendem und laufendem Guts einzuprägen.

Am späten Nachmittag gab es eine warme Mahlzeit. Jan hatte den Haferbrei vom Morgen mit Rüben und ganzen Dörrfischen gestreckt und dazu jedem eine dicke Scheibe Brot abgeschnitten. Zuerst aßen der Kapitän, der erste Steuermann Hein und der alte Christian. Danach kam der Rest der Mannschaft an die Reihe.

Selbst in der St. Nikolai-Schule hatte Nikolas nie so viel auf einmal zu essen bekommen. Zu seinem Leidwesen ließ der Geruch des Fischs seine Übelkeit wieder aufleben.

„Du siehst nicht so aus, als ob du den willst", sprach ihn Klaas von der Seite an und beförderte den Fisch, ohne auf eine Antwort zu warten, in seine eigene Schale.

„Sagt mal, ihr beiden, ihr sollt doch so gut im Kämpfen sein, könnt ihr auch mit Waffen umgehen?", fragte Christian.

„Und ob, Christian, willste mal zur Abwechslung was von uns lernen? Das ist eine weise Wahl, mein Alter, denn schließlich bin ich der größte Kämpfer, den die Welt gesehen hat", gab Pitt großspurig zurück.

„Der größte Liebhaber und auch noch der größte Kämpfer der Welt. Ich ziehe meinen Hut", spöttelte Christian. „Ich bin dafür zu alt, aber dem Rest hier tät's gut, auch etwas von Angriff und Verteidigung zu verstehen."

„Schon klar, also wer hat Lust beim größten Kämpfer der Welt und seinem Adjutanten Unterricht zu nehmen", fragte

Pitt. Keiner wollte der Erste sein. „Und du, Kleiner", richtete sich Pitt an Nikolas, „du solltest nicht nur Ziegenhintern streicheln, oder willst du gleich beim ersten Gefecht vom Bauchnabel bis zum Kinn aufgeschlitzt werden?" Dabei deutete er mit seinem Messer einen Schnitt von Nikolas' Unterleib bis hinauf zu seiner Nase an. Der Geruch von Fisch, der von dem Messer ausging, ließ Nikolas erneut würgen und er rannte an Deck, um sich wieder über die mittlerweile wohlbekannte Reling zu beugen. Nach einer Weile kam der alte Christian zu ihm.

„Nie auf die Wellen gucken, sondern immer den Horizont fixieren." Er führte Nikolas auf das Bugkastell und bedeutete ihm, sich hinzusetzten.

„Zweite Regel: Immer tief und ruhig durchatmen. Und drittens, versuch zu schlafen, danach geht's meistens schon viel besser."

„Danke", murmelte Nikolas und zog die Beine an den Körper.

Die Sonne ging gerade unter und tauchte das Meer in ein loderndes Rot, das Nikolas allein durch den Anblick im Innern zu wärmen schien. Es ging ihm schon wieder halbwegs gut, und obwohl er zwischenzeitlich seine Entscheidung, wegzulaufen, bereut hatte, spürte er, wie das erregende Kribbeln angesichts der zu erwartenden Abenteuer dem üblen Willkommensgruß des Meeres die Stirn bot.

Er blieb auf dem Bugkastell, bis die Sonne ganz untergegangen war und machte sich dann auf, um in einer der Hängematten unter Deck Schlaf zu finden. Er wollte gerade die Luke öffnen, als sie ihm entgegenflog und Pitt vor seine Füße fiel. Der rappelte sich auf und stürzte zur Reling, doch er schaffte es nicht mehr rechtzeitig. Es war ein widerliches Geräusch, als das heraufgewürgte Abendmahl auf das frisch gewischte Deck klatschte, und der Wind verbreitete schnell den säuerlich würzigen Geruch von halbverdautem Dörrfisch an Bord. Klaas, der schon eine Weile zusammengekauert auf der anderen Seite des Decks gesessen hatte, sprang nun ebenfalls auf, und so hingen beide über der Reling und kotzten sich die Seele aus dem Leib.

Nikolas holte zufrieden einen Eimer und tippte Klaas auf die Schulter „Hier, du Leichtmatrose, du darfst deine Sauerei auch selbst wegmachen." Klaas verzog das Gesicht zu einem schiefen Grinsen, bevor er sich wieder dem Drängen seines Magens hingeben musste.

Nikolas machte es sich in einer der Hängematten bequem. Es war ein merkwürdiges Gefühl. Das Schiff knarrte und ächzte unter den Rollbewegungen auf den Wellen. Aus dem Heu hörte er das Rascheln der Ratten und Mäuse, und dann und wann hörte er die Schritte der Wache an Deck. Eine Ehrfurcht vor dem Meer ergriff ihn, denn wenn das Schiff nicht halten würde, dann wären sie alle auf Gedeih und Verderb den mächtigen Fluten ausgeliefert. Doch als er weiter auf die Geräusche horchte und nichts Ungewöhnliches geschah, empfand er es sogar als angenehm, sich sanft in den Schlaf wiegen zu lassen.

Da es Klaas und Pitt auch am nächsten Tag noch nicht viel besser ging, mussten Nikolas und Jan bei den Manövern an Deck aushelfen. Während Jan schon mal über Kopf hängend in die Takelage gezogen wurde, als sie das Segel setzten, und auch sonst eher Knoten in seine eigenen Finger machte, lernte Nikolas schnell, welche Schot um welche Winsch gelegt wurde, wo sie entlangführten und welche Knoten man nicht ohne mehrere starke Männer an der Seite lösen sollte, wenn man nicht unbedingt vorhatte, das eigene Schiff zu versenken. Christian war hocherfreut über die Wissbegier ihres jüngsten Mannschaftsmitglieds und ließ auch von seinem Aberglauben ab, Nikolas sei ein Nebelgeist.

Trotzdem stand die Sonne schon hoch am Himmel, als sie endlich Kurs nehmen konnten, denn nicht nur Klaas und Pitt waren außer Gefecht, sondern auch Derek schien jeglicher körperlichen Arbeit aus dem Weg zu gehen.

„Der Frosch kommt aus dem Teich, läuft um den Baum und springt dann wieder in den Teich zurück," erklärte Nikolas den Palstek, als sich Jan und er etwas ausruhten. Doch Jan sah nicht auf den Knoten, den Nikolas eben festzog, sondern blickte hinauf zum Krähennest, in dem Henning wieder Platz genommen hatte.

„Warst du schon mal da oben?", fragte Jan nachdenklich.

„Nein, das ist das erste Schiff, auf dem ich bin", erwiderte Nikolas.

„Was die Theorie angeht, hast du 'ne Menge auf dem Kasten, aber die Praxis können wir noch verbessern. Was meinst du? Wer als Erster oben ist?" Und schon kletterte Jan die Takelage hinauf. Das ließ sich Nikolas nicht zweimal sagen. Es war herrlich, er fühlte sich so frei, als der Wind immer stärker um seine Ohren pfiff.

Oben angekommen war nicht genug Platz im Ausguck und Henning schien sich für die beiden Besucher auch nicht zu interessieren. So hingen Nikolas und Jan unter ihm in den Leinen, sahen Kirchtürme an der Küste emporragen und beobachteten die Möwen, die ihnen folgten und auf einen Leckerbissen hofften.

Es kehrte eine Ruhe in Nikolas ein, wie er sie noch nie zuvor gespürt hatte. Er überlegte, ob sich Störtebeker aus den Geschichten seines Vaters auch so gefühlt hatte. Eine

Microsoft sandt eine E-mail
an isidor3@wab.de
in 24 Std
heureka = 3

Sicherheitcode 8793

ganze Weile saßen sie so in der Takelage und keiner sprach ein Wort.

„Verdammte Möwen", schrie Henning plötzlich auf. Eine hatte ihm mitten ins Auge geschissen und halb blind zwängte er sich nun an Jan und Nikolas vorbei, um hinunter an Deck zu gelangen. Jan meinte schließlich, er müsse sich um das Essen kümmern, und so blieb Nikolas allein da. Er hätte den ganzen Tag dort sitzen können. Henning war nicht zurückgekommen und auch sonst hatte ihn niemand gestört.

„Langsam Steuerbord und abfallen", tönte es vom Achterdeck hoch.

Der Wind hatte sich gedreht, und wenn sie weiterhin vor dem Wind segeln wollten, musste auch das Segel gedreht werden. Nikolas schaute nach unten und sah, wie Klaas und Pitt zu den Fallen schwankten, um sie loszumachen. Sein Herz setzte kurz aus, als das Segel unter ihm ein Stück absackte.

„Nicht auffieren, ihr Deppen. Abfallen heißt - den Bug aus dem Wind!" Christian war entsetzt. „Sofort wieder anhieven, hoch mit dem Segel, hoch!"

Das Segel glitt wieder zurück in seine alte Stellung und Nikolas machte sich daran, hinabzuklettern. Noch während er auf dem Weg nach unten war, sah er, wie sich das Segel längsseits drehte, bis es voll im Wind stand. Gleichzeitig neigte es sich immer weiter nach Backbord.

„Nicht so weit", schrie Christian verzweifelt.

„Halber Wind, das Segel richtig getrimmt, bevor die Krängung zu groß wird", mischte sich nun auch Hein ein, der mit aller Kraft versuchte, das Steuerruder zu halten. Klaas und Pitt rannten kopflos von einer Seite des Schiffes zur anderen und auch Derek versuchte endlich zu helfen, doch keiner von ihnen verstand die Befehle, und so wurde die Situation an Bord immer brenzliger.

Nikolas erreichte das Deck und versuchte backbord die Schot wieder anzuhieven, doch er allein war dafür zu schwach. Christian und Derek kamen ihm zu Hilfe und gemeinsam brachten sie das Segel in den richtigen Winkel zum Wind.

„Richtig erkannt, Kleiner", sagte Derek, doch Nikolas vermutete, dass dieser selbst nicht gewusst hatte, was zu tun gewesen war.

„Wenn diese beiden sich nicht bald zusammenreißen, kriegen wir noch den Klabautermann zu sehen", grummelte der alte Christian und sah missmutig zu Klaas und Pitt hinüber, die mit großen Augen das Segel beobachteten, und sich dann gegenseitig zu ihrem unverdienten Erfolg beglückwünschten.

Als sie alle beim Essen saßen, kam der Kapitän zu ihnen.

„Männer, nach meinen Berechnungen haben wir jetzt die Handelsrute von Amsterdam nach Dänemark erreicht. Jetzt müssen wir nur noch warten, bis wir ein geeignetes Schiff sichten, das wir entern können. Nikolas, die Entermesser, Säbel und was da sonst noch an Waffen zu finden ist, müssen gereinigt und scharf gemacht werden." Damit ging Ben wieder an Deck und war für den Rest des Tages verschwunden.

Nikolas klappte den Deckel einer Seemannskiste auf und leuchtete mit einer Kerze hinein. Er konnte fünf gebogene Säbelklingen, zehn Entermesser und noch einmal so viele Dolche erkennen. Die Dolche schienen alle noch recht gut in Schuss zu sein, und die gebogenen Klingen der Säbel waren zwar angerostet, aber scharf. Doch mit den Entermessern hätte man nicht einmal warme Butter schneiden können. Er nahm alles aus der Kiste und sortierte sie nach den entsprechenden Waffenarten.

Die Dolche waren gerade und zweischneidig geschliffen, und ihre Kürze war auf dem begrenzten Platz eines Schiffes von Vorteil. Die Säbel waren nur an einer Seite geschliffen und leicht gebogen. Manche hatten einen Handschutz aus Korb, andere nur einfache Bügel, und sie waren mindestens doppelt so lang wie die Dolche. Woher und wozu Ben sie mit an Bord genommen hatte, war Nikolas schleierhaft. Die Entermesser hingegen hatten breite Klingen, fast wie Schwerter, und waren im Vergleich mit den Säbeln, die ja länger waren, recht schwer. Auch sie hatten alle einen umlaufenden Handschutz.

Nachdem Nikolas alle Klingen von Staub, Schmutz und Rost befreit hatte, stellte sich ihm das Problem, wie er sie schärfen könnte. Da ihm nichts einfiel, legte er alles wieder ordentlich in die Truhe zurück.

Jan und der alte Christian kamen zu ihm. „Haben gerade das Segel gerefft, damit wir nicht zu weit abdriften. Das war 'ne Arbeit. Könnten 'ne gute Hand voll Männer mehr gebrauchen, ich weiß nicht, wie wir das bei 'ner kräftigen Brise hinkriegen sollen", erklärte Christian erschöpft. „Wenn wir ein paar tüchtige Seeleute statt dieser Raufbolde an Bord hätten, dann wäre auch ein Sturm kein Problem."

„Ist das wahr, dass du mit Störtebeker gesegelt bist?", fragte Nikolas neugierig, und auch Jan horchte bei dem Namen gespannt auf.

„Nicht direkt. Wir waren beide bei der Schlacht um Stockholm unter Meister Hugo dabei, und da hab ich ihn das ein oder andere Mal gesehen. Aber wir haben nie zusammen auf einem Schiff gedient."

„Wie sah er aus, wie war er?" Nikolas setzte sich mit Hummeln im Hintern auf die Seemannskiste.

„Er sah aus wie jeder Seemann. Und er konnte jeden von uns untern Tisch trinken. Doch wenn es zum Kampf kam, war er wie ein Teufel und schlug alles nieder, was ihm in den Weg kam. Wahrscheinlich war er deshalb als Pirat so erfolgreich. Soweit ich weiß, hat er auch immer gut für sich selbst gesorgt. Da sich das Gericht aber auf keinen Handel einlassen wollte, hat er wohl das Geheimnis um seinen Schatz mit ins Grab genommen." Jan hatte einen Krug mit Bier gefüllt und reichte ihn herum.

„Ich war bei der Hinrichtung und hab gesehen, wie er nach seiner Enthauptung wieder aufgestanden ist", erzählte Nikolas.

„Was? Du hast gesehen, wie Störtebeker ohne Kopf an seinen Männern vorbeigegangen ist? Da hol mich doch der Klabautermann." Der alte Christian schmunzelte, denn obwohl er an allerlei Dinge zu glauben schien und praktisch für jede Gelegenheit eine Schreckensgeschichte zu erzählen wusste, so schien er doch seine Zweifel an Nikolas' Behauptung zu haben. „Mach dir nichts draus. Das war schon ein guter Anfang, um hervorragendes Seemannsgarn zu spinnen. Doch merk dir, in jedem Seemannsgarn ist auch ein Körnchen Wahrheit", ermunterte Christian ihn.

„Erzählst du uns noch etwas von der Schlacht um Stockholm?", fragte Jan dazwischen.

„Ihr wollt also eine Geschichte vom Großmeister des Seemannsgarns hören", schmunzelte der Alte. „Also gut, wollen mal sehen, an was ich mich noch erinnern kann. Königin Margarete von Dänemark war damals drauf und dran, ganz Schweden zu erobern, doch an Stockholm hat sie sich die Zähne ausgebissen.

Rostock und Wismar stellten einer ganzen Reihe von Freibeutern Kaperbriefe aus, um dänische Schiffe aufzubringen und die Belagerung zu durchbrechen. Auch ich hab damals als nicht mehr ganz so junger Haudegen auf einem der Schiffe angeheuert.

Im Februar, was eigentlich viel zu früh für Schifffahrten in diesen Gewässern ist, machten wir uns mit acht Schiffen unter dem Oberbefehl von Meister Hugo auf nach Norden.

Störtebeker war damals noch ein einfacher Matrose, doch machte er sich in dieser Schlacht zum ersten Mal einen Namen.

Es war also viel zu früh im Jahr und so kam es, wie es kommen musste. Unsere Schiffe wurden kurz vor Stockholm vom Eis umschlossen. Natürlich dachten die dänischen Truppen, dass wir jetzt eine leichte Beute wären und bereiteten ihren Angriff vor. Doch sie hatten nicht mit dem Scharfsinn unseres Oberbefehlshabers gerechnet. Zuerst ließ er einen Wall von Baumstämmen um unsere Schiffe errichten, und dann hackten wir kurz vor dem Angriff große Löcher ins Eis, die nur an der Oberfläche zufroren. Viele der Dänen brachen ins Eis ein und ertranken jämmerlich, und den Rest erschlugen wir an unserem Wall. Nun ja, so gewannen wir die Schlacht, obwohl wir zahlenmäßig unterlegen waren." Nachdem Christian geendet hatte, saßen sie noch eine Weile schweigend zusammen und starrten in das Feuer der Kerze.

„Ich werde mich jetzt etwas aufs Ohr hauen und dann die erste Nachtwache übernehmen", sagte Christian und machte sich daran, die ersten Hängematten wieder aufzuspannen.

6

Schiff in Sicht

Die Tage zogen sich dahin und wurden immer kürzer. Doch da Ben den Befehl gegeben hatte, Position zu halten, bis sie ein Schiff sichteten, taten sie das auch, und das bedeutete: nichts. Es war wieder einmal ein klarer und frostiger Oktobermorgen, als der Kapitän sie alle zusammenrief.

„Also Männer, wir sollten unser Schiff neu benennen. Gundelinde ist doch etwas zahm."

„Wenn's darum geht, war ‚Toller Hund' auch nicht besser", murmelte Christian.

„Ich schlage ‚Störtebeker' als Ehrbezeugung für den großen Helden vor. Was haltet ihr davon?"

„Ich finde, wir könnten es bei ‚Gundelinde' belassen", warf Pitt dazwischen. „Hab da recht viel Vertrauen zu dem Namen."

„Ach je, schon wieder deine Frau."

„Nein, meine Mutter, wenn du es wissen musst." Klaas und Pitt wollten schon wieder eine ihrer Kabbeleien anfangen, doch Ben ließ sich von seiner Namensgebung nicht abbringen. „Nichts gegen den Namen, meine Tante hieß auch so."

Pitt warf einen triumphierenden Blick zu Klaas.

„Doch wir sind kein Handelsschiff mehr, sondern ein Piratenschiff und da gehört ein furchteinflößender Name her", stellte Ben entschieden fest.

„Ich finde den Namen gar nicht so schlecht. Welcher Händler würde nicht sofort Reißaus nehmen, wenn er stattdessen ,Störtebeker' an unserem Schiff sieht? Wir wollen doch, dass sie uns möglichst vertrauensselig in ihre Nähe lassen, oder welche Taktik verfolgen wir?"

Pitt nahm Nikolas ob dieser präzisen Analyse anerkennend in den Arm. „Daran haste nich gedacht, was? Da musste dir erst mal unser Kleiner hier verraten, was Sache ist."

„Eigentlich fährt man am besten mit einem schnellen Angriff aus dem Hinterhalt. Aber ein Schiff in die Falle zu locken erscheint mir bei dieser Mannschaft doch am erfolgversprechendsten", resümierte der alte Christian, ohne die Diskussion um den Namen ihres Schiffes weiter zu beachten.

„Schiff in Sicht", kam es plötzlich aus dem Krähennest. Sofort waren jegliche Kontroversen vergessen. Alle stürzten zur nächsten Reling und starrten auf das Meer hinaus in der Erwartung, ein großes Handelsschiff zu entdecken. Doch kein Schiff war in Sicht.

„Backbord, etwa fünf Meilen voraus", kam es wieder von Henning aus dem Krähennest. Nach kurzer Verwirrung liefen sie alle zur gegenüberliegenden Reling und tatsächlich, da war ein kleines Schiff am Horizont zu sehen.

„Also Männer, ihr wisst, was ihr zu tun habt. Wir tun so, als wenn wir Hilfe bräuchten, und schlagen zu, wenn sie nah genug rangekommen sind. Hisst die Seenotflagge." Bens rosige Wangen glühten förmlich vor Eifer.

Doch nun schauten sie sich erst recht verwirrt an, und nach einer kurzen Pause humpelte der alte Christian los und holte die geforderte Flagge.

„Flagge gehisst", rief Klaas eine kleine Ewigkeit später. Und nun konnten sie nichts weiter tun, als zu warten.

Nikolas war wieder hinauf in die Takelage geklettert und fixierte angespannt das Schiff in der Ferne. Er war so aufgeregt, dass er erst gar nicht bemerkte, dass das Schiff ungewöhnlich lange brauchte, um näher zu kommen, obwohl es in direktem Kurs auf sie zuhielt. Endlich erkannte er, dass das Schiff nicht größer wurde, weil es wirklich nur ein kleiner Fischkutter war, der nun einmal so klein blieb, wie er war.

„Das sieht mir aus wie ein einfaches Fischerboot", rief Nikolas.

Ungläubig starrten sie weiter auf das Schiff. Ben stapfte schließlich in seine Kajüte und kam mit einem Fernrohr zurück. Obwohl er nun mit eigenen Augen sah, dass Nikolas recht hatte, machte er keine Anstalten, den Überfall abzublasen. „Das wird wenigstens leichte Beute."

Der Kutter kam schnell näher, und allem Anschein nach hatten die Fischer auch die Notseeflagge erkannt, denn sie steuerten sie weiterhin direkt an. Nikolas konnte es nicht glauben, dass sie wirklich dieses kleine Boot entern und ausrauben sollten, wenn es da überhaupt etwas zu holen gab. Alle anderen hatten sich bereits bis an die Zähne bewaffnet und es schien ihnen sichtlich schwerzufallen, so zu tun, als wären sie ehrbare Händler in Not.

Endlich war das Fischerboot längsseits gekommen und die Fischer hatten kaum gefragt, wie sie helfen könnten, als auch schon die Enterhaken flogen. Pitt war der Erste, der sich mit Gejohle an einem Seil auf das Boot schwang und beinahe auf der anderen Seite ins Wasser fiel, so klein war es.

„Gebt all eure wertvolle Fracht heraus und es wird euch kein Leid geschehen", donnerte Ben.

Doch die Fischer, die von Klaas und Pitt mit den stumpfen Entermessern bedroht wurden, schauten nur verängstigt, während Derek und Henning das Boot durchsuchten. „Hier ist nichts, was sich lohnen würde mitzunehmen!"

„Los, raus mit der Sprache, was habt ihr an Bord und wo habt ihr es versteckt?", rief Ben ein zweites Mal mit theatralischer Stimme.

„Guter Herr, wir sind einfache Fischer und das Einzige, was wir haben, ist Fisch, der dort in den Kisten lagert", antwortete einer der Männer.

Ben stieg auf das Boot hinunter, um sich selbst davon zu überzeugen, dass nichts an Bord war, was sie erbeuten konnten.

„Nun gut, wenn das so ist, dann nehmen wir halt den Fisch mit." Entschlossen stieß Ben eine der Kisten auf. Silbrig schwänzelten die noch lebenden Fische in ihrem Gefängnis und schnappten glubschäugig nach Luft.

„Das könnt ihr nicht tun", warf der Fischer ein. „Wenn wir ohne Fische heimkehren, haben wir nichts zu verkaufen und können unsere Familien nicht ernähren."

„Das ist nicht unser Problem." Derek fand seinen Spaß daran, die beiden Fischer zu demütigen.

„Wir haben doch genug Fisch", warf Nikolas ein.

„Man kann immer mehr gebrauchen. Dann können wir etwas verkaufen und haben endlich Geld in der Tasche." Derek wollte partout nicht davon ablassen, den armen Fischern ihren Fang wegzunehmen.

Nikolas schaute Ben an, doch entweder wollte oder konnte er ihre erste Kaperfahrt nicht erfolglos abbrechen, und so hievten sie die Fische in einem Netz an Bord und ließen den Kutter weiterziehen.

„Nun Männer, das nenn ich einen erfolgreichen Start in unser neues Leben", sagte Ben.

Ernüchtert standen sie an Deck und beobachteten, wie ihre Beute unter letzten Zuckungen langsam erstickte.

„Was machen wir jetzt mit ihnen? Wir haben keine Möglichkeit, sie zu räuchern, und genug Salz zum Einlegen haben wir auch nicht." Jan betrachtete die ganze Angelegenheit weniger vor dem Hintergrund eines erfolgreichen Beutezuges als aus der praktischen Denkweise eines Smutjes.

„Wir werden sie erst mal in Fässer füllen und dann einen Hafen aufsuchen, um sie zu verkaufen oder selbst zu pökeln", erwiderte Ben.

Nachdem die glitschige Arbeit getan war, machte sich Nikolas daran, wie schon so oft, das Deck zu schrubben, während sich Ben mit seinem ersten und zweiten Steuermann und dem alten Christian in seine Kajüte zurückzog.

Nikolas erfuhr später, dass Ben sich verrechnet hatte und sie nicht auf einer Handelsroute, sondern viele Meilen entfernt von jeglichem hansischen Seeverkehr lagen. Doch bevor der Kapitän dieses Geständnis machte, hatte er seinen Männern wenigsten den Erfolg ihrer ersten Beute geben wollen.

Am nächsten Morgen hissten sie endlich die Segel und machten sich auf, um die dänische Küste zu erreichen. Wie üblich dauerte es lange, bis das Schiff ohne Störungen im Wind lag, und so waren sie auch noch nicht weit gekommen, als sich der Himmel zuzog und eine steife Brise aufkam. Noch ehe die Sonne untergegangen war, befanden sie sich in einem ausgewachsenen Sturm. Ben schrie seine Befehle vom Achterdeck hinunter durch den heulenden Wind. Kaum jemand hörte ihn wegen des immer lauter werdenden Getöses, und jeder war mehr damit beschäftigt, Halt zu suchen, um nicht von der nächsten Welle über Bord gespült zu werden. Die Nacht brach herein und noch immer wurden sie von den riesigen Wellenbergen, die sich links und rechts von ihnen auftürmten, hin und her geworfen. Auch Ben hatte sich an der Treppe zum Achterkastell festgeklammert und nur noch Hein stand fest wie ein Baum hinter dem Steuerruder.

„Kapitän, wir müssen das Segel einholen, bevor es reißt", kam es vom gischtumschäumten Ruder.

„Zum Teufel, dann holt das Segel ein, Männer", brüllte Ben, während ihm eine Welle ins Gesicht peitschte und er sich verschluckte.

Nikolas, Derek und Henning, dem es zum ersten Mal sichtlich unbehaglich im Krähennest geworden war, kämpften sich backbord durch, während der alte Christian, Klaas und Pitt steuerbord die Schoten losmachten. Als das Segel endlich eingeholt war, suchten sich alle wieder irgendwo einen sicheren Platz, um das Ende des Sturms abzuwarten.

Im Morgengrauen war das Unwetter vorübergezogen und sie sahen einen bleifarbenen Tag anbrechen. Doch erst als sie erneut das Segel setzten wollten, um nun den, wie Ben meinte, günstigen Wind zu nutzen, merkten sie, wie ruhig ihr Schiff in dem noch immer recht unruhigen Wasser lag.

Nikolas war unter Deck, um mit Jan die durcheinandergepurzelte Ladung zu sortieren, als er über ihnen aufgeregtes Rufen hörte. Er stieg gerade mit zwei Eimern die steile Treppe hoch, um die wie durch ein Wunder unversehrten Tiere zu füttern, als er mitbekam, was geschehen war. Sie waren auf eine Sandbank gelaufen und auch mithilfe des gehissten Segels bewegte sich das Schiff kein Stück.

„Verdammt noch mal, was seid ihr bloß für ein Sauhaufen, könnt ihr nicht mal auf diesem weiten Meer eine Sandbank umschiffen?", fluchte Derek außer sich und stampfte mit riesigen Schritten zum Achterdeck ans Ruder.

„Als wenn wir etwa mit Absicht aufgelaufen sind", brummte Pitt Klaas zu.

Derek versuchte vergebens, das Steuerruder zu bewegen und auch sein Glaube, dass es bloß seiner Führung bedürfe, half nichts. Sie saßen fest.

Den Rest des Vormittags versuchten sie mit langen Staken, das Schiff von der Sandbank zu stemmen. Ab und zu, wenn ihnen eine Welle zu Hilfe kam, machte das Schiff einen kleinen Ruck, doch sie konnten nicht sagen, ob sie sich befreiten oder mehr und mehr auf die Sandbank trieben. Schließlich waren sie so erschöpft und hoffnungslos, dass sie sich da, wo sie sich gerade befanden, ausstreckten und eine ganze Weile nicht mehr bewegten.

„Schiff in Sicht", rief Henning aus dem Ausguck.

Diesmal erhoben sich die anderen nur zögerlich, doch Ben hatte sein Fernglas bereit und suchte den Horizont ab.

„Es scheint, als hätten wir Glück. Es ist ein dänisches Handelsschiff und sie halten direkt auf uns zu. Hisst die Seenotflagge."

„Flagge gehisst", rief Klaas sofort. „Noch immer", fügte er hinzu, denn niemand hatte sie bisher eingeholt.

Es dauerte noch eine halbe Stunde, bis man auch mit bloßem Auge die dänische Flagge erkennen konnte, und eine weitere halbe Stunde, bis sie endlich in Hörweite waren.

„Ahoi. Wir sitzen hier auf einer Sandbank fest und kommen weder vor noch zurück. Könnt Ihr uns helfen?" Ben und seine Mannschaft versammelten sich steuerbord, um ihre Retter willkommen zu heißen.

„Wir kommen zu Euch und schleppen Euch raus. Wir haben weniger Tiefgang. Macht alles bereit, damit wir an Bord kommen können", rief ein freundlich lächelnder Mann zurück und zwei weitere Männer zeigten sich hinter ihm.

„Holt die Stege raus", befahl Ben erfreut.

Wenige Augenblicke später lag das fremde Schiff längsseits. Der Kapitän des anderen Schiffes kam mit seinen beiden Männern herüber.

„Welche Freude, dass Ihr uns entdeckt habt. Wir sind heute Nacht in diesen fürchterlichen Sturm geraten und der muss uns auf diese Sandbank getrieben haben." Ben begrüßte den anderen Kapitän mit heftigem Händeschütteln.

„Die Freude ist ganz unsererseits", antwortete der andere und drehte sich grinsend zu seinen Männern um, die in ein unbehagliches Gelächter ausbrachen. Klaas und Pitt stimmten zögerlich ein, doch keiner von ihnen wusste, was so lustig war. So plötzlich, wie sie angefangen hatten, verstummten sie auch wieder.

„Los!", brüllte der andere Kapitän.

Zehn weitere Männer tauchten auf dem anderen Schiff aus Luken und hinter Fässern auf, rannten über die Stege oder schwangen sich an Seilen auf sie zu. Die Mannschaft der Gundelinde erkannte zu spät, dass sie selbst in eine Falle getappt waren. Es blieb ihnen keine Zeit, auch nur davonzulaufen, da waren sie schon umzingelt und mithilfe von spitzen Entermessern zusammengedrängt worden. Keiner von ihnen hatte eine Waffe bei sich und so blieb ihnen nichts anderes übrig, als sich kampflos zu ergeben.

„Was soll das? Ihr seid gar keine dänischen Händler!"

„Gut erkannt, Herr Kapitän."

„Wir haben nichts", stammelte Ben und schaute verlegen zu seiner Kajüte.

„Das werden wir sehen. Bei einem solchen Tiefgang findet sich bestimmt etwas, das sich lohnt mitzunehmen. Durchsucht das Schiff und nehmt alles, was wir brauchen können. Du und du, ihr fesselt die hier an den Mast." Die Mannschaft des Piratenkapitäns folgte dem Befehl aufs Wort.

„Finger weg, du Spacken!", schrie Pitt, als sie versuchten, ihn zu greifen. Ein gezielter Faustschlag ließ den Piraten zurücktaumeln, doch der fing sich schnell wieder und unterstützt von seinen Kumpanen hatte er Pitt schnell überwältigt und gefesselt. Doch auch Ben schien plötzlich, getrieben von Ehrgefühl und der Verpflichtung, als Kapitän ein Vorbild zu sein, die Kampfeslust gepackt zu haben und warf sich von hinten auf den nächsten Rücken, der sich anbot. Wie bei dem Ritt auf einem wilden Stier wurde Ben herumgewirbelt, bis er doch zu Boden fiel und ihm ein schneller Schwertstreich eine klaffende Schnittwunde am linken Unterarm zufügte. Zu Bens Glück befahl der Piratenkapitän, sich nicht mit derlei Mätzchen aufzuhalten, und so wurde er einfach liegen gelassen, ohne ihm ans Leben zu gehen. An den Mast gefesselt oder schwer blutend konnten sie nun hautnah miterleben, wie ein geübter Piratenüberfall funktionierte.

In Windeseile wurden all ihre Fässer, Kisten und Säcke verladen, und auch die Ziegen und Hühner fanden ein neues Zuhause. Nur die rohen toten Fische, die nach dem Sturm über das ganze Deck verteilt waren, ließen sie ihnen.

„Ich danke euch für eure Gastfreundschaft und hoffe, dass wir uns mal wiedersehen. Ach, und in ein paar Stunden wird die Flut euch von selbst befreien." Der Piratenkapitän tippte sich kurz an seinen Hut, bevor er sich auf sein eigenes Schiff hinüberschwang und mit seiner Meute verschwand.

7

Land in Sicht

Nikolas schaffte es, sich rasch aus seinen Fesseln zu winden und auch alle anderen waren schnell wieder auf den Beinen. Trotzdem blieb ihnen nichts anderes übrig, als ihren Widersachern tatenlos nachzusehen, denn die Gundelinde saß immer noch auf der Sandbank fest. So versorgten sie ihre Wunden, wobei sich herausstellte, dass Klaas ausgezeichnete Kenntnisse in der Krankenpflege hatte.

„Für ein paar Jahre kam ein Barbier in der Nähe des Waisenhauses vorbei, in dem ich aufgewachsen bin. Ein bunter Wagen mit 'nem Klappergaul vorne dran und der Herr selbst ebenfalls nicht gerade wohlgenährt. Aber eine Darbietung hat er gebracht, da blieb mir die Spucke weg. Ich hab jeden seiner Auftritte studiert, um die Zaubertricks zu lernen. Dabei hab ich halt auch die ein oder andere Behandlungsmethode mitbekommen. Die hat er weniger gut gehütet als seine Taschenspielereien. So, du solltest den Arm für eine Weile nicht bewegen, bis die Wunde sich geschlossen hat." Damit zog er den Knoten von Bens Verband fest, den er mit Stoffstreifen aus einem sauberen Leinenhemd improvisiert hatte.

Nikolas und Jan begannen die verstreuten und stinkenden Fische über Bord zu werfen, was sturzfliegende Möwen auf den Plan rief, die wie Pfeile um sie herum in die See tauchten.

Die Männer waren alle niedergeschlagen und missmutig ob dieser überraschenden Wendung ihrer Reise, und Ben befahl, von nun an die Waffen immer und überall zu tragen. Erstaunlicherweise waren die Säbel, Dolche und Entermesser zurückgelassen worden. Wahrscheinlich sahen sie selbst nach Nikolas Bemühungen immer noch zu schäbig aus und waren die Mühe des Raubes nicht wert.

Endlich kam die Flut und ihr Schiff hatte wieder Wasser unter dem Kiel und fing an zu schwimmen. Es knirschte die letzten Meter über den Sand und sie waren frei. Sie setzten Kurs auf das Ufer, um einen Hafen zu finden, wobei Derek das Steuer übernommen hatte und Hein ihnen mit einem Lot den Weg zwischen den Sandbänken wies.

Ben hatte sich seinen Mantel angezogen, denn ihm war kalt geworden. Der Verband um seine Wunde war durchgeblutet und hatte auch seinen ganzen Ärmel dunkelrot gefärbt. Klaas wechselte die Bandage, wobei er diesmal einen kleinen Holzstab entlang der Wunde einlegte, um die Blutung durch den zusätzlichen Druck zu stoppen. Ben verweigerte, sich in seiner Kajüte hinzulegen, und so drängte Klaas ihn, sich wenigstens hinzusetzen und den verletzten Arm hoch zu halten. Die Sonne ging unter und färbte das unendliche Meer hinter ihnen rot wie eine Blutspur.

Nikolas, der eine ganze Weile nicht schlafen konnte, war an Deck gegangen. Warm eingepackt in einen Pullover, der Jan zu klein geworden war, beobachtete er Hein, wie er das Lot ins Wasser gleiten ließ und es wieder einholte. Zwischen Wolkenfetzen hindurch beschien immer wieder der Mond die ruhigen und regelmäßigen Bewegungen des Riesen.

Nach einer ganzen Weile brach Nikolas endlich die Stille. „Du misst die Tiefe des Wassers, oder? Wie genau stellst du fest, wie tief es ist?"

Hein sah ihn stumm an und es schien, als überlegte er, ob er wegen des Schiffsjungen seine fast meditative Tätigkeit unterbrechen sollte. Doch schließlich lächelte er Nikolas unter seinem buschigen Bart an.

„Komm her, Kleiner", bedeutete er Nikolas mit einer Kopfbewegung, während er erneut die Leine mit ausgestreckten Armen einholte.

„Dieses Bleigewicht sinkt auf den Meeresboden. Du kannst sein Aufsetzen leicht spüren. Wenn es den Grund berührt hat, holst du die Leine wieder ein. Dabei zählst du, wie viele Faden du abgerollt hast. Ein Faden entspricht etwa der Spanne zwischen deinen ausgestreckten Armen. Nun, bei dir nicht ganz, aber mit der Zeit entwickelt man da so seine Erfahrung." Hein hatte das Lot erneut ins Wasser geworfen und beobachtete, wie die Leine im Dunkel des Wassers verschwand.

„Wie viele Faden haben wir hier? Und wann läuft man auf?" Nikolas spähte über die Reling auf die schwarze Wasseroberfläche.

„Im Moment haben wir vierzehn Faden. Weiter draußen sind meistens zweiundzwanzig Faden und bei etwa fünf Faden sollte ein voll beladenes Schiff schon aufpassen. Willst du es versuchen?"

Nikolas war überrascht, hatte er doch immer den Eindruck gehabt, Hein würde es vorziehen, für sich zu bleiben. Hein schmunzelte, aber er sagte nichts, sondern hielt ihm nun das Lot entgegen. Nikolas spürte das Gewicht und die nasse Kälte in seiner Hand. Er betrachtete es genau und entdeckte am Ende eine Vertiefung, in der eine gelbliche Masse klebte.

„Was ist das", fragte er und bemerkte, dass Hein ihn aufmerksam beobachtet hatte.

„Lotspeise. Talg oder Ähnliches, an dem der Sand bei Grundberührung haften bleibt. Der Meeresboden unterscheidet sich von Ort zu Ort genauso wie der Boden an Land, und ein erfahrener Seemann kann daran erkennen, in welchen Gewässern er sich befindet."

„Und warum machen wir es jetzt nicht?"

„Wir wissen doch eh nicht genau, wo wir sind. Und im Moment geht es nur darum, die Küste unbeschadet zu erreichen."

„Aber wäre es nicht sinnvoll für die Zukunft, überall Bodenproben zu sammeln und eine Art Karte zu erstellen, mit der man sich dann zurechtfinden könnte?"

„Möglich. Andere Seefahrer haben sich bestimmt schon die Mühe gemacht. Vielleicht hat unser Kapitän sogar so eine Karte schon, überraschen tät es mich nicht bei dem ganzen Pergament in der Kajüte", antwortete Hein nachdenklich. „Oder es wäre eine Aufgabe für einen Schiffsjungen. Doch jetzt versuch's erst einmal so. Noch haben wir Zeit."

Nikolas warf das Lot über Bord und spürte, wie es schnell in die dunklen Tiefen sank und die Leine durch seine Hände glitt. Nach wenigen Herzschlägen nahm er eine sanfte Erschütterung wahr, die die Leine zwischen seinen Fingern leicht vibrieren ließ, so leicht, dass er sich nicht sicher war, ob das Senkblei wirklich schon den Grund erreicht hatte. Die Leine lief weiter durch seine Hände und er blickte verzagt zu Hein.

„Es gehört eine Menge Erfahrung dazu, um das Lot zuverlässig zu bedienen, aber meistens ist der erste Eindruck auch der richtige. Und mir scheint, als solltest du die Leine schon längst wieder einholen. Vergiss nicht, das Schiff bewegt sich und dadurch wird auch die Leine ins Wasser gezogen."

Nikolas holte die Leine mit ausgestreckten Armen wieder ein, so wie er es bei Hein gesehen hatte. Er zählte dreißig Faden und sie kamen überein, dass das wohl nicht stimmen konnte. Nikolas versuchte es noch weitere Male und so standen sie Seite an Seite in der ruhigen Nacht und beobachteten, wie die Leine immer wieder im Wasser verschwand. Nach einiger Zeit entwickelte Nikolas ein Gespür dafür, wann er die Leine einholen musste und seine Lotungen wurden von Hein, der ab und zu zur Sicherheit selbst die Tiefe maß, bestätigt. Irgendwann maßen sie nur noch zehn Faden und Hein übernahm das Lot. Nikolas war es nur recht, denn der eisige Wind, der leicht, aber beständig wehte, hatte ihn bis auf die Knochen durchfroren, und müde ging er unter Deck.

Er hatte das Gefühl, kaum die Augen zugemacht zu haben, als er auch schon wieder unsanft geweckt wurde.

„Steh auf, du Drömel, wir müssen das Schiff festmachen", drang die unsanfte Stimme von Derek zu ihm, der sich, sobald Nikolas die Augen aufgeschlagen hatte, umdrehte und an Deck stieg.

Nikolas rollte steif aus seiner Hängematte und wischte sich den Schlaf aus den Augen. Er spürte kein Schaukeln mehr und fragte sich, in welchen Hafen sie eingelaufen waren, als er Derek an Deck folgte. Doch da war kein Hafen, noch nicht einmal ein Dorf, sondern er sah nur die Dünen einer fremden Küste.

„Wo sind wir?", fragte er Hein.

„Dänemark. Vermutlich." Hein antwortete in seiner üblichen kargen Art und seine Stimme hatte nichts mehr von der Freundlichkeit der letzten Nacht.

Nikolas schaute über die Reling und stellte fest, dass sie wieder auf Grund gelaufen waren, doch diesmal an einem weißen Strand vor einer flachen Düne. Da sie nicht wussten, wo der nächste Hafen war, hatten sie eine geschützte Bucht angesteuert.

Klaas und Pitt wateten im sich zurückziehenden Wasser umher und stützten das Schiff mit Balken ab, die an Deck gelagert hatten. Jan, der alte Christian und auch Henning waren dabei, dicke Pflöcke in den Sand zu schlagen und das Schiff mit noch dickeren Seilen daran zu vertäuen. Es dauerte einige Stunden, bis sie das Schiff gesichert hatten.

Da nun auch der Teil der Kogge, der sonst im Wasser lag, zu sehen war, konnte man gut erkennen, wo die schützende Teerschicht durch das Auflaufen abgeschabt worden war. Auch einige morsche Planken kamen zum Vorschein. Doch der größte Teil des Rumpfes war mit Abertausenden von Miesmuscheln, Seepocken und kleinen Krebsen besetzt, die sich an der frischen Luft in ihre Gehäuse zurückgezogen hatten.

„Kein Wunder, dass wir einen solchen Tiefgang hatten, bei dem Gepäck", meinte Klaas.

„Nicht nur das, durch diese verdammten Viecher wird das Schiff auch immer langsamer", ergänzte der alte Christian.

Zum Mittagessen gab es Muscheleintopf, frisch geerntet von ihrem Schiff. Danach machte sich die Hälfte der Besatzung auf, die Gegend zu erkunden.

Nikolas blieb mit Jan und Christian zurück und machte ein kleines Feuer am Strand, um das sie sich drängten und den Geschichten des alten Christian lauschten. Gegen Abend war auch der Rest der Mannschaft wieder zurück.

Hinter der Düne, eine knappe Meile entfernt, lag ein kleines Dorf, wo sich Ben seinen Arm hatte nähen lassen und ein kleines Fass Bier erstand. Wovon er es bezahlt hatte, wollte er nicht sagen.

Nikolas war gerade dabei, in einer Sandkuhle nahe dem Feuer einzudösen, als er bemerkte, dass sich eine dunkle Gestalt in den Dünen bewegte. Klaas und Pitt sprangen sofort auf und entfernten sich mit gezückten Messern aus dem Schein des Feuers. Seit dem Überfall schliefen sie sogar voll bewaffnet und hatten anscheinend immer noch nicht mitbekommen, dass ihre Entermesser völlig stumpf waren. Nikolas, dessen Augen auf die Helligkeit des Feuers eingestellt waren, konnte sie schon bald nicht mehr sehen und beobachtete stattdessen gespannt die näher kommende Gestalt, deren Umrisse sich auf der Düne schwarz gegen den bewölkten Himmel abzeichneten.

Plötzlich sprangen Klaas und Pitt mit fürchterlichem Geschrei aus den Schatten und alle drei stürzten in die Dunkelheit. Nikolas und der alte Christian hörten nur, wie die Körper den Hang hinunterrollten.

„Seid ihr verrückt geworden, lasst mich los, ihr Döspaddel", schrie Jan.

Das Handgemenge hörte auf und nach einer kurzen Stille drang ein Lachen durch die Nacht. Klaas und Pitt kamen wieder auf das Feuer zu, mit Jan in ihrer Mitte, der sich kurz zuvor unbemerkt entfernt hatte, um sich in den Dünen zu erleichtern. Ein wenig bleich und verschreckt klopfte er sich den Sand aus den Kleidern.

Am nächsten Morgen machte sich Nikolas daran, erneut Muscheln vom Rumpf zu schaben, und Jan kochte wieder eine Suppe daraus. So schlugen sie zwei Fliegen mit einer Klappe. Doch es war eine mühsame Arbeit, und mit jeder Muschel, die er löste, riss er auch Teile des darunterliegenden Holzes aus dem Rumpf. Hinzu kam, dass dieses Meeresgetier unerwartet scharfe Kanten und Ecken aufwies, sodass Nikolas bald mit vielen kleinen Schnitten an Händen und Armen übersät war.

Da der Martinstag nahte und somit die Hanse ihre Schifffahrt für den Winter einstellte, machte es keinen Sinn mehr, noch einmal hinauszufahren. Stattdessen bereiteten sie alles für die kalte Jahreszeit vor.

Das Segel wurde abgenommen und auch hier sah man erst von Nahem, wie abgenutzt es war. Nun verbrachten sie die schnell kürzer werdenden Tage damit, Taue und Segel zu flicken. Den Rumpf des Schiffes würden sie erst im Frühjahr wieder in Schuss bringen können, da ihnen im Moment das Material fehlte. Es war eine harte und langwierige Arbeit.

Als der erste Frost kam, hatten sich Klaas und Pitt in der Schmiede des kleinen Dorfes Arbeit gesucht. Jan war als Küchenjunge in einer Schenke untergekommen, und auch die anderen hatten schon hier und da Arbeit gegen Kost und Logis gefunden. Nur der alte Christian und Nikolas waren immer noch rund um die Uhr auf ihrem Schiff. Jeden Tag versuchte Nikolas, ein kleines Stück mehr den Rumpf zu säubern, doch es schien eine schier endlose Arbeit zu sein.

Wochen vergingen und die Wiederkehr der Geburt Christi rückte näher, als Klaas, Pitt und Jan mal wieder ihren Wachdienst hatten. Klaas und Pitt schwärmten von den Frauen im Dorf und Nikolas hörte von Dingen, über die er noch nie nachgedacht hatte und ihm äußerst absurd vorkamen.

„Die Frauen hier sind einfach umwerfend, Kurven haben die, da kann selbst Irma aus dem Seemannshof nicht mithalten." Sie sahen Nikolas und Jan schwärmerisch an, die beide weder den Seemannshof noch eine Irma kannten.

„Ach, kommt schon, zumindest du, Jan, wirst doch schon mal bei Irma gewesen sein? Für so ein hübsches Kerlchen wie dich wird sie dir bestimmt einen Sonderpreis gemacht haben", bohrte Klaas nach, und der arme Jan lief wieder einmal rot an.

„Ich war noch nie mit einer Frau zusammen", stammelte er fast unhörbar.

„Was hast du gesagt, du hast noch nie die Freuden der hemmungslosen Vereinigung mit einem willigen und unbändigen Weibsbild genossen? Na, dann wird's aber Zeit. Ich hatte in deinem Alter schon drei Kinder mit meiner Frau gezeugt."

„Das erste sogar vor der Hochzeit, weswegen diese doch überhaupt stattgefunden hatte, wenn ich mich recht erinnere?", warf Klaas ein.

„Was ist mit deiner Frau und den Kindern passiert?", fragte Nikolas.

„Was meinst du? Hast du etwas gehört?"

Nikolas war verwirrt. „Ich hab nichts gehört. Nur was ihr beiden erzählt. Wartet sie nicht auf dich?"

„Die hat mich doch erst rausgeschmissen. Wollte mich nicht mehr sehen, und ich kann's ihr auch nicht verübeln. Doch du bist daran nicht ganz unschuldig." Pitt warf Klaas einen anschuldigenden Blick zu. „Wegen deiner blöden Taschenspielereien bin ich überhaupt erst in die größten Schwierigkeiten gekommen."

„Und ich hab dich danach immer wieder zusammengeflickt."

„Hättest du die Zaubertricks besser gemacht, dann wäre das gar nicht erst nötig gewesen."

„Vermisst du sie nicht?", unterbrach Nikolas den aufkeimenden Streit.

„Ach was. Die Dirnen verstehen sich schon gut darauf, Sorgen zu vertreiben. Außerdem war Ranghild immer schon selbstständig und durchsetzungsfähig. Die kommt auch ohne mich zurecht, so wie sie es wollte, als sie die Tür vor meiner Nase verbarrikadiert hat."

„Mein Vater hat Mutter auch nach ihrem Tod noch vermisst", flüsterte Nikolas.

Schweigend blickten sie eine Weile in die Flammen des kleiner werdenden Feuers.

„Morgen früh kommst du mit und ich verspreche dir, die Frauen hier werden dir bisher unbekannte Wünsche erfüllen", sagte Pitt schließlich zu Jan.

Jan schaute verunsichert, doch Nikolas bemerkte auch ein aufgeregtes Funkeln in seinen Augen.

Am nächsten Abend kamen Klaas und Pitt laut singend mit Jan in ihrer Mitte, der über das ganze Gesicht grinste, aus dem Dorf zurück. Nikolas konnte sich schon denken, dass es wohl etwas sehr Schönes sein musste, mit einer Frau die ganze Nacht zusammen zu sein. Und er hatte auch gesehen, wie des Nachts in der St. Nikolai-Schule Frauen kamen und unbemerkt in der Kammer des Magisters Deubel verschwanden. Auch hatte er in den Gassen Hamburgs beobachtet, wie in einschlägigen Vierteln die Frauen ihre Schultern entblößten und ihre Lippen mit roter Farbe anmalten. Die anderen Jungen hatten ihm zwar damals erzählt, was passierte, wenn ein Mann ihnen Geld gab, doch schienen diese Geschichten zuweilen noch hanebüchener, als was er von Klaas und Pitt hörte.

Außerdem war Jan augenscheinlich frisch gewaschen und alleine dafür hätte auch Nikolas gerne eine Nacht mit einer rotlippigen, leicht bekleideten Frau verbracht. Jan erzählte nicht viel, sondern schaute nur wissend, als Nikolas ihn fragte, was geschehen war.

8

Ein Dorf in Dänemark

ie Schnitte von den Muscheln an Nikolas' Händen und Unterarmen hatten sich entzündet. Als sich die Wunden auch am dritten Tag nicht besserten und er kaum noch irgendwelche Arbeiten verrichten konnte, beschloss Nikolas, ebenfalls ins Dorf zu gehen. Es fiel ihm schwer, denn er hatte das Gefühl, mit dem Verlassen des Schiffs auch sein Leben als Pirat aufzugeben. Dennoch musste es sein.

Er hatte die Lichter der erleuchteten Häuser bereits von der Düne aus sehen können, doch es war trotzdem noch ein langer Fußmarsch, zumal er keine Fackel mitgenommen hatte und sich in der Dunkelheit nur langsam fortbewegen konnte. Das Dorf bestand aus einigen wenigen Häusern und drei Gaststuben, aus denen lautes Gelächter und Gejohle drang. Er schaute durch die Fenster der ersten Spelunke und sah einen bunt zusammengewürfelten Haufen von Männern, von denen er einige eindeutig als Seemänner erkannte, und eine nicht geringe Anzahl von eben jenen leicht bekleideten und geschminkten Frauen. Einige brachten den Männern Krüge voll Bier und Wein, andere saßen auf ihren Schößen, küssten sie und ließen deren bärtige Gesichter in ihren üppigen Dekolletés versinken, aus denen diese dann mit hochroten Köpfen und noch lauter lachend wieder auftauchten.

Nikolas war sich sicher, dass er hier nicht hineingehen wollte, und wandte sich der nächsten Wirtschaft auf der anderen Seite des Dorfweges zu. Als er die Gasse überquerte, öffnete sich die Tür und ein augenscheinlich sturzbetrunkener Geselle wurde unsanft herausgestoßen und fiel in den Dreck.

„Mach, dass du hier wegkommst. Und lass dich erst wieder blicken, wenn du deine Schulden bezahlt hast. Wir sind hier schließlich kein Armenhaus", brüllte ein dicker Mann mit Schürze den am Boden liegenden Mann an.

Nikolas hatte sich vorsichtshalber in die Schatten der Häuser gedrückt und ging nun um das Gasthaus herum. Hinten spähte er durch ein Fenster, aus dem gedämpftes Licht schimmerte. In dem Raum war nichts außer einer heruntergedrehten Öllampe und einer einfachen Bettstatt, auf der ein nackter Pitt lag und in eine Ecke des Zimmers starrte, die Nikolas nicht einsehen konnte. Nikolas wollte sich schon zum Gehen wenden, als eine nicht minder nackte Frau in sein Blickfeld geriet. Die Frau setzte sich auf Pitt und bewegte sich, als wollte sie mit ihrem Hintern Teig kneten, und Pitt half mit seinen Händen an ihren Hüften gehörig mit.

Nikolas war so versunken in den Anblick dieser innigen Vereinigung, die ihm immer als Todsünde eingebläut worden war, dass er vor Schreck beinahe in das Fenster gesprungen wäre, als der betrunkene Mann, der vorne aus der Spelunke hinausgeschmissen worden war, um die Ecke taumelte. Nikolas nahm die Beine in die Hand und stolperte zurück auf die Gasse, wo er direkt Ben in die Arme lief.

„Was tust du denn hier?", fragte Ben und hielt den verstörten Jungen an den Schultern fest, um ihm ins Gesicht zu schauen.

„Ich wollte, ich habe ...", stammelte Nikolas. „Meine Hände haben sich entzündet und ich wollte frisches Wasser bekommen, um sie zu reinigen."

„Lass mich mal sehen", forderte Ben ihn auf und Nikolas wickelte sich die verkrusteten Binden von der linken Hand.

Nässende weiße Hautfetzen bedeckten die rot entzündeten Schnitte und hier und da trat gelber Eiter aus.

„Das sieht wirklich nicht gut aus. Komm mit, ich weiß, wo dir geholfen wird." Er drehte ihn um und führte ihn zum letzten Wirtshaus, in dem es etwas ruhiger zuging als in den beiden anderen.

Dieses Etablissement wirkte schmutzig und dumpf im Gegensatz zu den grellen Farben und dem Lärm in den anderen Häusern. Doch auch hier waren Frauen, die Männer umgarnten. Sie sahen auf den ersten Blick genauso aus wie jene in den beiden anderen Spelunken, doch bei näherem Hinsehen schienen sie älter, auch wenn sie es vermutlich nicht waren, und wirkten verbraucht und verhärmt. Nur wenige Männer beschäftigten sich mit ihnen, die meisten stierten in ihre Krüge oder saßen, in leise Gespräche vertieft, in dunklen Nischen.

Als Ben und Nikolas eintraten, blickte ein langer dürrer Mann auf, der mit einem schmutzigen Lappen Krüge putzte. „Was wollt Ihr mit dem Kleinen? Der ist doch noch viel zu jung, um hier irgendetwas für sein Alter zu bekommen."

„Er hat sich die Hände verletzt und braucht etwas, um seine Wunden zu reinigen", erwiderte Ben.

„Und wer soll dafür bezahlen? Ihr habt euch doch schon die letzten Tage bei mir durchgeschnorrt und jetzt soll ich auch noch für diesen Bengel aufkommen?"

„Ihr werdet Euer Geld bekommen oder zumindest eine angemessene Entlohnung. Ich kann Euch einige meiner

Männer zur Verfügung stellen, damit sie die Schulden abarbeiten. Es scheint mir, als wenn Ihr hier dringend ein paar Handwerker gebrauchen könntet!"

„Wie bitte? Wenn Euch mein Haus nicht passt, dann geht doch hinüber zu den verdammten Teufeln, die einem das ganze Geschäft verderben!"

„Ein paar starke Arme, die hier mal alles auf Vordermann bringen, würden unserem Geschäft mehr helfen als dein miesepetriges Gesicht", fuhr eine propere Frau dazwischen.

Der Wirt presste die Lippen zusammen und polierte seinen Krug noch etwas gründlicher.

„Zeigt her, ich werde sehen, was ich für Euch tun kann." Sie führte Nikolas zu einem Stuhl und bedeutete ihm, sich hinzusetzen.

Ben ging an die Theke und bestellte sich ein Bier. Da der Wirt immer noch nicht mit Bens Schuldenausgleich zufrieden war, das Angebot aber auch nicht ausschlagen wollte, begnügte er sich damit, noch einmal kräftig in den Krug zu spucken und ihn nur dürftig zu säubern, bevor er das Bier abfüllte. Ben nahm einen großen Schluck und wischte sich dann genüsslich den Schaum von der Oberlippe.

„Du gütiger Himmel, wie ist das denn passiert?", fragte die propere Frau besorgt, als sie Nikolas' Binden abgenommen hatte.

„Ich bin gefallen, auf Steine, spitze scharfe Steine", antwortete er, denn er wusste nicht, wie viel in dem Dorf bereits über sie bekannt war.

„Das muss ja ein ganz schöner Sturz gewesen sein. Und ein ganzer Haufen spitzer scharfer Steine ..." Sie begutachtete seine Arme von allen Seiten. „Beata, mach Wasser warm und bring mir den Schnaps, aber den hochprozentigen", wandte sich die Frau an eine der Dirnen, die vergeblich versuchte, einen Kunden zu umgarnen.

„Ich heiße Anna", sagte sie dann zu Nikolas, „und dieser Nichtsnutz hinter der Theke ist mein Mann Willem. Wie heißt du, mein Lieber?"

„Nikolas."

„Nikolas, Schutzpatron der Kinder und Seeleute. Und ist das dein Vater, mit dem du hier bist?"

„Nein, ich habe bei ihm angeheuert."

„Ganz recht, er ist Schiffsjunge auf meinem Handelsschiff", mischte sich Ben ein, der das Gespräch mitbekommen hatte.

„Und ihr habt einen ganzen Haufen Steine geladen, für die ihr kein Geld bekommt?", fragte sie mit einem scheelen Blick auf Ben. Ben hob zu einem tiefen Schluck an und Anna wandte sich wieder Nikolas zu. Sie hatte sich angewöhnt, sich nicht weiter um die Geschichten zu kümmern, die sie hörte.

„Beata, schneide auch noch ein paar Rüben in die Suppe, wo du schon das Wasser warm machst! Der Kleine ist ganz durchgefroren. Und du siehst auch ganz danach aus, als müsstest du mal gründlich gewaschen werden", fügte sie mit einem Blick auf Nikolas' zerzaustes Haar hinzu.

Nikolas ließ alles über sich ergehen und fühlte sich mit jeder Minute besser. Nach der Suppe führte Anna ihn in ein anderes Zimmer, wo ein Waschzuber stand, und es gesellten sich noch zwei weitere Frauen dazu. Es schien, als hätten sie alle einen Narren an dem verwundeten Jungen gefressen, der zu so später Stunde seinen Weg zu ihnen gefunden hatte. Alle wollten helfen und bemutterten ihn, wo sie nur konnten. Als er gewaschen war, brachten sie ihm frische Kleidung, die ihm zwar etwas zu groß, aber sauber und wärmend war.

„Die sind noch von meinem Sohn, Lars. Er ist vor Jahren fortgegangen, um Priester zu werden. Ich glaub nicht, dass er noch einmal zurückkommt und seine Sachen einfordern wird. Behalt sie also. Wäre ihm wahrscheinlich zu peinlich, sein Gesicht hier zu zeigen."

Er fühlte sich richtig behaglich, als sie wieder in den Schankraum zurückgingen und sich an das flackernde Feuer setzten. Beata brachte eine Flasche mit klarer Flüssigkeit und sauberes Verbandszeug und eine andere Frau folgte ihr mit einem Kamm. Anna befeuchtete einen der Stoffstreifen und ergriff seinen rechten Arm.

„Das wird jetzt ein wenig wehtun", sagte sie, als sie den feuchten Lappen auf seine Wunden tupfte.

Nikolas durchfuhr ein stechendes Brennen und er versuchte unwillkürlich, seinen Arm zurückzuziehen. Doch Anna hielt ihn fest und säuberte seine Wunden beharrlich. Als sie fertig war, wickelte sie die frischen Binden vorsichtig um seine Arme und Hände und das Brennen wich einem angenehmen warmen Gefühl.

Noch schlimmer als die Versorgung seiner Wunden war das Kämmen seiner Haare. Der Filz, der sich seit Hamburg entwickelt hatte, war beinahe unkämmbar, doch unermüdlich entwirrten Anna und Beata jede Strähne. Endlich waren sie auch damit fertig und bei den ganzen Haaren, die nun auf dem Boden lagen, dachte Nikolas, dass es schmerzloser gewesen wäre, sie einfach abzuschneiden. Erschöpft folgte er Anna in eine Kammer, wo ein weiches Bett mit dicken Decken stand. Nikolas war sich sicher, dass er noch nie in seinem Leben so sauber gewesen war, und mit diesem Gedanken schlief er fast auf der Stelle ein.

Es war noch dunkel, als er durch eine Erschütterung geweckt wurde. Über ihm flüsterte jemand aufgeregt und er brauchte eine Weile, bis er begriff, wo er war. Er lag auf dem harten Holzfußboden und war augenscheinlich aus dem Bett gefallen.

„Komm, du kannst zwischen uns liegen, da ist es auch wärmer", hörte Nikolas eine Frauenstimme aus dem Dunkel, das ihn umgab.

Noch etwas benommen kletterte er wieder ins Bett, als ihn ein warmer Körper streifte. Nikolas war mit einem Mal hellwach. Er war im Begriff, die Nacht mit gleich zwei Frauen auf einmal zu verbringen. Erregt und doch wie gelähmt lag er da, bis er links und rechts von sich ein leises Schnarchen hörte, was ihm klarmachte, dass seine beiden Bettgenossinnen eingeschlafen waren.

Eingelullt von der Wärme döste auch er wieder ein, bis er schlagartig wieder erwachte, denn ihm war aufgegangen, warum er aus dem Bett gefallen war. Das Schaukeln des Schiffs und die Hängematte, die ihn sonst wie ein Kokon umschloss, fehlten, weshalb er aus dem stillen, unbewegten Bett ungewollt hinausgerollt war.

Nikolas blieb, bis seine Hände vollständig verheilt waren. Er erfuhr, dass sie gar nicht weit von der Grenze zum Heiligen Römischen Reich entfernt waren und dass nur ein paar Meilen weiter ein Hafen war, in Ribe gelegen, der auch von Hansefahrern angelaufen wurde. Dadurch sprachen sie hier auch noch alle das Lübeckische Deutsch der Hanse, und das Nachtleben blühte auch in diesem kleinen Dorf so hervorragend, nicht zuletzt wegen der Besuche einsamer Seemänner.

Neugierig bat Nikolas, Anna möge etwas auf Dänisch sagen. Es klang so fremd, so kehlig gesprochen, und doch auch so herzlich, dass es Nikolas erschien, als müsse es schwierig sein, Unartigkeiten mit entsprechendem Nachdruck herauszubringen. Schon bald hatte er die ersten Wörter aufgeschnappt und die Frauen machten sich einen Spaß daraus, Nikolas Komplimente beizubringen.

Mit „Du er smuk" brachte Nikolas die Augen der alten Dirnen zum Leuchten, und Anna schalt ihn, nicht so viel „kissemisse" mit ihren Mädchen zu machen, sie sollten sich schließlich um die zahlende Kundschaft kümmern. Doch Anna war selbst von dem Blondschopf hingerissen und hätte ihn gerne für den Rest des Winters bei sich behalten.

Stürme peitschten über das Land und trieben Schneewehen vor sich her, als sich Nikolas auf den Weg zurück zum Schiff machte, um seine Wache anzutreten. Er vermisste jetzt schon das warme Bett und insbesondere die beiden Frauenkörper neben ihm. Er war zwar erst dreizehn Jahre jung und wusste noch immer nicht, was genau zwischen Mann und Frau vor sich ging. Doch war er eben auch schon dreizehn Jahre alt, um zu spüren, dass sein Körper ihm etwas Aufregendes mitzuteilen versuchte.

Die Wochen vergingen und die Mannschaft hatte einen eingespielten Rhythmus gefunden, in dem sie sich bei ihren Schiffswachen abwechselten und sich auf ins Dorf machten, um wenigstens ein paar Stunden an einem großen Feuer die Füße zu wärmen und etwas zu essen zu bekommen. Nur Christian blieb auf dem Schiff und aß die kalt gewordenen Speisen, die man ihm mitbrachte.

Mühsam stapfte Nikolas über die Dünen und fand ihr Schiff so vor, wie er es verlassen hatte. Nur die gefrorene Gischt, die als Hunderte von kleinen Eiszapfen das ganze Schiff bedeckten, ließen es wie Glas erscheinen. Im Schiff selbst war es ganz ruhig. Derek und Henning lagen in Decken gewickelt dicht an dem kleinen Ofen, auf dem Jan sonst zu kochen pflegte. Sie hatten Stroh herbeigeschafft, das ihnen als Unterlage diente und auch etwas Wärme speicherte. Der alte Christian lag ein wenig abseits und atmete so flach, dass noch nicht einmal sein Brustkorb eine Bewegung erkennen ließ. Er war der Einzige gewesen, der das Schiff, seit sie hier angelandet waren, nicht verlassen hatte. Keiner hatte ihn überreden können, mitzukommen; das Schiff war es, wo er hingehörte. Doch es war nicht zu übersehen, dass es ihm schlecht ging. Er war bleicher und zitteriger als zuvor und sein Gesicht merklich eingefallen.

Keiner sprach, und nur ab und an bemühte sich einer, das Feuer neu zu schüren. Abends wurde es noch kälter. Frierend zog Nikolas seine Decke über die Nase und rückte näher an Christian heran, in der Hoffnung, etwas Wärme zu finden.

Am nächsten Morgen, als Nikolas sich anschickte, wieder ins Dorf zu gehen, versuchte er, Christian aufzuwecken, um ihn doch davon zu überzeugen, mit ihm zu kommen. Doch als er ihn an den Armen berührte, spürte er, dass der alte Christian trotz der Eiseskälte glühte und nassgeschwitzt war.

„Christian, wach auf, du musst hier weg, du bist krank und brauchst Hilfe, hörst du mich? Christian, wach auf!" Nikolas schüttelte den alten Körper und endlich öffnete der Mann die Augen. „Gott sei Dank, Christian. Komm, du kannst nicht hierbleiben."

Nikolas drehte sich zu Derek und Henning. „Ich brauche Hilfe, wir müssen ihn zu Anna bringen, er stirbt uns hier sonst weg."

Nur zögerlich erhob sich Henning, als ob er es für längst zu spät hielt, den Alten retten zu wollen. Dennoch griffen sie unter Christians schmale Arme und machten sich auf den Weg. Mühsam kraxelten sie die steile Treppe hinauf an Deck und die schwingende Strickleiter hinunter von Bord.

Die Sonne schien schwach durch die Dunstschlieren und der Strand war mit einer dünnen Eisschicht bedeckt, die unter ihren Schritten knirschte und splitterte.

Endlich stolperten sie in die Schankstube und ließen den armen Christian auf den Boden sinken. Die wenigen Leute, die noch da waren, glotzten sie an, als hätten sie vor ihren Augen einen Mord begangen.

„Was ist passiert, mein Lieber, wer ist dieser Mann?", fragte Anna, die aus einem der hinteren Zimmer auf sie zugestürzt kam, als sie Nikolas erkannte.

„Mein Großvater, er ist schwer krank und ich hab niemanden sonst, der mir helfen kann", erklärte Nikolas außer Atem.

„Dein Großvater segelt mit euch auf dem Schiff?", fragte Anna verdutzt. Nikolas bemerkte, dass seine Lüge sehr kurze Beine hatte, doch er hatte befürchtet, dass Anna dem alten Christian ansonsten nicht helfen würde. Da hatte er sich jedoch sehr vertan, was ihren Charakter betraf. Sie erwartete keine Antwort, denn sie hatte schon so viele Menschen gesehen und so viele Geschichten gehört, dass sie wusste, wenn etwas nicht ihre Angelegenheit war.

„Was hat er?", fragte sie stattdessen mit einem Blick auf den schmutzigen alten Mann, der dort leblos auf ihrem Boden lag.

„Es hat mit einer Erkältung angefangen und jetzt ist er ganz heiß und kaum bei Bewusstsein", antwortete Nikolas.

„Schafft ihn bloß hier raus, wer weiß, was der hat. Vielleicht sogar den Schwarzen Tod", schimpfte Willem hinter dem Tresen, was nur zur Folge hatte, dass die wenigen Gäste eilends das Wirtshaus verließen.

„Ach was, halt's Maul, du hast doch keine Ahnung", gab Anna zurück. „Komm und hilf mir. Wir haben gerade eine

Kammer frei. Beata hat uns verlassen, sie glaubt tatsächlich, dass dieser Kerl es ernst mit ihr meint."

Sie hoben den immer noch bewusstlosen Christian vom Boden auf und schleiften ihn in die Kammer, wo sie ihn in ein Bett legten. Anna befühlte die glühende Stirn und zog ihm dann Schuhe und Strümpfe aus und befühlte auch diese.

„Wir brauchen eine Schüssel mit kaltem Wasser, einen Lappen und ein paar warme Steine. Du weißt noch, wo alles ist?", wandte sie sich an Nikolas, der sofort aus dem Zimmer eilte, um ihre Anweisungen auszuführen.

Er wusste, dass sie Christian helfen würde, genauso, wie sie ihm geholfen hatte. Als er mit der Schüssel und dem Lappen wieder ins Zimmer kam, war Anna gerade dabei, dem leblosen Körper frische und trockene Sachen anzuziehen. Nikolas sah zum ersten Mal, wie ausgemergelt der alte Christian unter seinen dicken Wollschichten in Wirklichkeit war. Die dünne, pergamentene Haut runzelte sich über den Rippen, und die Arme und Beine waren dünner als bei einem Kind.

Anna packte Christian warm ein und legte den feuchten Lappen auf die Stirn.

„Was machen die Steine?", fragte Anna und Nikolas flitzte aus der Tür.

In der Schenke rollte Nikolas die Steine mit einer Eisenstange aus der Glut und auf ein Stück Leder, das er fest darum herumwickelte. Selbst durch die dicke Lederhaut konnte er die Hitze der Steine fühlen.

„Leg sie ihm an die Füße. Wir müssen die Hitze aus seinem Kopf kriegen und seine Beine wärmen." Anna hatte die Führung übernommen und Nikolas folgte erleichtert.

In dieser Nacht ging er noch zweimal, um die Steine zu erwärmen, während Anna unablässig den Lappen befeuchtete und Christian auf die Stirn legte. Irgendwann schlief Nikolas erschöpft auf einem Stuhl ein und als er erwachte, blickte ihn Anna müde lächelnd an, während sie dem alten Christian erneut die Stirn fühlte.

„Wir haben das Schlimmste überstanden. Er schläft jetzt ruhig. Wenn du willst, kann dein Großvater noch einige Zeit hierbleiben und wieder zu Kräften kommen, und du natürlich auch", sagte sie leise und strich ihm über den Kopf. Nikolas nickte nur und stand auf, um sich Christian anzusehen. „Er wird durchkommen. Ich werde mich jetzt ein wenig hinlegen und nachher eine warme Suppe mit Speck machen."

Nikolas war so dankbar, dass Anna dies alles ohne weitere Erklärungen machte, und er bewunderte sie, dass sie, trotz des schlecht laufenden Geschäfts, immer noch so viel Großzügigkeit und Hilfsbereitschaft besaß, um einen fremden Mann bei sich aufzunehmen und zu versorgen.

Schließlich blieb Christian sogar den Rest des Winters bei Anna, denn er erholte sich nur sehr langsam. Nikolas jedoch kehrte wieder auf das Schiff zurück, um seinen Wachdienst abzuarbeiten. In der folgenden Woche konnte er sich dann wieder bei Anna einquartieren.

Da er sich in ihrer Schuld sah, fing er an, alle möglichen Arbeiten im Wirtshaus zu erledigen. Er hobelte die Tische und Stühle ab, sodass sie wieder wie neu aussahen. Er malte den Schwan auf dem Wirtshausschild nach, der nun wieder in strahlendem Weiß über der Eingangstür hing. Er schälte Rüben, fütterte die Schweine und mistete den Stall aus. Des Abends saßen sie beisammen am Feuer und Anna brachte ihm weiter ihre Muttersprache bei. Er lernte schnell und schrieb sich jedes neue Wort auf kleine Stücke Pergament, die er fein säuberlich zusammenband. So vergingen auch die letzten Wochen des Winters.

9

Der Schatz des Störtebeker

Zu Mariä Lichtmess traf sich zum ersten Mal seit Monaten die gesamte Mannschaft am Schiff. Keiner hatte sich davongemacht und alle waren immer noch guten Mutes, dass das Leben als Pirat ihnen Wohlstand bringen würde. Mit den länger werdenden Tagen schien ihr missglückter Anfang in der Dunkelheit des vergangenen Winters verblasst zu sein. Ben hatte irgendwoher Holz besorgt, mit dem sie die morschen Planken ausbesserten. Schließlich kalfaterten sie die Ritzen der Beplankung indem sie sie mit Stroh ausstopften und alles mit einer neuen Teerschicht überzogen. Es war harte Arbeit, doch keiner schien zu murren, denn ihnen juckte wieder der Tatendrang in den Fingern und die Abenteuerlust kribbelte im Magen.

So viel Glück sie auch gehabt hatten, in dem kleinen Dorf derart freundschaftlich aufgenommen worden zu sein, so waren sie der Freuden der Spelunken überdrüssig geworden. Und hätten sie ein geregeltes Leben als Handwerker führen wollen, dann hätten sie das auch in Hamburg haben können. So angetrieben arbeiteten sie zum ersten Mal wie eine richtige Mannschaft Hand in Hand.

Zuletzt malte Nikolas den Namen ‚Gundelinde' in weißer Farbe nach, die noch von Annas Wirtshaus übrig war.

Klaas und Pitt hatten die alten Waffen zu tödlichen Klingen geschärft, und ein paar Fässer Dünnbier und einige Säcke Hafer wurden wieder unter Deck eingelagert. Diesmal hatten sie nicht den Vorteil, mit Vorräten für mehrere Monate in See stechen zu können, und so war es mehr als wichtig, dass sie als Piraten ihren ersten Erfolg schnell erzielten.

Derek und Henning hatten zwei zwielichtige Männer mitgebracht, die sich als die Brüder Niels und Jens Larsson vorstellten und nach einem kurzen Gespräch mit Ben ebenfalls an Bord gingen.

Es war bereits Ende März, als sie eines Nachmittags die Taue und Balken, mit denen sie das Schiff gestützt und gesichert hatten, einholten und bei Flut sanft ins Wasser glitten.

Ein kühler Wind wehte und ließ sie schnell auf den blassen Horizont zu segeln. Der nächste Tag brachte Nebel, und Hein begann wieder zu loten. Nikolas nutzte die Gelegenheit, erbat sich beim Kapitän etwas Pergament, Tinte und eine Feder und überredete Hein, Lotspeise zu benutzen. Er wollte herausfinden, wie genau der Meeresgrund einem verraten konnte, wo man sich befand und hatte vor, eine Karte anzulegen, in die er alle Besonderheiten eintragen würde, sofern sich bemerkenswerte finden ließen. Hein war einverstanden, verlor jedoch am Ende des Tages die Geduld und überließ Nikolas das Lot, der gezeigt hatte, dass er dafür ein feines Gespür besaß.

Der Nebel hielt sich einige Tage, sodass sie schon wieder nicht genau wussten, wo sie waren. Zum Glück konnten sie, als der Nebel sich lichtete, einen weithin sichtbaren Kirchturm ausmachen, der auf einer von Bens unzähligen Karten eingezeichnet war. In der Tat hatte Ben bei ihrem Aufenthalt noch ein halbes Dutzend Karten mehr erstanden, zusammen mit einigen Schriftrollen und merkwürdigen Instrumenten.

Nikolas zeichnete den Küstenverlauf auf seiner Karte ein und nahm zusätzlich zu den Landmarken auch Marken im Meer auf, die besondere Muscheln oder die Färbung des Sandes beinhalteten.

Dadurch, dass Niels und Jens an Bord waren, musste er weniger Arbeit am laufenden Gut übernehmen und hatte so mehr Zeit, seine Karten – denn eine reichte schon bald nicht mehr aus – zu vervollständigen. Er war sehr akribisch und lotete öfter, als es eigentlich nötig gewesen wäre.

Während an der Westküste Dänemarks feine beige Sande mit Ringelwürmern und kleinen Muscheln zu finden waren, so wurde der Sand immer gröber und grauer, je weiter sie um die Nordspitze herum und an der Ostküste des Königreiches wieder gen Süden segelten. Der Norden war zudem ungeeignet zum Ankern, da die Küste flach und geradlinig verlief und kaum Schutz vor den Unbilden des Wetters oder geeignete Verstecke boten. Auch dies wurde fein säuberlich in Nikolas' Karte eingetragen.

Als sie auf die nördliche Spitze von Seeland stießen, zeigte sich der Meeresgrund wieder rein und weiß. Hier gingen sie wieder nach dem gleichen Prinzip der Seenottäuschung vor, wie sie es sich im letzten Jahr überlegt hatten, und konnten auch einigen Erfolg damit verbuchen, auch wenn sie wieder nur Fischer und kleine küstennahe Händler anlockten, die nicht damit rechneten, ins Augenmerk von Piraten zu rücken.

Die großen hochseetüchtigen Handelsschiffe blieben auf ihrem Kurs und kümmerten sich nicht um sie, was vielleicht auch gut war. Nikolas bezweifelte, dass sie es mit einer bewaffneten und auf Überfälle vorbereiteten Mannschaft hätten aufnehmen können, auch wenn sie mit Jens und Niels nun zwei kampferprobte Männer mehr an Bord und tadellose Waffen hatten.

Es war der erste Abend, nachdem sie ihre Beute an Fisch und Juteballen verkauft hatten und wieder in See gestochen waren, als sie ein freudiges Lachen aus der Kapitänskajüte dringen hörten. Kurz darauf stieß Ben die Tür auf.

„Ich hab des Rätsels Lösung", begann er.

Dabei hielt er die vergilbte und leicht angebrannte Schatzkarte hoch, die er ihnen schon letztes Jahr präsentiert hatte. Doch seine Mannschaft zeigte keine Reaktion und schaute ihn weiter erwartungsvoll an.

„Wie wir ja schon festgestellt hatten, gibt diese Schatzkarte weder Himmelsrichtung noch Längenangaben an." Derek schnaubte verächtlich, schließlich war er es gewesen, der auf diesen Mangel hingewiesen hatte. „Schlaflose Nächte habe ich zugebracht, um dieses Rätsel zu lösen und den Schatz zu finden, nach dem schon so viele gesucht haben. Nun, ich sage euch, sie hatten nicht dieses Schriftstück oder zumindest wussten sie nicht um dessen Geheimnis." Dabei fuchtelte Ben mit glühenden Wangen erneut mit dem Pergament vor ihren Nasen herum.

„Und was steht nun auf diesem Wunderzettel?", fragte Jens, der Bens merkwürdige Besessenheit, wenn es um geheime Schätze ging, nicht kannte.

„Nun ja, ja, was steht nun darauf?" Ben schaute ihn entgeistert an. „Ich möchte euch noch darauf aufmerksam machen, dass es mit einer besonderen Tinte geschrieben ist, nämlich mit einer, die erst sichtbar wurde, als ich sie über die Flamme einer Kerze hielt."

„Fanden må vide", zischte Jens.

„Der Teufel hat nichts damit zu tun", gab Nikolas zurück. „Man kann schon mit Milch diesen Effekt erzeugen."

Es herrschte ein kurzes Schweigen, während dessen alle Nikolas anstarrten, und er fühlte, dass Wissen hier dem Aberglauben nicht das Wasser reichen konnte.

Ben fuhr schließlich mit gesenkter Stimme fort und sah sich kurz auf dem einsamen und sternenbeschienenen Meer um, als ob sie an diesem Ort jemand belauschen könnte. „Also, gut, ich werde euch jetzt das Geheimnis eröffnen.

Willst du heben den größten Schatz, so fahre zum
Kap Arkona.
Wenn die Jungfer auf dem Waschstein sitzt, dann
liegt der Schatz bereit.
Doch nur wer seine Möglichkeit bescheiden hält,
dem steht das Glück zur Seit.

„Und das soll uns zu Störtebekers Schatz führen? Da kommt ja noch nicht einmal sein Name drin vor", muckte Jens erneut auf.

Doch nun war auch Ben mit seiner Geduld am Ende. „Wenn dir das Verständnis fehlt, um die Aussage zu begreifen, ist das nicht meine Sache. Ich bin hier der Kapitän und ich sage, wir nehmen Kurs auf Rügen. Hein!"

„Aye, Kapitän!", erwiderte Hein und schritt zum Steuerruder, während sich Ben bestürzt über dieses offene Misstrauen in seine Kajüte zurückzog.

Sie brauchten zwei Tage, bis sie die Insel Rügen erreichten und an ihrer Küste entlang bis zu ihrem nördlichsten Punkt, zum Kap Arkona, segelten. Das bisher flache Land schwang sich zu einem blendend weißen Steilufer empor und schien an seinem höchsten Punkt gut hundert Meter zu erreichen. Oben auf den teilweise stark zerklüfteten Felsen erstreckte sich ein dichter dunkler Laubwald, der das Weiß der Kreidefelsen noch mehr hervorhob.

Sie segelten so nah, wie das Lot es zuließ, an die Felsen heran und alle Mann starrten gespannt auf die Klippen, in der Erwartung, einen Hinweis auf den ihnen versprochenen Schatz zu finden. Sie umschifften ganz knapp einen großen flachen Granitfelsen, der unweit der Küste aus dem Wasser ragte. Das musste der Waschstein sein. Doch sie entdeckten nichts, was auf einen Schatz oder dessen Versteck hindeutete.

Um sicherzugehen, dass sie auch nichts übersehen hatten, fuhren sie am nächsten Tag noch zwei Mal die steilen und nicht immer leicht einzusehenden Felsen ab, jedoch wieder ohne Erfolg. Das Weiß der Felsen schien keine Bucht, Höhle oder Nische aufzuweisen und verband sich ungebrochen mit dem Meer.

Am zweiten Tag ließen sie die Beiboote zu Wasser und gingen in einer flachen Bucht unweit des Waschsteins an Land. Nur der alte Christian und Jan blieben an Bord.

Sie begannen ihren Aufstieg von Süden her und mussten sich durch tiefes Unterholz schlagen. Brombeerhecken versperrten ihnen den Weg und zerrissen ihre Kleider, und sie mussten weite Umwege machen, als sich plötzlich vor ihnen eine Lichtung auftat, hinter der das offene Meer lag. Sie kletterten über schwer zu erklimmende Felsblöcke und gelangten an den Rand der Klippen. Tief unter ihnen schäumte die See und das Getöse und Rauschen wurde mit dem Wind zu ihnen heraufgetragen. Ein Stück weiter draußen auf dem Meer konnten sie die Gundelinde sehen, die ruhig im glitzernden Wasser lag. Doch auch hier oben deutete nichts darauf hin, dass irgendwo ein Schatz versteckt war oder auch nur des Öfteren Menschen ihren Fuß hier hinsetzten. Dennoch teilten sie sich in zwei Gruppen auf, um das Gelände noch einmal abzusuchen. Nikolas ging mit Ben, Hein, Klaas und Pitt wieder in die Richtung, aus der sie gekommen waren, und Derek, Henning, Jens und Niels nahmen den entgegengesetzten Weg.

Als sie sich in der Dämmerung wieder zusammenfanden, hatte keiner von ihnen etwas entdeckt, aber dafür waren sie alle verschwitzt und die Kratzer der Brombeerhecken juckten. Sie schlugen ihr Nachtlager zwischen großen Felsblöcken auf, die sie vor dem kühlen Meereswind abschirmten, und entfachten ein Feuer, über dem sie ihren mitgebrachten Proviant an gedörrtem Fisch erhitzten.

Auch am nächsten Tag suchten sie erneut die Gegend ab, doch wieder ohne Ergebnis. Der allgemeine Unmut wurde immer deutlicher und Derek ließ ihm schließlich freien Lauf.

„Ich sage, wir sollten aufs Schiff zurückkehren und endlich einsehen, dass dieser Schatz das ist, was er von Anfang an war. Nämlich eine Schnapsidee eines schlechten Kapitäns, der unsere Zeit vergeudet."

Henning, Jens und Niels stimmten ihm zu, doch die anderen nahmen den verdrossen dreinblickenden Ben in Schutz. Es war das erste Mal, dass Derek offen aussprach, was Nikolas schon so oft hinter vorgehaltener Hand gehört hatte. Und wie er Derek nun mit drei Kumpanen neben sich dastehen sah, wurde sein Unbehagen noch größer. Sollte Derek das Kommando übernehmen wollen, so stand es nun vier zu sechs und somit war Bens Anhängerschaft nicht mehr allzu überlegen. Aber noch war Dereks Gruppe in der Unterzahl und so verhielten sich die vier wieder ruhig und fügten sich den weiteren Befehlen Bens.

Es herrschte Ebbe, als sie die Boote ins Wasser schoben. Keiner sprach ein Wort, als sie den Waschstein hinter sich ließen, doch ihre Enttäuschung stand ihnen ins Gesicht geschrieben.

Als sie wieder an Bord der Gundelinde waren, blieb Nikolas einen Moment an der Reling stehen, um die atemberaubenden Steilhänge noch einmal von unten zu betrachten. Da sah er es. Ein kleiner Spalt, der sich zwischen zwei Felsvorsprüngen auftat. Auf der Hinfahrt waren sie mit der Flut an Land gegangen. Sie hatten den Spalt gestern also gar nicht bemerken können, weil er unter Wasser lag.

„Seht doch", rief er erregt aus. „Dort ist ein Eingang zu einer Höhle, gleich dort drüben, zwischen den beiden Vorsprüngen!" Nikolas deutete auf die Küste und jetzt sahen es alle.

„Haha", tönte Ben überglücklich. „Man soll seine Möglichkeiten bescheiden halten, auf Ebbe warten und in kleinen Boten die Küste anfahren. Warum hab ich nicht gleich dran gedacht!"

Nikolas fand es gar nicht verwunderlich, dass man nicht gleich daran dachte, denn so eine Schatzkarte sollte ja wohl auch nicht jedem den Weg weisen.

Sofort ließen sie die Ruderboote wieder zu Wasser und diesmal war auch der alte Christian mit von der Partie, dem es ohnehin gegen den Strich gegangen war, an Bord zurückgelassen worden zu sein, wo es doch von allen wohl ihm am ehesten zustand, den Schatz des Störtebeker zu entdecken.

Als der Schatten der Felsen erneut auf sie fiel, bemerkten sie, dass es nicht so einfach werden würde, den Fuß der Erhebung zu erreichen, denn das Wasser teilte sich an unzähligen Riffs. Es war ein gefährlicher Weg, doch der dunkle

Spalt war gerade so breit, dass sie mit ihren Booten hindurchpassten.

Sie mussten die Ruder einziehen und sich mit ihren Händen an den Wänden weiterschieben, um ins Innere vorzudringen. Die Kluft reichte einige Dutzend Schritte in die Höhe, und erst ein paar Klafter weiter eröffnete sich eine Höhle, in die Licht aus einer Öffnung weit über ihnen fiel. Das Wasser warf tanzende Lichtreflexe an die Wände und das Klatschen der Wellen gegen den nackten Stein hallte hundertfach zurück. Erst als sie ihre mitgebrachten Fackeln anzündeten, konnten sie das Ausmaß der Höhle erkennen. Die hintere Hälfte war nicht von Wasser bedeckt und bildete so eine natürliche Anlegestelle. Ein paar glitschige Stufen, die bei Flut wohl auch unter Wasser lagen, führten zu einem Plateau hinauf.

In den Felsen eingelassene Eisenringe bewiesen eindeutig, dass hier Menschenhand angelegt worden war. Dennoch waren sie erschüttert, als sie auch ein Skelett entdeckten, an dem noch Haare, Schmuck und Kleidung erkennbar waren.

„Da ist ja die Jungfer, doch waschen wird die nicht mehr", brach Jens die Stille, denn das schmutzige Leinenkleid wies die sterblichen Überreste als Frau aus.

Viele Jahre später erfuhren sie, dass Störtebeker kurz vor seiner Gefangennahme ein vornehmes Fräulein aus Riga geraubt hatte, um sie als Pfand einzusetzen. In Hamburg hatte sich jedoch niemand für das Wohl des Mädchens interessiert. Der einzige Hinweis auf das Versteck war von einer Hand zur anderen gewandert, bis die Karte bei Ben landete, doch da war für das Mädchen und auch Störtebeker schon alles zu spät gewesen.

„Wer über die Toten scherzt, den suchen sie heim", zischelte der alte Christian und das Flüstern schien in der Höhle wie aus dem Jenseits zu kommen.

Jens zuckte bloß mit den Achseln und stieg über das Skelett hinweg, um weiter in die Grotte vorzudringen. Ein stockfinsterer Durchgang, so niedrig, dass selbst Nikolas sich ducken musste, führte sie in eine weitere Höhle, die nur noch vom flackernden Schein ihrer Fackeln beleuchtet wurde. Jeder noch so kleine Vorsprung erzeugte gespenstische Schatten. Die Luft wurde immer feuchter und sie merkten, dass ihnen das Atmen schwerer fiel. Doch sie fanden nichts außer nackten Stein. Unangenehm beklemmend war dieser Ort, als würde er tatsächlich von den Toten heimgesucht, und so stolperten sie wieder zurück in die erste Höhle.

„Seht mal hier", sagte Nikolas, der um den großen Felsen, neben dem die tote Frau lag, herumgegangen war. Er deutete auf den Gesteinsbrocken und die, die ihm am nächsten standen, erkannten ebenfalls feine Linien im Stein, beinahe vollständig von Moos überwachsen. Nikolas kratzte die grüne Pflanzenschicht mit einem Messer vorsichtig ab und fuhr die Rillen nach. Ben hatte sich vorgedrängt und beleuchtete nun die Stelle, an der eindeutig Buchstaben zu sehen waren.

Fein und weiß
Muscheln und Nadeln
Von Wasser umgeben

„Was soll das denn schon wieder heißen?", fragte Jens ungeduldig, als Ben die neue Nachricht vorgelesen hatte, doch niemand wusste darauf eine Antwort. Was allen klar schien, war, dass der Schatz an einen anderen Ort gebracht worden war, doch dieser Ort konnte überall sein.

Missmutig machten sie sich auf den Rückweg und sahen sich einer weiteren bösen Überraschung gegenüber. Die Flut stieg und das Wasser umspülte schon die Steinstufen in der Höhle.

„Schnell, wir müssen raus hier, wenn wir nicht auf die nächste Ebbe warten wollen", rief Derek den anderen zu, und sie rutschten und schlitterten zu ihren Booten.

Nikolas, Derek, Jens, Niels und Pitt waren die Ersten, die ihr Boot losgebunden hatten und in dem Spalt verschwanden. Nikolas sah schon die helle schmale Öffnung am Ende, als sie an einen Engpass kamen und drohten, stecken zu bleiben. Nur mit Mühe schafften sie es, sich an den Felsen entlangzustemmen, und das Boot schrammte bedrohlich knirschend vorwärts. Endlich draußen brachten sie einen guten Abstand zwischen sich und die Klippen, und warteten dann auf die anderen. Doch es war nichts von ihnen in der Dunkelheit zu sehen. Der Spalt wurde immer mehr vom steigenden Wasser verdeckt. Nikolas meinte, aufgeregtes Stimmengewirr zu vernehmen, doch konnte er im Rauschen der Wellen und dem Lachen der Möwen keine Worte ausmachen.

Vielleicht waren die anderen wieder in die Höhle zurückgedrängt worden und mussten jetzt bis zum nächsten Niedrigwasser dort ausharren. Sie konnten jedenfalls nicht länger warten, denn die Wellen nahmen mit der Flut an Wucht zu, und das Risiko, zu kentern und gegen die Felsen gespült zu werden, war groß. Sie mussten weiter hinaus auf das Meer und als sie außer Gefahr waren, sahen sie, wie Hein und hinter ihm Henning aus den Fluten auftauchten. Sie klammerten sich verzweifelt an eines ihrer Ruder. Kurz darauf erkannten sie auch Ben, Klaas und den alten Christian, die sich an dem zweiten Ruder festhielten. Außer Klaas schien keiner von ihnen schwimmen zu können und so schafften sie es mit knapper Not, ihre Köpfe über Wasser zu halten. Doch es gelang ihnen kaum, gegen die gefährlich steigende Flut anzukommen, die sie nun gegen die Felsen drückte. Klaas versuchte, den alten Christian mit sich zu ziehen, und war der Einzige, der trotz der zusätzlichen Last langsam Abstand zu den Felsen gewann.

Es dauerte fast eine Stunde, und der Eingang zur Höhle war schon lange nicht mehr zu sehen, als sie endlich alle Schiffbrüchigen eingesammelt hatten. Sie hievten Christian ins Boot, der mehr tot als lebendig war, doch der Rest der Männer konnte sich nur außen am Bootsrand festhalten, denn der Kahn hätte sie nicht alle getragen.

Die Anstrengung hatte sie alle so sehr ausgezehrt, dass sie erst mal vor Anker blieben und von ihren Vorräten lebten. Christian hatte sich mit letzter Kraft in eine Hängematte gelegt und war nun schon seit Tagen nicht mehr aufgestanden. Er wollte mit niemandem sprechen, und als Nikolas eines Abends an seine Bettstätte trat, blieb er wie erstarrt stehen. Christian bewegte sich nicht. Er ist tot, durchfuhr es Nikolas, und gebannt starrte er auf das friedliche, aber erschreckend fahle Gesicht des alten Mannes. Bilder aus seiner Vergangenheit stiegen in ihm auf. Er sah seinen Vater lachend in einem Fluss stehen und ihm zuwinken, bevor er plötzlich untertauchte. Er sah, wie sein Vater leblos aus eben jenem Fluss getragen wurde und als er erneut den alten Christian anblickte, sah er für einen kurzen Moment seinen Vater in der Hängematte liegen.

Nikolas zog den Atem tief ein und verdrängte das Gesicht seines Vaters aus seinen Gedanken. Zu seinem Erstaunen schlug der alte Christian die Augen auf und sah ihn müde an.

„Ich dachte, du bist tot", sagte Nikolas mit schwacher Stimme.

„Nahe dran", antwortete Christian matt lächelnd.

Nikolas trat näher und setzte sich auf eine Seemannskiste.

„Du siehst bekümmert aus. Was ist los?", fragte Christian.

„Ich musste an meinen Vater denken. Er ist gestorben, da war ich sechs oder sieben. Ich kann mich kaum noch an ihn erinnern, aber er hat mir auch immer Geschichten erzählt, genau wie du."

„Nun, da werden wir uns gut verstehen, dein Vater und ich. Ich werde ihm sagen, dass er stolz auf seinen Jungen sein kann und dass du bestimmt einmal der größte Seefahrer aller Zeiten wirst."

„Aber du wirst doch nicht sterben?", fragte Nikolas mit einem Flehen in der Stimme, dass nun auch Christian betrübt dreinsah.

„Mein Junge, es ist Zeit für mich, zu gehen. Ich weiß, was die anderen über mich sagen und sie haben recht. Ich bin nur noch eine Belastung für die Mannschaft, aber wenn sie denken, dass ein alter Seebär wie ich an Land geht, um zu sterben, dann haben sie sich geschnitten.

Nun schau nicht so traurig, der Tod gehört zum Leben dazu, und ich habe alles in meinem Leben getan, was ich vorhatte und meinen Frieden mit den Fehlern gemacht, die ich dabei begangen habe. Und das ist das Wichtigste. Tue immer das, was du dir sehnlichst wünschst, Nikolas, dann wird dir an deinem letzten Tag der Abschied eine Freude sein.

Mein lieber Junge, nun hole Ben, ich habe auch ihm noch etwas mitzuteilen."

Als Nikolas mit dem verstörten Ben zurückkam, lag Christian wieder reglos und mit geschlossenen Augen da, doch diesmal schlug er sie sofort auf, als sie an seine Bettstätte traten.

„Als Erstes möchte ich dir danken, dass du einen alten Sack wie mich an Bord gelassen hast", begann er.

„Du bist das Beste, was uns passiert ist. Ohne dich hätten wir ..."

„Ich hab nicht lang, drum höre mir zu", unterbrach Christian Bens Redeschwall. „Die Nachricht in der Höhle. Es muss sich um eine Insel handeln", fuhr Christian mit kaum hörbarer Stimme fort und bedeutete Ben, näher zu kommen.

„Das habe ich mir auch schon gedacht, ein Ort, der von Wasser umgeben ist. Aber Inseln gibt es viele und alle haben weißen Sand und Muscheln", erwiderte Ben.

„Aber nur eine von ihnen ist es. Diese Höhle auf Rügen hat Störtebeker bestimmt nicht allein besucht und dort hat er bestimmt auch nicht seine eigene Beute versteckt. Aber Helgoland hat er oft ohne auch nur einen weiteren Mann angefahren, ohne dass jemand genau wusste, was er dort tat oder wohin er ging. Er war immer sehr misstrauisch. Und das solltest du auch sein. Deine Mannschaft steht nicht geschlossen hinter dir. Sei vorsichtig und überlege dir gut, wem du deine Geheimnisse anvertraust."

Ben sah sich bei diesen Worten argwöhnisch um und sein Blick ruhte einige Sekunden auf Nikolas. „Gibt es etwas, dass ich noch für dich tun kann?", fragte er Christian.

„Eine Seebestattung, wie sie sich für einen Seemann gehört."

„Sonst nichts?"

Christian schüttelte unmerklich den Kopf und mit gemischten Gefühlen ließen sie den sterbenden Mann zurück.

Es sprach sich schnell herum, dass es mit dem alten Christian zu Ende ging, und alle blieben in dieser Nacht an Deck. Nur das Nötigste wurde gesprochen und jeder versuchte sich einen Platz zu suchen, der bequemer war als die blanken Decksplanken.

Am nächsten Morgen war der alte Christian tot. Nikolas hatte sich die ganze Nacht über versucht einzureden, dass niemand seinen eigenen Tod vorhersagen könne und dass der alte Mann bald wieder gesund werden und weiter mit ihnen zur See fahren würde. Er war nicht hinuntergegangen, als Ben die endgültige Nachricht brachte, und sah zu, sich so weit wie möglich von der Luke, die unter Deck führte, entfernt zu halten. So stand er am Bug und warf das Lot voraus. Er fühlte und er dachte nichts. Es war viel eher so, als wäre er auf irgendeine Art und Weise frei und weit entfernt von den Dingen, die um ihn her geschahen.

Derek und Henning zimmerten ein Floß. Dann holten Klaas und Pitt die wenigen Habseligkeiten von Christian und zuletzt dessen leblosen Körper selbst. Die Vorbereitungen hatten fast den ganzen Tag gedauert und nun warteten sie, dass die Sonne unterging. Christian lag aufgebahrt auf dem Floß und hätten sie ihm nicht zwei Münzen auf die Augen gelegt, dann sah es so aus, als hätte man ihm ein ungewöhnliches Bett hergerichtet, auf dem er nun schlief.

Nikolas wusste, dass die Toten mit den Münzen den Fährmann bezahlen sollten, der sie ins Jenseits übersetzte. Er hatte mit dem Loten aufgehört und dachte darüber nach, was geschehen würde, wenn er die Münzen wegnähme. Wenn Christian den Fährmann nicht bezahlen konnte, würde er vielleicht wieder zurückkehren. Doch er wusste auch, was man sagte, wenn der Fährmann seinen Lohn nicht bekam. Dann waren die Seelen dazu verdammt, für immer über die Meere zu streifen und niemals Erlösung zu finden. Christian selbst hatte ihm diese Geschichten erzählt. Von Geisterschiffen, deren Mannschaft verflucht war, auf ewig auf den Meeren zu kreuzen, ohne jemals an Land gehen zu können und dass sie vom Teufel persönlich befehligt wurde, der grausamer und unberechenbarer war als der schrecklichste Tod.

So stand er nur reglos da und beobachtete die anderen. Hein hatte die Gundelinde weit aufs Meer hinausgelenkt und nun refften sie das Segel. Derek und Henning standen leise miteinander redend zusammen, und Jan versuchte krampfhaft, nicht auf den Toten zu schauen.

Ben hatte sich in seine Kajüte zurückgezogen und war wahrscheinlich schon dabei, neue Pläne zu schmieden, um nun doch endlich den größten Schatz aller Zeiten zu heben, dachte Nikolas grimmig.

Doch als die Sonne sich neigte und versprach, diesen Tag auf unvergessliche Weise zu beschließen, kam Ben mit geröteten Augen aus seiner Kajüte und stopfte sich gerade noch sein Taschentuch in die Manteltasche. Sie alle versammelten sich um den Toten und jeder vollzog für sich und im Stillen seinen Abschied. Dann wickelten sie den Körper in ein Leinentuch. Jetzt, da auch Christians Gesicht verhüllt wurde, sickerte die Erkenntnis, dass er ihn nie wiedersehen, nie wieder Geschichten von ihm hören würde, in Nikolas' Bewusstsein.

Sie ließen das Floß zu Wasser und stießen es einige Fuß vom Schiff ab. Dann entzündete Pitt eine Fackel und warf sie auf den Leichnam. Langsam breiteten sich die Flammen von der Fackel aus und dort, wo sie das Wasser berührten, zischte es leise. Ben schlug die Schiffsglocke, während sie zusahen, wie das Floß immer weiter aufs Meer hinaustrieb.

Nikolas starrte in die sich entfernenden Flammen und spürte, wie stumme Tränen über sein Gesicht liefen. Er vermied es, die anderen anzuschauen, damit sie nicht sahen, dass er weinte. Als Ben zum dritten Mal die Glocke läutete, wandten sich die anderen ab, um das Segel wieder zu hissen, doch Nikolas blieb stehen, bis das Feuer auf dem Floß gänzlich verloschen war, und ließ die Trauer auf sich einstürzen. Er nahm nicht nur von Christian Abschied, sondern auch von seinen Eltern ... etwas, das er bis zu diesem Tag noch nie getan hatte.

10

Navigation

ikolas war erstaunt, wie schnell der Alltag nach der Seebestattung Christians wieder eingekehrt war. In der Tat schien es, als hätte Christian dieses Schiff nie betreten, so wenig war schon in den letzten Wochen seine Abwesenheit aufgefallen, doch innerlich wusste Nikolas oft nicht, wohin mit seinen Gefühlen. Der machtlosen Trauer war ein dumpfes Gefühl der Unruhe gefolgt, das auch durch die täglichen Arbeiten nicht vertrieben wurde. Er widmete jede freie Minute dem Vervollständigen seiner Karten. Er verzeichnete auffällige Landmarken, wie große Bäume, Dünen, Berge oder Türme, und den dazugehörigen typischen Meeresboden, und doch wollte die Unruhe nicht weichen. Ben schien ebenfalls ungewöhnlich beschäftigt, doch anstatt nach Helgoland aufzubrechen, kreuzten sie ziellos vor der Küste hin und her. Schließlich sah Nikolas Ben auf dem Achterdeck mit den merkwürdigen Instrumenten hantieren, die er in ihrem ersten Winter mit an Bord gebracht hatte.

„Was ist das?", fragte Nikolas und deutete auf eine Kiste auf dem Boden. Ben drehte sich blinzelnd um und rieb sich die Augen. Er hatte einen langen Stab, an dem ein Querholz befestigt war, in der Hand, den er bis eben dicht vor sein

Gesicht gehalten hatte, sodass an der Nasenwurzel eine deutliche Druckstelle zu sehen war.

„Das ist ein Kompass. Hab ihn von einem Händler, der ihn aus dem Süden mitgebracht hat. Sagte, dort würde er überall eingesetzt, um auch auf offener See nicht die Orientierung zu verlieren. Aber wenn du mich fragst, ist das ein Teufelszeug. Eine kleine Nadel, die sich immer nach Norden ausrichtet, kann doch nicht mit rechten Dingen zugehen", antwortete Ben und wandte sich wieder der Küste zu, über der hoch oben die Sonne stand.

Nikolas bückte sich und öffnete vorsichtig die Klappe der Holzkiste, die Ben als Kompass bezeichnet hatte. Auf dem Deckel war eine schöne Einlegearbeit, die ihn an eine Rose erinnerte, doch erst das Innere der Kiste weckte seine Neugier. Ein schmaler Stift, wie eine Nadel der Segelmacher, bewegte sich mit den Bewegungen des Schiffes auf einem kleinen Stab, doch es war eindeutig, dass er sich in Nord-Süd-Richtung ausrichtete. Unter der Nadel war eine Scheibe eingelegt, auf der zum einen Symbole für Norden, Süden, Westen und Osten eingraviert waren und zusätzlich dreihundertsechzig gleich große Kreissegmente. Nikolas erkannte, dass anhand dieser Einteilung recht genau die Richtung bestimmt werden konnte, in die man sich bewegte, jedoch zeigte die Nadel nicht in die Richtung, in der auf der Platte Norden eingezeichnet war. Er drehte die Kiste, bis Beschriftung und Ausrichtung der Nadel übereinstimmend nach Norden zeigten. Vorsichtig hob Nikolas die Nadel hoch und betrachtete sie eingehend. Sie bestand aus Metall, doch das Geheimnis, warum sie gen Norden deutete, konnte er nicht entdecken. Er setzte sie vorsichtig zurück auf ihren Platz und sah zu, wie sie zur Ruhe kam und wieder in die nördliche Richtung zeigte. In der St. Nikolai-Schule hatte er zwar vieles gelernt und auch das eine oder andere Geheimnis der Naturwissenschaften gehört, doch dieses kleine Stück Metall gab ihm Rätsel auf. Er wandte sich erneut Ben zu, der sich wieder den Stab an die Nase hielt und ein Auge zugekniffen hatte, während er mit dem anderen in die Sonne blinzelte. Es sah aus, als würde er mit einer Armbrust ohne Sehnen auf sie zielen.

„Was ist das für ein Stab? Ist das auch etwas, um die Richtung zu bestimmen?", fragte Nikolas. Diesmal schielte Ben leicht und es dauerte eine Weile, bis er wieder klar zu sehen schien.

„Das ist ein Jakobsstab. Mit ihm kann man die Entfernung zur Küste messen, in dem man den Winkel über dem Horizont bestimmt. Ich schätze, der Turm da ist etwa eine halbe Seemeile weit weg." Dabei hob Ben seinen Daumen und peilte den Turm an. „Man muss dazu nur einen Fixstern wie die Sonne anvisieren. Breiten- und Längengrade soll man auch damit bestimmen können, aber wozu das gut sein soll, konnte mir bisher keiner sagen."

„Wenn man die Breiten- und Längengrade weiß, dann könnte man auch ohne Sicht zur Küste seine Position abschätzen."

„Das muss schon ein verrückter Hundesohn sein, der so weit aus Meer hinausfährt."

„Wie funktioniert denn dieser Stab", fragte Nikolas.

„Man misst mit ihm die Höhe der Sonne oder eines Sterns über dem Horizont. Siehst du, hier ist eine Skala eingetragen, an der man die Winkel ablesen kann. Damit kann man dann Berechnungen machen. Aber ich glaube, das ist zu schwer für dich, um es zu verstehen. Wenn du willst, kannst du es aber gerne selbst probieren." Ben legte den Stab beiseite und vermied es, Nikolas anzusehen, als er vom Achterdeck stieg, um sich in seine Kajüte zurückzuziehen.

Als Ben verschwunden war, nahm Nikolas den Jakobsstab in die Hand und betrachtete ihn. Der Querstab war beweglich und musste scheinbar in eine bestimmte Position gebracht werden, um den richtigen Winkel ablesen zu können. Nikolas setzte den Stab an seine Nasenwurzel, wie er es bei Ben gesehen hatte und zielte mit ihm auf die Sonne. Die Sonne blendete ihn so sehr, dass er selbst mit geschlossenen Augen helle Lichtpunkte vor sich tanzen sah. So konnte es nicht funktionieren, da er ja mit dem Querholz noch irgendeine Peilung machen musste. Er sah sich den Stab noch einmal genauer an und schob gedankenverloren das Querholz hin und her.

Ben hatte die ganze Zeit die Sonne anvisiert, um die Entfernung zu dem Turm zu messen. Das war falsch, er hätte den Turm anpeilen müssen. Nikolas setzte den Stab erneut an und schob das Querholz so lange hin und her, bis sein unteres Ende den Horizont und sein oberes Ende die Spitze des Turmes traf. Dann betrachtete er die Skala und konnte einen Winkel von neun Grad ablesen.

Die Berechnung, die laut Ben zu schwer für ihn war, bedurfte zwar einiger Überlegungen, doch am Tagesende hatte er seine Erinnerungen an den Mathematikunterricht so weit durchforstet und Bilder von Kreisen und Winkeln durch sein Gehirn gewirbelt, dass er eine Abstandsformel hergeleitet hatte. Sein Standort stellte den Mittelpunkt eines imaginären Kreises dar und er musste den Radius des Kreises berechnen, der dann die Entfernung zum Turm angeben würde. Dafür benutzte er den Kreisbogen, den er gleich der Höhe des Turms setzte. Man brauchte zu dem Winkel nun noch die Höhe des angepeilten Objekts und damit die Länge der dem Winkel gegenüberliegenden Seite des Dreiecks, das sich bei der Peilung zwischen oberem und unterem Peilungspunkt und deren Verbindung ergab. Leider wusste Nikolas nicht, wie hoch der Turm war, um seine Überlegungen zu überprüfen.

Doch er hatte Glück. Am nächsten Morgen gingen sie an Land, um im Hafen des nächsten Ortes die Handelsschiffe auszukundschaften, und Nikolas nutzte die Gelegenheit. Doch er schlug, im Gegensatz zu den anderen, den Weg zum Turm ein.

Es war wieder ein sonniger und heißer Tag und Nikolas schwitzte, als er endlich die Anhöhe, auf der der Turm stand, erklommen hatte. In seinem Bündel befanden sich zwei Stück Schiffszwieback, ein Räucherfisch, eine Flasche Bier und etwas zum Schreiben sowie die Lotleine. Die Anhöhe fiel steil zum Meer ab, und er stand so dicht an der Klippe, wie er sich nur traute, und schaute hinunter in die schäumende Brandung. Dann nahm er die Lotleine und maß vierunddreißig Faden für die Höhe der Klippen.

Der Turm war aus massigen Steinen errichtet, und Nikolas fand einen schmalen Eingang, hinter dem direkt eine enge und steile Wendeltreppe nach oben führte. Er stieg die Stufen hoch und schaute immer wieder durch die kleinen Fensternischen, durch die ein wenig Licht drang, das das Halbdunkel im Turm durchbrach. Als er am oberen Ende des Aufganges in das Sonnenlicht trat, schaute er sich blinzelnd um. Er stand auf einer offenen Plattform, die nur von einer niedrigen Reihe Steine umgrenzt war. Auf fünf Säulen war eine weitere Plattform aufgesetzt und eine Leiter führte durch eine kleine Luke dort hinauf. Als Nikolas den Kopf durch die Luke streckte, sah er mehrere Stapel aus verwitterten und von Pilzen und Moos bedeckten Holzscheiten, die

die ganze Fläche einnahmen. Dieser Turm hatte als Seezeichen gedient und sein Leuchtfeuer sollte Schiffe vor der nahen Küste warnen, doch augenscheinlich war das Feuer seit Monaten, vielleicht sogar Jahren nicht mehr entfacht worden.

Da Nikolas hier nicht weiter hinauf konnte, stieg er wieder auf die untere Plattform hinab. Der Wind zerrte an seinen Haaren und von weit unter ihm dröhnte die Brandung hinauf. Möwen segelten am blauen Himmel und stürzten mit atemberaubender Geschwindigkeit kopfüber ins Meer, um sich flügelschlagend und mit einem Fisch im Schnabel wieder aufzuschwingen und irgendwo auf einem Felsen ihre Beute zu verschlingen. Am Horizont konnte er die Küste eines anderen Landes ausmachen und links von ihm hinter einer Düne konnte er den westlichen Rand einer kleinen Bucht sehen, in der versteckt ihr Schiff lag. In südlicher Richtung erstreckten sich weite Wiesen, auf denen Kühe weideten, und hier und da standen kleine Häuser mit Stallungen. Östlich hatte sich ein Fluss in die Ebene gegraben, und als sein Blick dem verwilderten und kaum noch zu erkennenden Weg, den die anderen eingeschlagen hatten, folgte, konnte er in der Ferne eine kleine Stadt und die Masten der Handelsschiffe in ihrem Hafen erspähen.

Der Turm maß neuneinhalb Faden, was zusammen mit der Anhöhe dreiundvierzigeinhalb Faden für die gesamte Höhe ergab. Das entsprach etwa zweihunderteinundsechzig Fuß oder hundertundvier Schritt. Jetzt musste er nur den gemessenen Winkel und die Höhe des Turms in seine Abstandsformel einsetzen und so die Entfernung zwischen Küste und ihrem Schiff berechnen können. Er kam auf sechshundertzweiundsechzig Schritt, was einer knappen Viertelseemeile gleichkam und mit seiner Schätzung ziemlich gut übereinstimmte. Er freute sich über diese Entdeckung und es war ihm, als würde diese Freude mit Macht die dumpfe Trübsal in seinem Innern endlich vertreiben.

Er stand mit geschlossenen Augen und atmete tief ein und aus. Hungrig setzte er sich schließlich, mit dem Rücken gegen eine Säule gelehnt, und begann sein Bündel aufzuschnüren. Er stellte die Tonflasche neben sich in den Schatten und nahm abwechselnd einen Bissen Zwieback und einen Bissen Fisch. Die Sonne stand jetzt hoch am Himmel und es war trotz des Windes sehr heiß geworden. Nikolas fühlte sich schläfrig und schwer und legte sich zusammengerollt auf den Steinboden. Es dauerte nicht lange, da war er eingedöst.

Er träumte von riesig hohen Türmen und maß die Entfernung zu seinem Schiff, in dem er mit großen Schritten über das Wasser lief, doch gerade als er das Schiff erreichte, fiel ihm ein, dass er nicht schwimmen konnte und schon tauchte er in die kalten Fluten ein. Die Luft ging ihm aus und er versuchte nach Leibeskräften, an die Oberfläche zu gelangen. Als er auftauchte, sah er vor sich ein brennendes Floß auf sich zutreiben, und auf dem Floß saß der alte Christian und reichte ihm einen flammenden Arm. Nikolas fühlte, wie die Hitze des Feuers sich seinem Gesicht näherte, doch kurz bevor er von ihm verbrannt wurde, wachte er nassgeschwitzt auf.

Die Sonne war so weit herumgewandert, dass sie ihm nun mitten ins Gesicht schien. Er setzte sich auf und atmete schwer. Die Mittagshitze war einer drückenden Schwüle gewichen. Die anderen würden erst spät am Abend zurückkehren und ohne sie konnte er nicht auf das Schiff zurück. Also rückte er in den Schatten, sodass er die Bucht im Auge behielt und bei der Rückkehr seiner Kameraden zu ihnen stoßen konnte. Er vollzog noch einmal seine Berechnungen nach. Sie stimmten, doch was konnte man wirklich damit anfangen? Um seine Position auf einer Seekarte einzutragen, war es vielleicht hilfreich, doch wenn man die Entfernung von nur einem Punkt wusste, konnte man sich überall auf dem Kreis mit diesem Radius befinden. Wenn man zwei Punkte hätte, deren Richtung man bestimmt hatte, könnte man die Position auf einer Karte durch Verlängerung der Peilung bis zum Schnittpunkt beider Linien festlegen. Oder er könnte die Entfernung zu einem anderen Schiff berechnen, wenn er die Höhe dessen Masts wusste. Er nahm sich vor, das nächste Mal in einem Hafen die Masthöhen der verschiedenen Schiffstypen genauer zu studieren.

Die Nacht brach herein und Nikolas wurde in seinen Überlegungen durch die kleine Gruppe gestört, die weit unten den kleinen Pfad zur Bucht entlangging. Der erste trug eine Laterne vor sich her, und die anderen folgten ihm in der Dämmerung.

Nikolas packte seinen Sachen und stolperte die enge Turmtreppe hinunter. Als er unten war, konnte er die kleine Gruppe nicht mehr sehen, doch der Mond beschien den Weg die Anhöhe hinab. Bald schon sah er auch wieder das freundliche gelbe Licht der Laterne auf und ab tanzen. Er hatte die anderen schnell eingeholt und zwanzig Minuten später erreichten sie die Bucht und ihre Ruderboote.

„Wir haben Verbündete gemacht. Übermorgen früh läuft ein Händler aus, der das ganze Schiff voll feinstem Seidentuch für den englischen Königshof hat. Den werden wir in die Zange nehmen. Die Männer von der Swantje liegen in einer Bucht auf der anderen Seite des Flusses. Wir werden im Morgengrauen auf den Pfeffersack warten und ihn in eine Falle locken, und sie werden ihnen von hinten den Weg abschneiden", erklärte Klaas ihm mit grimmiger Freude, als sie zur Gundelinde zurückruderten.

Den nächsten Tag verbrachten sie meist dösend im Schatten an Deck und pflegten ihre Waffen. Pitt hatte eine kleine Flöte herausgeholt und blies träge Melodien vor sich hin. Nikolas war zu Hein hinübergegangen, um ihn etwas zu fragen, was ihm auf dem Turm in den Sinn gekommen war.

„Gibt es eine genauere Möglichkeit, seine Richtung zu bestimmen als nach dem Stand der Sonne?"

Hein sah ihn behäbig an. „Nachts kann man sich an den Sternen orientieren."

„Und wenn es nachts bewölkt ist und man keine Küste zur Orientierung hat?"

„Das wäre töricht, sich so weit aufs offene Meer hinauszuwagen. Hier in der Ost- oder Westsee stößt man früher oder später immer auf Land, vielleicht nicht gerade das, wo man hin wollte. Aber es ist noch niemand zurückgekehrt, der sich auf dem großen Wasser zu weit hinausgewagt hat."

„Warum nicht?"

„Sind alle am Ende der Welt ins Nichts gestürzt."

„Die Erde ist doch rund wie ein Ball, da fährt man höchstens im Kreis."

„Ach ja? Und auf der anderen Seite steht man auf dem Kopf, oder wie? Ich hab im Mariendom mal 'ne Karte gesehen und da war die Erde platt wie eine Scheibe."

„Aristoteles und auch Thomas von Aquin sagen, dass die Erde eine Kugel ist."

„Kenn ich nicht."

„Der Reichsapfel stellt die Erdkugel dar."

„Hm", brummte Hein. „Hab ich auch noch nie gesehen."

„Der ist auf manchen Goldgulden oder Silberlingen ab-
gebildet."

„Und die sind auch platt wie eine Scheibe."

Nikolas gab auf. „Hast du schon mal einen Kompass benutzt?"

„Nö. Ich verlasse mich da lieber auf meinen Instinkt als
auf solch ein Ding, das von unsichtbaren Kräften beherrscht
wird."

Nikolas war auch mit dieser Antwort nicht zufrieden,
doch er sah ein, dass es wenig Zweck hatte, Hein weiter aus-
zufragen und ging stattdessen zur Kapitänskajüte. Er klopfte
an und öffnete vorsichtig die Tür, als er keine Antwort bekam. Ben stand im Schein zweier Kerzen tief über einen
großen Tisch gebeugt, der übersät war mit unzähligen Seekarten und Schriftstücken.

„Ah, Nikolas, was kann ich für dich tun?", fragte Ben
freundlich, als er aufsah.

Nikolas schaute sich in der schattigen Kajüte um. Ihm gegenüber schimmerte dunstiges Licht durch eine ganze Reihe
kleiner Fensterluken, an denen die Läden offen standen. In
einer Ecke stand ein abgenutzter und durchgesessener Lehnstuhl mit einer ebenso schäbig aussehenden kleinen Fußbank
davor. In der anderen Ecke befand sich ein schmales Bett
mit zerschlissenen Decken. Er hatte immer gedacht, der
Kapitän eines Schiffs hätte eine bessere Einrichtung, doch
anscheinend hatte Ben all seine Ressourcen in unzählige
Karten, Waffen und Lebensmittel gesteckt. An den Wänden
waren Regale, bis an die Decke gefüllt mit zusammengeroll-
ten Pergamenten, befestigt. In einer offenen Truhe lagen
noch mehr Dolche und Entermesser, und ein paar besonders kunstvoll gefertigte Stücke waren in Halterungen auf
einem kleinen Regal aufgestellt worden. Ein paar Kisten mit

Lebensmitteln, die Nikolas sonst nirgends auf dem Schiff gesehen hatte, standen neben dem Lehnstuhl. Doch den meisten Platz nahm der riesige Eichentisch in der Mitte der Kajüte ein und Nikolas' Blick wanderte begierig über die unzähligen Seekarten, die dort verstreut lagen.

„Ja, das kann einen so manche Nacht wachhalten", sagte Ben, als er Nikolas' Blick folgte. Nikolas trat näher und studierte die Karten, die fast alle die West- und Ostsee zeigten, doch unterschieden sie sich erheblich voneinander. Je nachdem, worauf der Zeichner Wert gelegt hatte, war mal die südliche, mal die östliche oder nördliche Küste mit mehr Details ausgearbeitet, während die anderen Teile einfach nur als Land oder Meer grob skizziert und oftmals noch nicht einmal beschriftet waren. Und auch die Karten mit den gleichen Ausschnitten, zeigten nicht immer die Inseln an derselben Stelle und manch kleinere Eilande fehlten völlig. Auf anderen Karten waren wiederum Routen zu großen Häfen eingezeichnet und Anweisungen in winziger Schrift eingetragen worden, die die Einfahrt zu den Häfen beschrieben. Diese Karten waren offensichtlich von Händlern für ihre Überfahrten angefertigt worden. Die Karte, die Ben betrachtet hatte, zeigte den Ausschnitt zwischen der Elbmündung und Dänemark, in dessen Mitte Helgoland lag.

„Du erinnerst dich noch an Christians letzte Worte?" Nikolas nickte und Ben fuhr fort.

„Ich denke, dass ich auch bald die restliche Mannschaft einweihen werde. Die Stimmung hat sich seit den letzten erfolgreichen Beutezügen so gebessert, dass sie einer erneuten Schatzsuche bestimmt zustimmen werden. Siehst du hier, diese Stelle? Dort ist eine kleine geschützte Bucht, die nur von der offenen Seeseite aus einzusehen ist und auch nur dann, wenn man von den üblichen Handelsrouten abweicht." Ben zog eine andere Karte unter dem Stapel hervor.

„Ich denke, dass Störtebeker hier an Land gegangen ist, doch wohin er sich dann gewandt hat und wo er seinen Schatz versteckt hat, können wir nur vor Ort herausfinden."

„Das heißt, wir werden wieder in die Westsee segeln?"

„Ja, morgen, nachdem wir dieses fette Handelsschiff aufgebracht haben, werde ich es der Mannschaft mitteilen. Leider werde ich es auch unseren Verbündeten auf der Swantje sagen müssen und die werden ihren Teil abhaben wollen."

„Man müsste ihnen ja nicht sagen, weshalb wir zur Westsee segeln wollen. Man könnte ihnen ja nur andeuten, dass es dort mehr und größere Beute zu machen gibt. Ich denke, es wäre wirklich nicht ratsam, allen den genauen Grund zu verraten, auch unserer eigenen Besatzung nicht."

„Gesprochen wie ein richtiger Pirat! Du hast die Ehrlichkeit und Leichtgläubigkeit eines Kindes hinter dir gelassen. Nun, nicht unbedingt das Beste, aber gewiss auch nicht das Schlechteste. Besonders nicht in unserem Geschäft."

Nikolas hatte den Grund, weshalb er in die Kajüte gekommen war, vergessen und war stattdessen begierig darauf, die Karten zu studieren. Er holte seine eigenen Pläne aus seiner Seekiste und den Rest des Tages verbrachte er damit, die Karten mit seinen eigenen Aufzeichnungen zu vergleichen und sie, mit Bens Zustimmung, zu ergänzen und zu korrigieren. Nachdem er jene Karten, die bereits auf dem Tisch lagen, alle durchforstet hatte, nahm er einige andere Pergamente aus den Wandregalen und stellte fest, dass viele von ihnen Meere und Küsten zeigten, die er noch nie gesehen hatte und von denen er nicht wusste, wo sie lagen.

Eine ganze Reihe weiterer Dokumente waren gebunden und enthielten Tagebücher von Seereisenden, die meist alle damit endeten, dass das Schiff in einen Sturm geraten oder auf ein Riff gelaufen war. Die Stunden vergingen wie im Flug, und er hatte nicht einmal ein Drittel der Karten und Schriftstücke durchgesehen, als Ben ihn zur ersten Nachtwache hinaus beorderte. Nikolas konnte sich nur schwer losreißen, doch traute er sich auch nicht zu widersprechen.

Während der Wache dachte er über den ganzen Wissensschatz nach, den Ben in seiner Kajüte angesammelt hatte. Noch nie schien jemand eine Karte angefertigt zu haben, die sämtliche Informationen über die West- und die Ostsee enthielt. Außerdem gab es auf allen Plänen Regionen auf offener See, die von allen gemieden wurden, wahrscheinlich, weil sich niemand zutraute, weitere Strecken ohne Sicht auf die Küste zurückzulegen. Doch mit einem Kompass zur Richtungsbestimmung und einer Methode, um ihre Geschwindigkeit zu messen, müsste man sich auch auf offener See orientieren können. Und vielleicht, ja, vielleicht gab es irgendwo ein Land, von dem noch niemand wusste.

11

Kampf und Niederlage

ei Sonnenaufgang erhob sich reges Treiben an Deck. Es versprach, erneut ein klarer und heißer Sommertag zu werden, und sie konnten die verbündete Swantje auf ihrer vereinbarten Position gut sehen. Jetzt hieß es, auf das Handelsschiff zu warten, und die Gundelinde war gerüstet zum Zuschlagen. Der Wind stand günstig und würde sie direkt auf ihr Ziel zutreiben, die Segel waren bereit, heruntergelassen zu werden, und die Männer prüften ihre Waffen.

Nikolas war gerade fertig geworden, das Deck zu schrubben, als Henning eine rote Flagge an der Swantje emporsteigen sah. Auf seinen Ruf hin gab Ben den Befehl zum Segelsetzen. Es lief alles reibungslos. Das Segel fiel rauschend hinab und wurde sogleich vom Wind aufgebläht. Sie nahmen schnell Fahrt auf und als sie aus der Bucht aufs offene Meer gelangten, hatte die Swantje gerade das Handelsschiff dazu gezwungen, seinen Kurs zu ändern. Es war ein Holk mit drei Masten von etwa vierundzwanzig Schritt Länge, doch seine Größe machte das Schiff schwerfällig, und so hatten die beiden kleineren und wendigeren Koggen den Holk bald eingeholt.

Die Gundelinde war gerade dabei, längsseits zu gehen, als plötzlich Pfeilen auf sie hinabgingen. Die Pfeile schlidderten über die Planken oder blieben zitternd im Holz stecken. Glücklicherweise wurde keiner ernsthaft verletzt. Nur Klaas schleppte sich, ein Bein nachziehend, hinter den Mast, an dem er zu Boden rutschte und den Pfeil, der in seinem Oberschenkel steckte, mit schmerzverzerrtem Gesicht herauszog. Er band sich das Bein oberhalb der Wunde mit seinem Gürtel ab.

Die anderen waren gerade in Deckung gegangen, als ein zweiter Schauer über ihnen niederging. In dem Moment kam Jan an Deck, um zu sehen, was das für ungewohnte Geräusche waren, und schon traf ihn ein Pfeil. Er schaute verwundert auf das Stück Holz, das nun aus seiner Schulter ragte, bevor er die Augen verdrehte und polternd die Treppe herunterfiel.

Ein fürchterliches Kampfgeschrei von der anderen Seite her sagte ihnen, dass nun auch die Swantje das Handelsschiff erreicht hatte und sich bereit machte zum Entern. Ohne einen Befehl von Ben abzuwarten, sprangen sie alle aus ihren Schlupfwinkeln und stimmten in das Geschrei ein. Es kamen keine neuen Pfeile zu ihnen herübergeschossen, denn schon hatten sich einige Männer der Swantje an Bord des Händlers geschwungen und wüteten dort mit ihren Entermessern. Weitere Kaperer von der Swantje und auch die Männer der Gundelinde erklommen den Holk, um in den Kampf einzugreifen. Nur Nikolas stand ungläubig und mit gezücktem Dolch mitten auf dem Deck und konnte nicht fassen, was dort vor seinen Augen geschah.

Bisher konnten sie alle Beuteschiffe ohne viel Gewalt erobern und hatten auf rohe Grausamkeiten verzichtet, doch bisher hatte sich auch keine Besatzung so sehr verteidigt. Außerdem waren sie bisher immer in der Überzahl gewesen und hatten schlecht oder gar nicht bewaffnete Mannschaften vorgefunden. Doch diesmal waren sie weit unterlegen, und immer mehr Männer schienen aus dem Bauch des Handelsschiffs an Deck zu strömen, ebenso bewaffnet wie sie, die ihr Schiff und ihre Ladung mit so viel Verbissenheit verteidigten, wie sie selbst es beim Enterversuch zeigten. Ihr einziger Vorteil war, dass sie ihre Gegner von zwei Seiten her angriffen und sie so in die Zange nahmen.

Nikolas sah, wie Pitt mit einem Entermesser in jeder Hand gegen zwei Männer gleichzeitig kämpfte. Gerade als sie seine Verteidigung zu durchbrechen drohten, tauchte wie aus dem Nichts Klaas auf und wehrte mit ausgestrecktem Säbel einen Hieb ab, der Pitt sonst von oben bis unten aufgeschlitzt hätte.

Auf dem Achterdeck ging Derek formvollendet vor einem anderen Mann in Fechtposition und duellierte sich auf geradezu manierliche Art und Weise.

Ben schlug sich wacker mit einem Kerl, der mit Säbel und Axt kämpfte, doch hatte auch er schon den einen oder anderen Hieb abbekommen, denn sein Hemd war blutgetränkt.

Henning stieß einen Mann von sich, den er gerade mit seiner Klinge durchbohrt hatte und wandte sich gleich dem nächsten zu.

Jens und Niels gingen zu zweit auf einen Mann los und stachen ihn mit dem Rücken gegen den Mast kaltblütig ab.

Doch noch grausamer gingen die Männer der Swantje vor. Sie warteten gar nicht erst, bis sich die Angreifer zum Kampf stellten und verteidigen konnten, sondern erstachen sie hinterrücks, sodass jene ihr Unglück noch nicht einmal kommen sahen.

Nikolas stand immer noch starr vor Entsetzen, als ein Mann sich an einem Tau auf ihr Schiff schwang. Der Mann kam direkt auf ihn zu und wollte ihn gerade packen, als einem Blitzschlag gleich der Schreck durch Nikolas Glieder fuhr und er sich geschickt dem Griff entzog und davonrannte. Er hörte den Mann hinter sich, hörte, wie er schadenfroh lachte. Nikolas stürzte gegen die geschlossene Tür der Kapitänskajüte und drehte sich mit gestrecktem Dolch um.

„Du willst doch wohl kein Pirat sein. Stehst da zitternd mit dem Rücken zur Wand und kannst nirgendwohin. Wenn wir euch fertiggemacht haben, dann werden wir euer Schiff mit Mann und Maus versenken." Der Mann grinste und schlug mit seinem Schwert gegen den Dolch in Nikolas bebenden Handen. Dann hob er sein Schwert zum letzten Streich und Nikolas presste die Augen zusammen ... in Erwartung der Todesqual, die die Klinge ihm zufügen würde. Doch stattdessen hörte er einen dumpfen Aufprall, und als er die Augen öffnete, war Hein gerade vom Achterdeck gesprungen und hatte den Mann an dessen erhobenem Arm herumgerissen.

„Wer wird sich denn an einem wehrlosen Kind vergreifen?", knurrte Hein, als er dem verdutzten Angreifer einen heftigen Kopfstoß versetzte. Dieser taumelte rückwärts und fiel direkt in den Dolch, den Nikolas immer noch ausgestreckt vor sich hielt. Er spürte das Gewicht des Mannes und drängte sich zur Seite, sodass der Angreifer auf den Boden fiel. Der verdutzte Ausdruck auf dessen Gesicht schien erstarrt zu sein. Mühsam zog er sich an der Treppe zum Achterdeck hoch und drehte sich zu Nikolas um, der mit pochendem Herzen und weit aufgerissenen Augen dastand. Der Mann machte einen Schritt auf ihn zu und öffnete den Mund, doch statt der Worte quoll Blut heraus. Der Dolch steckte immer noch in seinem Rücken, als er sich umdrehte und zur Reling schleppte. Es schien, als wollte er sich so schwer verwundet wieder auf sein Schiff zurückziehen, doch da verließen ihn die Kräfte und er stürzte kopfüber ins Meer.

Er hatte gerade einen Mann getötet. Der Gedanke wiederholte sich wie in einer Endlosschleife in Nikolas' Kopf und erst als der Ruf zum Rückzug erschallte, löste er den Blick von der Stelle, wo der Mann gerade verschwunden war.

Die Männer der Swantje und der Gundelinde schlugen sich ihren Rückzug frei und flohen zurück auf ihre eigenen Schiffe. Derek hatte Henning geschultert und mühte sich, an einem Tau hinüberzukommen, während Ben immer noch mit dem Mann mit der Axt kämpfte. Ein letzter markerschütternder Schrei schallte über das Deck, als die Axt Bens Hand traf und in der Reling stecken blieb. Noch während der andere versuchte, die Axt aus dem Holz zu ziehen, stach Ben zu und sein Gegner sank schwer verwundet nieder, doch Bens Finger waren glatt abgetrennt.

Blut strömte aus den Fingerstummeln, als er sich mit letzter Kraft an Deck der Gundelinde schwang und leichenblass dort sitzen blieb, wo er gelandet war. Er starrte wie betäubt auf seine Hand. Klaas eilte mit einem Tuch und einem Gurt zu ihm und drosselte die Blutzufuhr an Bens Oberarm und presste dann das Tuch auf die Wunde. Ben ließ alles wortlos über sich ergehen.

Hein hatte das Schiff auf das offene Meer hinausgelenkt, wo auch schon die Swantje davonsegelte. Das Handelsschiff folgte ihnen nicht, denn wahrscheinlich waren auch sie damit beschäftigt, ihre Verwundeten zu versorgen.

„Jemand muss nach Jan sehen", rief Klaas den anderen zu, die sich ebenfalls um ihre Verletzungen kümmerten. Nikolas, der als Einziger unversehrt war, hastete los und stolperte die Stufen hinunter unter Deck. In der plötzlichen Dunkelheit sah er nicht, wo er hintrat und stürzte über den am Treppenabsatz liegenden Jan. Er tastete sich zu ihm und als sich seine Augen an das Dämmerlicht gewöhnt hatten, sah er, dass Jan die Augen geschlossen hatte, aber noch atmete. Der Pfeil in seiner Schulter war durch den Sturz abgebrochen und hatte sich bis zum Rücken durchgebohrt. Nikolas schüttelte Jan vorsichtig und rief seinen Namen, doch der rührte sich nicht. Schließlich holte er einen Eimer und sprengte ihm kaltes Wasser ins Gesicht. Gerade als Jan die Augen aufschlug, hinkte Klaas die Treppe herunter.

„Er ist ja schon wieder wach, dann kann es so schlimm ja nicht sein." Klaas hob Jan auf und lehnte ihn an die Treppe.

Nikolas kam mit einer Kerze herbei und beleuchtete die verletzte Schulter. Jan hatte, nach der Lache am Boden zu urteilen, viel Blut verloren, und als Klaas den Pfeil ganz herauszog, fing der Einstich wieder an zu bluten. Klaas riss Jan das Hemd vom Körper, drückte es von vorne und hinten gegen die Wunde, und wickelte schließlich ein langes Tuch mehrmals um Schulter und Brustkorb.

„Das wird schon wieder, mein Junge. Bald kannst du mit deiner ersten Kampfverletzung angeben. Musst ja nicht erzählen, dass du während des eigentlichen Kampfes hier nur rumgelegen hast", sagte Klaas aufmunternd. Jan gab ein mattes und dankbares Lächeln zurück. „Komm her, Kleiner, wir müssen ihn hinlegen, wo keiner über ihn drüberfällt", sagte Klaas zu Nikolas, und man sah seinem Gesicht an, wie besorgt er wirklich war.

Zurück an Deck nahm Klaas Nikolas zur Seite. „Er hat viel Blut verloren, weil die Wunde nicht sofort abgebunden wurde. Er darf auf keinen Fall noch mehr verlieren, es sieht jetzt schon schlimm genug aus. Kontrollier den Verband regelmäßig und sorg dafür, dass die Tücher immer fest auf die Wunde gedrückt werden, damit die Blutung aufhört."

Nikolas nickte und sah, wie auch Klaas sich den Gürtel um den Oberschenkel fester zog, als er davonhumpelte.

Ben saß immer noch mit blassem Gesicht auf der Treppe und presste sich den schon blutdurchtränkten Lappen selbst auf seine linke Hand. Er erklärte merkwürdig lächelnd, dass man in diesem Beruf nun mal mit so etwas rechnen musste, und dass dies erst einen richtigen Piraten ausmachte.

Vor dem Bugkastell kniete Derek, scheinbar unverletzt, neben Henning. Nikolas ging zu ihnen, um zu helfen, doch dann sah er, wie Derek mit zwei Fingern über die Lider des vor ihm Liegenden fuhr und dessen Augen schloss. Da wusste Nikolas, dass hier keine Hilfe mehr vonnöten war.

Er setzte sich an die Reling und vergrub das Gesicht in seinen Armen. Immer wieder erschien ihm das Gesicht seines Angreifers mit den irren Augen und jedes Mal, wenn jener den Mund öffnete, kam ein Schwall Blut heraus. Nikolas ertrug diese Bilder nicht und so kletterte er ins Krähennest, das Henning nie mehr für sich beanspruchen würde, und starrte über das weite Meer. Er bemühte sich, die Augen nicht zu schließen, ja nicht einmal zu blinzeln, bis sein Blick durch die Tränen hindurch verschwamm.

Als die Sonne sich neigte, hatten sie Meile um Meile zwischen sich und den Schauplatz des Kampfes gebracht. Auch die Swantje ankerte neben ihnen und jetzt lagen die beiden Schiffe ruhig, ja, beinahe friedlich Seite an Seite.

Sie hatten die Segel gerefft und Henning auf eine Planke gelegt. Alle hatten sich um ihn versammelt und auch auf der Swantje hatte sich die Besatzung um ihre Toten gestellt. Ben schlug die Schiffsglocke und ebenso klang Glockengeläut von der Swantje herüber. Als Ben zum zweiten Mal läutete, ließen sie den Toten von der Planke ins Wasser gleiten und Henning versank in den dunklen und unergründlichen Tiefen des Meeres. Auf der Swantje schlugen sie die Glocke noch vier Mal und bei jedem Schlag überantworteten sie einen ihrer gefallenen Kameraden der See. Es war ein glanzloses, aber zweckmäßiges Verfahren.

Nikolas überlegte, wie viele Männer wohl auf dem Grunde des Meeres lagen, und Bilder von grünblassen Toten, die aus der Tiefe emporstiegen, spukten durch seinen Kopf, als Ben den Befehl gab, in Richtung Küste zu segeln.

Am nächsten Tag trennte sich die Swantje von ihnen, und die Gundelinde lief einen kleinen Hafen im Osten an. Die Bevölkerung des Dörfchens kam herbeigeströmt, als hätte schon seit ewigen Zeiten kein Schiff mehr diesen Hafen aufgesucht. Die Seefahrer gaben sich als Händler aus, die überfallen worden waren und wurden aufs Freundlichste aufgenommen.

Jan schwebte einige Tage zwischen Leben und Tod, doch nach einer weiteren Woche konnte er schon wieder selbst eine klare Suppe löffeln. Bens Finger waren bis zum zweiten Gelenk abgetrennt worden, und das Fleisch um die Stümpfe hatte sich entzündet und begann zu faulen.

Fieber und Schüttelfrost plagten ihn, als sie ihn eines Morgens von seiner Bettstelle hoben und vor den großen Kamin des Gasthauses setzten. Klaas schürte das Feuer und legte eine Eisenstange in die Glut. Pitt flößte Ben einen Becher Schnaps ein und hielt ihn dann zusammen mit Hein fest.

„Du gehst vielleicht besser raus", sagte Klaas mit einem Blick zu Nikolas, doch der schüttelte den Kopf. Klaas hatte wahrscheinlich recht, doch Nikolas wollte mit eigenen Augen sehen, was die Geschichten seines Vaters immer ausgelassen hatten.

Klaas setzte eine Säge an Bens Handgelenk, und als er einmal angefangen hatte, die Hand abzutrennen, da hielten ihn auch die Schreie des Patienten nicht davon ab, die Prozedur schnell und präzise zu Ende zu bringen. Die schwarz verfärbte Hand fiel zu Boden, und Ben verlor kurz das Bewusstsein, bis Klaas die Wunde mit der glühenden Eisenstange kauterisierte, was Ben augenblicklich wieder zur Besinnung brachte und ihn beinahe aus dem Stuhl springen ließ.

Nikolas war bei dem Anblick der verfaulten Hand am Boden übel geworden, doch der Geruch des verbrannten Fleisches gab ihm den Rest, und er stürzte würgend ins Freie.

Nach der Amputation ging es auch Ben wieder zusehends besser, und schon bald brüstete er sich, dass eine fehlende Hand gut zu ihm als Piratenkapitän passen würde.

Sie blieben insgesamt einen Monat in dem kleinen Dorf. Nikolas durchstreifte oft die Gegend oder spielte mit den anderen Kindern auf der Straße, wie er es seit dem Tod seines Vaters nicht mehr getan hatte.

Das Dorf war von ausgedehnten Wäldern mit Kiefern, Fichten, Birken und Espen umgeben. Immer wieder stieß Nikolas auf Lichtungen, die von sumpfigen Wiesen bewachsen waren und ihn zu größeren Umwegen zwangen. Er beobachtete Adler, die über ihm kreisten und nach Beute Ausschau hielten. Einmal sah er sogar einen Luchs, der auf einem Felsen kauerte und ihn mit seinen gelben Augen beobachtete. Er hatte noch nie einen Luchs gesehen, doch wusste er instinktiv, dass dieses Tier gefährlich war, und zog sich langsam zurück, ohne den Blick von der großen Katze zu nehmen.

Morgens, kurz nach Sonnenaufgang hing immer ein dichter Nebel über den Bäumen, der sich erst verzog, wenn sich die wärmenden Sonnenstrahlen ihren Weg gebahnt hatten. Abends, wenn er in seinem Bett lag, konnte er von weit her ein unheimliches Heulen hören, und so manches Mal wünschte er sich, in seiner Hängematte auf der Gundelinde zu sein, wo ihn keines dieser unheimlichen Wesen, die der Wald beherbergte, im Schlaf überraschen konnte.

Mit der Zeit verstand er auch das ein oder andere Wort der Landessprache und erfuhr, dass sie in einem Gebiet gelandet waren, das vom Deutschen Orden regiert wurde und das in der Tat schon seit Jahren kein Schiff mehr gesehen hatte. Die Leute erwirtschafteten alles, was sie zum Leben brauchten, selbst, und wie so oft zuvor waren zusätzliche Arbeiter gerne gesehen, die beim Bau von Häusern und Scheunen halfen oder einfach nur eine willkommene Abwechslung in der Abgeschiedenheit boten.

Als sie an einem Septembermorgen endlich wieder an Bord gingen, nahmen sie neben sehr gutem Bauholz noch einige kleine Fässer von dem starken Schnaps mit, der sich hervorragend zum Säubern von Wunden zu eignen schien. Jan war immer noch blasser als sonst und auch weiterhin etwas schwach, doch die Wunde war ohne Komplikationen verheilt. Dennoch vertraute er Nikolas an, dass er immer noch ein Stechen in der Schulter spürte, wenn er den Arm bewegte, und das sollte sich auch nicht mehr ändern. Auch Bens Wunden hatten sich geschlossen und man hatte ihm einen ausgestopften Handschuh aus Schweinsleder genäht, den er jetzt über dem fleischigen Armstumpf trug.

12

Finnisches Dampfbad

$\mathcal{T}$rotz der schweren Niederlage gegen den Holk brannten alle darauf, ein neues Schiff aufzubringen. Ben gab den Befehl, zurück ins Westmeer zu segeln, doch Derek widersprach ihm offen, obwohl er ohne Henning wieder in der Unterzahl war. Doch zu Bens und ebenso Nikolas' Überraschung schlugen sich diesmal auch Klaas und Pitt auf die Seite der kritischen Stimmen. Da der Winter nahte, wollten sie keine unnötige Reise machen und lieber in diesen Gewässern ihr Glück versuchen und dann einen gemütlichen Ort finden, wo sie die kalte Jahreszeit verbringen konnten.

Damit war die Gelegenheit, zurück ins Westmeer zu segeln und Helgoland nach Störtebekers Schatz abzusuchen, vorerst vergeben, und Ben fügte sich schweigend dem Wunsch seiner Mannschaft.

Sie segelten weiter gen Norden und die Tage wurden schnell kürzer. Nikolas träumte immer noch oft von starren Augen und blutspuckenden Mündern und schwor sich insgeheim, nie wieder einen Menschen zu töten. Es war so einfach und schnell gegangen, dem Mann sein Leben zu nehmen, und hätte er es nicht getan, so läge er jetzt wahrscheinlich selbst auf dem Grund des Meeres. Und doch wünschte sich Nikolas, es wäre genauso einfach, ihm das Leben zurückzugeben.

Er übernahm jetzt mit Jens und Niels im Wechsel die Position im Krähennest. In den letzten Wochen war er so sehr gewachsen, dass auch die damals zu großen Sachen von Anna nun einige Zoll an Armen und Beinen zu kurz waren und der Wind erbarmungslos hineinpfiff, wenn er frierend im Ausguck saß.

Es begegneten ihnen zwei kleine Handelsboote, deren Flaggen ein blaues Kreuz auf weißem Grund zeigten, die nach Süden unterwegs waren und die sie ohne größere Mühe aufbrachten.

Nikolas hatte sich in der wenigen freien Zeit, die ihm blieb, weiter mit den Karten in Bens Kajüte beschäftigt und musste feststellen, dass dieser nördliche Teil der Ostsee auf Bens Karten nur ungenau erfasst war, doch er war sich ziemlich sicher, dass sie sich jetzt im Finnischen Meerbusen befanden.

Eines Nachts schlug das Wetter plötzlich um und die, die geschlafen hatten, wurden unsanft aus ihren Träumen gerissen. Der Wind peitschte ihnen Hagel ins Gesicht und drückte das Schiff in eine starke Krängung. Hein musste seine ganze Kraft aufbringen, um das Schiff frontal in den Wind zu stellen und so am wenigsten Angriffsfläche zu bieten. Der Sturm dauerte die ganze Nacht und als er am Morgen endlich nachließ, regnete es ohne Unterbrechung weiter.

Sie waren seit fünf Tagen nicht mehr trocken geworden, als sie nach mehr als hundert Meilen eine geschützte Bucht mit einem kleinen Fischerdorf fanden, wo sie ihr Schiff auf einen kleinen Strand setzten.

Sie waren in Finnland gelandet, das seit der Gründung der Kalmarer Union unter der Herrschaft Königin Margaretes I. von Dänemark stand. Trotz seiner wenigen Dänisch-kenntnisse, die er sich in ihrem ersten Winter angeeignet hatte, schaffte es Nikolas, ihnen schnell Arbeit gegen Unterkunft und Essen zu organisieren. Nach so vielen Niederlagen und nur kleinen Erfolgen hatten sie endlich etwas Glück. Trotz der Streitereien zwischen der Kalmarer Union und dem Großfürstentum Moskau um Gebiete in dieser Region florierte das kleine Dorf, nicht zuletzt wegen des nahen Handelszentrums Ulvila, am Fluss Kokemäenjoki gelegen.

Die Männer der Gundelinde dachten schon darüber nach, wie sie hier im nächsten Frühjahr große Beute machen konnten, doch erst mal waren sie froh, wieder im Trockenen und vor dem eisigen Winterwetter so hoch im Norden besser geschützt zu sein als auf ihrem Schiff.

Es schneite beinahe zwei Wochen lang und in dieser Zeit taten sie kaum einen Schritt vor die Tür, höchstens um ihre Notdurft zu verrichten. Da man kaum durch den dichten Flockenvorhang sehen konnte, gingen sie auch nie bis zu der vorgesehenen Latrine, was dazu führte, dass sie auch mal in das Geschäft ihres Vorgängers traten und die gelben und braunen Hinterlassenschaften erst bemerkten, wenn sie mittendrin standen.

Doch eines Morgens öffnete Nikolas die Tür und ein strahlend blauer Himmel wölbte sich über ihm. Er hatte noch nie einen solchen Anblick erlebt. Schneeberge türmten sich glitzernd zu beiden Seiten der Blockhütte auf, und der Wirt Martti Holkeri war mithilfe von Klaas und Pitt dabei, Schneisen in die weißen Wände zu graben.

Plötzlich traf Nikolas ein kalter Schneeball mitten ins Gesicht. Jan stand oben auf einer Schneewehe und grinste zu ihm hinunter, doch gerade als er einen Schritt machen wollte, gab der Rand des Hügels nach und Jan kullerte mit einer ganzen Menge Schnee auf den frei geräumten Weg.

„He, ihr Döspaddel, meint ihr wir machen das hier nur zum Spaß? Los, helft uns lieber und seht zu, dass der Weg wieder frei wird!", rief Pitt, dessen triefende Nase unter einer dicken Pelzmütze hervorragte.

Sie schnappten sich zwei Schaufeln, konnten es jedoch nicht lassen, im Vorbeigehen Pitt eine Handvoll Schnee in den Kragen zu stecken, der sie daraufhin links und rechts in den Schneehaufen schubste. Kurz darauf trat Ben aus der Tür und als er sie hinter sich zuschlug, löste sich eine kleine Lawine vom Dach und rutschte auf seinen Kopf.

„So kann man auch einen Schneemann bauen", lachte Jan, und die anderen Männer stimmten mit ein, als sie Ben komplett weiß umhüllt und bis zu den Knien feststeckend anschauten.

Beim Schneeschippen waren sie ziemlich ins Schwitzen gekommen und nach getaner Arbeit sehr schnell ausgekühlt, was bei ihnen eine starke Erkältung zur Folge hatte. Doch die Finnen kannten ein probates Mittel dagegen und bedeuteten ihnen, mitzukommen.

Sie wanderten hintereinander auf einem schmalen Weg in den Wald hinein. Der Wald war merkwürdig still unter seiner Schneedecke, und Nikolas entdeckte hier und da feine Spuren von kleinen Tieren wie Mäusen und Hasen. Eine große Fläche mit aufgewühltem Schnee, vermengt mit Erde deutete jedoch auch auf die Anwesenheit größerer Tiere wie Wildschweinen hin, die dort in der Nacht nach Futter gesucht hatten.

Endlich wurde der Wald lichter und Nikolas konnte zwischen den Bäumen einen eisig glitzernden See erkennen. Am Ufer standen Holzhütten und Männer liefen geschäftig zwischen ihnen hin und her. Die Hütten waren mit dicken Grassoden belegt, auf denen sich jetzt der Schnee türmte. Steinerne Öfen waren in die Wände der Hütten eingelassen und wurden von außen befeuert. Andere Männer standen auf dem zugefrorenen See und schlugen Löcher in die Eisdecke.

Jetzt schien alles vorbereitet zu sein, doch was dann geschah, traf sie alle unerwartet. Die Finnen begannen, sich splitterfasernackt auszuziehen und einer nach dem anderen betrat die Hütten. Zwei Männer, die Nikolas als Paavo und Esko kannte, bedeuteten ihnen, ebenfalls ihre Kleidung abzulegen.

„Die spinnen ja, die Finnen. Ich zieh mich doch nicht in der Kälte aus", flüsterte Pitt.

Sie sahen sich unschlüssig an, doch als sie bemerkten, dass sogar Hein bereits nackt neben ihnen stand, folgten sie seinem Beispiel.

„Aber anfassen lass ich mich nicht, und wehe, einer versucht es in diesem kleinen Kabuff, der kann sich dann sein Essen vorkauen lassen", murmelte Pitt, als er seine Hosen runterließ.

Die Hütte hatte einen kleinen Vorraum, wo man sie anwies, sich zu waschen. Es war hier deutlich wärmer als draußen, doch das Wasser in den Eimern war immer noch kühl und kleine Eisstücke schwammen auf seiner Oberfläche.

Selbst in dem Dämmerlicht konnte Nikolas all die frischen und schon verblassten Narben auf den Körpern seiner Kameraden sehen, und er fragte sich, ob sie ebenso viele hätten, wenn sie keine Piraten geworden wären. Vielleicht würde auch er in ein paar Jahren von Narben übersät sein ... oder vielleicht sogar tot.

Als sie alle gewaschen waren, durften sie in den Hauptraum und eine warme Dunstschwaden schlugen ihnen entgegen. Die Finnen saßen auf einer Art Treppe mit breiten Stufen. An der einen Wand ragte die Rückseite des Ofens in den Raum und von ihm ging eine enorme Hitze aus. Nikolas zog es vor, sich so weit wie möglich von der Ofenwand wegzusetzen. Als sich schließlich alle in der Kammer befanden, schöpfte einer der Männer mit einer Holzkelle Wasser aus einem Eimer und goss es auf die Ofensteine und im Nu füllte sich der ganze Raum mit Wasserdampf.

Die Finnen lehnten sich entspannt seufzend zurück und ließen die Wärme auf sich wirken oder peitschten ihren Rücken mit Birkenzweigen, was Pitt nur mit einem ungläubigen Kopfschütteln kommentierte. Nikolas fand es merkwürdig, Luft zu atmen, die so warm und mit Feuchtigkeit angereichert war. Die Hitze drang bis in jede Faser seines Körpers und er fühlte sich ungewöhnlich gelöst und entkrampft. Als sich der Dampf verzogen hatte, wurde ein weiterer Aufguss gemacht, und Nikolas wusste nicht, ob er so stark schwitzte oder ob es der Wasserdampf war, der sich auf seiner Haut absetzte.

Kurz darauf stolperte Pitt von der höchsten Stufe mit hochrotem Kopf zur Tür. Mit ihm verließ auch ein Großteil der Nebelschwaden die Hütte und ein dritter Aufguss war nötig. Endlich erhoben sich die Finnen mit einem zufriedenen Lächeln und die Männer der Gundelinde folgten erleichtert.

Draußen umfing sie die kühle Winterluft und kitzelte die Lebensgeister. Die Finnen lachten und hüpften durch den Schnee zum Seeufer. Einige traten die wieder leicht zugefrorenen Eislöcher auf und hüpften hinein. Das Wasser reichte ihnen bis zum Bauch und mit Jauchzern tauchten sie ein paar Mal schnell unter und ließen dann den nächsten an die Reihe. Nikolas beobachtete das Schauspiel, als ihm Pitt triefendnass von hinten einen Schubs gab.

„Na los, Kleiner, das ist wirklich das Beste an der ganzen Sache", grinste er ihn an.

Nikolas ging zum See und nach kurzem Zögern sprang er beherzt in eines der Eislöcher. Er meinte, sein Herz bliebe stehen und würde gleich in tausende Eissplitter zerspringen. Alles in und an seinem Körper zog sich so sehr zusammen, dass es schmerzte. So mussten sich die dänischen Soldaten bei der Schlacht um Stockholm gefühlt haben, als sie Meister Hugos List zum Opfer gefallen und in der eisigen Ostsee ertrunken waren.

Prustend und um sich schlagend tauchte er wieder auf und krabbelte steif aus dem Loch. Tropfnass und zitternd stapfte er zur Hütte zurück, wo man ihm ein Handtuch gab. Zum Glück hingen seine Sachen in der Nähe des warmen Ofens. Als er sich endlich die warme Pelzjacke zuschnürte, hatte er aufgehört zu zittern, und eine wohlige Wärme breitete sich in seinem Innern aus. So eingepackt sah er Hein und Ben zu, die mit spitzen Schreien aus dem eisigen Wasser stiegen und mit geschrumpfter Männlichkeit schnell über den Schnee zu ihren Kleiderbündeln tapsten. Es überraschte Nikolas, dass das Schwitzen in der Sauna und das anschließende extreme Abkühlen im eisigen See ihre Gesundheit förderte, war doch das eine eher ein Anzeichen und das andere ein Grund, krank zu werden. Für die Finnen war der Saunagang ein wöchentliches Ritual, und jedes Jahr an Christi Geburt wurde ein beinahe ganztägiger Saunabesuch zur Feier des Tages durchgeführt.

Mitte März begannen sie damit, ihr Schiff zu reparieren und ihre Vorräte wieder aufzufüllen. Wieder entfernten sie einen Großteil der Seepocken und Algen vom Schiffsrumpf, doch hatten sie diesmal geeignetes Werkzeug zur Verfügung. Der glatte Rumpf würde den Wasserwiderstand verringern und somit ihre Geschwindigkeit bei Angriffen erhöhen.

Als sie in See stachen, segelten sie erst noch ein Stück nördlich, um die Mündung des Kokemäenjoki zu erreichen, wo sie sich ihre nächste Beute suchen wollten. Nicht lange und sie hatten den Fluss gefunden, und sogleich kam ihnen auch schon ein voll beladenes Handelsschiff entgegen. Da sie nun wieder allein auf Beutezug waren und sich an so große Ziele nicht heranwagten, ließen sie es vorüberziehen. Sie kundschafteten die Küste aus und entdeckten eine geschützte Stelle hinter einer der zahlreichen kleineren Inseln, wo man sie vom Fluss aus nicht sehen konnte, sie hingegen in der Lage waren, schnell hervorzustoßen, und das Überraschungsmoment zu nutzen.

Sie warteten einige Tage und ließen mit wehmütigen Blicken noch zwei weitere Koggen passieren, doch dann kam endlich ein Handelsschiff, das ihre Kragenweite hatte. Es segelte unter schwedischer Flagge und hatte beträchtlichen Tiefgang, was es recht langsam machte. Sie warteten, bis der Händler an der anderen Seite ihrer Insel vorbeifuhr und dann ging alles ganz schnell. Der Anker wurde eingeholt, das Segel gesetzt und schon schossen sie um die Insel, sodass das Handelsschiff hart steuerbord gehen musste, um sie nicht zu rammen. Dabei kam es beinahe zum Stillstand, und es war nur eine Sache von Minuten, da waren sie an Bord des Händlers und hielten die Besatzung mit Waffengewalt in Schach. Sie erbeuteten eine Ladung gegerbter Häute und Felle, dazu noch einige Truhen mit Erz, das zur Weiterverarbeitung in Stockholm gedacht war, und eine Kiste mit Kleidungsstücken.

Der Händler hatte sich, beträchtlich erleichtert, gerade davongemacht, als ein schnelles kleineres Schiff heranpreschte und sie einholte. Sie wussten gar nicht, wie ihnen geschah, als sie plötzlich auf ihrem eigenen Schiff zum Kampf gezwungen wurden. Fünfzehn hünenhafte Männer griffen sie an und zu ihrer Überraschung waren auch Paavo und Esko unter ihnen. Obwohl sie ihre Waffen noch zur Hand hatten, mussten sie sich der gegnerischen Überzahl schnell geschlagen geben und schauten schließlich mit verschnürten Händen und Füßen den Angreifern zu, wie die ihre Ladung inklusive ihrer Vorräte von Bord schleppten.

Zwei Männer sammelten all ihre Waffen ein und warfen sie über Bord.

„Se olla me", sagte der größte der Männer. „Toimia tai se tulla jokiskin saada huono."

„Was will er?", fragte Ben.

„Er hat gesagt, dass wir verschwinden sollen, das nächste Mal werden wir nicht so glimpflich davonkommen", übersetzte Nikolas.

„Dieser Hurensohn soll mir noch einmal unter die Augen kommen, dann schlag ich ihn kurz und klein. Er hätte sich ja wenigstens in einer verständlichen Sprache ausdrücken können", fluchte Pitt und versuchte mit aller Kraft, sich seiner Fesseln zu entledigen. Erschöpft gab er auf, denn je mehr er zerrte und riss, desto fester zogen sich die Knoten.

Sie lagen über eine Stunde so verschnürt an Deck, bis Derek es doch endlich schaffte, die Stricke mit einem kleinen Messer, das er am Arm festgebunden hatte, durchzuschneiden.

Die Seeräuber waren längst verschwunden und auch die Männer der Gundelinde beeilten sich nun, trotz Pitts fluchender Racheschwüre, diese Gewässer schleunigst zu verlassen. Zum Glück hatten die Räuber nicht nach anderen Kostbarkeiten gesucht und so waren die persönlichen Sachen und die Anteile in Münzen von ihren vorigen Beutezügen erhalten geblieben. Die Kiste mit den Kleidungsstücken wurde ebenfalls zurückgelassen.

Da Paavo und Esko an dem Überfall beteiligt waren, entschied die Besatzung, nicht noch einmal zu dem kleinen Dorf zurückzusegeln, sondern den Bottnischen Meerbusen ohne weitere Vorräte an Bord zu verlassen, um im Süden die Passage zur Ostsee zu finden. Ohne Waffen trauten sie sich nicht, weitere Überfälle durchzuführen. Zum Glück war das Meer hier im Norden reich an Barschen und Zandern, doch ohne Schmalz und Zwiebeln blieb Jan nichts anderes übrig, als trockenen Fisch gewürzt mit dem Salz des Meeres aufzutischen.

Da ihnen diese Mahlzeiten bald zum Halse heraushingen und der Verlust ihrer Waffen sie zur Untätigkeit zwang, entschlossen sie sich, Stockholm anzulaufen. Sie ließen mehrere kleine Fischerdörfer links liegen, bis Ben endlich den Befehl gab, eine Flussmündung anzusteuern.

„Niels in den Ausguck, Nikolas abloten, Steuermann Kurs auf diese Inselgruppen, dort ist der Fluss, auf dem wir nach Stockholm gelangen."

Der Fluss war vielmehr eine Durchquerung unzähliger küstennaher Inseln, und sie mussten mehrere Male die Richtung ändern, weil die Durchfahrt zwischen zwei Inseln zu eng war oder die Tiefe des Wassers nur wenige Faden betrug.

Es dauerte einige Tage, bis sie die Stadt mit ihren riesigen Befestigungsanlagen sichteten. Anscheinend waren die Bewohner es schon gewöhnt, überfallen zu werden, und hatten deshalb damit begonnen, sich so gut wie irgend möglich zu schützen.

13

Wohl gekleidet

Sie ankerten am Flussufer, wo schon eine Reihe anderer Schiffe lagen, die keine Ladung mehr hatten und sich die teure Liegegebühr im Hafen ersparen wollten. Den ersten Abend verbrachten sie damit, unauffällig Informationen über die Stadt einzuholen.

Wie in anderen Städten auch wurden bei Sonnenuntergang die Stadttore geschlossen und niemand kam während den Nachtstunden ungesehen hinein oder hinaus. Noch dazu lag Stockholm selbst auf einer Insel und konnte über Land nur von Süden oder Norden über Brücken betreten werden. An den Brücken standen massive Wehrtürme und schwer bewaffnete Wachen, die auch am Tage alles kontrollierten, was in die Stadt kam oder wieder herausgebracht werden sollte. So konnte die Stadt auch überwachen, wer weiter ins Landesinnere zum Mälarsee gelangen konnte, denn von dort aus wurde der Handel im Inland betrieben. Es schien beinahe unmöglich, sich hier unauffällig Waffen oder irgendetwas anderes zu besorgen.

Am nächsten Morgen machten sie sich auf, um die Stadt selbst in Augenschein zu nehmen. Nur Jan und Hein blieben auf dem Schiff zurück. Die restlichen Männer erreichten nach einer Stunde das Nordtor, und nachdem sie erklärt hatten, dass sie Händler auf der Durchreise waren, die sich in der Stadt ein wenig ausruhen wollten, wurden sie eingelassen.

Auf der Hauptstraße staute sich der Menschenstrom und sie ließen sich mit ihm ins Stadtinnere und zum Markt treiben. Sie teilten sich auf und wollten nachmittags wieder auf dem Schiff zusammentreffen. Nikolas zog allein los und schon bald war er am Südtor angelangt. Er kam nur langsam voran, da viele Menschen so früh am Morgen in die Stadt drängten, um ihre Waren zu verkaufen. Vor ihm schob sich eine schwangere Frau durch die Menge, gefolgt von ihrem Mann, der einen Esel mit riesigen Bündeln auf dem Rücken mit sich führte. Die Wachen brauchten lange, bis sie die Bündel untersucht hatten und sie durchließen.

Außerhalb der Stadt ging es endlich schneller voran und er überholte das Paar mit dem Esel, indem er auf das danebenliegende Feld auswich. So lief er eine Weile den Weg entlang, bis der sich gabelte und die Schar der Marketender kleiner wurde. Er wandte sich nach links und beobachtete nun die Stadt von außen. Der sie umgebende Wall war lückenlos und überall gleich hoch, ohne eine sichtbare Möglichkeit, ihn leicht zu überwinden.

Er schlug sich durch ein Gebüsch, um wieder ein Stück näher an die Stadt zu kommen und setzte sich auf einen Stein, der am Feldrand lag. Stimmen hinter ihm rissen ihn aus seinen Gedanken. Ein Mann flüsterte in einer fremden Sprache und eine Frauenstimme antwortete. Das Buschwerk hinter Nikolas raschelte und plötzlich tauchte der Kopf des Esels auf, der ihn kurz ansah und dann weiter das junge Gras vom Wegrand fraß. Über den Esel hinweg konnte er den Mann und dessen schwangere Frau erkennen, die dort auf dem Weg standen. Die Frau machte merkwürdige Verren-

kungen und griff sich unter den erhobenen Rock. Nikolas
fragte sich erstaunt, ob so eine Geburt vonstattenging, als sie
plötzlich ein Stoffbündel zwischen ihren Beinen hervorzog.
Der Mann nahm es ihr sofort ab und verstaute es in seinem
Rucksack. Dann kam er auf das Gebüsch zu, hinter dem
Nikolas versteckt saß, und holte den Esel zurück auf den
Weg. Die Äste des Busches schlugen zurück und das Paar
war verschwunden.

Offensichtlich hatten die beiden es geschafft, etwas aus
der Stadt zu schmuggeln. Auf dem Rückweg überlegte Nikolas, dass manche Männer, die er unterwegs sah, auch sehr
dicke Bäuche hatten. Vielleicht konnten sie so ein paar Waffen stehlen.

Die anderen trafen kurz nach ihm auf dem Schiff ein.
Niels und Jens hatten eine Schmiede ausgespäht, in der zur-
zeit ein ganzer Haufen Messer, Dolche und Schwerter auf
ihre Auslieferung wartete, doch auch sie hatten die Kontrollen an den Stadttoren bemerkt. Nikolas erzählte ihnen
schließlich von dem Schmugglerpaar, und Ben war sofort
begeistert von dem Plan, doch Nikolas legte ebenso überzeu-
gend die Risiken dieses Vorhabens dar.

„Wir sollten wenigstens dafür sorgen, dass wir bereits mit
dicken Bäuchen in die Stadt gehen, für den Fall, dass wir
beim Verlassen erkannt werden", erklärte Nikolas. „Klaas,
Pitt und Ben sind vermutlich am glaubwürdigsten."

„Was soll das denn heißen? Ich bin ja wohl nicht fett",
protestierte Pitt.

„Noch nicht", grinste Nikolas.

„Werd nicht frech, Kleiner."

„Und sollte etwas schiefgehen, dann kann uns nur noch
der beste Kämpfer der Welt aus der Klemme helfen." Dieses Argument überzeugte Pitt.

Sie begannen das Schiff nach Dingen zu durchsuchen, die sie den drei Auserwählten unter ihre Hemden schieben und so einen glaubwürdigen Bierbauch modellieren konnten. Doch das Einzige, das sie hatten, waren ihre eigenen Mäntel, die gerade mal so für eine Wampe reichten, jedoch an den ohnehin stämmigen und durchtrainierten Männern nur noch mehr Aufsehen hervorrufen würden.

„Die Kleiderkiste", fiel Nikolas schließlich ein.

Die Kiste wurde schnell an Deck gebracht und Klaas zog mehrere einfache Leinenkleider mit Blusen, Schürzen und Hauben heraus. Als er eines der Kleider hochhielt, schienen alle an Deck zum gleichen Schluss zu kommen.

„Du sagtest, das Paar habe so getan, als wenn die Frau schwanger war?", fragte Klass. „Du und Jan würdet zwei hübsche Hühner abgeben."

„Was, aber, nein, das könnt ihr nicht verlangen", stammelte Jan.

„Mit euren drei Bäuchen können wir mehr Waffen herausschmuggeln, vielleicht sogar einen Sack Mehl", versuchte auch Nikolas, von dieser Idee abzulenken.

„Lieber zwei sichere Bäuche als drei Ärsche auf dem Schafott", erklärte Ben. „Die Wachen sind sicherlich weniger zimperlich, einen wohlbeleibten Mann abzutasten als eine schwangere Frau."

„Wir malen euch die Lippen noch ein bisschen an und stopfen den Ausschnitt ein wenig aus, und dann könntet ihr die nächsten Ernteköniginnen werden. Ich kann es schon vor mir sehen", feixte Pitt und alle stimmten in sein Lachen ein.

Nikolas konnte keine Argumente mehr vorbringen und so standen Jan und er mitten in der Nacht in zwei grauen Arbeitskleidern für Mägde da, die ihnen zwar etwas zu kurz waren, sie mit Haube und Schürze jedoch täuschend echt aussehen ließen.

Im Morgengrauen brachen sie auf. Jan hatte sich seine wenigen Barthaare fein säuberlich abrasiert, und auch Nikolas kam in den Genuss, zum ersten Mal die vereinzelten Haare, die seit einigen Monaten auf seinem Kinn sprossen, zu kürzen. Klaas und Pitt begleiteten sie als ihre Ehemänner und ließen es sich nicht nehmen, ihnen ab und an in den Hintern zu kneifen. Die anderen folgten in kleinen Gruppen vor und hinter ihnen und nur Hein war allein an Bord geblieben.

Sie gelangten ohne Probleme in die Stadt und tatsächlich zeigten die Wachen keinerlei Interesse an den beiden vermeintlichen Frauen. Trotzdem war Nikolas aufgeregt, sein Herz raste und ihm war ungewöhnlich heiß für so einen milden Frühlingstag. Er und Jan folgten Niels und Ben unauffällig durch die Menge der Menschen, während die anderen beiden Jens und Derek folgten. Es war abgemacht, dass Ben und Derek schließlich ein Ablenkungsmanöver starten sollten, um den Schmied und etwaige Gehilfen wegzulocken. Jens und Niels sollten dann die Waffen in zwei Tücher einwickeln, sodass sie unter die Kleider geschoben werden konnten.

Jan und Pitt warteten bereits an der einen Ecke der Gasse, als Nikolas mit Klaas am anderen Ende ankamen. Ben und Derek klopften an die Tür, über der das Schild des Schmiedes hing, und als er öffnete, überzeugten sie ihn, mit ihnen zu kommen, um sich ihre Waren anzusehen, die zu schwer seien, um sie mitzubringen. Der Schmied nahm seinen Gesellen mit und sie gingen zu viert die Gasse entlang zur Hauptstraße. Als sie um die Ecke gebogen waren, tauchten Jens und Niels aus einer Nische in der Häuserreihe auf und spazierten zur Schmiede. Sie klopften kurz an und als niemand aufmachte, brachen sie die Tür auf. Es schien eine Ewigkeit zu dauern, doch endlich kamen sie mit zwei gut geschnürten Bündeln heraus, zogen die Tür zu und gingen jeder in eine andere Richtung davon. Die Bündel verschwanden unter den Kleidern von Nikolas und Jan und ein weiteres Tuch wurde nachgeschoben, um den Bauch in eine glaubwürdige Form zu bringen.

Als sie sich aufmachten, spürte Nikolas, wie sich die Klingen der gestohlenen Waffen gegen seine Beine drückten, und er zupfte sein Kleid zurecht, um auch ja alles versteckt zu halten. War er am Morgen noch ungehindert gelaufen, so watschelte er nun wie eine Hochschwangere die Straßen entlang. Für den Rückweg brauchten sie doppelt so lange und als sie am Schiff ankamen, warteten die anderen schon auf sie.

„Na endlich, wir sollten sofort lossegeln, der Alarm ist schon geschlagen worden. Es wird nicht lange dauern, bis sie auch hier alles auf den Kopf stellen", sagte Ben.

Sie hatten schon alles zur Abfahrt vorbereitet und als sich Nikolas unter Deck seiner ungewohnten Bekleidung und ihrer Beute entledigte, hörte er das Schlagen des Ankers gegen die äußere Schiffswand, als er gelichtet wurde.

Sie erreichten unbehelligt die offene See und mit ihren neuen glänzenden Waffen fühlten sie sich gleich wieder ein Stück unbesiegbarer. Sie segelten weiter südlich und einige Tage später kamen ihre Waffen auch schon zum Einsatz. Sie brachten einen Händler auf, der eine Menge metallenes Geschirr und Säcke voll Getreide geladen hatte. Neben Fisch bekamen sie nun auch wieder Brei zu essen, doch auch das hielt sie nicht lange bei Laune.

Nachdem sie zwei Wochen weiter an der Küste entlanggesegelt waren, wurde endlich die Route geändert.

„Wir nehmen Kurs auf Visby“, verkündete Ben eines regnerischen Morgens und eine erregte Spannung machte sich unter ihnen breit.

„Ich hoffe, dass wir dort unsere Ladung meistbietend verkaufen und zudem ein paar furchtlose Seeräuber anheuern können, um wieder Jagd auf größere Fische zu machen.“

Ja, Visby schien dafür sehr geeignet zu sein. Die Hauptstadt von Gotland war einst der Unterschlupf der Vitalienbrüder gewesen, von wo aus sie die Seeherrschaft über die Ostsee eroberten. Und obwohl der Deutsche Orden sie aus der Stadt vertrieben hatte und der Hafen mittlerweile wieder ein angesehenes Handelszentrum der Hanse war, gab es dort immer noch viele Männer, die auf ungesetzliche Art und Weise ihr Leben bestritten und Schutz hinter den hohen Mauern und Türmen fanden.

Aber bevor sie diese sagenumwobene Seeräuberhochburg erreichten, mussten sie noch einige Tage in dauerndem Nieselregen und bei unruhigem Seegang vorankommen.

Doch dann endlich sahen sie die Küste Gotlands dunkel in den Regenschleiern auftauchen. Einige Stunden später konnten sie dichte Wälder und erste Kirchtürme ausmachen und wussten, dass sie am Abend an einem warmen Feuer ihre Kleider würden trocknen können.

Diesmal steuerten sie direkt den Hafen an und vertäuten ihr Schiff am Kai. Ben zahlte den Liegeplatz, wodurch ihnen auch gleichzeitig die Sicherung ihres Schiffs durch Wachtposten abgenommen wurde. Und so zogen sie alle los, um sich ein Nachtquartier zu suchen.

Wegen des Regens und der hereinbrechenden Nacht war die Stadt wie leergefegt. Prächtige Kaufmanns- und Bürgerhäuser säumten die Hauptstraße und zeugten vom Wohlstand dieses Handelszentrums. Sie kamen an der Domkirche vorbei und bogen von ihrem Vorplatz rechts in eine Gasse, in der sich sämtliche Bewohner versammelt zu haben schienen. Balkone und ausladende Dachsimse ragten weit über die Gasse, sodass sie beinahe wie ein langer Korridor wirkte, der die Häuser miteinander verband und in den der unablässige Regen nicht vordrang.

„Willkommen in der Petersiliengasse, fremder schöner Mann. Kommt mit mir und ich werde Euch alles geben, was Ihr verlangt", säuselte eine Dirne und schlenderte auf Klaas zu, während sie sich mit den Fingerspitzen über ihren weiten Ausschnitt strich.

„Ein verlockendes Angebot und ich werde vielleicht darauf zurückkommen, wenn ich und meine Freunde unser Geschäft abgewickelt haben und ich die entsprechenden Gegenleistungen erbringen kann, die Ihr ja mit Sicherheit fordert. Oder liege ich da falsch?", erwiderte Klaas.

„Nicht falsch, deshalb zieht weiter für heute. Aber wenn Ihr Euer Geschäft erfolgreich abgeschlossen habt, dann fragt nach Regina Caritatis und wir werden uns schon einig werden." Die Dirne schüttelte ihr feuerrotes Haar, bevor sie mit einem Augenzwinkern wieder zu ihren Freundinnen am Straßenrand zurückkehrte. Die Frauen kicherten, als sie weitergingen. Eine von ihnen warf Nikolas eine Kusshand zu, was ihn dermaßen erregte, dass er verzweifelt versuchte, an den sumpfigen Bilgenraum auf ihrem Schiff zu denken, in dem sich schon wieder die Ratten munter vermehrten, um sich von der Peinlichkeit seiner enger werdenden Hose abzulenken.

Sie gingen in die nächste Schenke, die brechend voll mit grölenden Seemännern war, die einen Krug nach dem anderen leerten. Sie orderten eine Runde für sich und Ben begann, nach potenziellen Händlern Ausschau zu halten. Er sprach längere Zeit mit dem Wirt, der auf einige Männer in der Schankstube zeigte, und Ben bedankte sich. Während ein junger Bursche ihnen ihr Bier brachte, redete Ben geschäftig mit jenen Männern. Als sie schon die zweite Runde vor sich hatten, kam Ben zufrieden lächelnd zurück.

„Das Getreide wären wir schon mal los, und die Krüge werde ich auch schon unterbringen", sagte er und trank seinen Seidel mit einem Zug aus, um wieder gleichauf mit ihnen zu sein.

Nikolas spürte, wie seine Zunge schwer und seine Augen glasig wurden. Die Geräusche drangen nur noch gedämpft zu ihm durch, als in einer Ecke ein trotz des Lärms hörbarer Streit losbrach. Zwei Gruppen von Männern standen sich gegenüber, die vorher noch miteinander Karten gespielt hatten.

Zwei Männer gerieten besonders heftig aneinander.

„Betrüger!"

„Was sagt Ihr zu mir?"

„Ich sage, dass Ihr ein elender Betrüger seid und dazu noch ein schlechter!"

„Gebt mir mein Geld zurück."

„Ha, das habt Ihr euch so gedacht."

„Dann werde ich es eben aus Euch herausprügeln."

Nun rannte der eine los und stieß dem andern seine Schulter in die Rippen. Dieser wurde von der Wucht zurückgeworfen, hielt sich jedoch auf den Beinen und ging gleich zum Gegenangriff über.

„Schlägerei!", rief irgendjemand, und schon schien der ganze Schankraum ein Schlachtfeld zu sein. Überall flogen die Fäuste und es wurden Stühle und Tische zerschlagen.

Die Huren suchten das Weite und der Wirt stand resigniert hinter seiner Theke und versuchte, seine Waren in Sicherheit zu bringen. Krüge sausten durch die Luft, und da die meisten aus gebranntem Ton waren, zersprangen sie, als sie Wände, Böden oder Köpfe trafen. Auch die Männer der Gundelinde war sofort dabei, sich mit jedem zu prügeln, der ihnen in den Weg kam, und sogar Nikolas rang mit einem Mann, der noch betrunkener war als er, sodass sie ebenbürtige Gegner waren.

Als Nikolas in einer Ecke der Schenke erwachte, waren ein paar Burschen dabei, die zerschlagenen Möbel beiseite zu räumen und ein paar Mägde fegten die Scherben zusammen. Ben unterhielt sich wieder mit dem Wirt.

„Habt Ihr Eure Ladung Geschirr schon untergebracht?", fragte der Wirt.

„Nun, es sind einige Interessenten da, die alle einen Teil haben wollen, und ich denke, ich werde alles in den nächsten Stunden los sein", antwortete Ben. „Ihr wäret wohl auch besser dran gewesen, wenn all Eure Krüge aus Metall gewesen wären." Dabei schaute er einem Mädchen zu, die gerade geräuschvoll einen ganzen Haufen Scherben in einen Eimer schüttete.

„Wenn ich Euch die ganze Ladung abnehme, dann habt Ihr mit einem Streich, was Ihr wollt und müsst nicht Eure Zeit mit weiteren Verhandlungen verbringen", schlug der Wirt vor.

„Ich möchte einen Viertelgulden für jedes Teil, das Ihr nehmt und dazu Lebensmittel für unsere nächste Reise und freies Bier während unseres Aufenthalts hier."

„Fünf Schilling für jedes Teil und zu dem Bier nehmt Ihr noch etwas zu essen, das Ihr bezahlt."

„Fünfzehn Schilling pro Teil."

„Sieben Schilling."

„Zehn Schilling und dazu Unterkunft für mich und meine Männer, so lange wir hier sind." Der Wirt überlegte kurz. „Wir werden für unser Essen bezahlen", fügte Ben noch hinzu.

„Einverstanden", sagte der Wirt und der Handel wurde mit einem Handschlag besiegelt.

Sie blieben zwar nur wenige Tage, aber die ließen sie es sich gut gehen. Das Bier floss in Strömen und so aßen sie weniger, als der Wirt erhofft hatte, doch abgemacht war abgemacht.

Den letzten Abend verbrachten sie an Bord ihres Schiffes. Die Nahrungsmittel und frische Fässer mit Dünnbier waren verladen worden und fünf breitschultrige Männer hatten sich ihrer Mannschaft angeschlossen.

14

Helgoland

$\mathcal{D}$er Regen war strahlendem Sonnenschein gewichen, der nun gnadenlos auf sie hinabbrannte. Sie segelten mit einer leichten Brise weiter an Schwedens Küste entlang und Nikolas ging, wie üblich, seinen Arbeiten nach. Doch die Stimmung und der Ton an Bord hatten sich seit Visby verändert. Der Umgang war rauer geworden und es brach schneller Streit aus. Jens und Niels hatten sich sofort mit den Neuankömmlingen anfreunden können und auch Klaas und Pitt schienen sich einigermaßen gut mit ihnen zu verstehen. Derek sah man zwar nur selten in ihrer Gesellschaft, doch hatten sie allen Respekt vor ihm und versuchten erst gar nicht, ihn zu provozieren. Besonders Jan hatte unter ihren Witzen und Streichen zu leiden, und Hein wurde noch mundfauler als sonst. Nikolas zogen sie immer wieder wegen seines Stimmbruchs auf, doch er ging gar nicht erst auf ihre Scherze ein, sodass sie bald die Lust daran verloren und ihn in Ruhe ließen. Eine neue Sitte, die schnell Einzug hielt, war, um ihr Hab und Gut zu würfeln oder sich gegenseitig zu widersinnigen Mutproben anzustacheln.

„Na los, du Hosenschisser, mal sehen, wie lange du durchhältst", meinte Olof zu Jan. Thorbjörn und Ingvar packten ihn und fixierten Jans Hand auf dem Deckel eines Fasses.

„Lasst das, ich mach da nicht mit", wehrte sich Jan.

„Ach komm schon, hab dich nicht so, wenn du still hältst, passiert dir auch nichts."

„Genau, gönn uns doch unseren Spaß", grölten nun auch Gustav und Birger.

Olof spielte mit seinem Messer und rammte es plötzlich zwischen Jans Daumen und Zeigefinger. „Du musst schon die Finger voneinander wegstrecken, sonst sind sie gleich ab."

Und dann fing er an, mit der Messerspitze zwischen Jans gespreizte Finger zu stechen, erst langsam und dann immer schneller. Die anderen standen um sie herum und feuerten Olof an, während Thorbjörn und Ingvar Jan immer noch festhielten. Jans Gesicht wurde bleich und mit einem entschlossenen Ruck stieß er die beiden von sich. Doch da war es schon passiert, denn Olofs Messer hatte sich durch seine Hand gebohrt und ihn am Fass festgenagelt.

„Bist du verrückt, dich zu bewegen?", rief Olof wütend und zog sein Messer aus der Hand. „Das hast du dir selbst zuzuschreiben, du Hasenfuß."

Wenigstens fiel Jan diesmal nicht in Ohnmacht, sondern sammelte seine Gedanken so weit, dass er schnell ein Stück Stoff fest auf die Wunde drückte.

Nikolas und Klaas fanden Jan weinend in einer dunklen Ecke unter Deck.

„Lass mal sehen", sagte Klaas und als er den Verband abnahm, lief ihm Blut über die Hand. „Na, immerhin kein Knochen getroffen, aber er ist ein Idiot. Kleiner, hol mal eine Flasche von dem Teufelszeug von letztem Jahr, ich habe noch zwei in meiner Truhe versteckt."

Nikolas ging zu Klaas' Seemannstruhe und öffnete sie. Unter einem Hemd und einer Pelzweste fand er die Flaschen und einen Stapel fein säuberlich zusammengelegte Tücher.

„Dieses Zeug ist unheimlich gut, um Wunden zu reinigen, aber trinken sollte man es nicht, das verätzt einem die Eingeweide", sagte Klaas und schüttete etwas über Jans Hand.

Jan stöhnte kurz auf, als der Selbstgebrannte die offene Wunde benetzte und das Blut abspülte. Dann verband Klaas Jans Hand und zog die Binde so fest, dass die Finger zusammengequetscht wurden.

„Warum tun sie so etwas? Ich möchte da nicht mehr mitmachen", fragte Jan schließlich mit erstickter Stimme.

„Alles Feiglinge. Beim nächsten Mal hau ihnen auf die Fresse, dann lassen sie dich in Ruh." Jan schaute Klaas nur noch verdrossener an. „Oder halt dich in meiner Nähe auf, dann mach ich es mit Freuden für dich."

Die ersten Tage erwies sich dieser Ratschlag als richtig, doch Nikolas hatte das Gefühl, Olof und die anderen hätten Jan auch so in Ruhe gelassen, denn irgendwie schienen sie so etwas wie ein schlechtes Gewissen zu haben und beschränkten sich darauf, ihre Spielchen unter sich fortzusetzen.

Auch ihre Beutezüge wurden durch die Neuankömmlinge erschreckend brutal. So blieben bei ihrem ersten Überfall seit Visby nur drei Schwerverletzte übrig, und das auch nur, weil Ben energisch dazwischenging, als auch diese Männer brutal niedergemetzelt werden sollten.

„Wenn ich sage, ihr sollt sie in Schach halten, dann heißt das nicht, dass ihr sie alle umbringen sollt", schrie Ben und rote Flecken breiteten sich auf seinen Wangen aus.

„Tot sind sie leichter in Schach zu halten."

„Ja, und wo bleibt sonst der Spaß?", antworteten Birger und Olof feixend.

„Wenn ihr das als Spaß bezeichnet, dann schlage ich vor, ihr murkst euch gegenseitig ab und geht nicht auf Leute los, die sich schon längst ergeben haben. Und außerdem bin immer noch ich der Kapitän und was ich sage, wird gemacht!", fuhr Ben sie nun mit hochrotem Kopf an.

„Ein Kapitän kann auch abgesetzt werden", gab Olof herausfordernd zurück.

Totenstille trat ein, als sich Ben und Olof wutschnaubend gegenüberstanden.

„Schafft die Ladung rüber und nehmt die Verwundeten mit, wir werden sie an Land bringen. Ich sag es ein letztes Mal, unter meinem Kommando wird nicht aus Spaß gemordet." Ben sagte diese letzten Worte so beherrscht und mit derart viel Entschlossenheit, dass niemand daran dachte, ihm zu widersprechen.

Alle machten sich schweigend an die Arbeit. Klaas versorgte die Verletzten, so gut er konnte, bis sie sie im nächsten Fischerdorf absetzten.

Ihre nächsten Überfälle verliefen zwar meist ohne Tote, aber dafür mit vielen Verletzten unter den Angegriffenen. Obwohl Ben immer noch nicht mit dieser Brutalität einverstanden war, kam er nicht umhin, festzustellen, dass sie sehr erfolgreich waren und selbst größere Schiffe aufbringen und wertvollere Waren erbeuten konnten. Nach nun gut drei Jahren, in denen sie mehr schlecht als recht gelebt und im Winter als Zeitarbeiter mehr Gewinn erwirtschaftet hatten als den Rest des Jahres auf hoher See, führten sie das Piratenleben, für das sie ausgezogen waren. Doch es waren nur Ben und Nikolas, die von ihrer Beute etwas an Arme abgaben.

Die nächsten paar Jahre segelten sie zwischen Reval und Königsberg und steuerten immer wieder Visby an, wo der Handel mit gestohlenen Waren florierte. Obwohl er nie etwas dafür übrighatte, so zahlte sich auch Bens Erfahrung als Händler aus, und er konnte Waren, die sie nicht selbst brauchten, schnell in bare Münze umwandeln. In Visby wechselte auch oft die Mannschaft, doch der harte Kern der Kameraden blieb der Gundelinde treu.

Ein paar Mal kamen sie an dem kleinen Dorf vorbei, in dem sie Bens Hand amputiert hatten, doch legten sie dort nicht noch einmal an. In Riga ließ sich Ben eine Prothese fertigen, mit der er wahlweise einen Haken, ein Messer oder eine Gabel an seinem Armstumpf befestigen konnte. Den Haken trug er am häufigsten, da er es ihm erlaubte, sich bei stärkerem Seegang besser festzuhalten.

Ihre erfolgreichen Überfälle hatten leider auch zur Folge, dass sich die größeren Handelsschiffe in der Ostsee nach einiger Zeit mit Söldnern und Bogenschützen ausstatteten. So erfuhren die Männer der Gundelinde mehr und mehr Gegenwehr und hatten häufiger Misserfolge zu verzeichnen.

Fünf Jahre, nachdem sie von Hamburg aufgebrochen waren, konnte Ben endlich wieder durchsetzen, zur Westsee zu segeln. Auch hier verbuchten sie einigen Erfolg, und wegen der weniger bewachten Handelsschiffe gingen sie zum ersten Mal mit einigem Wohlstand in die winterliche Unterbrechung ihrer Unternehmungen. Sie verbrachten die kalten Monate in Jütland und konnten es kaum erwarten, im Frühling an ihre Erfolgssträhne anzuknüpfen.

Nikolas hatte seinen Anteil der Beute unter einem losen Brett unter seiner Seemannskiste versteckt. Ohne sich irgendwo verdingen zu müssen, um seinen Lebensunterhalt zu bestreiten, hatte er diesen Winter genügend Zeit gehabt, über den Kompass und den Jakobsstab nachzudenken. Wenn er die Geschwindigkeit zuverlässig messen konnte, könnte er auf einer Karte mithilfe des Kompasses auch auf der offenen See ihre Position bestimmen. Dazu müsste er von ihrer Startposition einfach eine gerade Linie in Fahrtrichtung mit einer Länge entsprechend ihrer Geschwindigkeit einzeichnen. Bei einem Kurswechsel auf offener See würde dann das Ende der ersten Linie als Kopplungspunkt für eine weitere Linie in die neue Richtung dienen. Doch zuerst bedurfte es einer akkuraten Karte, und so setzte er alles daran, seine eigenen Dokumente zu vervollständigen.

Nun da sie wieder in der Westsee waren, mussten sie auch die Gezeiten berücksichtigen, und Nikolas kam es nur entgegen, dass er die meiste Zeit mit dem Loten beauftragt war. Er beobachtete fasziniert, wie bei Ebbe weite Teile des Meeres trockenfielen und die gefährlichen Sandbänke, Rinnen und Becken sichtbar wurden. Er schätzte den Tidenhub, der den Höhenunterschied des Wasserstandes zwischen Ebbe und Flut angibt, auf etwa einen Schritt, und man musste sich verdammt gut auskennen, um die Einfahrten zu den Häfen zu finden. Da waren zuverlässige Lotsen, wie Hein einer gewesen war, von größtem Wert.

Sie kaperten ein paar kleinere Handelsboote, doch die Beute war so mager, dass es sich nicht lohnte, einen Hafen anzusteuern. Stattdessen ordnete Ben an, Kurs auf Helgoland zu nehmen, um Reparaturen am Schiff durchführen zu können. Doch Nikolas ahnte, dass Ben noch einen anderen Hintergedanken hatte, und er sah seine Ahnung bestätigt, als Ben ihn zu sich bestellte und ihm seinen Plan unterbreitete.

„Du kannst dir sicherlich schon denken, weshalb ich Helgoland ausgewählt habe. Ich kann es förmlich in den Fingern spüren, wenn auch nur in meinen rechten, dass wir ganz nah dran sind. Du hast den alten Christian damals gehört. Was meinst du dazu?", fragte Ben.

Nikolas war überrascht, dass er nach seiner Meinung gefragt wurde, hatte aber eine Entdeckung gemacht, die er schon lange mit Ben teilen wollte.

„Hier, das habe ich heute in der Lotspeise vom Grund heraufgeholt." Nikolas griff in seine Hosentasche und zeigte eine Handvoll feinen weißen Sand und Muscheln, die spitz waren wie Nadeln.

Ben konnte kaum an sich halten. „Ha, ich hab's doch gewusst, fein und weiß, Muscheln und Nadeln, von Wasser umgeben."

Sie setzten das Schiff in einer kleinen Bucht, die zwischen hoch aufragenden rotweißen Buntsandsteinfelsen lag, auf Land und am nächsten Morgen begannen die Reparaturarbeiten.

„Derek, ich werde mit einem kleinen Trupp die Insel erkunden und sehen, ob es hier etwas zu holen gibt. Du wirst in der Zeit die Arbeiten überwachen", befahl Ben nach dem Frühstück und schien den misstrauischen Blick, mit dem Derek ihn bedachte, nicht zu bemerken. Aber Derek stimmte zu und so zog Ben mit Nikolas, Klaas, Pitt und Hein los.

Der steinige Weg führte sie steil bergauf. Hier und da hielten sich hartnäckige Flechten an die Felsen gepresst, und Büschel von Salzwiesenpflanzen wuchsen in Ritzen und Spalten. Sie erreichten das Plateau und sahen von den fast zweihundertfünfzig Fuß hohen Klippen weit über das Meer bis zum Festland. Man hätte jedes Schiff, das sich der Insel näherte, auf Meilen sehen und beobachten können, und sie konnten nachvollziehen, dass dies ein idealer Stützpunkt für Überfälle war.

Ein paar kleine Hütten standen in einer geschützten Senke, doch als sie sich näherten, bemerkten sie, dass alles still und verlassen dalag. Sie betraten das erste Haus und stellten fest, dass hier seit Jahren niemand mehr gewohnt hatte. Der Lehm bröckelte von den Wänden und hier und da waren schon ein paar Steine aus der Mauer gebrochen. Die wenigen Möbel waren mit Staub und Salz bedeckt, und durch das marode Dach schickte die Sonne ein paar Strahlen in die Düsternis. Sie wandten sich dem nächsten Haus zu, doch gerade, als sie es betreten wollten, kam ein alter Mann um die Ecke und richtete mit seinen zittrigen Händen eine gespannte Armbrust auf sie.

„Stehen bleiben oder ich schieße", rief der Mann.

Klaas ließ den Türknauf los und hob zum Zeichen, dass sie in Frieden kamen, die Hände. „Hör mal, Väterchen, du solltest lieber die Waffe senken, bevor du dir noch selbst etwas antust."

Doch der Alte schien sich nicht überreden lassen zu wollen. „Noch einen Schritt näher und ich ziehe den Pfeil ab", fauchte er, als Pitt auf ihn zutrat.

„Du glaubst doch nicht wirklich, dass wir Angst vor dir haben", erwiderte Pitt.

„Vielleicht, aber wenn nicht vor mir, dann vielleicht vor ihm." Der alte Mann pfiff kurz durch das lückenhafte Gebiss und ein riesiger schwarzer Hund tauchte zähnefletschend wie aus dem Nichts auf.

„Ach du Schreck", stieß Pitt aus und stolperte rückwärts. „Ruf den Köter zurück, wir tun dir ja nichts", jammerte er, als er sich hinter Hein versteckte.

„Jetzt seid ihr nicht mehr so mutig, was? Und das will ich euch auch geraten haben, sonst macht Ambos hier Hackfleisch aus euch", höhnte der alte Mann.

Doch da trat Hein vor und baute sich schnaubend vor dem Hund auf, der ihn wild anknurrte.

„Ambos, sitz!", donnerte Hein, und zur Überraschung aller zog der Hund den Schwanz ein und setzte sich mit erwartungsvollen Augen vor Hein auf den Boden.

Der Alte schnappte nach Luft. „Auf dich ist also auch kein Verlass mehr. Na dann, kommt rein."

Sie schauten sich kurz an und folgten ihm dann in seine Hütte.

„Ich hab nichts, was ich euch anbieten könnte und ich würde es auch nicht tun. Also sagt, was ihr von mir wollt, und verschwindet dann wieder von meiner Insel", murrte er, während sie sich in dem kleinen Raum drängten.

„Lebt ihr hier allein?", fragte Ben.

„Ich und meine zwölf Mann, wie ihr ja seht." Spöttisch wedelte der Alte mir den Armen.

„Was ist mit den anderen geschehen, hier waren doch mal mehr Menschen?"

„Sind abgehauen, als die Vitalienbrüder sich hier eingenistet hatten. Nur ich und Ambos schätzen die Ruhe unserer Insel. Und was wollt ihr hier?"

„Klaus Störtebeker soll öfter hier gewesen sein."

„Es ist unhöflich, eine Frage mit einer Gegenfrage zu beantworten."

„Es ist genauso unhöflich, sein Monster von einem Hund auf einen zu hetzen", unterbrach Pitt und schaute unsicher zu Ambos. Doch der Hund hatte sich neben Hein auf den Boden gelegt und schien entspannt dem Gespräch zu lauschen.

„Ja, ich habe diesen Klaus Störtebeker gesehen, wenn er mit seinen Männern hier ankam und sich von seinen Beutezügen ausruhte. Damals war hier noch Leben auf der Insel. Schon unzählige Männer wie ihr waren seitdem hier und haben nach den Schätzen gesucht. Doch niemand hat etwas gefunden."

„Da sind wir ja leicht zu durchschauen. Ihr wisst nicht zufällig, wo diese Schätze zu finden sind?", fragte Ben freundlich lächelnd.

„Das hat noch keiner gewagt, einfach so danach zu fragen." Erwartungsvoll starrten alle den alten Mann an, als er weitersprach. „Ich hab Schätze gesehen, von denen träumt ihr bloß, doch seit Störtebekers Hinrichtung hab ich hier nichts mehr funkeln sehen ... nur das Meer. Sie haben die Kostbarkeiten wahrscheinlich irgendwo anders hingebracht."

„Schon wieder woanders? Ich bin's leid, hinter einem Schatz herzujagen, der immer woanders ist", platzte es aus Klaas heraus.

Den Rest des Tages durchstreiften sie die Insel, kletterten auf Felsen und ließen sich in Höhlen hinab, doch nirgendwo fanden sie auch nur ein Anzeichen dafür, dass hier irgendwo einmal ein Schatz versteckt gewesen war. Der Boden bestand fast nur aus Stein und war zu hart, als dass man hier irgendetwas hätte vergraben können. Sie fanden noch nicht einmal eine weitere Nachricht oder einen Hinweis, dass der Schatz an einen anderen Ort verbracht worden sei, und so kehrten sie verbittert zu ihrem Schiff zurück, dem Sonnenuntergang entgegen.

Am nächsten Morgen halfen alle dabei, das Schiff auszubessern und nach wenigen Tagen stachen sie wieder in See. Ben, der immer noch nicht die Hoffnung aufgegeben hatte, den Schatz oder wenigstens einen Wink auf ihn zu finden, gab den Befehl, einmal um die Insel herumzusegeln.

Nikolas lotete die Tiefen rund um die Insel aus und als sie wieder vor der kleinen Bucht ankamen, hatte er festgestellt, dass rund um die Insel rötlicher Sand mit vielen verschiedenen Muscheln zu finden war. Lediglich vor dieser kleinen Bucht kam dieser weiße Sand mit den dünnen Muscheln vor. Es war bereits dunkel geworden und sie nahmen Kurs auf die See, als Nikolas zum letzten Mal das Lot einholte und die Lotspeise untersuchte.

Er fand, wie erwartet, den weißen Sand und die Muscheln, doch obenauf haftete ein grünlich angelaufener Ring mit einem großen eingefassten Rubin. Nikolas hielt ihn erstaunt in den Händen und beobachtete, wie der Edelstein blutrot im Schein der Sterne funkelte. Da musste jemand sehr unvorsichtig gewesen sein, dass ihm etwas so Kostbares ins Meer gefallen war, und was für ein Zufall, dass das Lot genau auf dem Ring gelandet war, dachte Nikolas.

Nikolas steckte den Ring in seine Tasche und kletterte in den Ausguck, wo er ihn, unbemerkt von den anderen, mit seinem Ärmel blank polierte. Im Schein des Mondes konnte er innen in dem goldenen Reif eine Inschrift erkennen: amicus dei et hostis omnes orbis.

Gottes Freund und aller Welt Feind.

15

Meuterei

$\mathcal{I}$n den folgenden Tagen versuchte Nikolas immer wieder, Ben von seinem Fund zu berichten, doch dieser war so erschüttert, weil auch Helgoland ergebnislos geblieben war, dass er niemanden sprechen wollte.

Auch den anderen konnte er sich nicht anvertrauen. Hein hatte sichtlich die Nase voll von Schatzsuchen, bei Jan hatte er Angst, dass es letztendlich doch die falschen Ohren zu hören bekamen, und Klaas und Pitt waren nie alleine anzutreffen, da sie sich ausgiebig mit den absurdesten Spielen und Balgereien abgaben, die ihren Höhepunkt fanden, als Gustav und Birger ein paar Ratten fingen.

Anstatt sie zu erschlagen und über Bord zu werfen, wie es normalerweise geschah, sperrten sie sie in eine leere Kiste. Und nun begann das Spektakel, das Nikolas für das Unglaublichste und Abscheulichste hielt, das er bisher gesehen hatte.

„He, Olof, ich wette, dass ich diese Ratte schneller um die Ecke bringe als du", forderte Birger ihn heraus.

„Wo ist der Haken?", fragte Olof.

„Kein Haken, aber es soll natürlich auch nicht zu einfach werden, wo bleibt sonst der Spaß?" Birger hielt eine quiekende Ratte am Schwanz in die Luft.

„Na sag schon, ich werd dich so oder so schlagen, auch wenn du mir die Arme auf den Rücken bindest."

„Da hast du schon das halbe Spiel erraten. Wer als Erster die Ratte mit bloßen Zähnen tötet, hat gewonnen."

Nun waren auch Ingvar und Thorbjörn, die bisher auf der Reling gesessen hatten, aufgestanden, um sich dieses Schauspiel nicht entgehen zu lassen. Birger schob den großen Eimer, den Nikolas sonst immer benutzte, wenn er das Deck schrubbte, mit einem Fuß in die Mitte des Decks und setzte die Ratte hinein, bevor er seinen Mantel darüber ausbreitete.

Olof grinste breit, kniete sich neben den Eimer und hob den Mantel. Die Ratte blinzelte ihn mit ihren schwarzen Knopfaugen fragend an. Wie eine Möwe, die in die See hinabstieß, um Fische zu fangen, stürzte sich Olof kopfüber in den Eimer und versuchte, die Ratte zu zerquetschen. Doch das Tier war blitzschnell aus dem Eimer gesprungen und Olof knallte mit der Stirn krachend auf den Boden des Eimers.

Eine weitere Ratte wurde aus der Kiste geholt und nun war Birger an der Reihe. Birger ging behutsamer vor und schaffte es, die Ratte mit den Zähnen beim Schwanz zu packen. Dann schleuderte er sie durch die Luft und donnerte sie gegen den Rand des Eimers in dem Versuch, ihr das Genick zu brechen. Doch die Ratte ging zum Gegenangriff über. Birger heulte, als sich der Nager in seiner rechten Wange festbiss und ihm nun wie ein Geschwür im Gesicht hing. Gegen die Regeln riss er die Ratte mit den Händen von seinem Gesicht und hieb ihr wie ein wildes Tier seine Zähne ins Genick, bis sie unter Zuckungen verendete.

Lautes Gejohle hob an, als Birger die tote Ratte ausspuckte und einen heftigen Zug aus seinem Becher nahm. Je mehr

Bier und Wein flossen, desto mehr Ratten starben in dieser Nacht.

Am nächsten Morgen segelten sie trotz durchzechter Nacht wieder nordwärts.

„Schiff in Si…" Birger, der im Ausguck saß, brach seinen Ruf ab und hielt sich den Kopf. Nicht nur ihm brummte der Schädel, auch die anderen zuckten zusammen, als hätte Birger ihnen Steine auf den Kopf geworfen.

Nur langsam erhoben sich alle aus ihrem Dämmerzustand und blickten zu dem kleinen Handelsschiff hinüber, das in dieselbe Richtung wie sie segelte.

„Worauf wartet ihr? Man kann euch doch sonst nicht stoppen, wenn es ums Abschlachten geht!" Ben schien seine Enttäuschung von Helgoland durch Tatendrang ersetzen zu wollen. „Wenn sie mit uns gleichauf sind, dann setzt das Segel in den Wind und geht längsseits." Nur zögerlich kam Bewegung in die Mannschaft. „Das ist ein Befehl", rief Ben aufgebracht.

„Was sollen wir denn mit so einem kleinen Schiff? Schon wieder gammelnden Fisch erobern?", fragte Derek und erntete zustimmendes Gemurmel.

„Solch kleine Händler können auch wertvolle Waren geladen haben."

„Oder auch nicht. Ich sage, wir haben eine starke Mannschaft und können es uns leisten, große Handelsschiffe aufzubringen, die eine garantierte Beute versprechen." Die Rufe der Anerkennung für Derek wurden lauter. „Wenn ich der Kapitän wäre, dann würde ich uns die Arbeit ersparen und nicht jedem kleinen Fisch nachjagen. Wir haben schon zu lange auf einen zimperlichen Mann gehört, der Schätzen hinterherrennt, die es nicht gibt. Es wird Zeit für einen neuen

Kapitän, der euch allen das gibt, was ihr verdient." Nun war überall bekräftigendes Gegröle zu hören.

„Wenn wir eine solche Strategie verfolgen, dann wird sich die Hanse erneut aufbäumen und eine ganze Schar von Kriegsschiffen hinter uns herschicken", rechtfertigte sich Ben. „Wir können uns nur dann und wann erlauben, ein großes Handelsschiff anzugreifen. Oder wollt ihr am Galgen enden?"

„Wir sollten abstimmen!", unterbrach Olof lautstark.

Wieder war aufgeregtes Stimmengewirr zu hören. Unglücklicherweise hatte Ben seine Mehrheit verloren, als er immer mehr Männer in Visby an Bord nahm. Die Mannschaft stimmte ab und Derek wurde zum neuen Kapitän ernannt.

Von nun an herrschte ein anderer Wind an Deck. Derek verstand es zwar, Streitereien unter den Männern zu verhindern, jedoch ließ er es die, die gegen ihn gestimmt hatten, spüren, dass sie nun nicht mehr das Wohlwollen des Kapitäns genossen. Sie mussten häufiger die Nachtwache übernehmen und wurden mit den niedrigsten Tätigkeiten, wie das Deck schrubben und den Bilgenraum zu entwässern, beauftragt, während die anderen sich schon beinahe langweilten.

Schnell hatten sie ein Schiff gesichtet, das größer als die Gundelinde war und starken Tiefgang hatte. Derek gab den Befehl, die Verfolgung aufzunehmen, und da sie leichter und wendiger waren, schlossen sie schnell auf. Doch das warnte den Händler und als sie ihn eingeholt hatten, war dessen Mannschaft schon kampfbereit. Man empfing sie mit einem Hagel aus Pfeilen, doch nutzten sie die Gelegenheit, als die Bogenschützen neu anlegten, und stürmten das Handelsschiff. Das Gemetzel begann. Nachdem die Bogenschützen niedergemacht waren, schwangen sich auch die letzten Männer hinüber, um sich in das blutige Kampfgetümmel zu stürzen. Zu Nikolas' Bestürzung türmte sich bald ein Haufen unschuldiger Seemänner, abgeschlachtet wie Vieh. Die Ladung, Ballen flämischen Tuchs, Fässer voll Bier und Säcke mit Getreide, wurde auf beide Schiffe verteilt, sodass sie in etwa die gleiche Geschwindigkeit halten konnten. Sie bemannten den zweimastigen Holk mit dem Namen Cecilia van de Hoornse Hop und segelten mit zwei Schiffen weiter.

Die Bierfässer wurden noch am gleichen Abend auf den Erfolg unter ihrem neuen Kapitän angestochen und jeder bekam zur Feier des Tages eine Extraportion gepökeltes Schweinefleisch.

Am nächsten Morgen liefen sie die Küste an und Derek machte sich auf, um im nächsten Ort ihre Beute unter der Hand zu verkaufen. Doch dabei erwies er sich als wesentlich ungeschickter als Ben, der aller Aufgaben enthoben war, und der Geldbetrag, den sie an dem Abend aufteilten, war nur die Hälfte von dem, was Ben für die Waren herausgeschlagen hätte.

Ihre nächsten Überfälle liefen so blutrünstig wie erfolgreich ab, doch machte sich Missmut über den geringen Erlös breit. So wurde Ben vier Wochen nach der Meuterei wieder in die Gemeinschaft der Piraten einbezogen, um den Verkauf der Beute zu betreiben, und von da an waren sie kaum noch aufzuhalten. Sie bemühten sich erst gar nicht, Gefangene zu machen, da sie damit bisher nur Scherereien gehabt hatten.

Stattdessen heuerte Derek noch zehn weitere Männer an und segelte nun mit zwei vollbesetzten Schiffen unter seinem Kommando. Gekaperte Schiffe wurden ebenso verkauft wie deren Ladung. Derek übernahm den Zweimaster und holte

Ben zu sich an Bord, um ein Auge auf ihn zu haben. Olof hatte das Kommando auf der Gundelinde. Zwar verbreitete Olof Angst und Schrecken unter denen, die seine Befehle nicht schnell genug ausführten, doch gab er nur selten Befehle, sodass das Leben auf der Gundelinde, außer bei Kämpfen, recht beschaulich verlief.

Da Olof auch keinen Sinn für die Geräte in Bens Kajüte hatte, erlaubte er Nikolas, Kompass und Jakobsstab an sich zu nehmen. Nikolas verbrachte seine spärliche freie Zeit, um mit seinen Karten ihre Position zu bestimmen, doch ohne ihre genaue Geschwindigkeit zu kennen, lag er oft mehrere Meilen neben dem eigentlichen Standort, und das auch auf kurzen Strecken.

Außerdem stellte er fest, dass bei stärkerem Wellengang die Kompassnadel immer wieder auf dem Boden des Gehäuses aufsetzte und sich nicht mehr ausrichten konnte. Er überlegte, wie er dies verhindern konnte und fertigte Dutzende Skizzen an, um eine Aufhängung der Nadel zu entwickeln, die es ihr nicht nur ermöglichte, sich horizontal nach Norden auszurichten, sondern auch vertikal die Schwankungen des Schiffes auszugleichen. Er hatte die Idee, die Kompassrose in einen Ring zu hängen, der wiederum beweglich in einem weiteren Ring montiert war, sodass die Nadel auch bei Seegang immer horizontal in einer Ebene blieb.

Ein weiteres Problem stellte sich ihm, als er den Kompass auf einem Fass platzierte. Nikolas merkte schnell, dass die Kompassnadel durch die Eisenbeschläge des Fasses abgelenkt wurde. Holz schien keinen Effekt auf die Nadel zu haben, doch selbst biegsames Holz wie Haselnuss oder Eibe, wie es beim Bogenbau benutzt wurde, würde keinen perfekten Ring ergeben. Er grübelte lange nach, fand jedoch keine Lösung.

Eines Abends, als sie vor Anker lagen und sich das Bier schmecken ließen, saß Nikolas wieder gedankenverloren an Deck. Das erste Fass war leer und da es ohnehin schon alt und kaum noch zu gebrauchen war, warfen sie es über Bord. Nikolas schaute auf das Fass, das nun neben ihrem Schiff auf dem Wasser dümpelte, als ihm plötzlich eine Idee kam. Sie hatte nichts mit dem Kompass zu tun, aber er wusste nun, wie er die Geschwindigkeit messen konnte.

Wenn das Schiff führe, würde es vom Wind angetrieben werden, doch das Fass behielte seine Position mehr oder weniger bei, da es wegen seiner geringeren Oberfläche kaum vom Wind erfasst würde. Wenn er nun die Strecke zwischen Fass und Schiff messen könnte, die innerhalb einer bestimmten Zeit zurückgelegt wurde, so ließe sich ihre Geschwindigkeit errechnen. Mithilfe des Kompasses könnte er ihre Richtung bestimmen, dann auf einer Karte ihren Weg eintragen und so ihre Position festlegen.

Aufgeregt sprang er auf und suchte unter Deck alle alten Holzteile zusammen, die er finden konnte.

„Bist du jetzt völlig übergeschnappt? Steht da und wirft Holz ins Wasser!", rief Jens. Die anderen blickten zu ihm und sahen dann zu Nikolas hinüber, der an der Reling entlanglief und hier und da Holzstücke ins Wasser warf. Er bekam gar nicht mit, dass die anderen ihn beobachteten, und erst als er eine starke Hand auf seiner Schulter spürte, drehte er sich verwundert um.

„Lass das, oder du kannst gleich hinterherspringen und alles wieder rausfischen! Hast du verstanden?", funkelte ihn Olof böse an.

„Das waren doch sowieso nur Abfälle."

„Das ist mir egal. So lange ich nicht den Befehl gebe, auch nur einen Holzspan über Bord zu werfen, wirst du es sein lassen, ganze Stücke im Meer zu versenken. Kapiert?"

Nikolas war drauf und dran, eine böse Bemerkung über Olofs oft unsinnige Befehle zu machen, doch da er sowieso mit seinen Vorbereitungen fertig war, unterließ er es, einen Streit anzufangen. Er wollte lieber die Holzstücke beobachten, ob nicht vielleicht doch noch eines plötzlich abtrieb. Doch sie blieben alle, wo sie waren, und auch am nächsten Morgen hatten sie sich nur wenig vom Schiff wegbewegt.

Als sie sich wieder aufmachten, hatte Nikolas zunächst keine Gelegenheit mehr, seine Vermutung zu überprüfen. Sie griffen ein Schiff an, das sie zwar nicht mit Pfeilen begrüßte, dessen Mannschaft jedoch sehr geübt im Nahkampf war, sodass sie auf ihrer eigenen Seite ebenfalls einige Verluste hinnehmen mussten.

Ben verlor sein rechtes Auge, als ihm ein Schwerthieb längs über das Gesicht fuhr, und zum ersten Mal erlitt auch Nikolas eine schwere Wunde am Bauch. So wie Ben es vorausgesagt hatte, waren die Händler durch das vermehrte Verschwinden von Handelsschiffen anscheinend gewarnt, hatten sich gewappnet und nahmen nun auch in der Westsee bezahlte Söldner an Bord. Dennoch gelang es den Männern der zwei Piratenschiffe, Beute zu machen, doch das Fest am Abend fiel sehr verhalten aus.

Klaas hatte alle Hände voll zu tun, die Verwundeten auf beiden Schiffen zu versorgen. Nikolas lag kreidebleich in seiner Hängematte, nachdem Klaas seine Flanke mit dem Nähzeug, das sie sonst für die Segel benutzten, zusammengeflickt hatte. Bens Augenwunde blutete überraschenderweise nur wenig, doch Klaas musste den Augapfel ganz entfernen und füllte die Augenhöhle mit sauberem Tuch, bevor er einen Kopfverband anlegte.

Auch die nächsten Überfälle verliefen weit ungünstiger als am Anfang, und zu allem Überfluss schlug auch noch das Wetter um.

Die Gundelinde versuchte, möglichst viel Abstand zu dem Zweimaster zu halten, damit sich die beiden Schiffe nicht versehentlich gegenseitig rammten. Trotz des tosenden Sturms um sie herum konnte Nikolas plötzlich entsetze Schreie herüberwehen hören. Er blinzelte durch den Regen, der ihm ins Gesicht peitschte, und sah verschwommen, wie der Zweimaster von einer riesigen Welle erfasst wurde und der Fockmast mitten entzweibrach. Doch Nikolas hatte keine Zeit, sich um die Besatzung auf dem anderen Schiff zu sorgen, denn er kämpfte selbst gegen Wellenberge, die immer wieder das Deck überspülten, und hatte sich vorsichtshalber mit einem Seil am Mast festgebunden. Oft hing er wie ein Hund an der Leine, wenn die Wassermassen ihn von den Beinen rissen und er über das Deck rutschte.

Er rappelte sich gerade wieder auf, als ein Körper aus der Takelage ins Wasser stürzte.

„Mann über Bord", schallte ein Ruf verzerrt über das Deck.

Nikolas klammerte sich an der Reling fest und sah Niels, der gerade von einer Welle emporgehoben wurde.

„Hilfe, helft mir!", schrie Niels verzweifelt, doch als er zwischen zwei Wellen versank, verebbte auch seine Stimme.

„So helft ihm doch, er kann nicht schwimmen!", schrie nun Jens, und es war das erste Mal, dass Nikolas ihn so aufgelöst und in Sorge um seinen Bruder sah.

„Ein Seil, schnell!", bellte Olof die herumstehende Meute an. Ein Tau wurde herbeigeschafft, doch Niels war spurlos verschwunden.

„Wo ist er?", kreischte Jens und seine Stimme überschlug sich. Sein Blick war so irre, dass sich niemand in seine Nähe wagte, doch als er Anstalten machte, seinem Bruder hinterherzuspringen, packten sie ihn und zerrten ihn von der Reling weg.

„Bleib hier, oder willst du dich auch noch ins Unglück stürzen?", herrschte ihn Olof an.

„Aber er ist mein kleiner Bruder!" Jens versuchte sich mit aller Kraft zu befreien.

„Du kannst ihm nicht mehr helfen. Er ist fort."

Als die Wogen sich glätteten und sie Nachrichten mit der Cecilia austauschen konnten, erfuhren sie, dass es auch auf dem Zweimaster Verluste gegeben hatte. Zwei Männer waren von dem herabstürzenden Mast erschlagen worden und wurden am folgenden Abend ihrem Seemannsgrab übergeben.

16

Zurück in Hamburg

Derek befahl, den Weg zurück nach Helgoland einzuschlagen, um dort die Schiffe wieder komplett seetüchtig zu machen. Man würde sie nicht behelligen und die Lage der Insel war günstig, um zu Kaperfahrten aufzubrechen. Nikolas lotete wieder, erst roter Sand von den Bundsandsteinfelsen, dann feiner weißer Sand in der Bucht, in der sie wieder vor Anker gingen.

Doch diesmal durfte Nikolas nicht mit an Land gehen. In der Hoffnung, dass der Ring nicht bloß zufällig auf dem Meeresgrund gelandet war, nahm er das schwerste Lot, das sie an Bord hatten, und ließ es in knappen Abständen rund um die Gundelinde ins Wasser gleiten. Backbord fand er nur rötlichen Sand in der Lotspeise, was Nikolas überraschte, hatten sie doch an genau der gleichen Stelle geankert wie beim letzten Mal. Er lotete noch ein paar Mal, und stellte fest, dass der rote Sand mehr und mehr mit feinen weißen Körnern durchsetzt war, bis er steuerbord den erwarteten feinen weißen Sand mit spitzen Muscheln fand.

Er ließ seinen Blick an den Klippen entlangwandern. An der nördlichen Spitze von Helgoland konnte er in der Ferne das Brandungstor sehen, das die Wellen im Lauf der Zeit in den Felsen gefressen hatten. Auch die Felswände um die kleine Bucht sahen aus, als würden sie dem Nagen des Wassers immer ein Stück mehr nachgeben. Das erklärte auch, warum er roten Sand in der Bucht fand. Der weiße Sand wurde sicherlich mit der Flut von weiter draußen herangespült und lagerte sich aufgrund der Form der Bucht hier ab.

Da er den Ring in feinem weißem Sand gefunden hatte, so wie es die Inschrift in der Höhle auf Rügen beschrieben hatte, fokussierte er sich nun weiter auf die Steuerbordseite. Dabei überlegte er, wo er selbst einen Schatz verstecken würde. Unter Wasser würde sicherlich niemand schauen, doch käme er selbst dann auch nicht mehr an den Schatz. Also war es an Land schon besser. Vergraben, mit einer Markierung, die nur er kannte, irgendwo, wo er ungestört und unbeobachtet wäre. Doch würde es sicherlich auffallen, wenn er längere Zeit verschwände, schließlich musste er den Schatz erst ausgraben und dann erneut in der Erde verschwinden lassen. Wenn er vom Schiff aus das Versteck erreichen könnte, dann müsste er nur warten, bis alle schliefen. Es bestünde immer noch die Gefahr, entdeckt zu werden, doch es war die tauglichste Lösung, die ihm einfiel.

Während er so überlegte, hatte er sich bis zum Heck vorgearbeitet, und er war sich erst gar nicht bewusst, dass er da gerade einen Goldtaler aus der Lotspeise herausschälte. Er starrte auf die glänzende Münze in seiner Hand. Dann blickte er sich kurz um, doch niemand schien sich um ihn zu kümmern. Schnell steckte er den Taler in seine Tasche und ließ das Lot wieder ins Wasser. Er musste noch zwei weitere Male die Lotspeise erneuern, bis er erneut einen Taler an die Oberfläche holte. In der Folge sah er nur noch Abdrücke von Münzen, die wohl wieder abgefallen waren, doch dann gelang es ihm, ein kleines zierliches Silberarmband aus den Tiefen hinaufzuziehen. Danach fand er nichts mehr.

Er schaute sich wieder um, doch noch immer nahm niemand Notiz von ihm. Konnte dies der Schatz des Störtebeker sein? Hatte der berüchtigte Seeräuber tatsächlich seinen Schatz unter Wasser versteckt? Einer Sache jedoch war sich Nikolas sicher: Dort unten lagen garantiert noch mehr Münzen und Schmuckstücke. Doch mit dem Lot würde er Monate brauchen, um alles zu heben. Wenn er doch bloß schwimmen könnte. Das Wasser war hier nur wenige Faden tief und mit ein bisschen Übung würde es ihm bestimmt gelingen, bis zum Grund hinabzutauchen.

Zu gerne hätte er noch einmal mit dem alten Mann dort oben auf den Felsen geredet, doch als der erste Trupp Männer zurückkam, erfuhr Nikolas, dass sie nur den tollwütigen Hund gefunden hatten, der neben einem Toten gesessen hatte, und als er sie angreifen wollte, hatten sie das Tier erschlagen.

Die nächsten Überfälle nahm Nikolas nur am Rande wahr, und erst als sich die Kunde verbreitete, dass sie sich am nächsten Tag nach Hamburg aufmachen würden, um dort ihre Beute zu verkaufen, wachte er aus seinen Grübeleien auf.

Hamburg. Er war ein Junge von dreizehn Jahren gewesen, als er damals in einer nebligen Nacht der Stadt den Rücken kehrte, und er hatte bisher auch nie daran gedacht, in die Stadt seiner Kindheit zurückzukehren. Nach außen ließ er sich nichts anmerken, doch innerlich war er beunruhigt und zugleich neugierig. Nachts träumte er, er würde mit seinem Vater lachend an der Alster entlangspazieren, doch dann wurde sein Vater wie von Geisterhand in den Fluss gezogen. Nikolas versuchte verzweifelt, nach ihm zu greifen, doch er erreichte ihn nicht. Die Alster hatte sich in ein stürmisches

Meer verwandelt, und er sah seinen Vater zwischen den Wellenbergen immer wieder untergehen. Er sprang ihm ins Wasser nach und schwamm auf seinen Vater zu. „Du kannst doch nicht schwimmen", rief sein Vater, bevor er ihn erreicht hatte, und da merkte Nikolas, dass er plötzlich nicht mehr vom Wasser getragen wurde, sondern in die Tiefen gezogen wurde, ohne dass er etwas dagegen tun konnte. Der Druck auf seinen Körper nahm zu, je tiefer er sank, und sein Herz schien auszusetzen, als er auf den Grund stieß.

Nikolas wachte auf und lag mit aufgerissenen Augen da. Er starrte an die Decke, durch die er gedämpft Schritte an Deck hören konnte. Er spürte noch immer den Druck, der auf seinem Körper lastete und ihn auch jetzt, in wachem Zustand, in seine Hängematte drückte. Er blieb eine ganze Weile reglos liegen und ließ die Bilder noch einmal im Geiste an sich vorbeiziehen, bis er sich in der Lage fühlte, aufzustehen.

Schweigend stieg er an Deck. Die Sonne ging gerade auf und den Blick auf die Küste hatte er schon an einem anderen Morgen vor fünf Jahren gesehen, doch war er damals in die andere Richtung unterwegs gewesen.

Bevor sie die Elbmündung erreichten, verluden sie ihre Waren von der Gundelinde auf die Cecilia, da die Kogge zu leicht wiedererkannt werden konnte. Dann ließen sie die Gundelinde nahe Cuxhaven nur minimal bemannt zurück. Die Männer begrüßten sich freudig, als ihre kleine Originalmannschaft wiedervereinigt war.

„Na, Kleiner, jetzt geht's zurück in die Heimat. Weißt du schon, was du machen wirst?", fragte Pitt.

„Keine Ahnung. Ich werd mich auf jeden Fall von der St. Nikolai-Schule fernhalten, sonst schickt mich der Magister doch noch zur Domschule nach Köln."

„Ach was, ich glaube, der wird in dir zotteligem Hund kaum den schmächtigen blassen Jungen von damals wiedererkennen, selbst wenn du ihm mitten ins Gesicht lachst", munterte Klaas ihn auf.

„Und was werdet ihr machen?", fragte Nikolas.

„Och, wohl das Übliche. Erst mal unser Erspartes in den Opferstock der nächsten Kirche stecken und dann eine umfassende Beichte über unsere Untaten ablegen."

„Du meinst wohl, ihr werdet eure Gulden zum nächsten Hurenwirt tragen", spottete Nikolas.

„Auf die Idee bin ich noch gar nicht gekommen. Vielleicht nimmt mir die liebreizende Irma die Beichte ab."

„Das wird sie bestimmt für ein paar Extrapfennige tun, aber für dein Seelenheil wird sie nicht sorgen können", sagte Klaas.

„Ob das ein Pfaffe bei deinen Sünden noch kann, muss auch erst bewiesen werden", lachte Nikolas.

„Wahre Worte, aber Irma wird mir auf jeden Fall Linderung für meine körperlichen Leiden verschaffen, und dass sie das kann, hat sie mir früher schon einige Male gezeigt. Was ist mit dir, Ben? Wirst du Derek unter die Arme greifen?"

„Ich werde mich wohl ein wenig bedeckt halten, denn wenn man mich erkennt, droht mir von uns allen wohl die ärgste Strafe. Mich kennen nicht nur die stadtbekannten Huren, sondern auch einige der ehrbaren und einflussreichsten Bürger Hamburgs, an die sie mich sicherlich für eine kleine Belohnung gerne verraten würden."

„Du hast wohl auch schon lange keinen Spiegel mehr in der Hand gehabt. Dich genau anzusehen, wird sich kaum einer trauen."

„Danke schön. Sehe ich etwa wirklich so schlimm aus?"

Bens Gesicht war mit einem struppigen Bart bedeckt, der nicht ganz die wettergegerbten Wangen verdeckte, und hinter der Augenklappe, die er nun trug, und der langen Narbe, die oben und unten hervorragte, würde niemand mehr den rosigen Sohn des Herrn Bartholomäus vermuten.

„Mach dir nichts draus, wahre Schönheit kommt sowieso von innen, und wir haben schon lange erkannt, wie viel Lieblichkeit in dir steckt", grinste Nikolas, und sogar Jan, der sich im Hintergrund gehalten hatte, lachte zum ersten Mal seit Langem laut auf.

Ja, sie alle hatten sich wirklich sehr verändert seit dem Tag, an dem sie sich zum ersten Mal begegnet waren, und selbst ein Bad hätte daran nicht viel ändern können.

Nikolas war froh, seine Freunde um sich zu haben, und sah nun seiner Heimkehr mit Vorfreude entgegen. Hein stand am Ruder und lenkte sie an der Küste entlang. Hier war auch er wieder in heimischen Gewässern.

Hamburg war es in den letzten fünf Jahren prächtig gegangen und Nikolas konnte sich nicht erinnern, damals so viele Menschen auf den Straßen gesehen zu haben.

Ben hatte sich trotz seines veränderten Äußeren seine Kapuze weit ins Gesicht gezogen, als sie zwischen den Arbeitern am Hafen hindurch zur Stadt spazierten.

„Also dann, stürzen wir uns ins wabernde und wogende Leben dieser Stadt", rief Pitt freudig aus und rieb sich die Hände.

Sie liefen die Deichstraße entlang und Nikolas betrachtete die Häuser, die noch genauso ausschauten, wie er sie in Erinnerung hatte.

„Hier wohnte damals Herr Hinricus Hoyeri mit seiner Frau. Die hatten einen Sohn, mit dem ich früher gespielt habe, während mein Vater hinterm Haus das Nikolaifleet gesäubert hat."

„Na, vielleicht haben sie ja auch eine Tochter, mit der du jetzt spielen kannst", knuffte ihn Klaas in die Schulter.

Nikolas bekam heiße Ohren. Er hatte noch nie eine Nacht mit einer Frau verbracht, jedenfalls nicht in dem Sinne, wie es Klaas und Pitt immer andeuteten. Hätte er dies vor ein paar Jahren noch ohne Umschweife zugegeben, so war es ihm mittlerweile zu peinlich, da er ja selbst oft große Töne spuckte.

„Das war das Haus eines Händlers, der meinen Vater nur einließ, wenn seine persönliche Anlegestelle in Mitleidenschaft gezogen worden war, und ich musste immer hier auf der Straße warten. Und das dort ..." Nikolas zeigte auf ein einstmals prächtiges Kontor. „Das war das Haus meines Vaters", beendete Ben den Satz.

„Er hat mir immer kleines Zuckergebäck zugesteckt." Nikolas und Ben betrachteten gedankenversunken das alte Haus.

„Kommt. Hier gibt es nur noch Geister, davon können die Lebenden nicht satt werden." Ben gab einen gepressten Laut von sich, doch dann folgten Nikolas und er Klaas und Pitt.

Sie waren am Hopfenmarkt angekommen und in Nikolas' Kopf schwirrten die Erinnerungen, dass er kaum bemerkte, wie seine Freunde eine Wirtschaft ansteuerten.

„Wir sollten uns erst mal ein paar Snuten un Poten mit einer ordentlichen Maß Bier gönnen, bevor wir uns anderen Dingen zuwenden", sagte Pitt und öffnete die Tur des Brauhauses.

So sehr Nikolas eine warme Mahlzeit lockte, zuerst wollte er doch noch etwas anderes erledigen, und deshalb verabschiedete er sich von seinen Freunden.

Er hatte den Entwurf einer Kompassaufhängung verfeinert und wollte seine Konstruktion bei ein paar Handwerkern in Auftrag geben.

„Was redet Ihr da für einen Unsinn? Habt Ihr nichts Wichtigeres zu tun, als Euch mit solchen Spinnereien zu beschäftigen? Ich jedenfalls schon. Seht Ihr all diese Fässer? Da müssen bis Ende der Woche noch die Dauben gebogen werden." Der Böttcher, bei dem Nikolas zuerst vorsprach, war drauf und dran, ihn am Kragen zu packen und auf die Straße zu setzen.

„Aber guter Mann, ich habe natürlich vor, Euch angemessen zu bezahlen, wenn Ihr mir weiterhelfen könnt. Und es wird Euch kaum Zeit kosten, meine Idee wenigstens anzuhören. Ein Mann wie Ihr wird bestimmt auch im Nu eine hervorragende Lösung für mein Problem finden." Nikolas ließ seinen Geldbeutel verheißungsvoll klimpern. Dabei wurden die Augen des Mannes groß wie Kinderaugen, doch lag in ihnen bereits die Gier des Alters.

„Was, habt Ihr gesagt, wollt Ihr bauen? Einen Kompass?"

„Nein, den Kompass habe ich schon. Ich möchte ihn nur anders aufhängen, damit er in alle Richtungen beweglich ist und das Schwanken eines Schiffes abfangen kann."

„Aufhängen sagt Ihr?"

Nikolas merkte, dass der Mann seiner Idee nicht folgen konnte. Er rollte seine Skizzen aus und hoffte, dass der Böttcher mithilfe der Bilder nun verstehen würde, worum es ihm ging. Doch nachdem der Handwerker fünfzehn Minuten später erneut fragte, wie er sich das vorstellen würde, dass dieses Kompass-Ding sich in alle Richtungen dreht, gab Nikolas auf.

„Nun, ich sehe, dass Ihr mir nicht weiterhelfen könnt. Ich danke Euch." Damit wollte Nikolas die Werkstatt verlassen.

„He, und was ist mit meiner Bezahlung?"

„Bezahlung bei Lieferung. Aber vielleicht könnt Ihr mir ein Stück Eurer Beschläge geben."

„Ich habe Euch hier meine Zeit geopfert und meine Arbeit liegen lassen, weil Ihr mir Geld angeboten habt."

„Aber nur bei entsprechendem Gegenwert. Wie steht es mit dem Eisen, oder was verwendet Ihr?"

„Das ist das beste Eisen, das Ihr finden könnt und dafür müsstet Ihr schon zwei Schillinge herausrücken."

„Ich brauche nicht viel. Ich bin bereit, Euch zwei Pfennige zu geben und Ihr gebt mit dafür, was Ihr entbehren könnt."

„Pah, für zwei Pfennige bekommt Ihr gerade mal dieses Stückchen von mir. Ich lasse mich doch nicht für dumm verkaufen." Dabei nahm der Böttcher ein fingergroßes rostiges Stück Eisen von einem Metallhaufen. „Aber erst möchte ich das Geld sehen. Ich trau Euch nicht, das sage ich Euch frei heraus."

„Da haben wir ja etwas gemeinsam", sagte Nikolas und kramte zwei Pfennige aus seinem Lederbeutel.

Er suchte noch zwei Schmiede auf, die ihm aber auch nicht weiterhelfen konnten, ihm jedoch Stücke der Metalle, die sie für Nägel, Hufeisen und Waffen verwendeten, verkauften.

Dann spazierte er den Burstah entlang zur Mühlenbrücke und bestaunte die bunten Fassaden, die fleißige Handwerker im Auftrag reicher Bürger erneuert hatten. Am Hahntrapp kaufte er sich ein halbes gebratenes Hühnchen, bevor er sich zum Alstersee aufmachte, wo er sich in den Schatten eines Baumes setzte und aß, während er über die in der Abendsonne glitzernde Wasserfläche schaute. Der Wind trug den beißenden Gestank von den Gerbern herüber. Der Geruch seiner Kindheit.

Als er fertig gegessen hatte, ging er in der kühler werdenden Abendluft den Damm bei den Wassermühlen entlang und an St. Johannis vorbei zur St. Nikolai-Schule. Er stand auf der anderen Straßenseite und betrachtete die von Efeu überwucherte Steinmauer, die den Hof der Schule umgab, als sich die kleine Pforte öffnete. Ein gebeugter alter Mann kam heraus, streifte ihn kurz mit einem Blick und schlurfte dann auf der Straße davon. Nikolas trat in den Häuserschatten zurück und sein Herz schlug ihm bis zum Hals. Er hatte gerade Magister Deubel gesehen. Der Magister war zwar noch hagerer geworden und sein Haar fast weiß, doch dieser verbissene abschätzige Blick ließ Nikolas keine Zweifel. Nach dieser ungemütlichen Begegnung eilte er rasch durch die kleinen Gassen zurück zum Hafen.

Wieder auf der Cecilia musste Nikolas feststellen, dass alle Metalle, die er erstanden hatte, die Kompassnadel mehr oder weniger ablenkten und damit ungeeignet waren, um daraus die Aufhängung zu bauen. So entschloss er sich, am nächsten Tag zu einem Tischler zu gehen und dort sein Glück zu versuchen.

„Ihr braucht also zwei Ringe, die mit Achsen ineinander gehängt werden", stellte der schlanke Mann fest und schaute Nikolas mit wachen Augen an.

„Genau", antwortete der überrascht. „Meint Ihr, Ihr könntet so etwas bauen, das stabil genug ist, um es auf einem Schiff auch bei rauen Wetterverhältnissen zu nutzen?"

„Ich denke, das könnte ich. Wie groß soll diese Aufhängung denn werden?"

„Etwa anderthalb Fuß in jede Richtung. Ich werde Euch den Kompass so schnell wie möglich vorbeibringen. Wie lange werdet Ihr brauchen?"

Nikolas war sehr aufgeregt und winkte schnell ab, als der Tischler ihn darauf aufmerksam machte, dass es nicht billig werden würde. Der Mann veranschlagte eine halbe Woche, und nach einer kleinen Anzahlung machte sich Nikolas wieder auf zum Hafen.

Das Entladen der Cecilia am nächsten Tag ging Nikolas so leicht von der Hand wie nie. Derek hatte mit Bens Hilfe einen guten Preis für all das Getreide, Wachs, Tuch und die Gewürze aushandeln können und nun waren sie dabei, alles unter den wachsamen Augen der Händler in die bereitstehenden Schuten zu laden, die die Waren dann zu den Kontoren an den Fleeten bringen würden. Es dauerte den ganzen Tag und man konnte beinahe zusehen, wie sich die Cecilia ob des Leichterwerdens aus dem Wasser hob.

Als es am Abend ruhiger am Hafen wurde, fanden sie sich unter Deck an dem Holztisch ein, auf dem Derek bereits die Münzen in mehrere Stapel aufgeteilt hatte. Die, die schwere Verletzungen während ihrer Kämpfe erlitten hatten, bekamen entsprechend mehr, und auch Derek hatte sich als Kapitän einige Münzen zusätzlich zugesprochen. So rücksichtslos sie bei Angriffen auch vorgingen, so gerecht waren sie untereinander, und sie alle zogen an dem Abend gut gelaunt und mit prall gefüllten Geldbeuteln in die Stadt, um ihren Vergnügungen nachzugehen. Nur Jan war nicht an Bord erschienen, um seinen Anteil abzuholen.

In der Stadt kauften sie sich erst einmal etwas zu essen und versumpften dann beim Würfeln in einer Spelunke. Sie

becherten die ganze Nacht, und Nikolas verschlief anschlie-
ßend den halben Tag.

17

Mathi

$\mathcal{N}$ikolas vertrug diese durchzechten Nächte besser als Klaas und Pitt, und während die beiden sich noch ihre brummenden Schädel hielten, machte Nikolas sich auf zu dem Tischler, um den Kompass abzuliefern.

Danach traf er die anderen im Badehaus, wo sie sich den Schmutz der letzten Monate abwuschen, sich rasieren und die verfilzten Haare kurz schneiden ließen. Ihre alte löchrige Kleidung blieb zurück und sie zogen stattdessen ihr letztes Paar saubere Hosen und Hemden an. In den nächsten Tagen würden sie noch genug Zeit haben, sich neue Gewänder zuzulegen.

Zum Mittagessen gingen sie zum Schweinemarkt am Dammtor, und danach nahmen sie ein paar Schenken am Hopfenmarkt mit, da Pitt behauptete, dass das beste Mittel gegen einen Kater sei, einfach weiterzutrinken. Als sie schon einige Liter Bier intus hatten, überkam sie der Übermut. Sie zogen über die Trostbrücke in Richtung Fronerei und betraten schließlich das Eimbecksche Haus.

Es war ein ziemliches Risiko, denn das Eimbecksche Haus beherbergte neben der Trinkstube auch die Ratsversammlung und war ein beliebtes Gesellschaftshaus der gehobeneren Bürgerschaft Hamburgs. Doch die drei Freunde machten sich einen Spaß daraus, zwischen all diesen angesehenen Herrschaften zu sitzen, die sie, hätten sie gewusst, wer sie waren, gleich an den Galgen gebracht hätten. Doch da sie im Moment so gepflegt aussahen, fielen sie nicht unangenehm auf. Und weil zu dieser späten Stunde auch die feineren Herren schon einiges an Wein genossen hatten, waren sie nicht gerade in unpassender Gesellschaft.

„Da sag noch mal einer, die Pfeffersäcke hätten bessere Manieren", brummte Pitt schwerfällig, als ein fetter Mann mit hochrotem Kopf und einem feisten Grinsen der Frau des Wirtes, die ihm gerade einen weiteren Krug schweren Rotwein gebracht hatte, in den Hintern kniff.

„Was darf ich Euch bringen?", sprach sie ein recht erhaben wirkender Mann an, der die Nase für Nikolas' Geschmack ein wenig zu hoch trug.

„Amici mei et ego prehendemus tres urnae de vestrum vino optimo", sagte Nikolas mit fester Stimme, doch er konnte das Lachen nicht lange unterdrücken, denn der Mann starrte ihn so verständnislos an, dass er seinen Verdacht bestätigt wusste.

„Wie bitte?", fragte der Mann errötend.

„Ich dachte, das wäre hier ein Haus gehobener Gesellschaft und man würde Latein sprechen. Entschuldigt!", antwortete Nikolas, als er sich wieder etwas beruhigt hatte.

„Wir nehmen drei Krüge von Eurem besten Wein", sagte schließlich Klaas.

„Na so was, ich dachte, du kannst kein Latein", grinste Nikolas ihn an, als sich der Schankwirt entfernt hatte.

„Kann ich auch nicht, aber wenn es um etwas zu trinken geht, versteh ich das in jeder Sprache."

Sie amüsierten sich noch lange über die geschniegelten Herrschaften, die sich unter ihresgleichen wie die letzten

Tiere benahmen, wo sie doch sonst immer so fein taten. Scheinbar hielten sie es für undenkbar, dass sich ein paar Gesetzlose unter sie gemischt hatten und sie sich selbst der Lächerlichkeit preisgaben.

Nikolas spürte, wie der Wein seine Muskeln lähmte und eine wohlige Wärme sich in seinem Nacken ausbreitete. Alles schien heute Nacht möglich, und so zogen sie weiter in der lauen Sommernacht.

In einer kleinen Twiete stolperten sie mehr zufällig als geplant in eine gemütliche Schenke, in der es ebenfalls voll war, und dennoch herrschte hier eine beinahe anständigere Stimmung als im Eimbeckschen Haus.

„Drei Bier für mich und meine Freunde", rief Pitt dem Wirt zu.

„Wo sind denn die Weiber? Ich bekomme langsam Lust auf eine andere Beschäftigung", fragte Nikolas großspurig.

„Du kriegst doch sowieso keinen mehr hoch", ärgerte Klaas ihn.

„Ich kann immer!", prahlte Nikolas.

Sie setzten sich an den einzigen freien Tisch in der Mitte des Schankraums und ein junger Bursche, ungefähr in Nikolas' Alter, brachte ihnen ihre Getränke. Es dauerte nicht lange, da gesellten sich drei weitere Männer zu ihnen und forderten sie zu einem Kartenspiel heraus. Übermütig schlugen sie ein, doch Nikolas musste schnell feststellen, dass der Alkohol seine Aufmerksamkeit schon derart beeinträchtigte, dass er ein paar dumme Fehler machte und die ersten Runden nur verlor.

Er versuchte, sich zusammenzureißen, und stierte in höchster Konzentration auf seine Karten, als jemand seinen Rücken streifte. Ungehalten ob dieser Ablenkung wandte er sich um und wollte dem Störenfried seine Meinung sagen, als er einen braunen geflochtenen Haarzopf vor sich baumeln sah. Als hätte seine Hand einen eigenen Willen bekommen, grapschte er kräftig an den wohlgeformten Hintern, der sich unter einem schlichten Leinenkleid abzeichnete.

Das Mädchen blieb stehen, ohne sich umzublicken.

„He meine Holde, setz dich zu mir. Hier auf meinem Schoß ist noch Platz." Nikolas zog an dem Zopf vor seiner Nase wie am Klöppel einer Turmglocke und grinste seinen Freunden zu.

„Das reicht. Darf ich mal?" Das Mädchen stellte sechs leere Krüge auf dem Nebentisch ab und drehte sich um, um ihn lieblich anzulächeln.

„Na bitte, hier ist ja doch ein leichtes Mädchen und sogar das hübscheste, das ich bisher in Hamburg gesehen habe."

Klaas und Pitt lachten, doch die anderen Männer an ihrem Tisch wurden ziemlich still.

„Was hast du gerade gesagt?", fragte das Mädchen, weiterhin süß lächelnd.

„Ich sagte, auf so etwas wie dich habe ich gewartet, um sich ein wenig im Bett zu balgen."

Nikolas wusste nicht, wie ihm geschehen war, als er sich rücklings auf dem Boden wiederfand. Er starrte einen Holzbalken an der Decke an und langsam spürte er den pochenden Schmerz in seinem Kiefer, genau dort, wo ihn gerade die Faust des Mädchens getroffen hatte.

„Mathi! Nicht schon wieder. Du vergraulst mir noch die Gäste."

„Er hatte doch darum gebeten, sich zu balgen", antwortete das Mädchen.

Nikolas hob benommen den Kopf. Ein großer breitschultriger Mann schob sich zu ihm durch, stellte den Stuhl wieder hin, von dem er gerade geflogen war, und reichte ihm die Hand. „Es tut mir leid, mein Freund, aber sie reagiert da etwas empfindlich, wenn ihr etwas nicht passt."

Nikolas hielt sich das Kinn und setzte sich wieder. Irgendwie kam ihm die Situation bekannt vor.

„Darf ich Euch noch ein Bier bringen, es geht aufs Haus", lächelte der Wirt freundlich.

Nikolas nickte abwesend und starrte das Mädchen an, das ihn immer noch kampflustig anfunkelte. Sie nahm ihre Bierkrüge auf und wurde vom Wirt unter Geflüster weggeschoben.

„Das war ein Anblick, den ich mein Lebtag nicht vergessen werde. Nikolas, unser großer Kämpfer, wird von einem kleinen Mädchen umgehauen", prustete Klaas los.

„Aber du musst zugeben, es war kein schlechter Kinnhaken." Pitt schlug seinem Freund auf den Rücken. „Da muss man schon einiges aushalten, wenn man die für sich gewinnen will. Und wie es scheint, bist du nicht der Richtige."

„Ach was, sie hat mich bloß überrascht", murrte Nikolas, doch er wusste, dass das nicht stimmte. Dieses Mädchen mit dem Jungennamen hatte einen verdammt guten Schlag drauf.

„Mach dir nichts draus. Die hat schon viele aus den Latschen gehauen", schmunzelte einer ihrer Mitspieler.

„So?", fragte Nikolas finster.

„Sie ist die Tochter des Wirts."

„Ja und?"

„Nun, der Wirt ist Eberhart ‚Der Eber' Buring. Er war vor zwanzig Jahren ein bekannter Faustkämpfer und hat auch seine Tochter im Faustkampf unterrichtet. Es ist also keine Schande, von ihr auf die Bretter geschickt zu werden."

„Aber sie ist ein Mädchen", brummte Nikolas.

Der andere sah ihn nur achselzuckend an. „Klar, jeder von uns würde sich lieber mit ihr wegen anderer Dinge auf dem Boden wälzen. Aber wenn nicht sie dich umhaut, der Alte tut's bestimmt."

Sie spielten noch einige Zeit weiter und genehmigten sich eine weitere Runde Bier, doch Nikolas war nicht mehr bei der Sache und verlor weiter Partie um Partie. Sein einziges Glück war, dass er dank seiner Unaufmerksamkeit keine unüberlegt hohen Einsätze machte. Stattdessen beobachtete er verstohlen, wie Mathi andere Gäste bediente.

Sie fiel einem nicht sofort auf, doch wenn man sie einmal bemerkt hatte, fragte man sich, warum dieses hübsche Mädchen mit den haselnussbraunen Augen, der kleinen runden Nase, die mal gebrochen, doch professionell wieder gerichtet worden war, und den wohlgerundeten Kurven, nicht schon eher Aufmerksamkeit erregt hatte. Nikolas hoffte, sie würde noch einmal an ihrem Tisch vorbeikommen, aber sie blickte noch nicht einmal in seine Richtung. Stattdessen wurden sie und die Tische um sie herum von diesem schlaksigen Burschen bedient.

„Ich fordere eine Revanche. Morgen Abend wieder hier?", fragte Pitt, der ebenfalls nicht gerade wenig verloren hatte.

Die Männer stimmten erfreut zu.

„Was sagst du dazu?", knuffte Pitt Nikolas auf die Schulter.

„Was?"

„Morgen wieder hier? Dann holen wir uns unser Geld zurück."

„Auf jeden Fall. Hier. Gute Idee. Und morgen werden wir weniger trinken, dann wird man uns nicht so schnell umhauen."

„Du meinst abziehen."

„Auch das."

Für Klaas und Pitt war es nicht zu übersehen, dass ihr junger Freund nicht nur wegen des verlorenen Einsatzes in diese Schenke zurückkommen würde.

Nikolas schlief unruhig. Er träumte von fliegenden Äpfeln, die ihn auslachten und erwachte, gerade als ihn ein Apfel am Kopf traf.

Er stand zeitig auf und verschwand in der Stadt. Nachdem er eine Weile ziellos umhergestreift war, suchte er schließlich die kleine Twiete, in der der Wilde Eber lag, auf. Er fand sie nicht auf Anhieb, dafür war er gestern Nacht zu betrunken gewesen, doch endlich sah er das verwitterte Holzschild mit dem Bild des Wildschweins auf grünem Grund. Entschlossen schritt er die enge Gasse entlang und dann genauso entschlossen an der Tür zum Wilden Eber vorbei.

Er stand eine Weile gedankenverloren am anderen Ende der Twiete und ein zunehmender Menschenstrom schob sich an ihm vorbei. Plötzlich löste sich eine Gestalt in einem Leinenkleid und blauer Kittelschürze aus der Menge und bog in eben jene Gasse ein, in der Nikolas stand. Sie trug einen großen Weidenkorb, in dem unter einem Tuch ihre Einkäufe verstaut waren. Da das Gässchen so schmal war, dass sie nicht einfach an ihm vorbeilaufen konnte, sprach sie ihn an und im selben Moment erkannte sie ihn. „Was wollt Ihr denn hier? Habt Ihr immer noch nicht genug?"

Nikolas' Herz klopfte hoch erfreut über diesen unverhofften Anblick, doch kaum hatte sie zu Ende gesprochen, da klopfte auch das verletzte Ego in seiner Brust.

„Das habe ich nicht. Ihr habt mich gestern in schlechter Verfassung erwischt."

Sie war weitergegangen und antwortete ihm über die Schulter. „Das sagen sie alle."

Nikolas folgte ihr bis zur Tür. Sie drehte sich um und sah ihm direkt in die Augen, sodass er verdutzt stehen blieb. „Und was jetzt? Wollt Ihr Euch mit mir schlagen?"

„Nein, ich schlage keine Frauen", erwiderte er.

„Das sagen sie auch alle, und hinter verschlossenen Türen prügeln sie ihre Frauen grün und blau."

Sie öffnete die Tür und ging hinein. Nikolas folgte ihr. Sie durchquerten den Schankraum und betraten hinter der Theke die kleine Küche, wo sie ihren Korb auf einem Holztisch abstellte.

„Ich habe keine Frau und ich würde sie auch nicht schlagen."

„Wie wollt Ihr das wissen, wenn Ihr keine habt?"

Mathi räumte Butter und Milch in ein Steinfach unter dem kleinen Fenster, durch das man in den Hinterhof schauen konnte. Dann stellte sie einen kleinen Sack Mehl in ein Regal und füllte Obst und Gemüse in eine Schale.

„Ich nehme an, dass Ihr bisher nur mit Huren zu tun hattet. Mit Frauen, die sich für ein paar Pfennige so lieb und willig geben, dass man meinen könnte, sie seien Engel auf Erden. Doch glaubt Ihr, auch nur eine von ihnen wäre so umgänglich, wenn sie nicht die entsprechende Gegenleistung erhalten würde?"

Nikolas wusste nicht, was er darauf erwidern sollte.

Mathi ging durch eine weitere Tür und Nikolas folgte ihr grimmig. Sie schritt über den Hof zu einem Brunnen, der von den Bewohnern aller angrenzenden Häuser genutzt wurde. Ein paar Hühner scharrten im Dreck, an der Rückwand der Schenke war ein kleiner Holzverschlag, aus dem es blökte, und an einem Querbalken hing ein großer Sack, unter dem ein kleiner Haufen Sand lag.

„Dabei steht es jeder Frau zu, ihre eigene Meinung zu haben und auch den Respekt zu erwarten, der ihr gebührt. Doch stattdessen nehmen es sich die ach so feinen und besseren Herren heraus, sie wie ihr Eigentum zu behandeln und auch bei dem nur kleinsten Fehlverhalten die Fäuste sprechen zu lassen. Als hätten sie keinen Mund, mit dem sie vernünftig ihr Anliegen vorbringen können." Mathi hatte zwei Eimer Wasser geschöpft und trug sie nun hinüber zu dem Holzverschlag.

Nikolas wollte ihr helfen, doch sie warf ihm einen Blick zu, der ihm gleich wieder in Erinnerung rief, was für einen ungezogenen Wildfang er vor sich hatte.

„Ihr scheint auch kein Freund vieler Worte zu sein." Sie stellte die Eimer ab und öffnete den Verschlag. „Und Ihr scheint einer dieser Männer zu sein, die meinen, mit Frauen machen zu können, was sie wollen."

„Das ist nicht wahr", protestierte Nikolas, doch sie ignorierte ihn.

Mathi betrat den Stall und goss das Wasser in einen Trog. Drinnen standen vier Schafe, die vor einigen Wochen zum zweiten Mal in diesem Jahr geschoren worden waren. Dann schüttete sie jedem eine Hand voll Hafer hin und band sie fest. Sie holte einen Schemel vom Hof und begann damit, das erste Schaf zu melken. Nikolas sah ihr eine Weile zu. Eine Entschuldigung lag ihm auf der Zunge, doch er brachte sie nicht über die Lippen. Stattdessen nahm er sich den zweiten Eimer, mit dem sie vorhin Wasser geholt hatte, und begann ebenfalls zu melken. Obwohl sie schon seit Jahren keine Ziegen mehr an Bord mit sich führten, hatte er das Melken nicht verlernt. Sie sprachen kein Wort, doch er merkte, wie Mathi ihn aus dem Augenwinkel beobachtete.

Sie bedankte sich, als sie fertig waren, und Nikolas glaubte, den Anflug eines Lächelns zu erkennen.

„Wo habt Ihr gelernt, zu melken?"

„Ich habe als Schiffsjunge die Ziegen an Bord versorgen müssen."

„Als Schiffsjunge? Seid Ihr das immer noch?" Da war es wieder, dieses kleine Lächeln.

„So was in der Art. Aber wir haben keine Ziegen mehr dabei."

Mathi hatte eine Luke, die unter der Schenke in ein Gewölbe führte, geöffnet und war mit den Eimern hinuntergestiegen. Nikolas stand etwas verloren da, als sie ihm aus der Dunkelheit zurief: „Wollt Ihr mir nun helfen oder nicht?"

Überrascht ging er ebenfalls die Stufen hinab. Mathi hatte eine Fackel, die in einem Wandhalter steckte, angezündet und wartete mit einer Kerze in der Hand auf ihn. Der Raum war so niedrig, dass sie nur gebückt stehen konnten. Auf dem Boden lagen kreuz und quer Bohlen, denn darunter breiteten sich überall große Pfützen aus. Das Grundwasser in Hamburg stand zu hoch, um tiefe Kellergewölbe bauen zu können, und selbst in dieses flache Gewölbe drang während der Flut Wasser ein. An den Wänden stapelten sich etliche Bierfässer und daneben noch mal so viele Weinfässer, ebenfalls auf Planken gestellt.

Eine kleine Tür führte in einen weiteren Raum. Als er ihn mit Mathi betrat, schlug Nikolas ein eisiger Hauch entgegen und ein Schauer lief ihm über den Rücken. Im Schein der Kerze sah er, dass sich auch bei Mathi die feinen Haare auf ihren Unterarmen aufgestellt hatten. In dem zweiten Kellergewölbe waren Regale verteilt, so viele, dass der Raum einem kleinen Labyrinth glich. Auf schmalen Brettern lagen unzählige kleine und größere Käselaibe, die unterschiedliche

Färbungen aufwiesen, von milchigem Weiß bis hin zu kräftigem Gelb. In einem Gestell stapelten sich runde Holzformen. Mathi füllte die Milch in einen sauberen Eimer, gab etwas Molke hinzu und deckte alles mit einem Tuch ab.

„Wer macht all den Käse?", fragte Nikolas.

„Ich. Wenn genügen Laibe reif sind, verkaufe ich die meisten auf dem Markt." Sie ging wieder hinaus in den ersten Raum. „Wir brauchen zwei Fässer Bier und ein Fass Wein." Dabei legte sie zwei Bohlen über die Treppenstufen, sodass sie eine Rampe bildeten.

Sie rollten zusammen die Fässer hoch in den Hof und durch die Küche hinter die Theke. Dann entfachte sie ein Feuer im Küchenofen. Sie stand gerade wieder auf, die Nase rußgeschwärzt, als Eberhart ‚Der Eber' Buring eintrat. Er sah die beiden mit festem Blick an.

„Was ist hier los?"

„Keine Sorge. Mit dem werd ich schon alleine fertig", gab sie trotzig zurück und ging dann in den Schankraum.

Die ersten Gäste kamen für ein frühes Mittagessen und auch der schlaksige Bursche, der sie gestern bedient hatte, erschien zur Arbeit. Er hieß Frank und kümmerte sich um den Braten, den sie den Gästen servieren wollten.

Auch Mathi hatte jetzt viel zu tun und verschwand immer wieder in der Küche, um mit den Bestellungen beladen wieder herauszukommen. Sie balancierte geschickt mehrere Teller in einer Hand und drei Bierkrüge in der anderen Hand. Der Wirt stand hinter der Theke und schenkte andere Getränke aus.

Nikolas hatte sich in eine Ecke gesetzt und sich auch etwas von dem Braten bestellt. Dazu ein Dünnbier, denn er wollte einen klaren Kopf behalten. Die Gäste kamen und gingen, doch zu seinem Leidwesen waren immer so viele da, dass Mathi ihn kaum beachtete. Er saß den ganzen Tag dort und ging nur hinaus, um sein Wasser abzuschlagen. Mathi unterhielt sich hin und wieder mit dem Wirt und beide sahen ihn eine Weile an, doch keiner von ihnen kam herüber.

Als es draußen langsam dunkel wurde, gesellten sich Klaas und Pitt und kurz darauf auch der Rest ihrer Glücksspielrunde zu ihm, sodass sie ihre Revanche eröffnen konnten. Leider bediente sie wieder nur der Bursche, während Mathi alle anderen Tische übernahm.

„Na, hast du dich den ganzen Tag hier herumgetrieben?", raunte ihm Klaas zu.

Nikolas nickte missmutig.

„So wie du dreinschaust, hast du in der Hinsicht keine Genugtuung bekommen?"

Nikolas schüttelte den Kopf.

„Na, vielleicht auch gut so. Wenn sie dich noch mal besiegt hätte, müssten wir die Kleine mit an Bord nehmen und dich hierlassen", frotzelte Pitt.

„Ich schlag mich doch nicht mit einer Frau. Schließlich habe ich einen Mund, um mein Anliegen vorzutragen. Und Frauen haben auch das Recht auf ihre eigene Meinung", zischte Nikolas zurück.

„Und da hast du sie also den ganzen Tag in Grund und Boden geplaudert, oder was? Die Kleine scheint dir ja ganz schön den Kopf verdreht zu haben, wenn du mich fragst."

„Sie hat mir höchstens den Hals ausgerenkt."

Nikolas konzentrierte sich jetzt auf das Spiel und das zahlte sich aus, denn er gewann ein ums andere Mal. Als er seinen und Pitts Verlust und noch ein wenig darüber hinaus zurückgeholt hatte, kapitulierten seine Gegenspieler, doch anstatt eine Schlägerei anzuzetteln, blieben sie fröhlich und nahmen ihre Einbuße als gerecht hin, zumal Nikolas die nächste Runde Bier ausgab. So saßen sie weiter beieinander und ließen den Abend feuchtfröhlich weitergehen.

Nikolas nutzte jede Gelegenheit, um nach Mathi Ausschau zu halten. Sie stand hinter der Theke und beobachtete die Gäste, ob auch alle bedient waren. Irgendwann trafen sich ihre Blicke und zum ersten Mal lachte sie ihn unumwunden an. Nikolas lächelte zurück und spürte, wie sein Herz einen Freudentanz aufführte. Doch der Moment dauerte nur kurz, denn an einem Tisch hinter einem Pfeiler verlangte ein Gast nach Bedienung. Mathi ging hinüber und Nikolas' Blick folgte ihr. Er betrachtete ihre schlanke Gestalt von Kopf bis Fuß. Ihr Busen war perfekt. Er hatte eine ansehnliche Größe, aber nicht zu groß. Ihr Bauch war flach und ihr Po wölbte sich fest unter ihrem Kleid. Ein paar Haarsträhnen hatten sich aus ihrem Zopf gelöst und umspielten ihr Gesicht. Sie hatte gerade die Bestellung aufgenommen und sich umgedreht, als eine Hand hinter dem Pfeiler hervorkam und sich ihr um die Taille legte.

Nikolas sprang so plötzlich auf, dass sein Stuhl gegen den hinter ihm Sitzenden schlug. Klaas und Pitt warfen dem Tischnachbarn einen warnenden Blick zu, sodass der sich kleinlaut wieder seinem Bier zuwandte. Mathi hatte sich aus dem Griff des Fremden gelöst und sagte gerade irgendetwas zu ihm, mit ihrem süßlichen Lächeln, während sich Nikolas mühte, zwischen Stühlen und Tischen zu ihr durchzukommen. Doch bevor er ihr zur Rettung eilen konnte, fiel der Mann hinter dem Pfeiler zu Boden, niedergestreckt von Mathis kräftigem Schwinger.

„Ha, habt ihr das gesehen? Der ist umgefallen wie ein nasser Sack!", lachte Nikolas auf und blickte seine Freunde an.

„Genau wie du gestern. Bist du jetzt zufrieden, dass es nicht nur dir so ergeht?", grinste ihn Pitt vielsagend an.

„Sie hat einfach nur einen unglaublichen Schlag drauf, das ist alles."

18

Unbekannte Gewässer

Am nächsten Tag war Nikolas wieder frühzeitig im Wilden Eber und fand Mathi bei den Schafen.

„Wo hast du eigentlich gelernt, so zuzuschlagen?", fragte er sie, als sie mit dem Melken fertig waren.

„Eberhart, der Wirt, hat es mir beigebracht."

„Du nennst ihn Eberhart?"

„Wie soll ich ihn sonst nennen?"

„Ich weiß nicht. Vater oder so."

„Er ist nicht mein Vater. Meine Mutter hat früher bei ihm gearbeitet, so wie ich heute. Und als sie mich bekommen hat, ließ sie mich bei ihm und ist abgehauen. Ich weiß nicht, wer mein Vater ist. Eberhart jedenfalls nicht." Sie sagte das so gleichgültig, dass es ihn beinahe umso mehr traf.

„Was ist mit deinen Eltern?", fragte sie.

„Beide tot. Warum haben sie dich Mathi genannt? Das ist doch kein Name für ein Mädchen." Nikolas hatte keine Lust, über sich zu reden. Er wollte mehr von ihr erfahren.

Sie lächelte, als ob sie wusste, was er vorhatte.

„Ich heiße Mathilda. Nur so wollten die anderen Gassenjungen nicht mit mir spielen."

Nikolas hob belustigt die Augenbrauen. „Wahrscheinlich hast du mit ein paar rechten Haken nachgeholfen."

Sie lachte.

Der Vormittag ging viel zu schnell vorbei. Er aß zu Mittag und blieb erneut für den Rest des Tages in der Schenke, aber diesmal setzte er sich an einen anderen Tisch, in der Hoffnung, endlich von Mathi bedient zu werden, doch wieder kam nur dieser Bursche Frank. Nikolas wechselte noch zweimal den Platz, doch es brachte nichts. Wenigstens bemerkte er erfreut, dass sie ihn diesmal ebenfalls ab und zu ansah.

„Das hab ich mir doch gedacht, dass wir dich hier finden", klopfte ihm Klaas auf die Schulter und er und Pitt setzten sich zu ihm.

An diesem Abend vergriff sich wieder jemand an Mathi, doch diesmal blieb Nikolas sitzen und freute sich darauf, wie sie diesem Flegel Manieren beibringen würde. Doch es geschah nichts. Mathi blieb in einigem Abstand zu dem Mann stehen und blickte ihn angewidert an. Er sprach zu ihr, bis der Wirt neben ihr auftauchte und schützend den Arm um sie legte. Nikolas reckte den Hals, um erkennen zu können, wer der Kerl war, dem sie keine reinhaute, obwohl er sie belästigte. Er sah einen eher älteren hohlwangigen Mann, der seine blonden Haare aus dem Gesicht gekämmt trug. Als junger Mann hatte er sicher nicht schlecht ausgesehen, doch nun zeichneten die ersten Falten seine arroganten Züge, und trotz seiner schlanken Figur wölbte sich ein Bauch unter seinem Wams. Dieses war reich verziert und auch das Hemd darunter wies feine Spitze an den Ärmelsäumen auf, was sich nur reiche Amts- und Handelsleute leisten konnten.

Schließlich setzte sich der Mann an einen Tisch und bestellte Wein. Während er trank, ließ er Mathi keine Sekunde aus den Augen, doch als sein Krug geleert war, verließ er die Schenke, ohne weiteres Aufsehen zu erregen.

Die nächsten Tage hatten Klaas und Pitt Wachdienst und so saß Nikolas abends alleine im Wilden Eber. Als sich die Schenke schon zu leeren begann, setzte sich Mathi mit zwei vollen Bierkrügen zu ihm.

„Wie geht's dir?", fragte sie ihn.

„Gut, und dir?"

Sie starrte eine Weile in den Schaum ihres Bieres, bevor sie ihm antwortete. „Warum denken Männer, wenn sie eine Frau wollen, dann können sie sie einfach so haben?"

Nikolas sah sie verdutzt an.

„Ich meine, ich hab dem Widerling schon mehr als deutlich zu verstehen gegeben, dass er sich sein Geld und seinen Namen sonst wohin stecken soll. Natürlich habe ich das nicht so gesagt, schließlich ist er der Vogt von Ritzebüttel, aber dennoch könnte er langsam aufhören, mich zu verfolgen."

„Du meinst den Kerl von gestern?"

„Das Schwein hat sich in den Kopf gesetzt, mich zu seiner Bettgespielin zu machen und will einfach nicht davon ablassen. Anscheinend hat er das auch schon bei meiner Mutter versucht."

„Dann zeig es ihm doch mit deinen schlagenden Argumenten."

Sie schnaubte verächtlich. „Das habe ich schon, bevor ich wusste, wer er war, und das war ein Fehler."

„Warum?"

„Weil das manche Männer erst recht reizt. Das weckt ihren Jagdinstinkt. Du bist ja auch so."

„Ich kann auch gehen." Nikolas stand auf.

„Bleib", bat sie ihn und fügte leise hinzu: „Erzähl mir vom Meer", und so setzte er sich wieder.

„Das Meer ist das Wunderschönste und das Grausamste, das ich je gesehen habe. Wenn die Sonne untergeht, schimmert es geheimnisvoll und wenn du in seine Tiefen blickst, um die Geheimnisse zu ergründen, dann musst du feststellen, dass es dir nur erlaubt, die Oberfläche anzuschauen, gerade so tief, wie der Rumpf deines Schiffes eintaucht. Den einen Tag ist es sanft und trägt dich untertänig dahin und den anderen Tag versucht es, dich zu verschlingen, und wenn es ihm nicht gelingt, so zeigt es dir so lange sein grimmiges Gesicht, bis du dich nach Land sehnst. Und dennoch zieht es jeden Seemann wieder hinaus, bis er sein feuchtes Grab in den Abgründen des Meeres findet."

Sie betrachtete ihn fasziniert. „Ich war noch nie am Meer. Manchmal gehe ich heimlich in der Alster schwimmen, dann lasse ich mich einfach treiben und stell mir vor, dass ich im Meer bin."

„Du kannst schwimmen?"

„Ja, du nicht?"

„Nein. Kaum einer der Seemänner auf unserem Schiff kann das."

„Was? Ich hätte gedacht, wenn man zur See fährt, wäre das so etwas wie die Voraussetzung, um überhaupt an Bord zu dürfen."

„Ein guter Seemann wird nie in die Verlegenheit kommen, schwimmen zu müssen."

„Das kann doch nicht sein. Wenn das Meer so grausam ist, wie du sagst, dann kann doch jeder, egal ob gut oder nicht, ins Wasser fallen."

„Aber selbst, wenn du schwimmen könntest, würde es dir in einem Sturm nichts nützen. Ich binde mich zum Beispiel immer am Mast fest, wenn es stürmt."

„Und was, wenn du es nicht rechtzeitig schaffst oder das Seil reißt?"

Sie sprachen noch lange, bis auch der letzte Gast gegangen war und Eberhart die Stühle hochstellte.

Nikolas dachte über ihre Worte nach, als er zum Schiff ging. Der Spruch, den sie in der Höhle am Kap Arkona, in Stein gekratzt, gefunden hatten, kam ihm in den Sinn. Schwimmen zu können war vielleicht nicht sehr hilfreich, wenn man in einem Sturm ins Wasser fiel, doch um einen Schatz zu heben, der unter Wasser lag, umso mehr.

Er fand Mathi am nächsten Tag auf dem Markt, wo sie an einem kleinen Stand ihren Käse verkaufte. Es war schwierig, ein längeres Gespräch mit ihr zu führen, da ständig jemand etwas dazwischenfragte.

„Können sie nicht rechnen? Ein Laib kostet sieben Pfennige, dann kostet ein halber dreieinhalb", schnauzte er eine ältere Frau an, die zum wiederholten Male nach dem Preis fragte. Beleidigt zog sie von dannen.

„Du vergraulst meine Kunden. Wahrscheinlich kann sie wirklich nicht rechnen", sagte Mathi empört.

„Bringst du mir bei, wie man schwimmt?", fragte er sie unvermittelt. Sie überlegte kurz, wobei sie ihre Nase krauszog.

„Na gut, aber nur unter einer Bedingung. Anscheinend kannst du sehr gut rechnen und wohl auch lesen und schreiben, sonst wärst du eben wirklich vermessen gewesen, die arme Frau so anzuschnauzen. Ich bringe dir Schwimmen bei, wenn du mir Lesen und Schreiben beibringst."

Nikolas sah sie erstaunt an, doch schon oft war es ihm so gegangen, dass er es für selbstverständlich hielt, lesen und schreiben zu können.

„Wann fangen wir an?"

„Heute werde ich keine Zeit mehr haben. Wie wäre es mit morgen?"

„Abgemacht."

„Gut, morgen früh am Dammtor."

Als er am nächsten Morgen dort ankam, wartete sie schon auf ihn. Sie hatte sich einen leichten Mantel umgehängt, der sie in den kühlen Morgenstunden wärmte, und die Kapuze über den Kopf gezogen, damit man sie nicht sofort erkannte, denn es war nicht schicklich für ein junges Mädchen, sich alleine mit einem Mann zu treffen. Außerdem trug sie ein kleines Bündel auf ihrem Rücken.

Sie traten durch das Spitalertor und wanderten eine Weile auf der Straße in Richtung Papenhude. Auf dem Weg versuchte Mathi ihm schon einmal die Schwimmbewegungen vorzumachen, was ihn zum Lachen reizte. Empört sah sie ihn an und meinte nur, er würde schon sehen, wer lacht, wenn sie erst einmal im Wasser waren.

Nach einer knappen Meile verließ sie plötzlich den Weg und er folgte ihr über eine Wiese, aus der Heu für den kommenden Winter gemacht werden sollte. Doch noch stand das Gras hoch und Morgentau benetzte ihre Beine. Schließlich erreichten sie einige Bäume, zwischen denen dichtes Brombeergestrüpp wuchs, doch Mathi wusste, an welchen Stellen sie unbeschadet hindurchkamen. Ihr Weg führte sie nun leicht bergab, und als sie aus dem Schatten der Bäume traten, sah Nikolas, dass sie auf einer Böschung standen. Unter ihnen öffnete sich eine geschützte sandige Stelle, die nur von hier oben einsehbar war.

„Das ist meine Lieblingsstelle", verkündete Mathi stolz und stapfte den kleinen Abhang hinab. Die Sonne war höher gestiegen und begann sie zu wärmen. Dennoch warteten sie noch eine Stunde, bis die frühe Herbstsonne ihre ganze

Kraft entfaltet hatte. Unterdessen hatte Nikolas ihr das Alphabet mit einem Stöckchen in den Sand gezeichnet und sie hatte versucht, es ihm nachzumachen.

„Du hast schon einen guten Anfang gemacht, unser Abkommen zu erfüllen. Jetzt bin ich dran, sonst wird es zu spät." Sie stand auf und begann, ihr Kleid über der Brust aufzuschnüren.

Nikolas starrte sie an.

„Oh bitte, glaub bloß nicht, ich würde mich hier ganz vor dir ausziehen", sagte sie lachend, als sie seinen Blick bemerkte. „Du solltest auch deine Kleider ablegen, oder willst du in vollem Gewand ins Wasser? Das wird ziemlich schwer, wenn sich der Stoff vollgesogen hat", fuhr sie fort, als er sie weiter verwundert ansah.

Nikolas hatte das gar nicht bedacht, und als sie aus ihrem Leinenkleid stieg, zog auch Nikolas endlich Wams und Hemd aus. Sie watete bereits ins Wasser, als er sich seiner Schuhe und Hose entledigte. Er konnte immer noch nicht seine Augen von ihr lassen, denn sie hatte nur noch ihr Unterkleid an, dessen Ärmel er schon unter ihrem Oberkleid gesehen hatte.

Das Wasser reichte ihr bereits bis zum Bauchnabel und die Spitzen ihrer Haare berührten die Oberfläche, als er, nur noch bekleidet mit seiner Bruche, sich auch ins Nass begab. Es hatte eine angenehme Temperatur. Ohne weiter auf ihn zu warten, stürzte sich Mathi kopfüber in den Fluss und hinterließ schäumendes Wasser an der Stelle, wo sie gestanden hatte. Nikolas watete tiefer in den Strom hinein und spürte, wie der nasse Sand unter seinen Füßen zur Seite wich. Mathi tauchte mitten im Fluss wieder auf und lachte ihn an. Mit ein paar schnellen Zügen kam sie auf ihn zugeschwommen.

„Ein wenig weiter musst du schon noch kommen", rief sie, als sie wieder Grund unter den Füßen hatte. Er kam weiter auf sie zu und spürte ein leichtes Unbehagen, als ihm das Wasser bis zur Brust stand.

„Gut, so lange du noch nicht schwimmen kannst, bleibst du da, wo du noch stehen kannst. Das Erste, was du lernen musst, ist, dich vom Wasser tragen zu lassen."

Sie legte sich auf den Rücken. Ihre Haare schwebten wie Algen um ihren Kopf, und ihr dünnes Unterkleid trieb an die Oberfläche.

„Jetzt bist du dran", sagte sie.

Sie positionierte sich hinter ihm und griff ihm unter die Arme. „Na los, nimm die Beine hoch."

Nikolas tat, wie ihm geheißen. Sie hielt ihn, als hätte er kein Gewicht. Er spürte ihren warmen Körper an seinem Rücken.

„Und jetzt versuch dich hinzulegen."

Er streckte seinen Körper aus. Mathi ging hinter ihm in die Knie und seine Beine trieben an die Oberfläche.

„Wenn du einatmest, wirst du leichter, und wenn du ausatmest, gehst du unter. Merkst du das?"

Er versuchte es und spürte wie die Luft in seinen Lungen ihm Auftrieb gab. Er war so vertieft, dass er kaum merkte, dass Mathi nur noch seinen Kopf hielt. Doch als sie ihn ganz losließ, sackte er etwas tiefer ins Wasser und vor Schreck fing er an, um sich zu schlagen. Mathi packte ihn fest an den Armen.

„Stell dich hin! Knietief im Wasser und halb am Ersaufen. Das Wasser trägt dich doch, du Schaf. Probier es noch mal."

Er versuchte es und Mathi hielt ihn noch einmal fest. Als sie ihn schließlich wieder losließ, hielt er die Luft an und zwang sich, ruhig zu bleiben. Vorsichtig ließ er ein wenig Luft aus seinem Mund entweichen, bis er schließlich flach atmete. Dann bemerkte er, wie Mathi neben ihm trieb. Sie blickten eine Weile in den Himmel, sahen weiße Schleierwolken über sich hinwegziehen, und Nikolas spürte, wie er sich mehr und mehr entspannte.

„Du lernst schnell", lobte sie ihn. „Jetzt versuch dabei, die Arme wie Ruder im Wasser zu bewegen und mit den Beinen wie ein Frosch zu schwimmen."

Sie machte es ihm vor und er tat es ihr gleich. Unglaublich leicht glitt er durchs Wasser, bis er am flachen Ufer mit dem Hintern auf Grund stieß.

„Und jetzt das Ganze auf dem Bauch." Mathi zeigte es ihm und er sah wieder, wie ihre Kleider und die langen Haare ihren Körper umspielten.

Diesmal nahm er sich Zeit, diese Einblicke wahrzunehmen, doch sie war bald zu weit weg, als dass er hätte mehr sehen können. Er ahmte ihre Bewegungen nach, doch während sie elegant wie eine Nixe durchs Wasser glitt, fühlte er sich wie ein junger Hund, der unfreiwillig hineingefallen war. Wenigstens ging er nicht unter. Er versuchte es wieder und wieder und langsam bekam er ein Gefühl dafür, wie er Arme und Beine koordinieren musste.

Die Sonne zeigte die Mittagsstunde an und sie waren immer noch im Wasser. Nikolas' Hände waren schon ganz verschrumpelt und sein Magen knurrte, als Mathi wieder auf ihn zuschwamm. Die letzte halbe Stunde hatten sie geübt zu tauchen, und Nikolas war fasziniert von der friedlichen Stille, die diese Unterwasserwelt ihm bot.

„Ich glaube, für heute ist es genug. Ich sollte nicht zu lange fortbleiben." Mathi watete ans Ufer und als sie nur noch bis zu den Waden im Wasser stand, drehte sie sich halb um. „Kommst du mit?"

Nikolas war stehen geblieben und sein Blick klebte an ihrem Po wie der nasse Stoff ihres Unterkleides. Auch ihr Busen war kaum noch verborgen. Seine Lenden kribbelten und er tauchte schnell wieder ins Wasser ein.

„Ich bleib noch ein bisschen drin", log er und als sie die Böschung hinaufging, atmete er ein paar Mal tief aus und flüsterte Beschwörungen, um sich wieder abzuregen.

Mathi hatte ihr Bündel genommen und war zwischen den Bäumen verschwunden, um sich ihre trockenen Unterkleider anzuziehen.

Nikolas stand etwas unschlüssig da, denn er hatte keine trockenen Kleider mitgenommen. So zog er sich die Bruche aus, um einfach so in seine Beinkleider zu schlüpfen, doch als er gerade nackt aus dem Wasser stieg, sah er Mathi schmunzelnd am Abhang stehen.

Er sprang zu seiner Hose und mühte sich, sie schnell über seine nassen Beine zu ziehen. Als er endlich den Latz zuschnürte, blickte er zu Mathi auf, die ihn immer noch unverhohlen beobachtete.

„Was? Hast du noch nie einen nackten Mann gesehen?"

„Doch, aber noch nie einen, dem seine Männlichkeit so peinlich ist, du Schaf", lachte sie.

Während er sich fertig anzog, setzte sich Mathi auf ihren Mantel und zog ein Stück Brot, etwas Käse und eine Flasche Bier aus ihrem Bündel. Sie saßen schweigend nebeneinander und aßen hungrig ihre Wegzehrung, während die Sonne über ihnen bereits wieder tiefer sank. Der Wind rauschte in den Bäumen und ein paar Möwen zogen kreischend ihre Kreise.

Auch auf dem Rückweg sprachen sie nur wenig miteinander, und es war fast eine Erleichterung, als Nikolas ein bekanntes Gesicht um die Ecke biegen sah.

„He, wo warst du? Du hast deinen Anteil nicht abgeholt", sprach er Jan an, der ihn verschreckt anschaute. „Was ist passiert?"

Jan beäugte Mathi und zog Nikolas etwas zur Seite. „Ich hab eine neue Arbeit in Lübeck bekommen."

„Auf einem Schiff?"

„Nein. Als Koch bei einem Händler. Er reist nächste Woche zurück."

„Du kommst also nicht wieder mit uns?"

Jan schüttelte den Kopf. „Bitte verpetz mich nicht. Ich habe Sorge, dass sie mich als Verräter umbringen könnten."

„Keine Sorge. Ich werd dich vermissen." Sie umarmten sich zum Abschied und Jan eilte weiter. „Viel Glück", rief Nikolas ihm noch hinterher.

Nikolas begleitete Mathi bis zum Wilden Eber und sie verabredeten sich für den nächsten Tag, damit er ihr weiter Lesen und Schreiben beibringen konnte. Er war von sich selbst überrascht, als er seine Hände auf ihre Hüften legte, und noch mehr, dass sie es ihm nicht verwehrte. Sie schaute ihm in die Augen, lächelte, als hätte er ihr sein verliebtes Herz ausgeschüttet, doch dann schüttelte sie ihren Kopf. Er verstand, und so gab er ihr nur einen flüchtigen Kuss auf die Stirn.

Gedankenverloren ging er die Gasse entlang und bemerkte nicht, dass sie ihm nachschaute.

Nachdem Mathi aus der Sonntagsmesse zurück war, hatten sie sich an einen Tisch im leeren Schankraum des Wilden Ebers gesetzt. Draußen ging ein Gewitter nieder und alles, was nicht niet- und nagelfest war, wurde fortgespült. Die Fleetenkieker würden alle Hände voll zu tun haben, sobald der Regen nachließ.

Mathi schrieb auf eine Schiefertafel alltägliche Wörter wie Baum, Markt oder Haus, die Nikolas ihr diktierte. Das Alphabet hatte sie schnell gelernt, doch nun kam die Herausforderung, die Buchstaben zu einem Wort zusammenzufügen. Er hätte nicht gedacht, dass es so schwierig war, jemandem Lesen und Schreiben beizubringen. Doch er hatte die Geduld und Mathi den Willen und so kamen sie recht gut voran.

Er genoss ihre Nähe und nahm an, dass auch sie seine Gesellschaft mochte, und hätte er noch mehr Zeit mit ihr verbringen können, so wäre er vielleicht für immer geblieben. Doch seine Schiffsgefährten konnten es sich nicht leisten, den Winter über in Hamburg zu bleiben und so kam der endgültige Abschied viel zu schnell. Sie schüttelten sich höflich die Hand und wünschten einander Glück. Es war unwahrscheinlich, dass sie sich wiedersehen würden.

19

Victory

Am nächsten Tag holte er endlich seinen Kompass ab, der schon seit Tagen bereitgestanden hatte, und brachte ihn auf die Cecilia.

„Was soll das denn sein? Ein Karussell für Flöhe? Hoffst wohl, so das Ungeziefer loszuwerden, was?", fragte Gustav.

„Wenn irgendeiner von euch auch nur auf die Idee kommen sollte, dieses Flohkarussell anzurühren, dann könnt ihr was erleben." Nikolas war in einer miserablen Stimmung, obwohl die Aufhängung des Kompasses reibungslos funktionierte.

Der Himmel war immer noch wolkenverhangen, als sie stromabwärts segelten, und Nikolas saß mit einer ebenso trüben Laune im Ausguck und betrachtete resigniert die Landschaft. In Cuxhaven füllten sie ihren Proviant auf und wenig später schlossen sie sich wieder der Gundelinde an.

Diesmal blieb Nikolas zusammen mit Klaas und Pitt auf der Cecilia. Leider hatte er es nicht geschafft, seinen Schatz unter der losen Planke auf der Gundelinde heraufzuholen, denn immer war jemand mit ihm unter Deck, dem er nicht trauen konnte. Zu allem Überfluss stellte er auch schnell fest, dass die feuchte Meeresluft die feine Holzmechanik der

Aufhängung seines Kompasses hatte aufquellen lassen, was den Mechanismus komplett außer Kraft setzte.

Durch die doppelte Anzahl an Masten, Segeln und Tauen auf dem Zweimaster fielen auch doppelt so viel Reparaturarbeiten an, was ihm keine Zeit ließ, weiter über navigatorische Probleme nachzudenken. Die kleinere Gundelinde war schneller und wendiger und Manöver konnten rasch ausgeführt werden. Hier, auf der Cecilia, musste alles koordinierter ablaufen. Bis auf die Größe und eine um etwa fünfzig Lasten höhere Tragkraft war der Holk aber genauso gebaut wie ihre alte Kogge.

Wenigstens verliefen ihre Raubzüge ohne große Verletzungen, was freilich nur die eigenen Männer betraf. Sie verkauften oder tauschten ihre Beute mit Händlern, Bauern oder auch Schmugglern an einsamen Stränden, und als der Winter kam, gab Derek den Befehl, wieder Helgoland anzulaufen.

Nikolas war aufgeregt, da er hoffte, mehr über den Schatz und die Möglichkeit, ihn zu heben, herauszufinden. Doch als sie die kleine Bucht erreicht und die Hütten auf den Felsen für den Winter hergerichtet hatten, war es zu kalt, als dass Nikolas seine neu gewonnenen Schwimmfähigkeiten hätte ausprobieren können.

Die Stimmung verschlechterte sich rapide. Das Winterquartier, das Derek für sie ausgesucht hatte, war ganz und gar nicht nach ihrem Geschmack. Sie hatten zwar genügend Nahrung und auch Alkohol vorrätig, doch sie saßen tagein tagaus mürrisch in den maroden Hütten und langweilten sich. Ihnen fehlte die brodelnde Stimmung der Seemannkneipen und ohne Frage auch die Huren, die sie in diesen kalten Tagen normalerweise gewärmt hätten.

Sie hielten bis Februar durch und als die Schneefälle aufhörten und die Sonne wieder vom blassen und frostigen Himmel schien, verkündete Derek, dass sie diese verfluchte Insel verlassen würden. Keinen Tag zu früh, denn es hatten sich Fluchtpläne herumgesprochen, die beinhalteten, Derek auf dieser Insel erfrieren zu lassen.

Sie schafften all ihr Hab und Gut wieder auf die Schiffe und hielten sich diesmal nach Westen, an den Ostfriesischen Inseln vorbei bis nach Amsterdam. Amsterdam mit seinen Grachten erinnerte Nikolas stark an Hamburg und obwohl die Stadt eine der schönsten war, die er je gesehen hatte, war er doch froh, sie wieder zu verlassen, denn, so fand er, es lohnte sich nicht, in einer Stadt ohne Schenke wie der Wilde Eber zu verweilen.

Doch das Leben wurde auch an Bord nicht besser. Sie hatten für beide Schiffe fast ein Dutzend weitere Männer angeheuert und der Platz wurde langsam eng. Auf der Gundelinde mussten sie sich mittlerweile in Wechselschichten die Hängematten teilen.

Der Sommer wurde heiß und die Mannschaften waren gereizt und träge. Die Handelsschiffe, die an der holländischen Küste verkehrten, waren alle voll beladen, doch eben darum auch gut bewacht. Nach einigen verlustreichen Niederlagen beschränkten sie sich darauf, küstennahe Dörfer zu überfallen, was auch bedeutete, dass sie in diesen Gegenden nicht mehr an Land gehen konnten und wieder an Bord festsaßen.

Einen Vorteil hatten diese Überfälle jedoch, Nikolas hatte seine Seekarten detailliert um die holländische Küste erweitern können, bevor sie über die Straße von Dover nach England und wieder Richtung Norden segelten. Schon von Weitem hatte Nikolas die riesigen weißen Kreidefelsen aufragen und in der Nacht die Leuchtfeuer zweier Türme gesehen. Vor Dover hatten sie einige Schiffe entern können, die ihnen fette Beute einbrachten, und jetzt waren sie auf der Suche nach einem gemütlichen Winterquartier.

Fast überall, wo sie anlegten, gab es Klöster und Kirchen, die grau und ehrwürdig vor den grünen Hügeln des regnerischen Landes emporragten. Nikolas fühlte sich elendig klein und unbedeutend im Angesicht dieser unerschütterlichen Bauwerke, und doch zog es ihn, wann immer möglich, in die unbequemen hölzernen Bänke, die ihn so sehr an die St. Nikolai-Schule und den Messdienst erinnerten. Wäre er damals nicht fortgelaufen, dann wäre er jetzt vielleicht ein Scholasticus an einer Domschule oder gar auf dem Weg, ein Doktor zu sein und würde jetzt den Scholares sub jugo Lesen und Schreiben beibringen, so wie er es Mathi gelehrt hatte. Und wenn er sich überlegte, sein ganzes Leben weiterhin als Pirat über die Meere zu segeln, dann fühlte er sich leer und nutzlos. Wie vielen Armen und Kranken hatte er denn bisher geholfen?

Hoch im Norden, in Bishop's Lynn, zündete Nikolas eine Kerze in der Saint Margaret Kirche für seine Mutter an. Außer an ihren Namen konnte er sich an nichts von ihr erinnern. Doch fand er Frieden und Zuversicht bei dem Gedanken, dass es noch mehr im Leben gab, als Abenteuern nachzujagen.

In Bishop's Lynn entschlossen sie sich dann auch, den Winter dort zu verbringen. Es war nicht ganz nach ihrem Geschmack, denn die Einwohner waren alle erzkatholisch, und in der einzigen Schenke war um Schlag sechs Sperrstunde. Doch bisher war es überall, wo sie auf der Insel angelandet hatten, genauso gewesen, und die Chance, ein etwas amüsanteres Lager zu finden, schien sehr gering. So zahlten sie die Hafengebühr und stellten sich auf einen unspektakulären Winter ein. Doch schon nach einigen Tagen stellten sie fest, dass es nur einen Fußmarsch weiter einen kleinen Ort gab, wo sich ein Wirt über die Ausschankregeln hinwegsetzte und bis weit in die Nacht hinein geöffnet hatte.

Auch dieser kleine Lichtblick in der regnerischen Einsamkeit wurde bald zunichte gemacht. Anscheinend geschah dies alle paar Monate, denn es blieb natürlich nicht unbemerkt, wohin sich die Seemänner allabendlich zurückzogen, und so wurden regelmäßig Kontrollen durchgeführt.

An solch einem Abend hatte sich Nikolas schon so weit betrunken, dass er ohne große Überlegung einem hübschen Mädchen mit langem braunem Zopf zur Tür hinaus folgte. Das Mädchen, das sich als Libby vorgestellt hatte, wanderte auf einem unsichtbaren Pfad durch den Nebel zu einer Scheune und er trottete willfährig hinterdrein.

Sie stellte die kleine Laterne, die sie mitgeführt hatte, auf einer Kiste ab und streckte die Hand aus. Nikolas kramte drei Münzen aus seinem Lederbeutel, die sie in den Falten ihres Kleides verschwinden ließ, bevor sie sich auf einen Strohhaufen legte und ihre schneeweißen Beine entblößte. Nikolas starrte auf ihre Hände, mit denen sie langsam an ihren Schenkeln entlangstrich, bis sie kurz vor ihrem Schambereich innehielten.

„Du warst noch nie mit einer Frau zusammen", fragte Libby unvermittelt.

„Wie kommst du darauf?", fragte Nikolas.

„Du schaust so unschlüssig."

Nikolas war tatsächlich unschlüssig, und hätte sie ihn nicht durchschaut, so hätte er wahrscheinlich einen Rückzieher gemacht. Es war ja nicht so, dass er nicht wollte, ganz im Gegenteil. Doch dies war eine Angelegenheit, die er nicht aus Büchern lernen konnte, oder mit sich selbst durch Versuch und Irrtum herausbekam. Es brauchte hierfür zwei und er hatte es bisher nicht über sich bringen können, etwas zu tun, worin er keine Übung hatte. Und er hatte keine Übung bekommen können, weil er, noch bevor Mathi es ihm frei heraus sagte, immer das ungute Gefühl hatte, dass seine potenziellen Spielgefährtinnen seine Übungen nicht freiwillig mitmachen würden.

Doch dieses Mädchen mit dem braunen Zopf, das etwa in seinem Alter war und freundlich mit ihm über alltägliche Dinge gesprochen hatte, ließ seine Hemmungen fallen, und so band er seine Hose auf, bevor er sich selbst zurückhalten konnte.

Er legte sich auf sie, und sie führte ihn mit einer Hand, bis er in sie eindrang. Er war überrascht, als sie ihm auch weiterhin Anweisungen gab, doch nahm ihm dies auch seine Anspannung, denn so wusste er, ob und wie er es richtig machte.

„Langsam."

„Tut es dir weh?"

„Nein", kicherte sie. „Ich will nur auch etwas Spaß haben, bevor du fertig bist."

Nikolas bemühte sich, seine Bewegungen zu kontrollieren, und sie leitete ihn, indem sie ihre Hüften rhythmisch kreisen ließ. Sie hielt ihn nicht auf, als er heftiger wurde, und so rutschten sie mit jedem Stoß durch das Stroh und schoben es zu einem Haufen zusammen.

Draußen waren Stimmen zu hören und Fackeln wanderten wie von unsichtbaren Händen getragen durch den Nebel. Nikolas bäumte sich gerade auf, als jemand von außen gegen die verschlossene Tür klopfte.

Erschrocken trennten sie sich voneinander. Nikolas rollte sich auf den Rücken, um seine Hose zuzumachen, und ging dann auf die Tür zu. Er war nur wenige Schritte entfernt, als ein Fuß durch die Bretter krachte. Überrascht wich er zurück und stolperte gegen die Kiste, auf der die Laterne stand. Die Laterne fiel um und das verschüttete Öl zog eine brennende Spur, die schnell das ganze Stroh erfasste. Wäre Nikolas in der Lage gewesen, einen klaren Gedanken zu fassen, hätte er das Feuer im Keim erstickt. Doch er stand starr und völlig gedankenleer da und glotzte auf die aufzüngelnden Flammen.

Libby packte ihn am Arm und zerrte ihn zu einer Leiter, die auf den Heuboden führte. Staub wirbelte auf, als sie zur Luke im Giebel liefen, und ihre Fußspuren zeichneten sich dunkel in der grauen Schicht ab. Die Hitze in der kleinen Scheune wurde unerträglich und dicker Qualm stieg auf, wo die Flammen auf feuchtes Stroh stießen.

Sie konnten den Boden draußen kaum erkennen und so zögerten sie, ins Ungewisse zu springen. Doch als sie horten, wie Männer unten in die Scheune eindrangen und aufgeregt begannen, das Feuer zu löschen, nahm sie ihn an der Hand und sprang hinab.

Sie liefen in einem weiten Bogen um die sich schnell bildende Menschenmenge. Da sie nun keine Laterne mehr hatten und mit dem Schein der brennenden Hütte im Rücken und dem Nebel vor sich, sah Nikolas nur sehr wenig und verstauchte sich den Knöchel, als er unversehens in ein Kaninchenloch trat. Libby wartete nicht auf ihn und so stand er allein in der Dunkelheit mit schmerzendem Fußgelenk, während weit hinter ihm das Feuer auf die ganze Scheune übergegriffen hatte. Er wusste nicht, wo er war, und so blieb ihm nichts anderes übrig als wieder auf das Feuer zuzuhumpeln.

Kurz bevor er die Scheune zitternd erreichte, wurde er von Wachen aufgehalten, die ihn zu einer Gruppe Männer brachten, die bereits von weiteren Söldnern bewacht wurden.

Schließlich wurden sie nach einigen Meilen Fußmarsch in eine modrige Kerkerzelle gesperrt, wo Nikolas auch Klaas und Pitt antraf.

„Wir dachten, du wärst entkommen, schließlich bist du rechtzeitig mit dieser Dirne abgehauen", flüsterte Klaas.

„Was ist hier eigentlich los?", fragte Nikolas.

„Die Kirche lässt hier alle paar Monate die Leute hochnehmen, um zu zeigen, dass sie etwas gegen Verwahrlosung und Unzucht unternimmt", erklärte Klaas.

„Und was geschieht jetzt mit uns?"

„Wahrscheinlich wird man uns ein paar Tage hierbehalten und dann wieder laufen lassen. Doch die Vergebung der Sünden lassen sie sich gut bezahlen."

„Ich frag mich nur, welcher Trottel diese Hütte angesteckt hat", warf Pitt ein.

„Wieviel kostet es mich, wenn ich das beichte?", grinste Nikolas.

„Du warst das? Hat dir deine Mutter nie gesagt, du sollst es nicht zu heiß treiben?" Pitt schaute ihn mit großen Augen an.

Klaas sollte recht behalten, und nach ein paar Tagen wurden sie alle wieder frei gelassen. Den Rest des Winters ging Nikolas nach der Sperrstunde zu ihrem Schiff zurück, anstatt geheime Brauhäuser aufzusuchen.

Der Frühling kam spät, so hoch im Norden, und als sie ausliefen, blies der Wind unablässig von Süd-Ost, sodass ihnen nichts anderes übrigblieb, als noch weiter in den Norden zu segeln. Sie überfielen ein paar kleinere Händler, die Stockfisch geladen hatten, der ihnen ausreichend Proviant für die kommenden Wochen bot. Doch es war frustrierend, so sehr dem Wind ausgeliefert zu sein und kaum eine Möglichkeit zu haben, vor dem Wind zu kreuzen oder gar in die entgegengesetzte Richtung zu segeln.

Als der Wind sich endlich drehte, fuhren sie nach Osten, wo sie auf die norwegische Küste trafen. Da der Frühling spät und der folgende Winter schnell kam, war diese Saison sehr kurz und sie machten nur wenig Beute, die sie mit allerhand Schwierigkeiten in Bergen loswurden.

Sobald das Wetter es im nächsten Frühling erlaubte, segelten sie wieder nach Süden und setzten erneut zur englischen Küste über, und je weiter sie kamen, desto größer wurden die Handelsschiffe und desto wertvoller ihre Waren. Doch waren diese Schiffe auch wiederum besser bewacht und immer häufiger bekamen sie es mit starker Gegenwehr zu tun.

Nach jedem erfolgreichen Beutezug gab es abends ein großes Fest, entweder am Strand in einer geschützten Bucht oder an Bord auf dem Meer.

Sie hatten es geschafft, ein mittelgroßes Handelsschiff hochzunehmen, das wertvolle Erze geladen hatte und einen guten Gewinn versprach, und so war dieser Raubzug auch mit Übermut und viel Wein gefeiert worden.

Kleine Wolkenfetzen zogen über den tiefschwarzen Himmel, an dem die Sterne auf ihrem Lauf freundlich blinkten. Nikolas lag betäubt vom Alkohol auf dem Achterdeck und zählte Sternschnuppen. Der Mond hatte einen doppelten Hof und tauchte alles in sein silbrig kühles Licht.

Viele der Männer hatten es nicht einmal mehr in ihre Schlafquartiere geschafft und so lagen sie kreuz und quer an Deck, an Kisten gelehnt, oder auf der Treppe ausgestreckt. Auch die Nachtwachen hatte der Schlaf übermannt. Der letzte Kienspan an Deck brannte nieder und Nikolas' Augen wurden schwer. Er hörte die Wellen sanft gegen den Bug schlagen, den Wind in den Segeln und dachte, dass sie sie doch besser gerefft hätten, damit die Ankerkette nicht riss. Doch er konnte sich nicht bewegen und er wollte es auch gar nicht. Seine Arme und Beine lagen selbst schwer wie ein Anker auf den Planken.

Von ferne meinte er flüsternde Stimmen zu hören, die mit dem Wind herübergetragen wurden. Das Flattern der Segel wurde lauter und er rollte sich auf die Seite, um achtern zwischen den Pfosten der Reling hindurchzublicken. Er beobachtete das Schiff, das in einiger Entfernung von ihnen gerade seine Segel kürzte und auf dem stille Geschäftigkeit herrschte. Das Schiff kam direkt auf sie zu und plötzlich war Nikolas hellwach. Das war nicht möglich. Hatte sich bei der Gundelinde der Anker gelöst? Und dann traf es ihn wie ein Schlag. Das war nicht die Gundelinde, sondern ein vollbesetzter Dreimaster.

Als wäre der Alkohol komplett aus seinem Körper entwichen, sprang er behände auf. Er starrte über das Wasser und konnte im hellen Mondschein die goldenen Lettern am Bug des Schiffes sehen: ‚Victory'.

„Oh, scheun'n Schiet", stieß Nikolas hervor, als er sich umdrehte und noch zwei weitere kleinere und wendige Schiffe sah, die sie von den anderen Seiten her einkesselten. Sein Herz raste, als er zu der kleinen Glocke auf dem Achterdeck rannte.

„Wir werden angegriffen! Aufstehen! Wir werden angegriffen!", schrie Nikolas, während er wie von Sinnen den Schlegel der Glocke hin und her schwang, bis der abriss. Doch das hielt ihn nicht auf und er schlug nun von außen mit dem Klöppel gegen das Metall, bis sich eine Hand auf die Glocke legte.

„Hör mit dem Radau auf und hol deine Waffen." Hein nahm dem entgeisterten Nikolas den Schlegel aus der Hand.

Nikolas stolperte die Treppe unter Deck und fand sein Halfter mit dem Entermesser. Sein langes Messer steckte noch in der Scheide an seinem Gürtel und ein kleineres Messer hatte er in seinem Stiefel versteckt. Die Männer auf dem Holk und auf der Gundelinde waren in Gefechtsstellung gegangen und erwarteten die Angreifer mit gezückten Klingen. Für eine Flucht war es zu spät und so mussten sie sich dem Kampf stellen.

Nikolas schnallte seinen Gürtel enger, als er das erste Kampfgeschrei hörte. Zuerst traf sie eine Schar von Pfeilen, und Nikolas zog sich hinter den Mast zurück. Noch zweimal kamen diese Pfeilschauer, dann waren die Angreifer nah genug, um überzusetzen.

Ganze Horden von Soldaten unter englischer Flagge schwangen sich an Bord. Enterhaken und Planken verbanden die Schiffe miteinander und noch mehr Soldaten strömten herüber. Nikolas war in die Wanten geklettert und fing von hier aus den einen oder anderen Seilschwinger schon in dessen Flug ab. Schließlich sprang er auf eine Brückenplanke und stellte sich den vorstürmenden Soldaten überraschend in den Weg. Die ersten drei Angreifer konnte er ins Wasser drängen, doch dann musste er sich dem Kampf stellen. Es war ein Kampf, wie er ihn noch nie erlebt hatte. Es ging um

Leben oder Tod, denn die Soldaten waren nicht gekommen, um ihre Ladung zu stehlen.

Nikolas focht mit einem großen Mann auf der bebenden Planke. Er machte einen behänden Sprung über die Klinge des Angreifers, wobei das Brett derart in Schwingung geriet, dass sein Gegner für einen kurzen Moment sein Gleichgewicht verlor. Nikolas trat noch einmal auf das Brett, sodass der Soldat nun hilflos mit den Armen ruderte und seine Deckung völlig aufgab. Anstatt ihn zu erstechen, riss Nikolas ihm mit einem Tritt die Beine weg und auch dieser Soldat landete im Wasser.

Dann stürmte Nikolas auf das gegnerische Schiff, wo ihn sofort zwei weitere Soldaten in Empfang nahmen. Überall um ihn herum war Kampfgetümmel und die ersten Toten lagen schon auf den Decks beider Schiffe.

Sein Kampfarm wurde langsam schwer und seine Kontrahenten drängten ihn rückwärts, als er über einen toten Soldaten stolperte. Er sah für einen Augenblick in die leeren Augen, als ihm eine Klinge in die Hüfte fuhr. Er wehrte den nächsten Streich ab, der sein Herz treffen sollte, und ergriff mit seiner linken Hand das Schwert des gefallenen Soldaten und rammte es dem überraschten Angreifer tief in den Bauch. Er schaffte es gerade noch, sich zur Seite zu rollen, bevor der tödlich Getroffene blutspuckend vornüber kippte. Zum zweiten Mal in seinem Leben hatte er einen Menschen getötet, doch er hatte keine Zeit darüber nachzudenken, denn der nächste Angreifer preschte bereits heran, dem es nun um Rache für seinen Kameraden ging. Jedoch eben dieses Rachegefühl machte ihn blind vor Wut, sodass es nicht lange dauerte, bis der dritte Mann aus Nikolas' Hand den Tod empfing. Namenloses Entsetzen machte sich in ihm breit und ohne weiter zu überlegen, metzelte er nun alles nieder, was sich ihm in den Weg stellte. Kein Mann war ihm gewachsen und auch die Wunden, die er sich einfing, kümmerten ihn nicht, ja, er spürte sie noch nicht einmal. Erst als sich niemand mehr in seiner Nähe am Leben befand, löste sich der Druck in seinem Kopf und sein Verstand setzte wieder ein. Er schaute sich um. Der englische Dreimaster hatte nun ebenfalls seine Männer in den Kampf geschickt und in dem Getümmel konnte man kaum noch einen Fuß vor den anderen setzen.

Nikolas sah die Gundelinde, an deren Steuerbordseite ein Kriegsschiff angedockt hatte. Plötzlich fiel das Segel der Gundelinde und blähte sich im Wind. Die beiden Schiffe begannen sich Seite an Seite und immer schneller werdend vorwärtszubewegen - ein gleitender Paartanz auf der tiefschwarzen See im gleißenden Mondlicht, der von schauriger Kampfmusik begleitet wurde.

Verzweifeltes Geschrei hinter ihm ließ Nikolas aufblicken. Pitt hing mit einem Seil um den Hals am Mast und strampelte um sein Leben. Über ihm hatten sich zwei Soldaten in der Takelage festgesetzt und versuchten, die Piraten wie Rinder einzufangen und gleich an Ort und Stelle zu erhängen. Nikolas sprang zu einem Beil, das in einem Kantholz steckte, doch er rutschte in einer Blutlache aus. Er rappelte sich auf und mit einem Ruck riss er das Beil aus dem Holz. Pitt verließen die Kräfte und mit hervorquellenden Augen flehte er ihn stumm an. Nikolas zielte. Er spürte, wie ihm das Beil beim Werfen aus seinen Händen glitt, doch es traf sein Ziel und blieb im Mast stecken. Noch im Flug hatte es das Seil durchtrennt, an dem Pitt hing, der daraufhin krachend zu Boden fiel.

Nikolas schwang sich an einem Seil in die Takelage und landet wie eine Fliege im Spinnennetz neben den beiden

Soldaten, doch wer hier die Spinne war, sollte sich erst noch herausstellen. Wieder war das Überraschungsmoment auf seiner Seite und so schaffte er es, den ersten der beiden Soldaten schnell aus den Seilen zu schütteln. Der zweite zog sich nach oben zurück und schlug mit seinem Kurzschwert nach unten aus, bis er den Ausguck erreichte. Hier hatte er die günstigere Kampfposition, doch Nikolas gab nicht auf. Stück für Stück arbeitete er sich hinauf, bis er auf gleicher Höhe mit dem Feind war. Jeder hielt sich mit einer Hand an der flaggenlosen Spitze des Masts fest und versuchte, um den Mast herum den anderen zu erstechen. Hin und her gingen die Hiebe, doch irgendwann war Nikolas es endlich leid. Unverhofft schlug er dem Soldaten die Klinge auf die Hand, mit der jener sich festhielt und trennte ihm zwei Finger ab. Mit einem gellenden Schrei fiel der Soldat in die Tiefe.

Weit unten traf der Fallende einen Mann, dessen eine Hand ein spitzer Haken war. Ben bewegte sich nicht mehr. Nikolas kletterte wie der Wind die Takelage wieder hinab und zog den Soldaten, den er eben erst vom Mast gestoßen hatte, zur Seite. Ben lag bewusstlos da, doch sein Brustkorb hob und senkte sich. Sein rechtes Bein hatte sich in einer geborstenen Planke verhakt und durch das Gewicht des herunterstürzenden Mannes hatte sich der ganze Unterschenkel aus dem Knie gehebelt und Knochensplitter spießten durch seine blutgetränkte Hose.

Nikolas riss einen breiten Riemen von der Uniform des toten Soldaten und schlang ihn um Bens Oberschenkel, doch bevor er seinen alten Kapitän weiter versorgen konnte, traf ihn ein Schlag auf den Hinterkopf und benommen sackte er zusammen.

Als er wieder zu sich kam, lehnte er, die Hände auf dem Rücken gefesselt, an der Bordwand. Neben ihm lag Ben, immer noch bewusstlos. Die letzten noch lebenden Piraten wurden gerade wie Vieh zusammengetrieben und aneinandergebunden.

Schließlich kam der englische Admiral an Deck, der wie durch ein Wunder ganz unversehrt schien und dessen Federhut akkurat auf seinem Kopf saß, und schritt die Kette der Gefangenen entlang.

„Who is the captain of your damned crew?", fragte er mit lauter Stimme. Als ihm niemand antwortete, fragte er erneut „Your captain?"

Nikolas traute seinen Ohren kaum, als Derek, dem Angst und Feigheit ins Gesicht geschrieben standen, sich zu Wort meldete.

„Er ist unser Kapitän!"

Der Engländer drehte sich um und baute sich vor Derek auf: „Who is your captain?"

„Er." Mit einem Kopfnicken deutete Derek auf Ben.

Nikolas blieb die Spucke weg.

Zwei Soldaten hoben Ben an beiden Armen hoch und schleiften ihn in die Kapitänskajüte. Die restlichen Gefangenen wurden auf dem englischen Dreimaster unter Deck in Zellen gesperrt.

20

London

M it hämmernden Kopfschmerzen erwachte Nikolas durch ein schepperndes Geräusch. Er kniff die Augen zusammen und begriff, dass er in einer Zelle unter Deck eines Schiffes war, das vor Anker lag, denn es zog und zerrte an der Ankerkette, ohne vom Fleck zu kommen.

Das Geräusch, das ihn geweckt hatte, kam von einem Soldaten, der mit einem Schlüsselbund an den Gitterstäben entlangstreifte und sie darauf vorbereitete, dass sie gleich abgeholt werden würden.

Man hatte ihre Fesseln durch Eisen ersetzt, um zu verhindern, dass jemand die Seile mit einem versteckten Messer durchschnitt, und sie an den Händen und Füßen aneinandergekettet.

Schmerzen machten sich überall in seinem Körper bemerkbar und Nikolas wäre gerne wieder in einen betäubenden Schlaf gefallen, in der Hoffnung, irgendwann aus einem Albtraum aufzuwachen.

Doch so saß er, in einer Pfütze aus Meerwasser und Pisse, in modrig fauler Luft, die einem fast den Atem nahm, unter Deck eines englischen Kriegsschiffes, und er konnte sich ausmalen, was auf ihn und alle seine Kameraden, die den Kampf überlebt hatten, zukommen würde.

Erhängen war die übliche Strafe für Piraterie. An den Küsten wurden die Körper der toten Piraten oft zur Abschreckung für andere Freibeuter hängen gelassen, wo sie nach und nach vertrockneten und von der salzigen Meeresluft gepökelt wurden, wenn sie nicht schon vorher von Möwen und anderen Raubvögeln häppchenweise zerrupft und verspeist worden waren.

Oder aber sie wurden geköpft, so wie es mit Störtebeker geschehen war. Dann würde man nur ihre Köpfe zur Mahnung auf Pfähle spießen und den Rest ihrer Körper irgendwo vor den Toren der Stadt verscharren, wo sie von den wild lebenden Tieren ausgegraben und als Futter für ihre Jungtiere in eine Felsenhöhle verschleppt wurden.

Doch im Moment empfand Nikolas selbst das als kaum erschreckend, wenn doch nur dieser verfluchte Mistkerl mit seinen Schlüsseln endlich Ruhe geben würde. Er versuchte sich bequemer hinzusetzen, doch schon bei der ersten Bewegung durchzog ihn ein Schmerz, als hätte man ihm eine glühende Klinge quer durch den Körper gestoßen. Die Wunde an seiner Flanke musste sich entzündet haben, denn seine Hüfte fühlte sich bis in den Oberschenkel hinein heiß an und war geschwollen. Im Dämmerlicht konnte er alleine an seinen freien Armen ein Dutzend Prellungen und Unmengen von Schnitten erkennen, aus denen das Blut in kleinen Rinnsalen über seine Haut gelaufen und nun dunkel und verkrustet war.

Vier weitere Soldaten kamen unter Deck. Endlich hörte das Rasseln an den Gitterstäben auf und die Zellentür wurde aufgeschlossen. Als sich die Gefangenen einer nach dem anderen erhoben, erblickte Nikolas zu seiner Freude Pitt, der zwar ebenfalls ziemlich zerbeult aussah und einen dunkelroten Bluterguss rings um seinen Hals hatte, doch am

Leben war und ihn mit einem schmerzverzerrten Gesicht zunickte. Nicht weit davon stand Klaas, dessen linke Gesichtshälfte blutüberströmt war, an Birger gefesselt.

Auch Derek befand sich unter ihnen und bei seinem Anblick überkam Nikolas kalter Zorn. Wenigstens, so dachte er, sitzt er ebenso in diesem Loch wie wir und hat nicht noch eine Belohnung für seinen Verrat bekommen. Ben konnte er nirgends entdecken, ebenso wenig wie Hein, Olof oder Jens.

Mühsam standen die Männer auf, immer wieder zwischen ihrem Vorder- und Hintermann hin und her gezogen. Erstaunt stellte Nikolas fest, dass das Schiff zwei Decks besaß und sie eine weitere Treppe überwinden mussten. Die ersten Gefangenen erklommen schon das Oberdeck, während der Rest von ihnen hinterdrein schlurfte, immer begleitet von dem Klirren der Fußfesseln.

Nikolas blinzelte in einen trüben Tag. Die Sonne, die hinter Wolkenschleiern verborgen war, gab den Blick auf einen bestimmt tausend Fuß breiten Fluss frei, der sich in seinem Bett schnell und unablässig zum Meer bewegte. Im Westen ragte eine riesige Brücke empor, die ihren Schatten über die Wellen warf. Es musste wahrhaft ein Meister gewesen sein, der eine Brücke über einen solch breiten Fluss zu schlagen und ihre steinernen Fundamente stabil in die Fluten zu versenken wusste. Doch Nikolas hatte keine Zeit, die Architektur der Brücke zu bewundern, denn schon trat die Reihe der Gefangenen ihren Weg über eine Verbindungsplanke zum Land an, die sich unter der Last so vieler Männer bedenklich bog. Wenn jetzt auch nur einer ins Stolpern geriet, dann würde sie alle in den graugrünen Fluss stürzten und ersaufen.

Nikolas setzte als Letzter seinen Fuß auf festen Grund. Die Stadt war riesig. Vom Schiff aus hatte er noch in zwei

Meilen Entfernung Häuserdächer gesehen und er schätzte, dass diese Stadt etwa doppelt so groß sein musste wie Hamburg. Doch nun, auf ebenerdigem Boden, konnte er nur den Hafen und die angrenzenden Häuser sehen, und das war nicht anders als in Hamburg auch. Die Gebäude waren meist aus Holz, einige wenige mit steinernen Sockeln und mit Stroh gedeckt.

Sie wurden in östlicher Richtung wie Vieh zur Schlachtbank getrieben. Den Zug führten zwei Soldaten in blauen Röcken an, von denen einer eine Fahne trug. Hinter ihnen gingen ebenfalls zwei Soldaten mit blitzenden Schwertern, die sie bereit waren jederzeit einzusetzen. An Land hatten noch einmal so viele Stadtbüttel auf sie gewartet, die die Gefangenen nun zu beiden Seiten bewachten. Der Boden war durch starken Regen aufgeweicht und ihre Schritte machten schmatzende Geräusche, die sich rhythmisch dem Klirren der Fesseln anglichen. Unrat und Fäkalien schwammen in kleinen Rinnsalen auf den Fluss zu und vermischten ihren abscheulichen Gestank mit der Schwüle der Luft, sodass es nicht nur schwer wurde, sondern auch einige Überwindung kostete, zu atmen.

Ein paar Straßenjungen hatten sich dem Tross angeschlossen und beschimpften sie wüst. Manche spielten Szenen einer Hinrichtung nach und taten so, als ob sie erhängt würden. Kurz vor dem Stadttor am Flussufer begannen sie auch noch, mit Händen voll Schlamm zu werfen. Da Nikolas am Schluss der Reihe ging, konnte er die meisten Aktionen dieser kleinen Teufel beobachten, ohne selbst ihr Opfer zu werden. So sah er auch, wie sich ein paar Jungs zusammendrängten und einer einen braunen Klumpen aufklaubte, der sehr die Form eines Scheißhaufens hatte. Dann trat er einen

Schritt vor und warf. Klatschend traf das Geschoss einen blonden Haarschopf ein paar Männer vor Nikolas.

„Verpisst euch, ihr kleinen Rotzlöffel", schrie Derek. Als Nikolas erkannte, wer der Getroffene war, wandelte sich seine Abscheu gegenüber dem dreisten Werfer in grimmige Bewunderung.

Außerhalb der Stadtmauer verebbte der geschäftige Menschenstrom, ja, es war in der Tat kein weiterer Mensch auf dieser Straße zu sehen, und als Nikolas nach vorne blickte, ahnte er auch, warum. Vor ihnen ragte eine riesige Festung in die Höhe. Hinter einem Wassergraben erhob sich ein Außenwall, hinter dem sich wiederum ein weiterer Wall mit vier Türmen erstreckte. In der Mitte der Festung befand sich ein mächtiger weißer Turm, an dessen Ecken sich kleine Türmchen mit flatternden Fahnen noch ein Stück höher reckten.

Sie wurden über eine Zugbrücke in die Festung gebracht. Innerhalb der Festungsmauer exerzierte gerade eine Truppe blau Uniformierter unter den bellenden Befehlen eines Offiziers. Höfe mit Wohn- und Wirtschaftsgebäuden schmiegten sich an die Außenmauer und die gleichmäßigen Schläge eines Hammers auf Metall hallten von den Wänden wider. In einer Ecke wurden gerade ein paar prachtvolle Rappen gestriegelt und aus Richtung eines Gebäudes, bei dem Rauch aus dem Schornstein quoll, waberte der Duft eines fetten Bratens zu ihnen hinüber.

Nikolas erhoffte sich schon, dass sie bald wenigstens einen Kanten harten Brots bekommen würden, als er das Schafott entdeckte. Sein Hunger war nur noch ein belangloses irdisches Gefühl, das nichts mehr bedeutete.

Sie wurden in ein unterirdisches Verlies gebracht. Knapp unterhalb der niedrigen Decke befanden sich zwei schmale vergitterte Fenster, durch die das Rauschen des nahen Flusses drang, und auf dem Boden lag Stroh, das erstaunlicherweise trocken war.

Es gab noch drei weitere Zellen in diesem Verlies, in denen schon unzählige andere Männer auf ihr Schicksal warteten. Einigen konnte man fast ansehen, dass sie üble Gesellen waren, denen man jede Gräueltat zutrauen würde, doch genau genommen waren Nikolas und seine Kameraden nicht anders. In einer der anderen Zellen entdeckte Nikolas auch Hein, Olof und Jens, doch Ben blieb verschwunden.

Erschöpft setzten sie sich in das Stroh und versuchten, ihren schmerzenden Gliedern etwas Linderung zu verschaffen. Nikolas band sein Hemd auf und löste es vorsichtig von seinen Wunden. Erleichtert stellte er fest, dass die Verletzungen schlimmer aussahen, als sie waren. Dann schob er vorsichtig seine Hose an der Hüfte herunter, um die Stichwunde genauer in Augenschein nehmen zu können.

„Sieh zu, dass da kein Dreck rankommt, und lass die Hose so, wie sie ist." Klaas war zu ihm hinübergeschlurft und hatte sich ächzend neben ihm niedergelassen. Sein Gesicht war immer noch blutverkrustet und sein linkes Auge vollständig zugeschwollen. Kurz darauf kam auch Pitt herüber.

„Danke", krächzte Pitt und rieb sich den Hals, den Nikolas ihm im wahrsten Wortsinn und in letzter Sekunde auf dem Schiff gerettet hatte.

„Aufgeschoben ist nicht aufgehoben", gab Nikolas resigniert zurück und band sich sein Hemd wieder zu.

„Es gibt nichts Schlimmeres als einen jungen Pessimisten. Noch ist nicht alles verloren."

„Noch schlimmer ist ein alter Optimist. Wir sitzen ganz schön in der Scheiße." Alle Hoffnung war verflogen und Nikolas wollte einfach nur einschlafen und nie wieder aufwachen, wenn er doch ohnehin sterben musste.

„Sieh es doch mal so, der Krug ist halb voll und nicht halb leer", sagte Klaas, wobei auch ihm das Sprechen sichtlich schwerfiel. Anscheinend hatte er ein paar Zähne verloren, so wie der Atem durch sein Gebiss pfiff.

„Voll mit Scheiße und wir sitzen mittendrin."

„Hör auf, mich zum Lachen zu bringen, ich glaub, ich hab mir ein paar Rippen gebrochen", prustete Pitt, während er sich eine Hand auf die Seite presste.

„Ich bin nur froh, dass man diesem Verräter keine Sonderbehandlung zukommen lässt", schnaubte Nikolas mit einem verächtlichen Seitenblick auf Derek, der versuchte, sich mit Stroh die Scheißbrocken aus den Haaren zu wischen. „Aber wie sagt man so schön? Mitgefangen, mitgehangen."

Nach ein paar Stunden brachte man ihnen endlich die von Nikolas ersehnten harten Brotkanten und ein paar Krüge sehr dünnes Bier. Dazu gab es noch zwei Eimer mit Wasser und ein paar alte Lappen, mit denen sie ihre Wunden waschen sollten, um durch den Geruch des Blutes keine Ratten anzulocken.

Nachdem sie sich gesäubert hatten, sahen die meisten nicht mehr ganz so ramponiert aus und auch ihre Lebensgeister waren wieder zurückgekehrt. Doch einigen ging es tatsächlich so schlecht, dass sie es ohne ärztliche Hilfe nicht mehr lange machen würden.

Sie unterhielten sich gedämpft, doch alle Gespräche liefen immer wieder auf ihre Hinrichtung hinaus. Umso erstaunter waren sie, als gegen Abend ein paar Soldaten in Begleitung eines Wundarztes mit zwei Helfern kamen, der sie alle kurz untersuchte, seinen Helfern Anweisungen gab und dann die Schwerverletzten mitnehmen ließ. Ihre Wunden wurden nochmals gereinigt und schließlich fachmännisch verbunden. Danach nahm man ihnen sogar die Fesseln ab, sodass sie sich frei bewegen konnten.

Nikolas schöpfte wieder etwas Hoffnung. Es ergab keinen Sinn, sich um ihr leibliches Wohl zu kümmern, wenn man ihnen eh bald den Kopf abschlagen würde. Doch konnte er auch in Gesprächen mit den anderen Häftlingen nichts darüber erfahren, was man mit ihnen vorhatte. Ein alter zahnloser Mann namens John, den man wegen Landfriedensbruch verhaftet hatte, konnte ihm wenigstens sagen, dass sie im Tower of London waren. Wenn König Heinrich IV. in der Stadt weilte, dann wohnte er in dem weißen Turm, und sogar die Kronjuwelen wurden hier bewacht, nachdem sie einmal aus der Westminster Abbey gestohlen worden waren. Was mit ihm selber geschehen würde, so nahm er an, dass er aus der Stadt und den angrenzenden Landen verbannt werden würde, was für einen alten Mann wie ihn gleichbedeutend mit dem Tod war, und so freute er sich über jeden Tag, den er länger im Tower bleiben konnte. Nikolas unterhielt sich gerne mit ihm und verbesserte so auch seine Kenntnisse der englischen Sprache. Gerne hätte er etwas zum Schreiben gehabt, um sich Notizen zu machen.

In den anderen Zellen waren Dutzende französische Gefangene eingesperrt, die in unregelmäßigen Abständen in Gruppen abgeholt wurden und nie zurückkehrten. Dennoch schien ihre Zahl nie kleiner zu werden, denn es kamen immer wieder Gefangene dazu, sei es, dass sie gerade erst aufgegriffen worden waren oder aus anderen Verliesen der weitläufigen Kellergewölbe umquartiert wurden. Allzu gerne hätte sich Nikolas auch mit ihnen unterhalten und ihre Sprache gelernt, doch keiner der Franzosen zog es auch nur in Betracht, mit einem Nichtlandsmann, egal ob Engländer oder nicht, auch nur ein Wort zu wechseln.

Nach und nach kehrten die Schwerverletzten aus dem nahen Sankt-Katharinen-Hospital zurück, doch brachten sie keine Neuigkeiten mit. Dem ein oder anderen hatte man Gliedmaßen amputieren müssen, andere zeigten nicht ohne Stolz fußlange Narben, die mit groben Stichen zusammengenäht worden waren. Andere wiederum kehrten auch nach Wochen nicht zurück.

Zuletzt wurde auch Ben zu ihnen zurückgebracht, was sie alle schon gar nicht mehr zu hoffen gewagt hatten. Er wurde von zwei Männern gestützt, denn sie hatten ihm sein rechtes Bein über dem Knie abnehmen müssen. Das Hosenbein war unter dem Stumpf zusammengeknotet, ebenso der linke Ärmel, denn die Prothese mit dem Haken hatte man ihm nicht gelassen. Ansonsten sah er wohlgenährt und frisch gewaschen aus, was man von ihnen selbst nicht gerade sagen konnte.

Sie bekamen zwar zweimal am Tag zu essen, abends sogar warme Suppe, und einmal die Woche Knochen, an denen noch etwas Fleisch hing, doch die Reinlichkeit nahm jeden Tag ab, sodass sich der Dreck in ihren Bärten, vermischt mit Essensresten, zu starren Gebilden verklumpte. Dies zog natürlich die Ratten an, und eines Nachts wachte Pitt schreiend auf, als ihm eine fette Ratte auf der Brust hockte und an seinem Bart nagte. Sogar die Wachen waren mit einer Fackel herbeigeeilt, um den Grund für den Tumult zu erfahren, doch als sich bei dem flackernden Kerzenschein alles von selbst erklärte, war es Grund zur allgemeinen Heiterkeit.

„Die hat versucht, mich aufzufressen", schwor Pitt, um dem Spott etwas entgegenzusetzen.

„Ja klar, und morgen bringt sie ihre Familie mit, und dann feiern sie Weihnachten mit dir als Festtagsbraten", höhnte Klaas.

„Vielleicht kannst du ja mit ihnen verhandeln und sie graben uns einen Tunnel, wenn du sie ein wenig an deinen Käsefüßen nagen lässt", foppte auch Nikolas den armen Pitt.

Um sich zu beschäftigen, begann Pitt, kleine Figuren aus den Knochen ihrer kargen Fleischmahlzeiten zu schnitzen. Dazu nutzte er scharfkantige Steine, die aus der Mauer gebrochen waren. Anfangs sahen seine Figuren noch recht unproportioniert aus und dem ein oder anderen brach er aus Versehen auch mal ein Bein ab.

Ein Pferd, das ihm ansonsten schon recht gut gelungen war, aber dem das rechte Hinterbein fehlte, nannte er Ben. Auch Nikolas und ein paar andere begannen damit, sich so die Zeit zu vertreiben, die sich ansonsten zäh dahinschleppte und keinerlei Abwechslung bot, doch keiner von ihnen zeigte so viel Ausdauer und Geschicklichkeit wie Pitt. Nach einigen Wochen hatte er schon einen kleinen Bauernhof beisammen, mit Pferden, Hunden, Katzen, Rindern und sogar einem Hahn, komplett mit Kamm und Federn bis ins Detail ausgearbeitet.

„Was hältst du davon, mal etwas mit einem Nutzen für uns zu machen?", fragte Klaas eines Tages, als Pitt sich erneut dem Schnitzen eines weiteren Pferdes widmete.

„Was hättest du denn gerne?", fragte der und pustete ein paar Späne von der gerade bearbeiteten Fläche.

„Vielleicht ein Damespiel oder Dominosteine, dann könnten wir uns ein bisschen zerstreuen."

„Du kannst doch auch mit den Figuren spielen. Siehst du?" Pitt nahm eine Kuh, ließ sie über das Stroh laufen und muhte dabei. Dann nahm er einen Hund und jagte die Kuh mit knurrenden Geräuschen.

„Mein hoch entwickelter Geist verlangt bei all dieser Untätigkeit doch nach etwas Anspruchsvollerem", grinste Klaas über das kindische Gebaren seines Freundes.

„Warum fertigst du dir nicht selbst ein Dominospiel an? Dein kluger Geist könnte so etwas Einfaches gerade noch vollbringen."

„Meine zarten Hände sind für solch grobe Arbeit nicht geschaffen." Dabei hob Klaas seine klobigen, rauen Hände und betrachtete mit gespieltem Hochmut seine Finger, um dann ein wenig Dreck unter seinen Nägeln hervorzukratzen.

Klaas und Pitt kabbelten sich den Rest des Tages weiter, wobei ein jeder wortreich seine Vorzüge anpries. Doch am nächsten Tag begann Pitt tatsächlich damit, kleine Rechtecke zu schnitzen, in die er kleine Punkte eindrückte und in die Dellen ein wenig Lehm vom Boden rieb, um sie besser sichtbar zu machen. Er war gerade dabei, dem dritten Dominostein die Grundform zu geben, als Klaas ihm über die Schulter blickte.

„Na, hast du dich nun doch meinem überlegenen Geist gebeugt?", rief er voller Begeisterung aus und nahm einen der Steine in die Hand, um ihn zu begutachten. „Ich bin stolz auf dich. Du wirst es unter meiner Führung noch zu etwas bringen."

Diese beiden hatten sich gesucht und gefunden und Nikolas konnte sich nicht vorstellen, was der eine ohne den anderen machen würde. Nach drei Tagen hatte Pitt alle Dominosteine fertig und sie spielten ihre erste Partie.

Doch Pitt hörte nicht auf zu schnitzen. Er begann, für die Steine eine kleine Kiste zu bauen, die er aus vielen verschiedenen Teilen zusammensetzte und mit kleinen Holzstiften verband. Es war ein Meisterwerk. Der Deckel ließ sich aufschieben und an allen Seiten hatte er in das braune Holz Blüten aus schneeweißem Knochen eingearbeitet.

Seine Kunst blieb nicht unentdeckt, und eines Tages sammelten die Wachen alle Figuren und das Dominospiel samt Kästchen ein. Doch der Rückschlag sollte nicht von langer Dauer sein, denn am nächsten Tag kamen die Wachen wieder, gefolgt von einem Leutnant, der gedachte, sich mit Pitt zu unterhalten. Nikolas übersetzte, so gut er konnte.

„Er sagt, dass er deine Arbeiten gesehen hat und dass sie ihm sehr gefallen", begann Nikolas.

„Sag ihm, dass sie mir auch sehr gefallen haben", murrte Pitt.

„Er möchte mit dir einen Handel abschließen. Für jede Figur sollst du eine Extraportion Fleisch bekommen." Damit hatte er nun Pitts ganze Aufmerksamkeit.

„Ich möchte zu jeder Fleischmahlzeit auch einen Krug Bier und ich brauche besseres Werkzeug", antwortete er.

Das Bier wurde ihm genehmigt, das Werkzeug jedoch nicht, da es auch als Waffe dienen konnte.

Zur allgemeinen Überraschung machte der Offizier dieses Angebot allen Gefangenen. Dies trat eine regelrechte Schnitzwut los, und schon bald brachen erste Keilereien um die besten Knochenstücke aus. Schließlich brachte man ihnen die Knochenabfälle vom ganzen Tower und kleinere Holzreste, aus denen sie Broschen oder feine Einlegearbeiten für Schmuckkästchen fertigten.

Was ihre Arbeiten draußen auf dem freien Markt wert waren, wussten sie nicht, doch sie alle nahmen an, dass der Offizier einen guten Gewinn machte.

Die bessere Verpflegung begann ihre Wirkung zu tun, und langsam wirkten ihre zuvor ausgemergelten Gesichter wieder etwas voller. Und das war nicht das Schlechteste, denn es ging unaufhaltsam auf die kalte Jahreszeit zu.

Morgens, wenn sie erwachten, konnte man den Dampf von ihren warmen Körpern aufsteigen sehen und auch draußen zog in dichten Schwaden der Nebel vor ihren Fenstern entlang. Das Kellerverlies war noch feuchter als sonst und ihre Kleider ständig durchgeweicht. Schon bald litten sehr viele von ihnen an einer zehrenden Erkältung und sie bekamen Frostbeulen und Erfrierungen an Fingern, Füßen und Ohren, was alle Tätigkeiten beinahe unmöglich machte. Wenigstens nahm der Gestank nach Kloake und ungewaschenen Leibern ab, und auch der Ausbreitung der Flöhe wurde durch die Kälte Einhalt geboten.

Der kalte Griff des Winters forderte schließlich seine ersten Todesopfer. Derek wachte eines Morgens auf und schreckte alle anderen hoch, als er keuchend durch das Stroh kroch, um von seinem Zellennachbarn wegzukommen. Dieser hatte sich schon die letzten Tage die Lunge aus dem Leib gehustet und lag nun mit glasigen Augen auf seinem Lager, und eine klare stinkende Flüssigkeit lief ihm aus Nase und Mund. Doch das war nur der Anfang. In den folgenden Wochen und Monaten, bis die ersten warmen Sonnenstrahlen die Vögel zu ihrem Frühlingsgesang ermunterte, mussten noch etliche Männer tot aus den Zellen gezogen werden.

Mit den Liedern der Vögel kamen auch die Soldaten wieder. Sie holten Ben und einige weitere Männer, unter ihnen auch Nikolas, als Stellvertreter für ihre ganze Mannschaft. Sie wurden wieder in Eisen gelegt und aneinandergekettet. Ben bekam zwei Krücken, damit er sich selbst aufrecht halten konnte und so zogen sie wieder einmal quer durch die Stadt. Der Boden war noch gefroren und die Schweine und Hühner in den Straßen mussten sich darauf verlassen, dass man ihnen genügend Abfälle hinwarf. Diesmal liefen ihnen keine Gassenjungen hinterher. Die Gefangenen mussten nach Monaten der Verwahrlosung in einem dreckigen Keller wirklich furchterregend aussehen.

Sie kamen an einer großen Kathedrale vorbei, der größten, die Nikolas je gesehen hatte, mit bestimmt siebenhundert Fuß Länge und einem Vierungsturm, der an die sechshundert Fuß in den hellblauen Himmel ragte. Westlich der Kathedrale stand ein Steinhaus mit riesigem Schornstein. Das Schild über der Eingangstür wies es als Saint Paul's Bakehouse aus. Ein verführerischer Duft nach warmem Brot durchzog die kalte Luft, doch schon waren sie vorbei und wurden am Rand des Kornmarktes in die nächste Gasse gedrängt. Sie kamen auf eine größere Straße, auf der sich bereits unzählige Händler von außerhalb zu den Märkten in der Stadt vorwärtsschoben. Kurz vor dem Newgate brachte man sie in ein großes Gebäude, dessen Fenster mit Gittern bewehrt und dessen Türen mit Eisen beschlagen waren.

„Take a ride to Tyburn, eh?", fragte der Wachmann, der aus seiner Nische im Tor getreten war, um die Neuankömmlinge zu betrachten.

„Going to see how they are dancing the Tyburn jig tomorrow", lachte der Soldat, der ihre Kolonne anführte.

John hatte Nikolas von Tyburn erzählt. Dort stand der Galgen, wo die gemeinen Verbrecher zur Belustigung des Volkes hingebracht wurden und bei denen es zu schade war, das Henkerbeil stumpf zu schlagen.

Im Vergleich zu Tyburn waren die Kellerverliese im Tower richtig gemütlich gewesen. Hier nun saß der Abschaum Englands ein, und als man hinter ihnen die Tür geschlossen hatte, war es im ersten Moment stockdunkel. Langsam gewöhnten sie sich an das spärliche Licht, das durch kleine Schießscharten hereindrang, und erblickten überall um sich herum finstere Fratzen.

Ein ausgemergelter Mann, dem man die Ohren abgeschnitten hatte, stellte sich ihnen in den Weg. Er richtete sich zu seiner vollen Größe auf, die früher einmal sicherlich beängstigend gewesen sein mochte, doch die lange Zeit an diesem Ort hatten ihm jeden Schrecken genommen. So hob Nikolas nur mitleidig seine gefesselten Hände und tätschelte dem Mann die Wange. Der war darüber so erstaunt, dass er sich einfach wieder in die Dunkelheit verkroch.

In dieser schrecklichen Nacht entleerte jemand direkt neben Nikolas seinen Darm und unzählige andere pissten mitten in den Raum. Überall war unablässiges Geraschel zu hören, begleitet von beklemmendem Jammern und Stöhnen.

Sie waren froh, dass sie am nächsten Tag schon wieder abgeholt wurden und nicht noch länger in diesem Höllenloch ausharren mussten.

Nach kurzem Fußweg bogen sie in die Basinghall Street ein, wo sie erneut durch ein Tor traten, doch diesmal waren keine Gitter, sondern Butzenscheiben in den Fenstern. Drei Stockwerke aus Stein hatte das Gebäude und alle paar Schritte erhellten Fackeln die langen Flure. Sie wurden in einen großen Raum gebracht, an dessen Seite Holzbänke standen. In der Mitte befand sich ein großer Eichentisch mit einem Stapel Pergamente, die das königliche Siegel trugen. Einige Soldaten und zwei Admiräle hatten vor den Fenstern Aufstellung bezogen. Hinter dem Tisch saß ein Mann, gehüllt in einen schweren roten Umhang, und neben ihm stand ein Mönch in schwarzer Kutte.

„Are you Benedikt Bartholomew, the captain of the ships named Gundelinde and Cecilia van de Hoornse Hop?", richtete der Mann im Mantel seine Frage an Ben.

Ben hatte bis auf seinen Namen nichts verstanden und schaute nun unschlüssig in die Runde.

„May I?", begann Nikolas vorsichtig.

Da man ihnen immerhin die Möglichkeit gab, vorzusprechen, wollte er diese Gelegenheit auch bestmöglich nutzen, um vielleicht den Galgen abzuwenden. Doch bevor er ihren Fall erläutern konnte, wurde ihm mit einer ungeduldigen Handbewegung das Wort abgeschnitten. Der Offizielle deutete auf eine versiegelte Schriftrolle und erklärte lang und breit, was es damit auf sich hatte.

In kurzen Worten übersetzte Nikolas den anderen, dass man ihnen einen Kaperbrief anbot, um den französischen Handel und den Schiffsverkehr zu stören. Man würde ihnen die nötigen Schiffe, Mannschaft und Verpflegung stellen und sie durften den zehnten Teil ihrer Beute behalten. Selbstverständlich müssten sie alle Gefahren und Risiken auf sich nehmen. Wenn sie dieses großzügige Angebot nicht annähmen, dann würde man sie am nächsten Morgen an den Galgen bringen.

Das Angebot war bei Weitem nicht so großzügig, wie man ihnen glauben machen wollte, doch die Aussicht, dem Tod wenigstens für eine Weile von der Schippe zu springen, beflügelte sie alle. Sie unterschrieben im Namen ihrer gesamten Mannschaft und Ben wurde als Kapitän schriftlich festgehalten.

Natürlich würden sie nicht allein losgeschickt werden, sondern unter der Oberhoheit englischer Offiziere segeln, die auch dafür zu sorgen hatten, dass sie sich nicht irgendwo absetzten oder ihren Vertrag brachen.

21

Bestrafungen

Sie waren zurück in den Tower gebracht worden, wo sie ihren Kameraden alles erzählten und ein unbändiger Jubel ausbrach.

Eine Woche später wurden sie an Bord ihrer Schiffe gebracht. Erstaunlicherweise waren es die Gundelinde und die Cecilia, die sie erwarteten. Ein weiteres, ihnen bekanntes Schiff lag am Kai und war klar zum Auslaufen. Es war der Dreimaster, der sie vor einem Dreivierteljahr überwältigt hatte, doch nun als ihr starker Verbündeter mit ihnen segeln würde. Die Victory.

Daneben war noch eine Kogge wie die Gundelinde, jedoch unter englischer Flagge zum Kriegsschiff umfunktioniert worden. An ihrem Bug stand der Name Seizor.

Sie waren nicht die einzigen Männer, die an Bord gingen. Jeglicher Platz, der nicht für Lebensmittel benötigt wurde, war mit Männern besetzt. Anscheinend hatte man noch etlichen anderen Gefangenen das gleiche Angebot gemacht.

Nikolas überschlug, dass auf der Gundelinde etwa fünfunddreißig Männer segeln würden und auf der Cecilia sogar fünfzig. Dazu kamen noch mal etwa fünfzig Soldaten, die auf der Victory und der Seizor Dienst tun würden.

Der größte Teil der Ausrüstung war schon verladen worden und nur noch ein paar vereinzelte Säcke mit gequetschtem Hafer und Fässer mit Äpfeln standen an Land. Nikolas tat die körperliche Arbeit gut, doch er spürte in jeder Faser seiner Muskeln, wie lange er untätig in dem Kellerloch gehockt hatte.

Ben stand mit zwei Offizieren an Deck der Cecilia und beobachtete die Arbeiten. Ab und zu versuchten sie sich per Handzeichen zu verständigen, was nicht so recht klappen wollte, und Nikolas nahm sich vor, Ben bei nächster Gelegenheit ein paar Vokabeln beizubringen.

Man hatte Ben ein Holzbein anfertigen lassen, das er mit einem Lederaufsatz an seinen Beinstumpf binden konnte, sodass er ohne die hinderlichen Krücken gehen konnte. Auch hatte man ihm seinen Haken für die linke Hand wiedergegeben, und einmal mehr musste Nikolas bei seinem Anblick an all die Piratenkapitäne aus den Geschichten seines Vaters denken.

Derek war gerade dabei, einen Sack mit Getreide zu schultern und ihn an Bord zu bringen. Er war der Einzige gewesen, der etwas an ihrem Vertrag mit den Engländern auszusetzen hatte. Es hatte ihm nicht gepasst, dass man ihn bevormundete, was ihn natürlich nicht davon abhielt, seine Vorteile in Anspruch zu nehmen.

Nikolas hatte ihm vor versammelter Mannschaft gesagt, er solle endlich das Maul halten, und wenn ihm das alles so zuwider sei, dann würde man ihm bestimmt den Wunsch erfüllen und im Morgengrauen den Kopf abschlagen. Derek hatte nicht schlecht geschaut und eingeschnappt kein Wort mehr über die Lippen gebracht. Trotzdem steckte er seitdem immer wieder mit Olof die Köpfe zusammen und Nikolas hoffte nur, dass der Hochmut dieser beiden nicht sie alle ins Verderben stürzen würde.

Die erste Nacht verbrachten sie noch im Hafen. Die Kapitänskajüte war von einer Handvoll englischer Soldaten eingenommen worden, die für Recht und Ordnung auf dem Schiff sorgen sollten, sodass Ben bei seiner Mannschaft unter Deck schlief.

Ein Wermutstropfen war, dass man Nikolas den umgebauten Kompass und die Seekarten fortgenommen hatte. Er war jedoch erleichtert, als er auf der Gundelinde in einem unbemerkten Augenblick sein Geheimversteck unter der losen Planke öffnen konnte. Die Münzen und Schmuckstücke aus dem Schatz des Störtebeker fand er wohlbehalten vor und steckte sie in einen kleinen Lederbeutel, den er nun an einem Riemen unter seinem Hemd trug.

Es war noch dunkel, als die vier Schiffe die Anker lichteten und sich aufmachten, um an der französischen Küste ihr Unwesen zu treiben. Allen voran segelte die Victory, dann die Cecilia, die Gundelinde und zuletzt die Seizor. Sie liefen mit beginnender Ebbe aus, sodass sie wie von selbst zum Meer gezogen wurden. Die Themse wurde immer breiter und verlief in unzähligen Windungen, ehe Nikolas endlich die Weiten der offenen See erblickte.

Es war herrlich, sich wieder den frischen salzigen Meereswind um die Nase wehen zu lassen. Er hatte sich oft gefragt, wie es Menschen vorziehen konnten, in einer dicht gedrängten Stadt zu leben, besonders im Sommer, wenn dicke Fliegenschwärme wie kleine Wolken durch die Gassen summten, angelockt durch all den Unrat.

Er jedenfalls wusste, dass er niemals zurück in eine Stadt ziehen würde, und genauso sicher war er sich mittlerweile, dass er nicht ewig als Pirat zur See fahren wollte. Doch er hatte keinen Beruf erlernt. Er war weggelaufen, hatte die Abenteuer aus seinen romantischen Kindheitsträumen gesucht und anfangs auch geglaubt, sie gefunden zu haben. Doch nun war aus seinen Träumen die Realität geworden, und jegliche Romantik hatte sich im Kampf des wahren Lebens verloren.

Vielleicht konnte er, wenn sie jemals aus diesem Vertrag entlassen wurden, als Seemann auf einem Handelsschiff anheuern oder sich ein kleines Fischerboot kaufen. Doch bis dahin würde er weiterhin als Räuber der Meere unter dem Diktat der englischen Krone seine Zeit zubringen und sein Leben riskieren.

Ersteres tat er, indem er wieder eine Karte anfertigte, die den Atlantikraum vor Frankreichs Küsten darstellte. Dazu hatte er ausreichend Gelegenheit, denn sie sollten die gesamte Westküste absegeln. Für Zweiteres sollte es ebenfalls mehr als genug Anlass geben.

Zuerst setzten sie nach Calais über, das schon seit einigen Jahrzehnten unter englischer Herrschaft stand. Von hier aus segelten die vier Schiffe an der Küste Frankreichs entlang überfielen und plünderten Schiffe und Küstendörfer.

Dieppe, das ebenfalls einmal unter englischer Kontrolle gestanden hatte, aber von den Franzosen zurückerobert wurde, griffen sie im Morgengrauen an. Es war die beste Tageszeit für solche Überraschungsattacken, denn nach einer ruhigen Nacht ließ die Aufmerksamkeit der Wachen nach und der Gemütszustand der schlafenden Stadtbewohner war noch entspannt. So mancher Wachposten hatte sich in der Morgenröte eine geschützte Ecke gesucht, um noch eine Mütze voll Schlaf zu nehmen, in dem Glauben, dass jetzt nichts mehr geschehen würde. Nikolas fand diese Überfälle abscheulich, da alle zu Schaden kamen, egal ob arm oder reich, Mann oder Frau.

So war es auch diesmal. Sie erreichten den Hafen mit dem ersten Licht am Horizont. Wie immer waren es nur die Männer der Gundelinde und der Cecilia, die an Land gingen, während sich die wertvollen Soldaten der königlichen Flotte im Hintergrund hielten und sich schonten.

Die Piraten bildeten kleine Gruppen an den Hauptstraßen und wenn alle in Stellung waren, dann traten sie die Türen ein, warfen brennende Fackeln durch die Fenster und verwüsteten den ganzen Ort. Viele von ihnen ermordeten die Einwohner, egal ob von hohem Stand oder einfacher Arbeiter. Frauen wurden vergewaltigt und Eltern vor den Augen ihrer Kinder abgeschlachtet.

Nikolas war dieses Gebaren unerträglich und so schlug er aus Verzweiflung einen der eigenen Männer nieder, der in schierer Blutgier sein Messer in ein kleines Kind gerammt hatte. Es war ein blonder Junge von vielleicht sechs Jahren und aus der klaffenden Bauchwunde quollen die Gedärme heraus. Erschüttert nahm Nikolas den Kopf des Jungen in seinen Schoß und strich ihm behutsam die Haare aus der Stirn. Er saß einfach nur da. „Es wird alles gut", hatte er gesagt, um den Jungen zu beruhigen, der ihn so sehr an sich selbst erinnerte. Die blauen Augen des Jungen flackerten unruhig und blickten gequält und verschreckt umher, ohne noch etwas zu erkennen. Dann wurde der Atem flacher und nach einem letzten ruckartigen Atemzug sackte der Kopf des Kindes zur Seite und die Augen starrten tot in die Leere.

Heiße Tränen rannen über Nikolas' Wangen. Ihm war, als wäre ein Teil von ihm gestorben, ein Teil, den er bisher aus Kindertagen in die jetzige Welt hatte retten können.

Er brauchte eine Weile, bis er aufstehen konnte. Dann schloss er die Augen des Jungen und hob den schlaffen Körper behutsam auf. Er wollte ihn nicht einfach so liegen lassen. Das Blut des unschuldigen Kindes klebte an seinen Händen und nässte sein Hemd, als er den Leichnam zu einer nahe gelegenen Hütte trug. Mit dem Fuß stieß er die Tür auf, die nur noch halb in den Angeln hing. Drinnen entdeckte er in einer Ecke eine Frau, die angsterfüllt zwei weitere blonde Kinder an sich presste. Nikolas legte den Knaben auf das Lager aus Stroh.

„Es tut mir leid", sagte er.

Nikolas war schon draußen, als er das Wehklagen der ins Mark getroffenen Mutter hörte, die um ihren Sohn weinte. Er beschleunigte seine Schritte, um so schnell wie möglich von diesem Ort wegzukommen.

Schon viele solch grausamer Erlebnisse hatten ihn in den Nächten heimgesucht und dies war nun ein weiteres, das ihn bis an sein Lebensende verfolgen würde.

Irgendwo schrie eine Frau in panischer Angst und als Nikolas sich umsah, entdeckte er ein junges Mädchen mit braunen langen Haaren, das mitten auf der Straße lag. Ein breitschultriger Mann presste sie mit seinem ganzen Gewicht zu Boden und drückte ihr damit fast die Luft ab, sodass ihre Hilferufe verstummten. Sie wehrte sich aus Leibeskräften, als der Mann versuchte, ihr die blaue Kittelschürze und dass grobe Leinenkleid hochzuschieben. Schließlich schaffte sie es, ihrem Vergewaltiger ins Gesicht zu beißen. Der Mann schrie auf und schlug dem armen Mädchen brutal ins Gesicht, sodass sie nun benommen und blutend unter ihm lag und sich nicht mehr wehrte.

Nikolas riss den Mann auf die Füße. Er war wirklich ein Hüne, doch das war genau richtig für ihn. So konnte er mit seinem ganzen unbändigen Hass zuschlagen, ohne dass sein Gegenüber gleich aufgab. Ganz im Gegenteil wehrte sich der Mann ebenfalls mit voller Kraft, sodass auch Nikolas mächtig einstecken musste. Sie prügelten sich durch die halbe Straße und hätten fast den Rückzug vergessen, wenn Klaas und Pitt sie nicht mit sich genommen hätten.

So schnell, wie die Männer über die Städte und Dörfer hereinbrachen, so schnell verschwanden sie auch wieder und hinterließen Chaos und Verwüstung.

Sie segelten weiter. Überfielen sie Handelsschiffe, so machten sie Gefangene. Als sie die Kanalinseln erreichten, lieferten sie die Gefangenen in Saint Peter Port auf Guernsey ab. Auf Jersey füllten sie ihre Vorräte auf und nahmen ein paar neue Männer an Bord, die die Gefallenen ersetzen sollten.

Sie umrundeten die Halbinsel Bretagne bis in den Golf von Biskaya und führten ihren Schreckenszug ohne große Schwierigkeiten fort. Bei der Mündung der Loire kehrten sie um, da sie ihre Lebensmittel schon zur Hälfte aufgebraucht hatten, jedoch würden sie auf dem Rückweg weniger brauchen, da sich die Zahl der Männer verringert hatte.

Derek war während all dieser Zeit kaum in Erscheinung getreten und hatte alle Befehle der Engländer ohne auch nur ein Anzeichen von Widerspruch entgegengenommen und ausgeführt. Doch Nikolas hatte beobachtet, wie Derek eine Handvoll raubeiniger Kerle um sich scharte, die wiederum mit anderen Männern heimlich Nachrichten austauschten.

Mitten in der Nacht brach die Meuterei los. Nikolas wurde, wie die meisten anderen auch, im Schlaf übermannt und sofort gefesselt. Doch es lief nicht alles so glatt, wie Derek es sich wohl vorgestellt hatte. Die Soldaten auf der Cecilia und der Gundelinde sendeten mit Leuchtfeuern Signale an die Victory und die Seizor, die sofort reagierten.

Gefangen unter Deck hörte Nikolas, wie über ihm der Kampf tobte. Es war merkwürdig, im Dunkeln beinahe sicher und unbeteiligt und doch so nahe zu sitzen und zu wissen, dass sich die Männer über ihnen gegenseitig die Köpfe einschlugen. Es scharrte und polterte oben an Deck. Von Ferne ertönte das Klirren der Schwerter, immer wieder unterbrochen von Schreien und Befehlen. Dann war alles vorbei.

Schnell hatte man die im Bauch des Schiffes festgesetzten Männer gefunden und befreit, und als Nikolas an Deck kam, sah er die Aufständischen entwaffnet in einer Ecke zusammengedrängt. In der anderen Ecke wurden die Toten zusammengetragen.

Die Meuterer, die sich bis zum Schluss gewehrt hatten, wurden an Bord der Victory gebracht und unter Deck eingesperrt. Unter dem halben Dutzend befanden sich auch Derek und Olof. Die, die sich sofort ergeben hatte, durften an Bord bleiben und wurden nicht weiter bestraft. Doch die für schuldig befundenen Männer sollten am nächsten Morgen gekielholt werden.

Kaum einer aß etwas am Morgen und als die Verurteilten an Deck geholt wurden, herrschte eine bedrückende Stille, die nur durch das Rasseln der Ketten unterbrochen wurde, mit denen die Meuterer aneinandergefesselt waren.

Alle Besatzungsmitglieder hatten an Deck ihrer Schiffe erscheinen müssen und die Kapitäne waren an Bord der Victory gebracht worden, um der Bestrafung hautnah beizuwohnen. Die kleineren Koggen ankerten so dicht neben der Victory, dass auch von dort alles mitangesehen werden konnte.

Dann befahl der erste Unteroffizier mit der Bestrafung zu beginnen. Derek war als Erster an der Reihe, da er als Anführer seiner Kameraden gebrandmarkt war. Unruhe breitete sich aus und auch Nikolas musste sich eingestehen, dass ihn die Sensationslust gepackt hatte. Er war in die Takelage der Gundelinde geklettert und konnte das Geschehen drüben auf dem Dreimaster gut verfolgen. Derek wurde mit auf dem Rücken gefesselten Händen auf das Achterdeck geführt. Mit einem Kopfnicken bedeutete der Admiral Derek zu einer Planke zu führen, die achtern über die Reling hinausragte und extra für diese Strafmaßnahme angebracht worden war.

Ein Gerangel um die besten Plätze brach an Deck aus, und Wetten wurden abgeschlossen, wie lange die Verurteilten überleben würden.

Plötzlich erstarben das Gemurmel und das Gescharre. Derek stieg auf die Planke und Panik stand ihm ins Gesicht geschrieben. Ein Tau wurde ihm um die Beine geschnürt und er schaute noch einmal verzweifelt in die Runde, doch niemand wagte es, dem armen Teufel offen in die Augen zu blicken. Zögernd ging er dem Ende der Planke und dem Ende seines Lebens entgegen. Einen Augenblick später war Derek verschwunden. Es geschah so schnell, als hätte er sich in Luft aufgelöst, doch das Platschen eines Körpers verriet, dass er ins Wasser gefallen war.

Das andere Ende des Taus um Dereks Beine war über die Reling geworfen und unter dem Schiff hindurch bis zum Vorderdeck geleitet worden, wo man es an der Ankerwinde befestigte. An der Winde standen nun vier Männer, die das Seil einholten. Da sie nicht gewartet hatten, bis Derek von sich aus in Wasser sprang, war er unerwartet und plötzlich von dem Tau in die Tiefe gerissen worden. Die Ankerwinde drehte sich langsam und immer langsamer, bis sie einen leblosen Körper am anderen Ende des Schiffes an Deck zogen.

Sie drehten Derek mit dem Fuß auf den Rücken und der Wundarzt, der bisher im Hintergrund geblieben war, trat nach vorne. Er blickte angewidert auf den geschundenen Körper hinab.

„Die wenigsten ertrinken beim Kielen. Die Muscheln am Rumpf schlitzen sie auf und das gibt ihnen den Rest", erklärte Klaas, der sich ebenfalls einen Platz in der Takelage gesucht hatte.

Nikolas erinnerte sich, wie er sich damals seine Hände an Seepocken und scharfschaligen Entenmuscheln bis aufs Blut aufgeritzt hatte und konnte sich gut vorstellen, wie ein Mann aussehen musste, der unter Wasser den ganzen Rumpf entlanggezerrt worden war, ohne sich schützen zu können. Ein Schauer lief ihm den Rücken herunter und er wünschte Derek, wenn er schon sterben musste, einen schnellen und schmerzlosen Tod.

Der Arzt kniete nieder und prüfte mit zwei Fingern den Puls am Hals des Delinquenten. In diesen paar Sekunden war die Anspannung beinahe greifbar. Doch dann schüttelte er kaum merklich den Kopf und ein Raunen ging durch die Menge.

Zwei Soldaten packten den Toten an Armen und Beinen und schleppten ihn auf das Hauptdeck hinunter. Die, die vorne standen, wichen erschrocken zurück und die, die hinten standen, reckten die Hälse, um besser sehen zu können. Die Kleidung hing in Fetzen um Dereks Körper und gab den Blick frei auf das, was einmal ein Mensch gewesen war. Die scharfen Schalen der Muscheln hatte ganze Arbeit geleistet und die Haut in großen Stücken abgezogen. Darunter waren Fleisch, Adern und Knochen freigelegt, die nun zerfetzt und verstümmelt für jedermann sichtbar waren. Vom linken Ohr bis zum Wangenknochen waren Haut und Gewebe abgeschält und der bloße Schädelknochen schimmerte nass und kalt im Sonnenlicht. Durch tiefe Schnitte in den Wangen konnte man die Zähne sehen, und offene Wunden im Unterleib ließen einen Teil der Gedärme hervorquellen. Einblicke, die sonst nur wissenshungrigen Ärzten, die sich des Nachts an unbekannten Toten zu schaffen machten, vorbehalten waren.

Die Menschenmenge um die grausigen Überreste teilte sich und der Admiral erschien in ihrer Mitte. Auch wenn er Englisch sprach und ihn kaum jemand verstand, so wussten doch alle, was er sagte. Ein Exempel war statuiert worden und hatte seine Wirkung getan. Es war keiner unter ihnen, der jemals wieder an eine Meuterei gedacht hätte.

Als Nächster wurde Olof aus der Kette der Verurteilten nach vorn geholt. Es war erschütternd, mit anzusehen, wie dieser große kräftige Mann, den Nikolas als unberechenbaren Seeräuber kennengelernt hatte, nun förmlich in sich zusammenfiel und schluchzte wie ein kleines Kind.

„Habt Mitleid. Müssen denn wirklich alle bestraft werden? Ich schwöre bei allem, was mir heilig ist, dass ich nie wieder mehr begehren werde, als mir zusteht." So flehte er die Soldaten an, die schwer an ihm zu schleppen hatten, da ihn seine eigenen Beine nicht mehr tragen wollten.

Als sie ihn absetzten, um ihm das Tau um die Beine zu schlingen, kam wieder Leben in ihn.

„So helft mir doch, sie wollen mich umbringen. Sie werden uns alle umbringen. Hört ihr! Wenn ihr jetzt nichts tut, werdet ihr alle sterben! Was seid ihr doch für feige Hunde!" Er schrie und strampelte so heftig, dass zwei weitere Soldaten ihn festhalten mussten.

Olof hatte sich nur wenige Freunde gemacht und die waren entweder schon tot oder standen gefesselt hinter ihm, in Erwartung ihres eigenen Schicksals. Und so sah er sich nur mitleidlosen Gesichtern gegenüber, die sich angewidert abwandten, wenn er sie winselnd und jammernd ansah.

Derek als Anführer der Rebellen war längsschiffs unter dem Kiel entlanggezogen worden. Die restlichen fünf Verurteilten und somit auch Olof sollten eine kürzere Strecke querschiffs, von einer Nock der Großrah zur anderen, gekielholt werden.

Da sie bei Olof das Tau so gebunden hatten, dass er sich nicht mehr rühren konnte, mussten sie ihn über die Reling hieven.

„Ihr Hurensöhne, ihr verteufelten Schlächter, in der Hölle sollt ihr braten, ihr Lumpenpack", drang es aus den Fluten hinauf zum Deck, denn das Tau musste erst noch über die Nock geführt werden, bevor vier starke Männer es anzogen. Mit einem letzten Fluch und einem leisen Gluckern wurde Olof in die Tiefe gezogen und es herrschte Stille.

Schließlich zogen sie ihn backbord wieder hinaus. Kein Ton war mehr von ihm zu hören und leblos klatschte sein Körper auf die Planken. Auch er hatte unzählige Wunden, die bis tief ins Fleisch reichten, doch als sich der Arzt über ihn beugte, um den Puls zu fühlen, flackerten Olofs Augenlider, und ein Nicken des Arztes bestätigte, dass der Unglückliche noch am Leben war. Der Verwundete wurde unter Deck gebracht. Denn auch wenn das Kielholen eine harte Strafe war und meist den Tod nach sich zog, sollte sie doch keine Hinrichtung sein.

Die restlichen Meuterer wurden ebenfalls querschiffs durchs Wasser gezogen. Vier von ihnen überlebten, wenn auch schwer verletzt und für unbestimmte Zeit außer Gefecht gesetzt.

Die Toten wurden mit Steinen aus der Bilge beschwert und ins Meer geworfen, wo sie in Ungnade gefallen auf den Tag des Jüngsten Gerichts warten sollten.

22

Die Ratten verlassen das Schiff

Die Arbeiten auf den vier Schiffen wurden mit stillem Fleiß erledigt, und obwohl die Ausgabe von Alkohol nicht verboten worden war, fanden in den folgenden Tagen keine fröhlichen Zechereien mit Gesang und Spiel statt. Sie setzten ihre Rückfahrt in grimmiger Ruhe fort, aber nun kamen sie an den von ihnen bereits zerstörten Städten und Dörfern vorbei und Übergriffe an Land kamen nur noch selten vor. Doch die wenigen Überfälle, die sie machten, fielen umso grausamer aus, da die Männer ihren Frust, der sich, zusammengepfercht auf einem Schiff, immer mehr anstaute, an allem ausließen, was ihnen an Land in die Quere kam.

Nikolas konnte die blutigen Gemetzel nicht mehr ertragen, und so war er es, der die Wachen des Städtchens Quimper durch einen markerschütternden Nieser aus dem Schlaf riss und ihnen Zeit ließ, Alarm zu schlagen.

Auch war er es gewesen, der von dem schützenden Saum eines kleinen Wäldchens quer über das offene Feld auf die Stadtmauer von Brest zulief und die Bewohner so rechtzeitig vor dem anstehenden Eindringen der Piraten warnte.

Waren sie dann einmal im Gefecht, so lief er laut schreiend vor Männern davon, die er normalerweise mit einem

Faustschlag niedergestreckt hätte. Und wenn er sich denn mal einem Kampf stellte, so kam es oft vor, dass er im Getümmel auf seine eigenen Leute einschlug, was natürlich keineswegs zufällig geschah.

Nachdem er auf diese Weise fünf ihrer Überfälle sabotiert hatte, wurde er in den Kombüsendienst versetzt. Damit hatte er zwar jegliche Chance vertan, an Land zu kommen, aber das nahm er in Kauf, um nicht weiter sinnlos Trauer und Zerstörung zu verursachen. Auch fand er so wieder Zeit, seine Überlegungen über die Navigation ohne Seezeichen fortzusetzen und seine Seekarte zu vervollständigen.

Doch dieser persönliche Frieden währte nicht lange. Nikolas war einer von fünf Männern, die die Bilge eimerweise leer schippten, als ein Warnruf aus dem Ausguck der Victory ertönte.

Der Eimer, den Nikolas gerade weiterreichen wollte, wurde von seinem überraschten Nebenmann knapp verfehlt, und das faulige Wasser ergoss sich in einem Schwall über Nikolas. Die anderen Männer aus der Reihe waren schon an Deck gehastet, um zu sehen, was vor sich ging, als auch Nikolas aus der Dunkelheit in die gleißende Morgensonne sprang. Und tatsächlich, da kamen Kriegsschiffe unter französischer Flagge aus der nahen Flussmündung. Das erste Schiff befand sich schon im Gefecht mit der Seizor, und immer mehr französische Schiffe kamen heran. Die Karavellen waren alle so groß wie die Victory und bemannt mit ausgeruhten Soldaten, die ihr Leben geben würden, um diese englische Piratenpest zu vernichten.

Befehle hallten über das Wasser, das unschuldig glitzernd Wellen schlug. Ein französischer Segler näherte sich der Gundelinde und ging in Gefechtsposition.

Soldaten mit roten Wappenhemden über leichter Panzerung enterten die kleine Kogge und forderten die Piraten zum Kampf. Hätten sie in einer lustigen Runde zusammengesessen, so wäre Nikolas' Kontrahent sicherlich Ziel von Spöttereien geworden, denn dessen Bundhaube unter dem offenen Helm war mit bunten Blüten bestickt, was zwar vom Wohlstand des Herrn zeugte, jedoch auf einem Schlachtfeld eher einen aberwitzigen Eindruck machte. Doch dieses Bild währte nicht lange, als sich Nikolas unter perfektionierten Hieben rasch zurückgedrängt sah. Zu seinem Glück nahm das Kampfgetümmel derart überhand, dass der Franzose seine ausgefeilte Kampftechnik nicht mehr durchführen konnte. Jahrelanges Leben und Kämpfen auf engem Raum verschafften Nikolas einen Vorteil, und so stieß er unterhalb des erhobenen Arms seines Gegners sein Entermesser zwischen dessen Rippen. Tödlich verwundet taumelte der Soldat rückwärts und schon bald war er nur einer von vielen, die unter den Stiefeln der erbittert Kämpfenden zertreten wurden.

Nikolas zählte nicht mehr, wie viele Leben er schon genommen hatte, es ging ihm nur noch darum, sein eigenes zu retten. Gerade als sein Arm schwer zu werden begann, zogen sich die Franzosen zurück. Mit dem Mut der Verzweifelten drängten die Freibeuter den Franzosen nach, und erst als die Karavelle außer Reichweite waren, breitete sich ein ungläubiges Freudengeheul aus.

Die Karavelle hatten sich immer weiter entfernt und waren schon nicht mehr für Bogen oder Armbrust erreichbar, als sie sich in einem Halbkreis um die Piratenschiffe formierten. Eine kühle Brise kam auf und die Sonne wurde von einer Wolke verdeckt. Nikolas fröstelte es plötzlich. Das eben noch so befreite Lachen der Männer war verstummt.

Alles stand an der Reling und beobachtete die merkwürdige Anordnung der französischen Flotte. Nikolas bemerkte reges Treiben auf den Schiffen, doch er konnte sich keinen Reim darauf machen.

Dann wurden eiserne Röhren auf Rädern an die Reling geschoben, bis sie über die Schiffsseiten hinausragten. Und plötzlich krachte ein markerschütterndes Donnern über das Meer. Nikolas kletterte in der Takelage nach oben, um einen besseren Blick auf das Geschehen zu bekommen. Noch während seine Füße einen sicheren Stand suchten, donnerte es erneut, und diesmal sah er, was passierte. Große Steinkugeln wurden aus den Geschützen herausgeschleudert und fielen vor und neben ihren Schiffen klatschend ins Wasser. Kaum hatte er die Gefahr erkannt, als auch schon ein Geschoss die Schiffswand der Gundelinde traf und die Planken glatt zerschmetterte. Piraten wie Engländer versuchten, sich in Sicherheit zu bringen, doch es gab kein Entrinnen. Sie waren gefangen auf ihren eigenen Schiffen und konnten nur abwarten, dass das Meer sie zu sich holte.

Nach dem nächsten Donner splitterte der Mast, stürzte krachend hinab und begrub zwei Männer auf dem Achterdeck unter sich. Nikolas wurde mitsamt der Takelage heruntergeschleudert und blieb benommen auf den Planken liegen.

„Das ist Teufelswerk", brummte jemand neben Nikolas. Er schaute auf und erblickte Hein, der dort mit gefalteten Händen und geschlossenen Augen kauerte. Seine Lippen bewegten sich in stummem Gebet, und es schien Nikolas mehr als unwirklich, dass dieser bärenhafte Mann nun so gebrochen und verzweifelt neben ihm kniete. Doch alles um ihn herum schien unwirklich. Das Heck des Schiffes hatte begonnen, zu versinken, und Wasser trat bereits aus der Tür der Kajüte.

Mit schmerzenden Gliedern schob sich Nikolas unter dem Gewirr von Tauen durch, die ihn wie einen Fisch im Netz gefangen hielten. Die Gesichtspartien, mit denen er auf das Deck geprallt war, brannten, und er konnte den Arm nicht bewegen, mit dem er sich beim Absturz abgestützt hatte. Er schmeckte Blut und fühlte, dass einer seiner Backenzähne nur noch an der Wurzel hing. Als er sich endlich befreit hatte, tastete er nach dem losen Zahn und zog ihn mit einem Ruck ganz heraus.

Das Schiff sank immer schneller und schon sogen sich Nikolas' Hosenbeine mit Wasser voll. An Deck war außer ihm und Hein niemand mehr am Leben, doch aus dem Meer drangen verzweifelte Hilferufe herauf.

„Wir müssen runter vom Schiff", sagte Nikolas, aber Hein reagierte nicht.

Dessen Lippen bewegten sich immer noch stumm und seine Augen blickten in starrem Entsetzen auf das steigende Wasser, in dem die Toten bereits frei hin und her getrieben wurden.

„Komm schon, wir müssen hier weg." Nikolas schüttelte Hein fest an den Schultern. Ein mehrstimmiges Quieken ließ ihn aufblicken. Ratten krabbelten und sprangen aus allen Spalten und Ritzen hervor und liefen zum Schiffsrand, der nur noch wenige Fuß über der Wasseroberfläche lag.

„So weit muss es also kommen, bis ihr freiwillig abhaut", murmelte Nikolas. „Wenn schon die Ratten das Schiff verlassen, dann wird es höchste Zeit für uns."

Er hievte Hein auf die Füße, doch eine schwere Wunde an dessen Oberschenkel ließ ihn wieder zusammensacken und nur mit Nikolas Hilfe konnte er sich halbwegs aufrecht halten. Hein ließ sich zum Rand führen, wie ein Lamm zur Schlachtbank.

Überall sah Nikolas gebrochene Planken, ein paar Fässer, Tauwerk und Tuch im Wasser schwimmen. Dazwischen einige Kameraden, die nach Luft rangen, doch die meisten hatten ihren letzten Kampf schon verloren und ihre Körper dümpelten leblos zwischen den Trümmern. Die Victory hatte ihre Toppmast verloren und hing manövrierunfähig nach backbord, doch sie schien nicht weiter zu sinken. Eine französische Karavelle steuerte auf sie zu, vermutlich um die Überlebenden gefangen zu nehmen. Die Cecilia war nicht mehr als Schiff zu erkennen und die meisten Teile im Wasser mussten von ihr stammen. Von der Seizor ragte nur noch ihre Flagge an der Spitze des Toppmastes aus dem Wasser.

Nikolas versuchte, sich an das schwerelose Gefühl zu erinnern, an die Leichtigkeit und die Zuversicht in das Wasser, wie Mathi es ihm gezeigt hatte. Dann holte er tief Luft und lächelte Hein aufmunternd an.

„Vertrau mir", sagte er, und ohne weiter darüber nachzudenken packte er den verdutzen Hein und machte den einen Schritt in die Tiefe des Meeres. *Vertrau mir*, hörte er Mathis Stimme, als das Wasser über seinem Kopf zusammenschlug. Einen Augenblick später kam er wieder an die Oberfläche und mit ihm Hein, den er immer noch am Arm hielt.

Das sinkende Schiff verdrängte das Wasser um sich herum und Nikolas spürte die starke Sogwirkung, die entstand. Entsetzen machte sich in ihm breit. Dazu kam, dass der eben noch so apathisch wirkende Hein nun wild um sich schlug und sich an alles klammerte, was er packen konnte. Verzweifelt versuchte Nikolas ihn zu beruhigen, doch jedes Mal, wenn er den Mund aufmachte, schluckte er Salzwasser. Immer wieder zog Hein ihn unter Wasser und langsam ging

Nikolas die Luft aus. Mit einem kräftigen Armzug entkam er den sich festkrallenden Händen. Doch nur wenige Sekunden nachdem er wieder aufgetaucht war, sah Nikolas, wie sein Freund prustend und gurgelnd untertauchte und nicht wieder hochkam. Voller Angst und mit Gewissensbissen tauchte er hinterher. Blind um sich tastend suchte er unter Wasser nach dem Körper seines Kameraden. Doch er fand ihn nicht. Noch einmal holte er Luft und da war ein Arm. Er packte zu und zog den leblosen Körper mit sich an die Oberfläche.

Hein war ohnmächtig, doch er atmete. Mühsam schaffte es Nikolas, einige Fuß zwischen sie und das Schiff zu bringen, als ihm etwas gegen den Kopf schlug. Es war eines der Fässer, die an Deck gelagert gewesen waren. Er schlang sich ein Seil, das am Fass festgebunden war, um den einen Arm, während er mit dem verletzten Arm den bewusstlosen Hein festhielt. Doch dann schlug Hein die Augen auf und fing wieder an zu schreien und sich zu winden, sodass es Nikolas beinahe unmöglich wurde, ihn weiter zu umfassen.

„Beruhige dich, ruhig! Ich kann dich nicht halten, wenn du so zappelst", schimpfte Nikolas und am liebsten hätte er Hein einfach losgelassen. „Hier ist ein Fass, hörst du! Ein Fass, an dem du dich festhalten kannst. Du gehst nicht unter."

Mit letzter Anstrengung schaffte er es, den nun panischen Hein so zu drehen, dass der das Fass sah, und ihn dazu zu bringen, sich an dem Seil festzuhalten.

Schwer atmend und zu Tode verängstigt schaute ihn Hein an. „Ich kann nicht schwimmen."

„Weißt du, wie der Frosch seine Beine bewegt? Das machst du jetzt auch. Wir sind jetzt zwei Frösche im Wasser. Frösche können gut schwimmen. Hörst du?"

Hein nickte. Er begann seine Beine anzuziehen und wieder zu strecken, genauso wie ein Frosch, und endlich kamen sie langsam voran.

Nikolas hatte seinen Blick fest auf die Küste gerichtet und versuchte, sich an dem Glauben festzuhalten, dass dort ein Strand war und nicht nur schroffe Felswände. Er merkte nicht, dass sie eine rote Spur hinter sich herzogen. Heins Wunde war tief und hatte nicht aufgehört zu bluten.

„Was ist, kannst du etwa nicht mehr?" Nikolas drehte sich um, als es schwerer wurde, von der Stelle zu kommen.

Hein hing schlaff an dem Seil, das nun in seinen Arm schnitt, denn seine Hand hielt es nicht mehr.

„Nein, Hein, nein! Komm schon, du kannst mir doch jetzt nicht einfach wegsterben." Nikolas war zu seinem Kameraden zurückgeschwommen, aber dessen Kopf war hintenüber gefallen und wurde von den Wellen wie ein Spielzeug hin und her geschaukelt. Wäre Nikolas nicht so erschöpft gewesen, hätte er geweint, doch die Nässe in seinem Gesicht waren nur Salzwassertropfen des Meeres.

Völlig entkräftet wurde Nikolas mit einer großen Welle auf einen steinigen Strand gespült. Er drehte sich auf den Rücken und blickte in den grau verhangenen Himmel. Schließlich schloss er die Augen. Er spürte nichts mehr, er wollte nichts mehr spüren. Nicht die Wellen, die seine Beine umspülten, nicht den Wind, der ihn umwehte, nicht die Kälte, die ihm in die Glieder kroch.

Er wusste nicht, wie lange er so da gelegen hatte, doch die Sonne war noch nicht am Untergehen, als er Stimmen und knirschende Schritte hörte.

„Da liegt er und pennt."

„Ich könnte mir 'nen besseren Platz zum Schlafen denken."

„Seine Ansprüche sind die letzten Wochen ganz schön gesunken."

„He, aufwachen, der Herr."

Nikolas wurde unsanft geschüttelt. Der Schmerz in seiner Schulter kehrte zurück und nun begann er auch, die Steine zu spüren, die sich in seinen Rücken drückten. Als er seine Augen endlich öffnete, blickte er in das besorgte Gesicht von Klaas.

„Na endlich, so fest, wie du geschlafen hast, muss das hier ein Federbett sein."

„Hier ist noch Platz, leg dich dazu", gab Nikolas mit belegter Stimme zurück.

„Ha, und wir haben uns Sorgen gemacht", tönte Pitt von der anderen Seite.

„Ich habe gehofft, ihr würdet wieder abhauen und mich noch ein Stündchen oder zwei in Ruhe lassen."

„Wenn es hier so heimelig für dich ist, dann können wir auch später wiederkommen." Damit blickten Pitt und Klaas sich an und, als hatten sie eine gemeinsame Entscheidung getroffen, wandten sie sich zum Gehen.

„Schon gut, ich werd wohl eh nicht mehr einschlafen können." Mühsam stützte sich Nikolas auf seinen gesunden Arm und versuchte, sich aufzurichten. „Ich befürchte, ich brauche hier etwas Hilfe."

Seine Beine wollten ihn nicht tragen und so griffen ihn Klaas und Pitt unter die Arme, und gemeinsam stolperten sie auf die Felswand zu, die den kleinen Strand umschloss. Eine Schlucht teilte die Klippen und ermöglichte einen steilen und waghalsigen Aufstieg auf ein begrastes Plateau.

Es begann schon zu dunkeln, als sie schließlich eine Siedlung erreichten, doch sie konnten es nicht wagen, den Ort zu betreten. Zum einen hatten sie kein Geld und zum anderen würden sie sofort die Aufmerksamkeit auf sich ziehen, da keiner von ihnen der französischen Sprache mächtig war. Müde und erschöpft lehnten sie sich an einen großen Findling und sahen zu, wie immer mehr warm flackernde Lichter aus den Fenstern herüberzwinkerten.

„Ich könnte auf der Stelle einschlafen, doch ich habe Angst, dass mich mein Hunger heimtückisch im Schlaf meuchelt", brach Pitt schließlich die Stille.

„Ich sterbe auch fast vor Hunger", antwortete Nikolas und ein unüberhörbares Knurren von Klaas' Magen erübrigte eine weitere Zustimmung.

Klaas und Pitt machten sich schließlich auf, um etwas Essbares zu besorgen, und Nikolas sammelte Holz für ein Feuer. Dies stellte sich als die wohl schwierigere Aufgabe heraus, denn in einem Umkreis von fünfzig Schritt wuchs weder Baum noch Strauch. Stattdessen standen weitere übermannshohe Steine wie Statuen auf der Ebene, und im letzten Dämmerlicht erkannte Nikolas, dass diese keinesfalls beliebig, sondern zu einem Kreis angeordnet worden waren.

Als Klaas und Pitt zurückkehrten, hatte Nikolas ein kleines Feuer im Schutze eines der riesigen Steine entfacht.

„Das wird aber nicht die ganze Nacht reichen", bemerkte Pitt, als er den kleinen Vorrat an Zweigen und trockenem Gras sah, den Nikolas mühsam zusammengetragen hatte.

„Solange du keine Idee hast, wie man Steine anzündet, müssen wir wohl damit auskommen", antwortete Nikolas.

Pitt hatte aus dem Trog eines Schweinekobens eine Handvoll matschiger Äpfel und einen trockenen Kanten Brot geklaubt, und Klaas hatte von der Wäscheleine einer Bäuerin zwei Umhänge aus grober Wolle und ein Leinentuch gestohlen.

Nachdem sie ihr karges Mahl zu sich genommen hatten, wickelten sie sich in die Capes und das Tuch und fielen augenblicklich in einen traumlosen Schlaf, der sie bis in die späten Morgenstunden ruhen ließ. Das Feuer war schon lange niedergebrannt, denn sie hatten kein Holz nachgelegt, und so nutzten sie den kläglichen Vorrat, um es nun erneut zu entfachen.

„Wisst ihr, was ich nicht verstehe? Warum haben sie unsere Schiffe zerstört?", fragte Klaas, während sie sich ihre steifen Finger über dem mehr rauchenden als brennenden Feuer rieben.

„Vielleicht haben die Franzosen genug Schiffe", versuchte sich Pitt an einer Erklärung.

„Ich glaube eher, dass sie keine andere Möglichkeit hatten, uns zu vernichten, wenn sie nicht große Verluste in Kauf nehmen wollten", meinte Nikolas.

„Wir sind eben zu gut", gab Pitt an.

„Ich frage mich, ob es noch jemand außer uns geschafft hat", wechselte Nikolas das Thema.

„Soweit wir von der Hochebene sehen konnten, keiner", antwortete Klaas.

„Tja, wir haben nicht gewartet, bis sie unser Schiff in Trümmer geschossen haben. Was war das eigentlich? Kanonen? Seit wann gibt's die denn auf Schiffen?", fragte Pitt.

„Ein paar Männer auf der Victory könnten überlebt haben", sagte Klaas schließlich mehr zu sich selbst.

„Aber wohl nicht für allzu lange. Mein Gefühl sagt mir, dass die hier nicht so lange damit warten, Köpfe rollen zu lassen", fuhr Pitt grimmig fort.

„Ben war auf der Victory. Meint ihr, er hat es geschafft?" Nikolas blickte seine Kameraden zweifelnd an.

„Bestimmt. Der ist zäh wie Hundsleder, und noch hat er ja ein paar Körperteile abzugeben." Sie lachten trotz des bitteren Beigeschmacks.

„Jedenfalls wäre Ben der Einzige, den zu retten sich lohnen würde." Sie nickten zustimmend.

Kurz darauf machten sie sich auf den Weg. Obwohl sie der Hunger schrecklich plagte und die Nacht ihnen nur wenig Erholung gebracht hatte, beschlossen sie, das Dorf weiterhin zu meiden, und schlugen den Weg zum Flussufer ein. Sollte Ben auf einer der französischen Karavellen sein, so würden die Schiffe einen Hafen anlaufen und die Gefangenen der Gerichtsbarkeit übergeben haben.

Sie waren noch nicht weit gekommen, als sie das nächste Dorf erreichten. Sie konnten einfach nicht mehr weiter, ohne irgendetwas zu essen. Als sie sich näherten, sahen sie, dass in diesem Dorf fleißig gebaut wurde. Der ganze Ort summte wie ein Bienenstock und Fuhrwerke rollten stetig den schon ausgefahrenen Weg entlang. Sie transportierte große Ballen von Tuch in dunklem Grün, sattem Blau oder naturbelassen in grauem Beige. Andere wiederum brachten fein gegerbtes Leder, Pelze, Schnüre und Garn in den Ort.

Auf den Karren, die das Dorf verließen, konnten sie Kleidungsstücke erkennen. Umhänge und Tuniken, Hemden und Beinlinge, Blusen und Gugelhauben. Doch nicht nur einige wenige Teile, sondern ganze Pakete mit Kleidung. Verwundert folgten sie der Straße, die in das Dorf führte und stellten fest, dass die Siedlung gar nicht so klein war. Im Gegenteil. Das Dorf schien auf dem besten Wege, sich zu einer florierenden Handelsstadt zu entwickeln. Sie kamen an das Ende der Straße, ohne auch nur eine Gelegenheit gehabt zu haben, einen Apfel zu stehlen. Am Ende des Weges erreichten sie auch die ältesten Gebäude des Ortes und allem Anschein nach lag das Geheimnis des Erfolgs dort, denn das Kommen und Gehen aller Karren zentrierte sich in einem Hof, der zu einem Gebäude mit Wassermühle gehörte. Sie betraten den weitläufigen Platz, dessen Mitte eine große Eiche einnahm, die als Wende-Rondell für die eintreffenden Wagen diente. An allen drei Seiten des Hofes waren Gebäude errichtet worden, wobei die beiden äußeren wohl erst später angebaut worden waren. Das linke war das Lager und mindestens einmal erweitert worden. Der rechte Flügel beherbergte eine Werkstatt, doch das Herz des Gehöfts war der alte Mittelteil. Möglichst unauffällig sahen sie sich um.

„Eh, t'attends le dégel ou quoi? Allez, allez!" Erstaunt blickte Nikolas den kleinen bärtigen Mann an, der sie gerade angesprochen hatte.

„Quoi? Es-tu sourd?"

Mit einem fragenden Blick deutete Nikolas auf sich selbst. Ungeduldig warf der kleine Mann einen großen Tuchballen in Nikolas' Arme, der beinahe nach hinten umgefallen wäre, so schwach war er immer noch. Kurz entschlossen reihte er sich in die Schlange der Arbeiter ein und trug den Ballen in das Lager, wo ihm gleich ein weiterer Ballen zugeworfen wurde, den er wiederum in den Mittelteil zu tragen hatte.

Der große Raum wurde außer durch das Tageslicht, das durch die Fenster hereinkam, von vielen Öllampen erhellt, die über einer Reihe von Tischen aufgehängt waren. An den Tischen saßen Frauen über Stoffe gebeugt und nähten. Doch sie nähten nicht wie üblich mit Nadel und Faden und jeden Stich einzeln setzend, sondern sie zogen den Stoff langsam über den Tisch, an dem ein monströses Gewirr von Zahnrädern, Kurbeln und Wellen befestigt war, die sich im Rhythmus des Mühlrades bewegten. Die Frauen fertigten Kleidung in einer Geschwindigkeit, für die eine einfache Näherin zehnmal so lange gebraucht hätte.

Nikolas hatte seinen Stoffballen abgeladen und wollte sich gerade den Mechanismus genauer ansehen, als der kleine bärtige Mann plötzlich wieder neben ihm auftauchte und ihn hinausjagte.

„Psst, hier drüben." Aus einem schmalen Durchgang zwischen dem Lager und dem Mittelhaus ragten die Köpfe von Klaas und Pitt. Nikolas schlenderte zu den beiden hinüber und verschwand dann mit ihnen im Schatten der Gasse.

„Hier um die Ecke ist ein Fenster zur Werkstatt. Dahinter sind neue Hosen und Hemden gelagert", erklärte Klass.

„Da sollten wir uns doch mal neu einkleiden", erwiderte Nikolas.

„Das Problem ist, dass das Fenster hoch und schmal ist und du der Einzige von uns bist, der dort hineinkann. Pitt wird eine Räuberleiter machen und ich stehe Wache."

„Ich habe eine bessere Idee." Damit ließ Nikolas die beiden stehen und ging wieder in den Hof zurück.

Er steuerte geschäftig auf das Haupttor der Werkstatt zu und wenige Augenblicke später kam er mit einem großen Stoß Kleider wieder heraus, marschierte über den Hof und warf das Bündel unbemerkt in den engen Durchgang, wo Klaas und Pitt warteten. Er drehte noch eine Runde, bevor er sich zu ihnen gesellte. Die anderen beiden hatten sich schon umgezogen und auch Nikolas schlüpfte schnell in die neuen Sachen.

Sie hatten mehrere Garnituren Beinlinge, Hemden, Wämser und Tuniken erbeutet. Und nicht nur das, die Kleidung wies Zierrat auf, wie er nur die Gewänder reicher Herren schmückte. Sie wuschen sich noch Gesicht und Hände an einem unbeaufsichtigten Wasserzuber und versuchten, ihr

Haar so gut es ging zu bändigen, bevor sie sich wieder auf den Weg machten.

„Jetzt sehen wir zwar aus wie reiche Kaufleute, aber etwas zu essen können wir uns immer noch nicht leisten", grummelte Pitt.

„Dafür habe ich auch schon einen Plan", sagte Nikolas und blickte nach vorne auf die Anhöhe hinter dem Dorf, wo die Mauern eines Klosters aufragten.

Wenige Minuten später schritten sie durch das weit offen stehende Tor auf den Innenhof der Klosteranlage. Aus dem Gebäude – das augenscheinlich die Küche war, denn es war das einzige ganz aus Stein errichtete Haus auf dem Gelände – stieg Rauch auf und ein Duft von frischem Brot wehte zu ihnen hinüber. Mit dem Wind kam auch ein Mönch eiligen Schrittes auf sie zugeeilt.

„Que puis-je faire pour vous?", rief er freundlich.

„Lasst mich nur machen", flüsterte Nikolas aus dem Mundwinkel, bevor der Mönch schnaufend vor ihnen zum Stehen kam. „Es tut uns leid, aber wir sprechen kein Französisch", setzte Nikolas in perfektem Latein an. Klaas und Pitt schauten sich an und folgten der Konversation stumm und ohne ein einziges Wort zu verstehen.

„Mein Vater ist Herr Bartholomäus aus Hamburg und er hatte mich und meine beiden Geschäftspartner entsandt, um hier neue Handelsbeziehungen zu knüpfen. Fürchterlicherweise sind wir gestern überfallen worden und man hat uns unseres Geldes und unserer Pferde beraubt. Wir haben seit gestern nichts mehr gegessen und die Zeit drängt, dass wir wieder nach Hamburg zurückkehren."

„Ich verstehe. Folgt mir, ich bringe Euch zu Prior Jean, er wird wissen, was wir für Euch tun können." Mit diesen Worten drehte sich der Mönch um und stapfte ihnen voraus zu einem kleinen Haus, das an den Wandelgang des Klosters angeschlossen war.

23

Leben und Sterben wie Störtebeker

Sie bekamen nicht nur zu essen und einen Schlafplatz. Der noch recht junge Prior sprühte nur so vor Ideen, ihnen in ihrer Lage dienlich zu sein. So bot er ihnen an, sie am nächsten Tag nach Caen mitzunehmen, wo er eine Audienz beim Bischof hatte. Er wollte ihn bitten, ihnen weiterzuhelfen, da ihm weitaus mehr Möglichkeiten zur Verfügung standen. Natürlich war der junge Prior gleichzeitig versessen darauf, Neuigkeiten aus anderen Ländern zu hören, und Nikolas fragte sich schon, ob es nicht eine Sünde war, sich an Klatsch und Tratsch zu ergötzen. Doch ihm blieb nichts anderes übrig, als seine Geschichte auszuweiten, um den Fragen standzuhalten. Glücklicherweise schien niemand auch nur irgendetwas über Hamburgische Kaufleute zu wissen, und so tischte er eine Kindheitsgeschichte nach der anderen auf.

Am nächsten Morgen nach dem Frühstück machte sich Prior Jean mit zweien seiner Ordensbrüder auf den Weg. Sie hatten einen Karren, in dem die drei Mönche und die drei Piraten gerade so Platz fanden, vor ein kräftiges Kaltblut aus dem Stall des Klosters gespannt.

Nach einigen Stunden holpriger Fahrt erreichten sie endlich Caen. Der Prior setzte sie an der Domschule ab, wo sie ein Quartier für die Nacht bekommen würden. Dann fuhr er weiter zur Bischofsresidenz.

Nikolas, Klaas und Pitt schlenderten durch die Straßen der Stadt, ließen die milde Frühlingssonne auf ihre Gesichter scheinen und begannen sogar, mit den Frauen auf ihrem Weg anzubandeln. Irgendwann kamen sie auf einen großen Platz, der von einer riesigen Kirche dominiert wurde. Direkt davor wurde gerade ein Schafott errichtet. Wie angewurzelt blieben die drei Kameraden am Ende der Straße stehen. Der Aufbau würde sicher noch bis zum nächsten Tag dauern, nicht, weil es so aufwendig war, vielmehr, weil die Arbeiter in gemächlicher Manier ihre Handgriffe ausführten und öfter eine Flasche Wein im Kreis herumgehen ließen. Dazu gab es Brot und Käse, der ebenfalls brüderlich geteilt wurde.

Trotz der noch voranschreitenden Arbeiten versammelte sich bereits eine kleine Menschenmenge. Als die Turmuhr Schlag elf läutete, bahnte sich ein offiziell aussehender Mann in merkwürdig engen Beinkleidern und Schnabelschuhen den Weg auf das Schaugerüst und die Schar der Neugierigen wurde noch einmal größer. Ohne Umschweife entrollte der Ausrufer eine Pergamentrolle und schrie mit geübter Stimme die Ankündigung erst in Latein und dann in Französisch heraus.

Nikolas übersetzte seinen Freunden: „Morgen, am achten Tage des Monats Julius zur Mittagsstunde werden sieben Männer auf dem Kirchplatz vor St. Etienne ihrer gerechten Strafe zugeführt. Sie sind schuldig der Piraterie sowie mehrerer hinterhältiger Morde und werden den Tod durch Enthauptung erleiden, als Mahnung für alle, die auf den Pfaden der Sünde wandeln."

„Nur sieben", sagte Klaas.

„Vielleicht finden wir heraus, wo die Verurteilten festge-halten werden", antwortete Nikolas.

„Nee nee, wir müssen die Zahl der Hingerichteten ja nicht auf zehn aufrunden", unkte Pitt.

„Vergiss nicht, wir sind jetzt Händler aus Hamburg. Wir wollen nur einen Blick auf die Gefangenen werfen, um unse-rer Gerichtsbarkeit zu Hause eine Nachricht zu überbringen, weil wir haben munkeln hören, dass einer oder mehrere der Männer auch an unseren Küsten ihr Unwesen getrieben haben", erklärte Nikolas mit einem Leuchten in den Augen.

„Na gut, aber wie willst du sie finden?", hakte Pitt nach.

„Wenn die Hinrichtung tatsächlich morgen hier stattfin-det, dann werden die Verurteilten in der Nähe untergebracht sein. Es ergäbe ja keinen Sinn, sie durch die halbe Stadt zu schleifen, denn die Gaffer werden hier auf dem Platz war-ten."

„Also schön, wir trennen uns und suchen die Umgebung nach einem Gefängnis ab und treffen uns in einer Stunde wieder hier", schlug Pitt dann doch überzeugt vor.

In der Straße, aus der sie gekommen waren, hatten sie nur Handwerksstätten und Straßenläden bemerkt und so gingen sie die anderen drei Straßen ab, die zu dem Platz führten.

Eine Stunde später war es Pitt, der die Nachricht brachte, dass sich in einer Seitenstraße ein Gebäude mit Wappen und Wachen befand. Da die anderen beiden keine weiteren Hinweise gefunden hatten, machten sich alle drei auf, um dieses Gebäude genauer in Augenschein zu nehmen.

Von der Straßenecke aus zeigte ihnen Pitt das Haus. Es war eindeutig ein Gefängnis.

„Wir machen es so, wie vorhin besprochen. Wir sind Händler und wollen die Gefangenen sehen, um auch unserer

Stadt die frohe Kunde zu bringen, dass diese Übeltäter ihre verdiente Strafe bekommen haben", erklärte Nikolas noch einmal. „Ich hoffe nur, einer von denen dort versteht Latein, sonst sind wir aufgeschmissen." Damit schritt er entschlossen auf das Gefängnis zu.

Sie ließen die Wachen keine Sekunde aus den Augen, um bei dem geringsten Zeichen der Gefahr die Flucht ergreifen zu können. Nikolas sprach die Wachposten auf Latein an, doch der verständnislose Ausdruck auf ihren Gesichtern sprach Bände, und auch Handzeichen halfen nicht bei der Verständigung. Doch plötzlich öffnete sich das Tor und Prior Jean trat heraus.

„Was für ein Zufall, Euch hier anzutreffen", sagte er, als er sie erkannte.

„Wir haben auf unserem Weg durch die Stadt erfahren, dass morgen eine Hinrichtung von einigen Piraten stattfindet", erklärte Nikolas und er merkte, wie sein Gesicht heiß wurde.

Der Prior erklärte ihnen, dass er gerade bei den Gefangenen war, um seelischen Beistand zu leisten. Wenigstens einer der Gefangenen käme ebenfalls aus den Nationis Germanicae. Dieser hatte ausgesehen, als hätte ihn der Teufel höchstpersönlich aus der Hölle geworfen. Übersät mit Narben, das linke Auge habe gefehlt, und eine Hand und ein Bein seien ihm auch abhandengekommen.

„Ben! Der alte Hurensohn hat es doch tatsächlich geschafft", entfuhr es Pitt.

Es war ein Glück, dass der Prior ihn nicht verstand und so erläuterte Nikolas, dass sie ebenfalls gerne die Gefangenen sehen würden, um Nachricht nach Hause zu senden, dass sie von einer schrecklichen Plage befreit worden waren.

Der Prior nickte verständnisvoll und übersetzte ihr Anliegen den Wachen. Diese waren immer noch skeptisch, doch trauten sie sich nicht, dem Geistlichen zu widersprechen. Wenig später wurden sie über einen kleinen Innenhof zu einer Baracke geführt, deren Fenster mit Gitterstäben abgesichert und deren starke Eichentür noch zusätzlich mit Eisenplatten beschlagen war. Drinnen gab es zwei Zellen und in einer von ihnen entdeckten sie Ben.

Er gab tatsächlich einen erschreckenden Anblick ab. Man hatte ihm Augenklappe, Haken und Holzbein abgenommen und der zerschlissene Kittel, in den man ihn gesteckt hatte, verhüllte kaum die tiefen Narben, auf die er immer so stolz gewesen war. Mit ihm waren noch sechs weitere Männer gefasst worden, die seit London dabei waren. Ein Wachmann blieb bei ihnen, während sie vor der Zelle standen. Es war lächerlich, denn weder er noch irgendjemand anderes verstand Deutsch und so konnten sie sich beinahe ungezwungen unterhalten.

„Seid ihr verrückt geworden?", blaffte Ben sie wenig erfreut an. „Wenn sie euch erkennen, dann wird sich der Schafrichter morgen noch drei Paar Stiefel verdienen!"

„Keine Sorge, unser Kleiner hier hat ein Seemannsgarn zusammengesponnen, da wäre der alte Christian stolz", erklärte Klaas.

„Auch wenn sie euch nicht verstehen, die hier haben euch schon erkannt."

Die anderen Gefangenen, die vor ein paar Tagen noch ihre Leidensgenossen gewesen waren, hatten sich um sie geschart.

„Die werden uns schon nicht verpfeifen. Die hoffen doch, dass wir sie auch hier rausholen", antwortete Pitt und lächelte den anderen aufmunternd zu, um ihre Hoffnung zu nähren.

„Ihr habt doch nicht wirklich vor, mich hier rauszuholen!", gab Ben entgeistert zurück.

„Morgen auf dem Weg zum Schafott, wenn sie dich durch die gaffende Menge führen, kommen wir unauffällig an dich heran. Klaas und Pitt zetteln an anderer Stelle eine Keilerei an, dann können du und ich unbemerkt untertauchen. Ich denke, wir können den Prior überzeugen, uns vier Pferde zu geben, ein weiteres für angebliches Gepäck, und dann heißt es nur noch auf und davon, bevor sie merken, dass du weg bist!" Nikolas war ganz aufgeregt.

Auch wenn er wusste, dass vieles an diesem Plan schiefgehen konnte, ehe sie auch nur in die Nähe der Gefangenen gelangten, so mussten sie es versuchen.

„Hört auf damit", unterbrach ihn Ben. Sie sahen ihn überrascht an. „Ich habe mich schon seit Längerem damit auseinandergesetzt, von dieser Welt abzutreten. Ich habe all das gemacht, von dem ich immer geträumt habe und habe leider vieles machen müssen, was mir Albträume bereitet. Es gibt hier nichts mehr, was mich hält. Du, Pitt, du hast eine Familie. Denkst du nicht, dass es Zeit wird für dich, zu ihr zurückzukehren und ein guter Ehemann und Vater zu sein? Und du, Nikolas, du bist noch jung, du bist schlau, du kannst noch alles aus deinem Leben machen. Und du, Klaas, nun ja, der Jüngste bist du nicht mehr, aber doch jünger als ich. Und ich bin mir sicher, dass so gute Freunde wie du und Pitt auch weiterhin durch dick und dünn gehen werden."

„Aber auch du bist unser Freund und wir werden dich nicht im Stich lassen", sagte Klaas.

„Seid nicht dumm und bringt euch nicht für einen alten Mann in Gefahr", widersprach Ben.

„Du hast noch nicht all deine Träume wahr gemacht", warf Nikolas ein. „Der Schatz des Störtebeker. Ich weiß, wo

er versteckt ist." Damit nestelte er an dem kleinen Leder-
säckchen unter seinem Hemd und holte den goldenen Ring
mit dem roten Rubin heraus.

Klaas und Pitt schauten mit angehaltenem Atem auf das
Schmuckstück.

„Gottes Freund und aller Welt Feind. Das Motto der Vitalienbrüder. Ich habe gewusst, dass du das Rätsel irgendwann lösen wirst", sagte Ben und blickte Nikolas wehmütig
an. „Doch jetzt, wo das Ende nah ist, habe ich erkannt, dass
es mir nie darum ging, den einen Schatz zu finden. Ich wollte
frei sein und nicht den Pflichten, die mein Vater mir aufge
bürdet hatte, folgen müssen. Ich wollte leben wie Störtebeker. Und ihr drei habt mir dabei geholfen, diesen Traum zu
leben. Teilt den Schatz unter euch auf, wenn ihr ihn wirklich
findet. Er soll euch eine Hilfe sein auch eure Träume zu
erfüllen."

Nun wusste auch Nikolas keinen Rat mehr.

„Ich habe ein Auge, ein Bein und eine Hand verloren, da
ist es doch nur richtig, wenn ich zuletzt auch noch den Kopf
verliere", scherzte Ben.

Der Wachmann unterbrach sie in schnellem Französisch
und machte ein paar Gesten, sodass sie dennoch verstanden,
dass sie zu gehen hatten.

„Macht euch keine Sorgen um mich und wehe, ich sehe
einen von euch morgen auf dem Platz, um mich zu retten,
dann könnt ihr was erleben", rief Ben.

Nikolas legte den Ring, den er all die Jahre so sorgsam
gehütet hatte, in Bens rechte Hand und drückte sie zu. Mit
einem letzten Blick auf seinen Kapitän verließ er die Baracke.

Schweigend gingen sie zur Domschule zurück.

„Wir können diesen Verrückten doch nicht einfach hin-
richten lassen. Wenn er schon mit dem Leben abgeschlossen
hat, dann sollte er doch wenigstens im Kampf sterben, so wie
es sich für einen richtigen Freibeuter gehört!", sagte Pitt.

„Doch wenn er bei einer Befreiung nicht mitspielt, dann
bringen wir uns nur noch mehr in Gefahr, als wir es ohnehin
wären", warf Klaas ein.

„Na und? Dann gehen wir eben alle drauf! Das ist das
Schicksal eines Piraten."

„Das ist doch Blödsinn. Du solltest dich mal reden hören!
Und dabei bist du derjenige, der eine Familie hat, zu der er
zurückkehren und ein ehrliches Leben führen könnte!"

„Pah, ehrliches Leben! Vor Sonnenaufgang raus, um mir
auf dem Feld den Rücken krumm zu schuften und abends
zerschlagen und wie gerädert ins Bett fallen."

„Wenn du es genau nimmst, dann hast du in den Jahren
auf See härtere Arbeit geleistet ... mit viel mehr Entbehrun-
gen und dem täglichen Risiko, erstochen, erschlagen oder
ersäuft zu werden", fuhr ihn Klaas an.

„Aber ich konnte machen, was ich wollte, so wie Ben es
gesagt hat. Und ich konnte mir Weiber nehmen, wann ich
wollte."

„Wenn es dir darum geht, so bekommst du wahrscheinlich viel mehr, wenn du zu deiner Frau zurückkehrst. Denk
doch mal, du kannst jeden Tag mit ihr schlafen und nicht
nur alle paar Monate, wenn wir an Land gehen, und das auch
noch, ohne etwas dafür zu bezahlen", mischte sich nun auch
Nikolas ein. „Außerdem können wir wirklich den Schatz als
Grundstock nehmen, und wenn wir vernünftig damit umgehen, könnte er uns lange über die Runden bringen, ohne
dass wir uns den Rest unseres Lebens abschuften müssen."

„Aber wir müssen es doch wenigstens versuchen, ihn da rauszuholen. Wir müssen halt nur vorsichtig genug sein, und wenn Ben tatsächlich nicht mitspielt, dann können wir uns immer noch aus dem Staub machen und ich werde dann als treusorgender Familienvater nach Hamburg zurückkehren, ohne dass ihr auch nur ein weiteres Wort des Missfallens von mir hört", versuchte Pitt seine Kameraden umzustimmen.

„Das will ich sehen", rief Klaas ungläubig aus.

„Dass ich zu Weib und Kind zurückkehre wie ein geprügelter Hund? Das wirst du, wenn wir es wenigstens versuchen."

Nikolas und Klaas blickten sich unschlüssig an.

„Es kann nicht schaden, nach vier Pferden zu fragen. Und dass wir zur Hinrichtung gehen, ist auch klar. Warum dann nicht ein wenig Verwirrung stiften und sehen, was passiert. Wegen einer Schlägerei werden wir Ben nicht gleich aufs Schafott folgen müssen", lenkte Nikolas ein.

„Aber dann werden wir uns gleich aus dem Staub machen und wir müssen vorsichtig sein, dass keiner von den anderen Lumpen uns doch noch verpfeift, wenn sie mitbekommen, dass wir da sind und sie nicht befreien", gab nun auch Klaas nach.

Es stellte sich heraus, dass der Prior sich bereits selbst um vier Pferde gekümmert hatte. Doch leider hatte der Bischof keine weitere Hilfe leisten können. Wo käme die Kirche denn hin, wenn sie jedem Unglücklichen aufs bloße Wort hin vertraute und Unterstützung anböte. Prior Jean sagte dies zwar nicht so, doch Nikolas vermutete, dass auch die vier Pferde eigentlich nicht für sie bestimmt waren und der junge Ordensmann eigenmächtig handelte.

„Gebt gut acht auf die Pferde. Wenn ihr in Hamburg seid, dann überbringt sie eurem Domherrn mit freundlichen Grüßen an Bischof Johannes", instruierte er sie.

Als alles geregelt war und sie sich ihre Pferde im Stall der Domschule angesehen hatten, machten sie sich noch einmal auf den Weg zum Hinrichtungsplatz, um das Gelände und mögliche Fluchtwege in Augenschein zu nehmen. Sie waren überrascht, denn das Schafott war nun komplett errichtet, doch statt dem üblichen Richtblock stand dort eine Apparatur, die sie noch nie gesehen hatten. Es war eine Art Schraubstock, bei dem nur der Kopf eingeklemmt wurde. Eine Klinge hing in Mannshöhe an einem Strick und wurde links und rechts in zwei senkrechten Schienen geführt.

„Die haben hier nicht nur Maschinen zum Nähen von Kleidern konstruiert, die haben auch gleich ein Gerät zur Massenhinrichtung erfunden", flüsterte Nikolas erschauernd.

„Und der Korb für die Köpfe steht auch schon bereit, so friedlich, als würden morgen auf dem Markt ein paar Kohlköpfe hineingelegt werden", fügte Pitt hinzu.

„Psst", flüsterte Klaas und nickte in Richtung der Straßenecke, um die gerade ein Gardist bog. Sie beugten den Kopf zum Abendgruß und verschwanden in der Dämmerung. Sie strichen noch weiter durch die Stadt und suchten den kürzesten Weg vom Schafott zur Domschule und von dort nordwärts hinaus aus der Stadt.

Als die Nacht anbrach, begaben sie sich in ihr Quartier, wo alle drei noch lange wach lagen und ein jeder still seinen Gedanken über den bevorstehenden Tag nachhing.

Mit dem Morgengrauen standen sie auf. Nachdem sie mit den Novizen und anderen Gästen ihre Portion Haferbrei gefrühstückt hatten, machten sie sich wieder auf in die Stadt, denn untätig auf die Mittagsstunde zu warten, das konnten sie nicht.

Auf dem Platz hatten schon die ersten Händler ihre Stände aufgebaut, an denen sie Gebäck und Zuckerwerk feilboten. Ein Wirt war dabei, Schanktische aufzustellen und ein paar Fässer Bier aus seinem nahe gelegenen Lager herholen zu lassen. Doch nicht nur auf dem Platz, auch in den Straßen und Gassen wurden kleine Buden errichtet, die am Vortag noch nicht da gewesen waren. Alles schien sich auf ein großes Spektakel einzurichten, doch diese neuen Hindernisse konnten ihnen zum Verhängnis werden, denn dadurch war ihr Fluchtweg stark eingeschränkt. Doch jeder andere Weg würde sie noch mehr Zeit kosten und so behielten sie ihren anfänglichen Plan bei. Von der Domschule aus hinaus zum nördlichen Stadttor sollte es keine Probleme geben, denn der Platz, zu dem alles hinströmte, lag in entgegengesetzter Richtung.

Die Zeit floss zäh dahin, und obwohl ihre Füße schon anfingen zu schmerzen, waren ihre Beine zu unruhig, um still zu stehen. Endlich schlug die Kirchturmuhr elf und sie eilten noch einmal zurück zur Domschule, um ihre Pferde satteln zu lassen. Ihre Bündel mit der gestohlenen Kleidung und Proviant hatten sie schon am Morgen gepackt, und trotzdem überprüften sie jetzt unruhig, ob sie auch nichts vergessen hatten.

Schließlich machten sie sich auf, um ihre Positionen auf dem Platz einzunehmen. Klaas und Pitt würden an zwei Stellen an der Südseite einen Streit unter den Zuschauern anzetteln, sodass die Wachen, geblendet von der Sonne, zum Ort des Aufruhrs gehen mussten, während Nikolas sich zu den Gefangenen durchkämpfen und mit Ben nach Norden in den Schatten der Häuser verschwinden sollte.

Das Volk flutete lachend und schwatzend an ihnen vorbei, ohne auch nur Notiz von den drei finster dreinblickenden Gestalten zu nehmen, die immer wieder hinauf zur Turmuhr sahen.

Endlich, eine Viertelstunde später als erwartet, ertönte gleichmäßiges Trommelschlagen und Nikolas sah, wie sich die Menschenmasse in der Gasse gegenüber teilte. Zuerst erschien der Trommler, gefolgt von einem Fahnenträger und einem Geistlichen. Dann kamen der Schafrichter, maskiert mit einem schwarzen Tuch, das nur seine Augen freigab, und zwei Wachmänner, die den Anfang eines Seils hielten. An das Seil waren die Gefangenen angebunden, die zusätzlich mit Ketten an Händen und Füßen gefesselt waren, sodass sich der Trommelschlag mit dem Rasseln und Schlurfen ihrer Füße zu einem beklemmenden Rhythmus vermischte. Als Nikolas das sah, verließ ihn der Mut, denn selbst wenn Ben sich auf eine Flucht einließ, so wäre der einzig mögliche Moment, ihn zu befreien, auf dem Schafott, wenn er aus der Reihe der Delinquenten gelöst wurde.

Doch als Ben schließlich ins Blickfeld geriet, fiel Nikolas ein Stein vom Herzen. Ihr von Kampf und Gefangenschaft gezeichneter Kapitän war nicht an die anderen Verurteilten gekettet und auch sonst nicht gefesselt. Wahrscheinlich hatte man es bei einem einbeinigen und einarmigen alten Mann für unnötig gehalten, ihn auf dieser kurzen Strecke zu binden. Man hatte Ben sogar einen Stock gegeben, mit dessen Hilfe er mühsam hinter seinen Schicksalsgenossen herhumpelte. Die Wachen hatten ihre Aufmerksamkeit auf die sechs anderen Gefangenen gerichtet und so schien es ein Leichtes zu werden, sich unbemerkt mit Ben davonzumachen, vorausgesetzt er spielte mit.

Als der Trommler in einem großen Bogen auf das Schafott zuging, hob auf der anderen Seite des Platzes ein lautstarkes Geschimpfe an und kurz darauf stoben die Menschen dort auseinander, um zwei Kämpfenden Platz zu machen. Fast gleichzeitig begann an einer zweiten Stelle ein ähnliches Schauspiel, und von den bis eben noch gut gelaunten Schaulustigen wurden immer mehr in einen handfesten Streit verwickelt. Nikolas musste wieder einmal zugestehen, dass Klaas und Pitt sich beinahe zu gut darauf verstanden, Schwierigkeiten anzuzetteln.

Die Reihe der Gefangenen war nun so nah, dass auch Ben fast in Reichweite war und Nikolas drängte sich zu ihm durch.

„Wir geben dich nicht einfach auf, egal was du sagst", flüsterte Nikolas.

„Verschwinde", erwiderte Ben.

„Wir haben vier Pferde, von hier aus führt der schnellste Weg zu ihnen."

„Sieh mich doch an, selbst eine Schnecke ist schneller als ich, und da soll ich eine Flucht durch diese Menge hindurch wagen und dich dazu in Gefahr bringen?"

„Wir haben alles genau durchdacht. Wir werden die Pferde erreicht und die Stadt verlassen haben, ehe sie auch nur wissen, in welche Richtung wir davon sind."

„Hast du überhaupt schon mal auf einem Pferd gesessen?"

Nikolas spürte, wie ihnen die Zeit davonlief und schließlich entdeckte er Klaas und Pitt, die sich von der anderen Seite des Platzes durchgearbeitet hatten und an der nächsten Häuserecke auf sie warteten. Nikolas schüttelte den Kopf, um ihnen zu bedeuten, dass Ben nicht mitkommen wollte. Gerade als sich Pitt wütend durch die Menschenreihen zu ihnen durchkämpfen wollte, kamen die Wachen, um Ben voranzutreiben.

Er stieß Nikolas mit seinem Armstumpf zurück. „Leben und Sterben wie Störtebeker, das ist nur gerecht!", rief er ihm zu, als die Wachen ihn zu den anderen Gefangenen zerrten.

Nikolas konnte Pitt gerade noch zurückhalten, der wie ein wilder Stier durch die Menge trabte.

„Lass es. Es ist zu spät", wirkte Nikolas auf ihn ein, und mühsam gelang es ihm, den Freund vom Vorwärtsstürmen abzubringen und zurückzudrängen.

Als sie bei Klaas ankamen, war Pitt nur noch ein Häuflein Elend und konnte seine Tränen nicht mehr aufhalten. Sie nahmen ihn in ihre Mitte, obwohl sie sich kaum besser fühlten. Sie stützten sich gegenseitig und erwarteten nun das, was sie nicht mehr ändern konnten.

Die ersten sechs Köpfe rollten zügig und unter ohrenbetäubendem Gejohle der Schaulustigen. Doch dann kam Ben an die Reihe. Alle sahen, wie er mühsam das Podest bestieg. Ein Raunen ging durch die Menge, als die Leute den entstellten Körper zu Gesicht bekamen. Niemand schien Mitleid zu empfinden, vielmehr waren alle froh, von einem solchen Scheusal befreit zu werden.

Ben wurde von einem Wachmann gestützt, als er vor dem Fallbeil niederkniete. Sein Kopf wurde ohne Augenbinde in der Vorrichtung fixiert, der Priester schlug das Kreuz über ihm. Ein letztes Mal stimmte der Trommler seinen scheppernden Wirbel an und dann fiel Bens Kopf, der Kopf des ihnen so vertrauten Kapitäns, in den bereitstehenden Korb.

Der Schafrichter hielt das abgetrennte Haupt an den Haaren in die Höhe, um der gaffenden Menge zu zeigen, dass auch der letzte der Verurteilten wirklich und endgültig tot war.

Im kühlen Schatten der Häuser hatten Nikolas, Klaas und Pitt bereits das Ende der Straße erreicht, als das Klatschen und Jubeln der Menge langsam abebbte. Sie hatten sich die Tränen abgewischt und es drängte sie, aus diesem Land fortzukommen und all die Jahre des Raubens und Mordens hinter sich zu lassen. Sogar Pitt war einzig und allein von dem Gedanken beseelt, zu seiner Frau zurückzukehren und sie und seine Kinder in die Arme zu schließen.

24

Über Stock und Stein

$\mathcal{D}$a sie es nicht geschafft hatten, Ben zu befreien, bestand auch keine Notwendigkeit mehr, übereilt abzureisen. Sie bedankten sich bei Prior Jean für seine Hilfe und versprachen ihm, eine Nachricht zu senden, sobald sie wohlbehalten zurückgekehrt waren.

Zur Stadt hinaus hatten sie die Pferde geführt, wobei Pitt zusätzlich das Packpferd am Halfter hielt. Als sie schließlich vor der Stadtmauer am Wegesrand versuchten aufzusteigen, musste Nikolas feststellen, dass Pferde nicht immer das taten, was gerade von ihnen verlangt wurde. Klaas und Pitt saßen schnell im Sattel, denn sie hatten in ihrer Jugend schon das ein oder andere Mal auf einem Ackergaul gesessen. Nun versuchte auch Nikolas sein Glück, doch schon allein seinen Fuß in den Steigbügel zu bekommen, schien eine unüberwindbare Hürde für ihn zu sein.

„Na los, du stellst dich ja an wie ein Weib im Rock", spottete Pitt.

„Gott hat mich bestimmt nicht dazu geschaffen, mein Bein höher zu heben, als es für einen gezielten Arschtritt nötig wäre", keuchte Nikolas.

„Wenn du meinen hier oben erwischen willst, dann musst du noch etwas höher zielen", lachte Klaas.

Nach weiteren drei Runden im Kreis hatte Nikolas es endlich hinbekommen, seinen Fuß in den Steigbügel zu klemmen. Doch nun steckte der in einem Winkel in dem Lederriemen, der es unmöglich machte, ihn wieder herauszuziehen, solange der andere Fuß noch auf festem Boden stand. Unruhig wegen der Last, die nun an seiner Seite hing, bewegte sich das Pferd vorwärts und Nikolas musste ihm auf einem Bein hüpfend folgen.

Klaas und Pitt amüsierten sich köstlich.

„Du musst an beiden Zügeln gleichmäßig ziehen, damit es stehen bleibt", rief Klaas ihm zu, doch das war leichter gesagt als getan.

Bei dem Versuch die Zügel zu koordinieren, stolperte Nikolas und wurde von dem erschrockenen Tier die Landstraße entlanggeschleift. Ein Bauer kam ihnen mit seinem Wagen entgegen und stimmte in das Gelächter von Klaas und Pitt ein.

„Komm her, ich helf dir", sagte Klaas und winkte den eingestaubten Nikolas zu sich.

Sein eigenes Pferd hatte er laufen lassen und es graste friedlich am Wegesrand. „Winkel dein linkes Bein an und bei drei stößt du dich mit dem rechten ab. Pass auf, dass du nicht gleich wieder zur anderen Seite hinunterfliegst. Nimm beide Zügel in die Hand und tritt dem Gaul ordentlich in die Seiten", erklärte Klaas.

Doch Nikolas' Pferd reagierte nicht. Schließlich gab Klaas dem Tier einen kräftigen Hieb auf den Hintern, worauf es überrascht den Kopf hochriss und mit ein paar Schritten auf den Weg zurückkehrte.

„Habt ihr es jetzt, oder sollen wir unserem Kleinen erst noch ein paar Reitstunden geben", rief Pitt ihnen zu, der schon ein ganzes Stück vorausgeritten war.

„Ich glaub, ihm ist es lieber, von einer Brünetten geritten zu werden, als selbst einen Braunen zu reiten", antwortete Klaas grinsend.

„Kann man mir das verdenken?", rief Nikolas eingeschnappt, doch zum Glück folgte sein Pferd nun gemütlich dem von Klaas und schon bald hatten sie Pitt eingeholt.

An diesem ersten Tag fiel Nikolas noch einige Male vom Pferd, da es mehrmals verschreckt angaloppierte. Zum Glück geschah ihm bei den Stürzen nicht allzu viel, außer dass er einmal in ein Brennnesselfeld fiel und über eine Stunde lang mit roten Pusteln übersät war. Klaas und Pitt amüsierten sich wieder königlich. Immerhin erlernte er so das Aufsteigen.

Den ersten Abend verbrachten sie unter freiem Himmel. Sie hatten es nicht geschafft, bis zu dem kleinen Waldkloster zu kommen, von dem Prior Jean ihnen erzählt hatte. Nach Klaas' Schätzung hatten sie gerade mal die Hälfte des Weges hinter sich gebracht.

Es war zwar nicht ratsam, in der Wildnis zu nächtigen, denn überall gab es Wegelagerer und Diebe, doch hier waren drei gestandene Piraten, die über ein Jahrzehnt lang Kampf und Tod ins Auge geblickt hatten. Sie verschwendeten kaum einen Gedanken an die Gefahren, die rings um sie in der Dunkelheit lauern könnten. Auf einer Lichtung etwas abseits vom Weg sattelten sie ihre Pferde ab und zündeten ein kleines Feuer an.

Nikolas war gerade eingedöst, als er von Geschrei und Gefluche aufgeweckt wurde. Er sprang hellwach auf und sah sich nach Angreifern um, bereit, sich auf alles zu stürzen, was sich in der Dunkelheit bewegte.

Doch im Schein des Feuers konnte er nur die Gestalten von Klaas und Pitt ausmachen, die wie bei einem satanischen Tanz um die Flammen herumhüpften.

„Was ist los, was heult ihr so?", rief Nikolas.

„Diese verfluchten Biester", schrie Pitt und schlug mit den Armen um sich.

„Wo, ich sehe nichts?" Nikolas war um das Feuer herumgeeilt, um seinen Freunden zu Hilfe zu kommen.

„Ameisen!", brüllte Klaas und zog sich die Hose aus.

Nikolas stand einen Moment reglos da, doch dann brach er in schallendes Gelächter aus. Jetzt war seine Rache gekommen. Den ganzen Tag hatte er Spötteleien über sich ergehen lassen müssen, doch nun war er es, der lachte. Gemütlich setzte er sich auf seine Decke und sah amüsiert seinen beiden Freunde zu, die in kürzester Zeit völlig nackt mitten auf der Lichtung standen.

Nicht weit war ein kleiner Bach, wo die beiden ihre Plagegeister abwuschen, während Nikolas Holz nachlegte und das Feuer schürte. Er schmunzelte immer noch und bemerkte nicht, dass die Pferde ihre Ohren aufgerichtet hatten und unruhig scharrten und schnaubten.

Fünf dunkle Gestalten hatten sich, angelockt von dem Geschrei, zwischen den Bäumen hindurch herangeschlichen und als sie nur noch einen Sprung entfernt waren, schlugen sie zu. Zwei von ihnen drehten Nikolas die Arme auf den Rücken und knebelten ihn, während die anderen drei anfingen, das Gepäck zu durchsuchen.

Nikolas wehrte sich mit allen Kräften, doch er kam gegen die zwei Gesetzlosen nicht an, die seine Arme wie mit Eisenklammern festhielten.

Klaas und Pitt schimpften immer noch vor sich hin. Sie waren nach dem unfreiwilligen Bad nicht nur durchgefroren, sondern hatten immer noch das Gefühl, dass Hunderte Ameisen auf ihnen herumkrabbelten.

Klaas bückte sich gerade, um den zweiten seiner Strümpfe aufzuheben, den er auf der Flucht von sich geschmissen hatte, als Pitt ihn anstupste.

„Was?", brummte Klaas.

„Da stimmt was nicht", flüsterte Pitt und schlich splitternackt hinter den nächsten Baumstamm. Klaas folgte ihm.

„He, such dir deinen eigenen Baum", zischte Pitt.

„Jetzt stell dich nicht so an", entgegnete Klaas.

Murrend drehte sich Pitt um und streckte vorsichtig den Kopf hinter dem Baum hervor, um einen besseren Blick auf die Lichtung zu haben.

„Die müssen doch lebensmüde sein", rief Pitt erregt aus, und ehe Klaas begriff, was vor sich ging, stampfte Pitt barfuß durch das Unterholz auf die Lichtung zu und warf sein Kleiderbündel in den nächsten Busch.

Verdattert folgte ihm Klaas und musste noch erstaunter feststellen, wie gut Pitts Augen in der Dunkelheit waren. Denn er erfasste die Situation erst, als der nackte Pitt fluchend auf einen dunklen Schatten einprügelte.

Nun warf auch Klaas seine Kleider fort und stürmte auf die Lichtung. Nikolas hatte den Moment genutzt und geschickt seinen rechten Arm befreit. Wie in alten Zeiten schlug er nun mit einem rechten Haken erst den einen und dann mit einem Kopfstoß den anderen seiner Kontrahenten zu Boden. Dann band er den beiden Dieben Hände und Füße zusammen und wollte seinen Kameraden helfen, doch die hatten die anderen drei Angreifer gut unter Kontrolle.

Klaas hatte sich auf einen der Kerle gestürzt, der sich an ihren Pferden zu schaffen gemacht hatte, und Pitt tanzte zwischen den beiden anderen umher, die ihn mit Messern attackierten. Ein zittriges Lachen löste sich aus Nikolas' Kehle, als er beobachtete, wie Klaas und Pitt splitternackt im Mondschein die Diebe verprügelten, und so setzte er sich auf einen Baumstamm in der Nähe und schaute zu, wie einer nach dem anderen zu Boden ging. Er atmete tief und langsam die kühle Waldluft ein und nahm zum ersten Mal bewusst den holzig würzigen Duft der Kiefern wahr.

„Ihr solltet immer nackt kämpfen. Allein dieser Anblick hätte sie schon fast in die Flucht geschlagen", frotzelte Nikolas, als Klaas und Pitt auch ihre Angreifer fesselten und knebelten.

„Hol lieber unsere Sachen", gab Klaas zurück. „Es ist schweinekalt."

Nikolas erhob sich schwerfällig und fischte die weggeworfenen Hemden und Hosen aus dem Unterholz.

„Morgen müssen wir das nächste Kloster erreichen. Hier wird einem als ehrlicher Mensch sonst noch der Garaus gemacht." Und damit rollte sich Pitt wieder in seine Decke, doch diesmal auf der anderen Seite des Feuers.

Klaas und Pitt schnarchten friedlich bis zum Morgengrauen, doch Nikolas wurde immer wieder von dem Wimmern der Diebe geweckt, die sie inmitten des Ameisenhaufens hatten liegen lassen.

Sie spülten die Reste ihres trockenen Brotes mit dem klaren Wasser des Bachs hinunter und packten dann ihre Sachen zusammen. Die völlig zerbissenen Halunken ließen sie verschnürt an Ort und Stelle liegen.

Nikolas spürte Muskelkater an Stellen, die er vorher noch nie wahrgenommen hatte. Die Innenseiten seiner Oberschenkel brannten bei jedem Schritt und er konnte sich beim besten Willen nicht vorstellen, wie er seine Beine weit genug auseinanderbekommen sollte, um wieder auf einem Pferd zu sitzen.

Als sie sich anschickten aufzusitzen, begannen die fünf Männer am Boden mit ihren Knebeln im Mund, verzweifelt auf sich aufmerksam zu machen.

Klaas und Pitt saßen schon mit gequälten Mienen im Sattel, denn auch ihre Körper hatte die ungewohnten Strapazen des Reitens nicht schmerzfrei überstanden, als Nikolas doch noch ein Herz zeigte und den Gebeutelten die Fußfesseln durchtrennte, sodass sie wenigstens irgendeine Chance hatten, vom Fleck zu kommen, bevor die Ameisen sie auffraßen.

Die drei ließen ihre Pferde gemütlich den Waldweg entlangtrotten und am Nachmittag erreichten sie endlich das Kloster, versteckt zwischen Bäumen gelegen.

Die Mönche hielten Ziegen und bestellten ein paar Äcker, um ihr Auskommen zu haben. Außerdem pflegten sie einige Bienenstöcke und produzierten Waldblütenhonig. Die meisten ihrer Erzeugnisse verkauften sie auf dem Markt, für sich selbst behielten sie nur das Nötigste.

Auch ihre Gäste bekamen nur ein karges Abendbrot, nach dem sie noch immer hungrig ins Bett gingen. Am nächsten Tag machten sie sich wieder auf, diesmal mit ein wenig Proviant ausgestattet, das bis zum nächsten Frühstück reichen sollte. Doch sie waren so ausgehungert, dass schon am Nachmittag alles aufgezehrt war. Obwohl ihnen immer noch alles wehtat, kamen sie jetzt schneller voran. Nikolas stellte fest, dass es sich wesentlich bequemer saß, wenn das Pferd galoppierte und nicht trabte. Dadurch erreichten sie rechtzeitig ihren nächsten Rastplatz.

So reisten sie mehrere Wochen von Kloster zu Kloster und von Domschule zu Domschule, und mussten sie doch mal unter freiem Himmel übernachten, so übernahmen sie abwechselnd den Wachdienst, so wie sie es auf der Gundelinde getan hatten. An den Domschulen bekamen sie reichhaltigere Mahlzeiten, weswegen sie sich beeilten, in die nächsten Städte zu kommen, doch gestatteten die Domschulen nur eine Übernachtung, um ihre Mildtätigkeit nicht ausgenutzt zu sehen.

Es war Ende September, als sie zum ersten Mal seit Wochen vertraute Worte hörten. Sie hatten die Grenze zum Heiligen Römischen Reich überschritten und befanden sich bereits in Lothringen. Gerne wären sie in einer Wirtschaft eingekehrt und hätten bei einem Krug Bier Karten gespielt, doch Geld hatten sie schon lange keins mehr.

Sie schlenderten durch Trier und schäkerten mit den Straßenweibern, als Pitt auf eine Idee kam.

„Wir müssen Geld verdienen", sagte er. „Ich hab keine Lust, nur an den Auslagen vorbeizugehen, ohne zulangen zu dürfen." Dabei schielte er auf die hochgeschnürten Brüste einer goldhaarigen Frau mit reichlich aufgetragenem Wangenrot.

„Wir kommen doch gut voran. Wenn wir aber anhalten, um zu arbeiten, werden wir es nicht vor dem Winter nach Hamburg schaffen," erwiderte Klaas.

„Und du wolltest zu deiner Frau zurück und ein sittsames Leben beginnen", setzte Nikolas hinzu.

„Das habe ich auch immer noch vor." Pitt wandte seinen Blick von den Dirnen ab. „Aber anstatt von milden Gaben der Kirche zu leben, könnten wir auch hier und da gegen ein paar Kreuzer unsere Dienste anbieten und mal was anderes als dünnen Brei essen. Die Winterernte steht an, und jeder

Bauer wird froh über etwas Hilfe sein. Und meine Frau hat nun schon so viele Jahre gewartet, da machen ein oder zwei Wochen länger auch nichts aus."

„Und sie wird dir auch nur einmal den Kopf abreißen können, egal ob du nun noch eine Hure zu den Hunderten hinzufügst oder nicht", schloss Klaas die Argumentation seines Freundes ab.

Pitt grinste nur, doch sie waren sich einig, denn auch den anderen beiden hingen die kargen Mahlzeiten in den Gästeunterkünften der Klöster zum Halse raus.

Gleich am nächsten Tag steuerten sie ein großes Gehöft an, das auf ihrem Weg lag, und fragten nach Arbeit. Wie Pitt vorhergesagt hatte, wurden sie mit offenen Armen empfangen. Den ganzen Tag standen sie mit den Knechten auf einem goldenen Weizenfeld und schnitten mit den gleichmäßigen Bewegungen ihrer Sensen die dünnen Halme, an deren Spitzen dicke Ähren hingen. Sie blieben drei Tage. Ihr Lager schlugen sie in der Scheune auf und ihre Pferde stellten sie zu den beiden Ackergäulen, die den ganzen Tag den Karren mit den Getreidegarben zur Tenne gefahren hatten. Die drei bekamen weniger Geld als die Knechte, doch Pitt hatte sich eine der Mägde angelacht, die ihr Bett die Nächte mit ihm teilte.

So zogen sie nun von Hof zu Hof und lebten von der Hand in den Mund und sparten nichts. Zwischendurch leisteten sie sich ein paar Bier in einer Schankstube, wobei sie bei Weitem nicht mehr so viel tranken wie in ihren Hochzeiten.

Sie hatten Hamm hinter sich gelassen und die ersten Herbststürme bereits überstanden, als es auf Bauernhöfen knapp mit der Arbeit wurde. Zum Glück waren sie alle handwerklich so begabt, dass sie auch in Schmieden, Tischlereien oder Böttchereien Arbeit bekamen. Doch hier mussten sie länger suchen, bevor sie einen Meister fanden, der gerade genug Arbeit und Geld hatte, um sich ein paar zusätzliche Hände leisten zu können. Nun nutzten sie auch öfter wieder die Gastfreundschaft von Klöstern, um Unterkunft und Verpflegung zu bekommen, wenn sie kein Glück bei der Arbeitssuche hatten. Doch durch die kürzeren und weniger häufigen Unterbrechungen kamen sie auch wieder schneller voran.

Anfang Dezember, als der erste Schnee fiel, hatten sie ihren letzten Halt in Ramelsloh erreicht. Sie hatten die Pferde von Prior Jean bereits hier abgegeben, denn sie befürchteten, zu viel Aufmerksamkeit auf sich zu ziehen, wenn sie tatsächlich mit freundlichen Grüßen am Mariendom vorgesprochen hätten. Am nächsten Tag würden sie zu Fuß nach Hamburg aufbrechen.

Nikolas saß vor dem kleinen Fenster ihrer Klosterzelle in dem Männerstift, das von Bischof Ansgar vor fast sechshundert Jahren gegründet worden war, und starrte durch die Schweinsblase, die das Fenster verschloss, hinaus in den Schneesturm. Ihre letzten Verdienste hatte sie ausnahmslos gegen Kleidung eingetauscht und nun saß er in einem dicken Wollhemd da, und nur seine Nase war rot gefroren. Die Kerze auf dem Tisch flackerte in der Zugluft und auf dem Papier, das er gedankenverloren glatt strich, standen bisher nur wenige Sätze. Er schrieb an Prior Jean, so wie er es vor Monaten versprochen hatte, doch seine Gedanken schweiften immer wieder ab.

Er sah die Straßen und Gassen der Stadt vor sich, in der er aufgewachsen war. Bilder von sonnigen Tagen, an denen er in den Höfen der Händler gespielt hatte, schienen so real, als wäre er wieder der kleine siebenjährige Junge von damals.

Auch das Gesicht seines Vaters tauchte immer wieder auf. Er erinnerte sich an die Domschule, wo er so vieles gelernt hatte, und zum ersten Mal fühlte er Dankbarkeit dem Magister gegenüber. Wäre er nicht gewesen, dann hätte er nie all die grundlegenden Dinge erfahren, die ihm damals wie reine Zeitverschwendung vorgekommen waren, und die ihm später so oft in schwierigen Situationen weitergeholfen hatten. Magister Deubel war nun sicherlich schon seit Jahren tot, und eigentlich gab es niemanden, für den es sich lohnte zurückzukehren. Doch da war noch ein Gesicht, das sich immer häufiger vor sein geistiges Auge drängte. Ein Gesicht, das er schon vergessen geglaubt hatte, doch nun musste er sich eingestehen, dass Mathi ihn all die Jahre in seinen Gedanken begleitet hatte.

Klaas und Pitt platzen in die Zelle und brachten einen eisigen Wind mit herein.

„Das wird mal wieder ein harter Winter", sagte Pitt und klopfte sich den Schnee von den Schultern. „Nur gut, dass wir unser Geld für diese wunderbar warmen Mäntel ausgegeben haben."

„Wenn es nach dir gegangen wäre, dann hättest du alles an Huren verschwendet", erwiderte Klaas und schüttelte seine Schaffellmütze aus.

„Meint ihr, jemand wird uns noch in Hamburg erkennen?", fragte Pitt.

Sie schauten sich reihum an, doch keiner antwortete.

„Also, ich werde erst einmal im Seemannshof vorbeischauen und sehen, ob Irma noch dort arbeitet", erklärte Pitt.

„Du musst es auch wirklich bis zur letzten Minute auskosten", sagte Klaas.

Nikolas blickte von dem Stück Papier auf. „Ich denke, ich werde einmal beim Wilden Eber vorbeigehen."

Klaas und Pitt schauten sich vielsagend an.

„Dir spukt wohl immer noch die schlagkräftige Kleine im Kopf rum", schmunzelte Klaas.

„Gib bloß acht, dass du dich nicht von einem Weibsbild einfangen lässt, das gibt nur Ärger. Sieh mich an", brummte Pitt.

Als sie am nächsten Tag aufbrachen, kribbelte es Nikolas vor Aufregung im Bauch. Um sie herum war alles still, und die Welt schien sich bereits in ihren Winterschlaf zurückgezogen zu haben.

Endlich kam die Stadtmauer von Hamburg in Sicht. Sie hob sich dunkel von dem bleiernen Himmel ab, der noch weiteren Schneefall bereitzuhalten schien. Als sie das Brooktor erreichten, wurden sie argwöhnisch von den Wachen beäugt, doch keiner der Soldaten verweigerte ihnen den Zutritt.

Nun packte auch die anderen eine gewisse Anspannung und mit großer Neugier betrachteten sie all die neuen Gebäude und Veränderungen in den Straßen, doch sie sahen auch viele bekannte Ecken.

Am Pranger war ein armer Wicht eingeklemmt, dessen verschmutztes Gesicht und ausgemergelter Körper auf einen Straßenvagabunden schließen ließen. Vielleicht würde man ihm nach der Demütigung auch noch die Diebeshand abschlagen. Das hämische Gelächter der Gassenjungen holte Nikolas wieder in die Gegenwart zurück. Mitleidig sah er den Mann an, den sie mit Schneebällen bewarfen. Auch er hatte einmal zu ihnen gehört.

Dort war das Eimbecksche Haus, wo sie sich vor Jahren auf Kosten der Oberschicht amüsiert hatten. Und dort rechts stand der Turm, in dem vor über zehn Jahren der große Klaus Störtebeker seine letzten Stunden verbracht hatte. Sie gingen über die Trostbrücke und kamen auf den Hopfenmarkt.

Nikolas' Herz schnürte sich bei all den Erinnerungen zusammen. Wo wäre er jetzt, wenn er damals, in der nebligen Oktobernacht, nicht davongelaufen wäre?

Bei Sankt Nikolai kamen sie an der Mauer vorbei, hinter der seine alter Schule lag. Und da war auch die kleine Seitenpforte, an der er zuletzt den Magister gesehen hatte. Ein beklemmendes Gefühl mischte sich mit dem Drang, die Tür aufzustoßen und den Hof zu betreten, auf dem die Scholaren in gesitteten Gesprächen oder schweigend ihre Pausen verbrachten. Er war neugierig, ob auch jetzt gerade Schüler ruhig ihre Runden drehten und ob in der hintersten Ecke immer noch der alte knorrige Birnbaum stand, in den er immer geklettert war und verbotenerweise die saftigen Früchte genascht hatte.

„Sind wir so viel älter geworden oder ist die Stadt jünger geworden?", fragte Pitt und starrte an einem dreistöckigen Gebäude hinauf, dessen Fassade mit fantastischen Schnitzarbeiten bis zum Giebel verziert war.

„So ist das mit Städten, sie werden größer und älter, und trotzdem sehen sie mit der Zeit immer jünger aus. Im Gegensatz zu dir", scherzte Klaas.

Ein Bursche bog um die Ecke und schlug mit einem Stock gegen eine Pfanne, während er laut rief: „Neueröffnung! Ein halber Liter Bier für einen halben Pfennig!" Dann beendete er seine Runde und kehrte in einer Schenke unweit der drei Freunde ein.

„Ich glaub, hier könnte ich es aushalten", sagte Pitt und ging auf das neueröffnete Gasthaus zu.

„Selbst bei den Preisen wirst du hier nicht lange Freude haben", bemerkte Klaas, als zwei betrunkene Burschen aus der Wirtschaft geschmissen wurden.

„Lasst euch erst wieder blicken, wenn ihr eure Schulden bezahlt habt", donnerte der Wirt und ließ seine Knöchel knacken. Mühsam rappelten sich die beiden Trunkenbolde auf und wankten zur nächsten Schenke.

Als der Wirt die drei Reisenden in ihrer guten Kleidung sah, änderte sich seine Miene. „Tretet näher, kommt herein. Nirgends bekommt Ihr einen besseren Gerstensaft zu dem Preis als hier."

„Besten Dank, Herr Wirt, vielleicht werden wir später auf Euer großzügiges Angebot zurückkommen", nickte Nikolas. Der Wirt verbeugte sich, ehe er sich wieder in seine Gaststube zurückzog.

„Wieso das denn?", empörte sich Pitt. „So ein Angebot könne wir uns doch nicht entgehen lassen!"

„Du kannst ja bleiben. Ich geh weiter zum Wilden Eber", antwortete Nikolas.

„Oh mein Gott, dieser Bursche scheint sich tatsächlich ein Weib an die Backe kleben zu wollen. Klaas, hilf mir, ihn zur Vernunft zu bringen, damit er nicht das gleiche Schicksal erleiden muss, wie es mir in wenigen Tagen bevorsteht. Ist hier denn keine Magd, die sich für ein Stündchen ihr Bett mit diesem schmucken jungen Kerl hier wärmen will? Wie steht es mit Euch, meine beiden Hübschen." Damit verbeugte er sich vor zwei Mädchen, die gerade ihre Einkäufe heimtrugen. Kichernd machten die beiden einen Bogen um ihre Gruppe.

„Lass es sein. Du führst dich auf wie ein liebestoller Hund, der eine läufige Hündin gerochen hat", rief Klaas über die Schulter zurück.

25

Von Wasser umgeben

Wenig später bogen sie gemeinsam in die kleine Gasse
ein, in der der Wilde Eber lag. Schon von Weitem
sah Nikolas, dass das grüne Schild mit dem Eberkopf nicht
über der Tür hing und nur der eiserne Rahmen in die Gasse
hineinragte.

Die Tür war verschlossen und die Butzenscheiben der
kleinen Fenster zerbrochen. Holzbretter waren von innen
davor genagelt worden.

„Heda! Ist jemand da?" Nikolas klopfte laut an die abge-
schlossene Tür, doch nichts rührte sich.

„Komm. Da ist niemand mehr", sagte Klaas.

Resigniert wandte sich Nikolas ab. Er war so sicher gewesen, Mathi hier wiederzusehen. Ein letztes Mal blickte er an
der Hauswand hinauf, doch auch im ersten Stockwerk starrten die Fenster nur düster und leer zu ihm hinunter. Wahrscheinlich hatte sie geheiratet und war weggezogen. Er schob
seine Enttäuschung beiseite.

„Kommt, lasst uns sehen, wo wir Pitt eine letzte schöne
Zeit verschaffen können, bevor wir ihn in die eheliche Leib-
eigenschaft zurückführen." Klaas klopfte ihm aufmunternd
auf die Schulter.

„Hast du endlich erkannt, was die Ehe wirklich ist?", sagte Pitt. „Aber ich möchte darum bitten, dass nicht ihr mir eine schöne Zeit verschafft, sondern eine üppige Blonde."

„Wenn du willst, auch zwei."

„Na, das ist doch mal ein Wort. Also auf zum Seemannshof!"

An diesem Abend gaben sie ihr ganzes Geld aus und tatsächlich verschwand Pitt mit gleich zwei Dirnen im Arm in einer verschwiegenen Kammer.

Klaas und Nikolas erwachten früh am nächsten Morgen mit den Köpfen auf dem Tisch, als ein Knecht lärmend die Stühle beiseite stellte, um den Boden zu säubern. Kurz darauf wankte auch Pitt zurück in den Schankraum.

„Ihr habt recht. Ich werde wirklich alt", nuschelte er und setzte sich ächzend zu den beiden an den Tisch. Sein Hemd hing noch halb aus der Hose und seinen zweiten Riemenstiefel hielt er in der Hand. „Ihr glaubt gar nicht, wie anstrengend letzte Nacht war. Und ich vertrage keinen Alkohol mehr. Die letzten Monate haben mich enthaltsam gemacht."

Pitt bückte sich, um sich den Stiefel anzuziehen und kippte dabei beinahe um.

„Zeit, nach Hause zu gehen." Der Wirt war aus der Küche gekommen.

„Jawohl, Meister, wir werden endlich nach Hause gehen", stimmte Pitt zu.

Sie gingen hinaus in die frische Morgenluft.

„Was hast du damit eben gemeint?", fragte Klaas.

„Wir gehen nach Hause. Mein Heim, euer Heim." Pitt schaute seinen Freunden dabei nicht in die Augen, doch seine Stimme sagte ihnen, dass er es ernst meinte.

„Wann soll es losgehen?", fragte Nikolas.

„Sofort. Wir haben eh kein Geld mehr, um uns auch nur noch einen weiteren Tag hier zu vergnügen."

Der Himmel war die Nacht über wolkenverhangen gewesen, sodass es nicht allzu sehr abgekühlt war, doch nun verzogen sich die Wolken und es versprach, ein sonniger Tag zu werden. Noch waren die Straßen und Gassen leer und nur das Klappern und Plätschern der Wassermühlen am Mühlentor hinter St. Peter unterbrach die wohltuende Stille. Ein wenig wehmütig durchschritt Nikolas das Tor.

Sie wanderten den ganzen Tag. Unter ihren Wintermänteln wurde ihnen warm und der Schweiß rann ihnen trotz der kühlen Temperaturen über die Stirn. Es fing schon an zu dunkeln, als sie endlich Wandsbek erreichten. Sie klopften an die Tür des Bauernhauses, das einmal Pitts Eltern gehört hatte.

„Wer ist da?", fragte eine Frauenstimme.

„Mach auf, Snuutje, ich bin's", antwortete Pitt.

Ein schwerer Holzriegel wurde zurückgeschoben und dann ging die Tür auf.

„Diese Stimme hätte ich auch nach einem Dutzend Jahre wiedererkannt. Moment mal, es ist ja sogar ein Dutzend." Durch die blonden Haare von Pitts Frau zogen sich graue Strähnen, und die harten Jahre als Bäuerin, die sich allein um Hof und Kinder hatte kümmern müssen, hatten sie gezeichnet und verhärmt.

„Und du siehst immer noch so aus wie vor zwölf Jahren." Pitt versuchte ein einnehmendes Lachen und breitete die Arme aus, doch statt einer herzlichen Umarmung traf ihn ein Faustschlag genau auf die Nase.

„Was soll das denn?", jaulte er. Tränen waren ihm in die Augen geschossen und Blut rann aus der Nase.

„Was für einen Willkommensgruß hast du dir denn erhofft?", schimpfte sie.

„Du hast ja recht, ich war ein schrecklicher Ehemann, doch ich verspreche dir, dass ich alles wieder gutmachen werde. Ich bin zurückgekommen, um zu bleiben."

„Du meinst wohl, du hast kein Geld mehr und willst dich für eine Weile aushalten lassen, um dann wieder abzuhauen."

„Ich verspreche dir, dass ich für all die Jahre doppelt so hart arbeiten werde, und jetzt kannst du dich mal ausruhen."

„Wieso sollte ich dir das glauben?"

„Er ist ein reuiger Sünder. Wir bürgen für ihn." Dankbar schaute Pitt Klaas durch seine langsam zuschwellenden Augen an.

„Und wer seid ihr?"

„Wir sind Freunde und die letzten zwölf Jahre zusammen gereist."

„Pah, was sind das für Freunde, die mit meinem Mann all die Jahre durch die Gegend streifen und ihn nicht dazu überreden können, seinen Pflichten nachzukommen." Misstrauisch beäugte sie Klaas und Nikolas.

„Ich werde dir alles erzählen, doch lass uns erst einmal herein. Es ist schweinekalt und meine Nase blutet."

Immer noch abweisend und mit verschränkten Armen stand sie in der Tür. „Und sicherlich wollt ihr auch etwas essen, wie? Habt ihr wenigstens Geld von euren Abenteuern mitgebracht?"

„Leider nein. Doch ich kann dir versichern, dass Pitt im Frühjahr so viel Geld nach Hause bringen wird, dass es für mehrere Jahre reicht." Mit großen Augen schaute sie Nikolas und Klaas an.

„Und weshalb sollte ich euch trauen? Ich sehe euch heute zum ersten Mal."

„Wenn ich unrecht habe, dann kannst du uns im Frühjahr zum Teufel schicken, doch bis dahin werden wir dir helfend zur Hand gehen. Drei starke Männer zum Preis von einem." Nikolas merkte, wie sich ihre Miene etwas entspannte.

In all den Jahren hatte sich auf dem Hof einiges angesammelt, was dringend gerichtet werden musste. Ein paar zusätzliche Arme könnten den Hof auf Vordermann bringen, bis die Feldarbeit wieder begann.

Schließlich trat sie doch beiseite und ließ sie ein.

„Das ist euer Vater", verkündete Pitts Frau vier Mädchen, die geschäftig das Abendessen vorbereiteten oder Wolle spannen. Schweigend blickten sie von einem zum anderen.

„Ich dachte, wir hätten nur drei, von wem ist die Kleine?", fragte Pitt flüsternd.

„Die ist auch von dir. Erinnerst du dich, als du das letzte Mal auf einen Sprung vorbeigekommen bist?", antwortete sie bissig. Pitt schaute überrascht, doch eine gewisse Ähnlichkeit mit seiner jüngsten Tochter konnte er nicht abstreiten und schmunzelnd erinnerte er sich an diese letzte Nacht.

„Hinterm Haus ist Holz gestapelt. Ich denke, du weißt noch wo." Damit forderte sie Pitt auf, das Feuer im Kamin anzuheizen, während sie aus der Vorratskammer Brot, Käse und verdünnten Wein holte, den sie über dem Feuer erwärmte und mit ein paar Kräutern würzte.

Als das Feuer loderte und eine angenehme Wärme in der Stube verbreitete, holte sie einen feuchten Lappen und begann, Pitt das Blut aus dem Gesicht zu wischen, wobei sie nicht gerade zimperlich mit ihm umging.

„Ich heiß übrigens Ranghild", sagte sie.

„Ich heiße Nikolas."

„Und ich bin Klaas. Wir haben schon viel von dir gehört."

„Ist das so? Ich habe leider von euch noch nie gehört."

Sie blickten verschämt in ihre Becher.

Pitts Kinder hatten sich zu ihnen gesellt, aßen schweigend ihr Brot und schauten sie interessiert an.

„Dann lass mal sehen, ob ich das noch zusammen kriege: Elsbeth, Hilda, Barbara, und?" Dabei äugte Pitt seine jüngste Tochter an.

„Agnes", antwortete die Zwölfjährige. „Mama sagte, du bist bis nach Indien gegangen, da wo der Pfeffer wächst."

„Ganz so weit nicht, auch wenn deine Mutter mich da gern hingeschickt hatte."

„Oh." Die Kleine war sichtlich enttäuscht und so schwang sich Pitt dazu auf, ihr die fantastischen Abenteuer von ihren Reisen zu erzählen, ohne jedoch zuzugeben, dass sie als Piraten geraubt und gemordet hatten.

Ranghild hörte seinen Geschichten zu, während sie das Abendbrot beiseite räumte und die Stube fegte. Es war ein gemütlicher Abend, die Stimmung wurde immer entspannter, je mehr sich die Familie und die Besucher aneinander gewöhnten. Nikolas döste an die Wand gelehnt und sein Kopf begann langsam auf seine Schulter zu sinken.

„Ihr könnt in der Scheune schlafen", sagte Ranghild.

„Im hinteren Teil ist's wärmer", empfahl Pitt.

„Du auch." Ranghild musterte ihn mit verschränkten Armen.

Pitt wollte protestieren, doch als sie ihr Kinn herausfordernd hob, verstummte er.

„Kommt, ich zeig euch, wo die Scheune steht." Und damit trottete er ihnen voran.

Die Heuernte war gut gewesen und die Scheune voll mit trockenem Gras, in dem sie sich ihr Nachtlager zurechtmachten.

Pitt weckte sie früh am nächsten Morgen, indem er die Scheune auf den Kopf stellte. Er sammelte das wenige Werkzeug ein und sortierte es nahe der Tür. Dann klopfte er die Wände ab und jedes Mal, wenn er ein morsches Brett fand, trat er es krachend ein.

Nikolas und Klaas beobachteten ihn noch immer schlaftrunken, als Ranghild mit einem Frühstückskorb hereinkam.

„Bist du von allen guten Geistern verlassen", schrie sie Pitt an, als sie die löcherigen Wände ihrer Scheune sah.

„Reg dich nicht auf, Snuutje, die Scheune wird bald wie neu sein", antwortete er.

„Und wie willst du das reparieren?"

„Mit neuen Brettern."

„Und womit willst du die bezahlen?"

Während der folgenden Woche waren sie damit beschäftigt, Bäume zu fällen, Bretter zu schneiden und die Scheune zu reparieren.

Sie waren gerade dabei, die Tür wieder in die Angeln zu hängen, als Ranghild mit Elsbeth über den Hof kam.

„Das sieht ja ganz ordentlich aus", lobte Ranghild. „Da werdet ihr nachts nun nicht mehr so frieren."

Nikolas schob die Tür zu und benutzte stolz den neuen Riegel, den er gefertigt hatte.

„Da scheint ja noch genügend Holz übrig zu sein, um den Stall zu reparieren und das Dach auszubessern."

„Schon dran gedacht", strahlte Pitt.

Ranghild und Elsbeth blieben abwartend stehen.

„Sonst noch was?"

Ranghild sah ihre älteste Tochter an. „Elsbeth wird nächsten Sonntag heiraten."

„Den Bengel will ich erst mal sehen", protestierte Pitt.

„Du hast in diesem Haus das Recht verwirkt, den Hausherrn zu geben. Ich kenne den Jungen, er ist gut erzogen, fleißig und wird einmal den Hof seiner Eltern erben. Das ganze Gegenteil von dir. Da werd ich ihn doch mit Freuden zum Schwiegersohn nehmen."

Pitt schnappte nach Luft.

„Doch sie ist eine gute Tochter und hätte gerne, dass ihr Vater", sie atmete tief aus, „dass ihr Vater bei der Hochzeit dabei ist."

Pitt betrachtete Elsbeth, doch dann breitete er die Arme aus und gab ihr einen Kuss auf die Stirn. „Wenn deine Mutter zustimmt, dann folge ich mit größtem Vergnügen. Obwohl sie ja nicht gerade die beste Nase hat, wenn es um Ehemänner geht."

Die Hochzeit war eine bescheidene Feier und nach der Zeremonie in der Kirche fand im Haus des Bräutigams das Hochzeitsmahl statt. Nikolas und Klaas gingen zum Hof zurück und schnitten Dachschindeln.

Nach und nach besserten sie den Winter über alle Gebäude aus, versorgten die gut fünfzig Schafe, ein Dutzend Hühner und zwei Pferde. Ranghild und ihre Töchter spannen und strickten so viel Wolle, dass sie bereits zu Beginn der Lammzeit im Februar alles aufgebraucht hatten.

Mit dem Schmelzen des Schnees durfte Pitt sogar wieder in seinem Ehebett schlafen und als er eines Morgens zufrieden pfeifend zur Arbeit erschien, wussten Klaas und Nikolas, dass es nun auch wieder zwischen den Eheleuten harmonierte.

Aber Nikolas hatte neben der Hofarbeit noch ein anderes Problem zu lösen, und Klaas und Pitt löcherten ihn beinahe täglich, wie es damit voranging. Schließlich hatte er versprochen, im Frühjahr ihre Taschen mit einem kleinen Vermögen zu füllen. Doch dazu musste er etwas ersinnen, wie er den Schatz vom Grunde des Meeresbodens heraufholen konnte. Oft saß er noch lange wach, während alle schon schliefen, und machte Skizzen für den Bau merkwürdiger Geräte, die tagsüber in der Scheune langsam Gestalt annahmen.

Er musste seine Entwürfe in der Bauphase oft abändern, da ihm nicht die passenden Materialien zur Verfügung standen und er sich mit Schrott vom Hof und den umliegenden Werkstätten begnügen musste. Auch wusste er nicht, ob seine Erfindung überhaupt funktionieren würde, da er außer dem Badezuber keine Möglichkeit hatte, seine Konstruktion auszuprobieren. In eben diesem Badezuber hatte er auch festgestellt, dass unter einer umgedrehten Tonschale die Luft nicht entwich, solange man sie ruhig und gleichmäßig unter Wasser drückte. Dieses Prinzip hatte er sich zunutze gemacht.

Er hatte aus alten Fassreifen ein kugelförmiges Geflecht gebaut, mit einer Öffnung, die gerade groß genug war, um seinen Kopf hineinzustecken. Alle anderen Öffnungen hatte er mit alten Butzenscheiben besetzt. Mit Teer kalfaterte er die Kugel, sodass sie wasserdicht war, und zuletzt hatte er Lederriemen um die Kugel geschlagen, um sie auf seinem Kopf zu halten und die Hände frei zu haben. Er sah aus, als hätte er sich eine große Öllampe über den Kopf gestülpt.

Als die ersten Buschwindröschen unter den noch lichten Buchen blühten, machte Nikolas sich auf zu einem nahe gelegenen See, um erste Tauchversuche zu unternehmen.

Die Tauchglocke lag wie ein Ei im Nest auf einem kleinen Karren, der mit Heu gepolstert war. Am See angekommen suchte er sich einen geschützten Einstieg und zog sich bis auf die Bruche aus. Die Sonne schien zwar und hatte auch schon die oberste Schicht des Bodens aufgetaut, doch so ganz ohne Kleidung war es immer noch entschieden zu kühl. Nikolas biss die Zähne zusammen, als er in das kalte Wasser stieg.

Vorsichtig machte er einige Schritte in den See hinein, und hätte ihn jemand mit dem bunten Gebilde auf dem Kopf gesehen, hätte er ihn sicher für ein Seeungeheuer gehalten und vor Schreck das Weite gesucht.

Als er bis zur Brust im Wasser stand, ging er langsam in die Knie, bis sich das Wasser über der Kugel schloss. Er spürte, wie der mit Luft gefüllte Behälter sich nur widerstrebend unter Wasser ziehen ließ und nahm sich vor, sie später mit Gewichten zu beschweren. Vorsichtig, um ja keine Luft entweichen zu lassen, setzte er sich auf den Grund.

Beeindruckt blickte er in eine geheime Welt. Das Licht brach sich unter Wasser und durch die bunten Scheiben sah Nikolas die Halme der Rohrkolben in faszinierend anderen Farben. Ein Schwarm Fische zog dicht an ihm vorbei und über sich sah er die Füße von ein paar Enten entlangpaddeln.

Ihm wurde schwindelig und gerade noch rechtzeitig erkannte er, dass ihm die Luft ausging. Panisch sprang er auf, wobei Wasser in die Kugel drang und er sich zu allem Überfluss auch noch verschluckte. Prustend riss er sich die Glocke vom Kopf und rang nach Atem.

Es funktionierte, doch er musste für eine wesentlich längere Zeit unter Wasser bleiben können, um auf den Grund des Meeres zu gelangen.

Zurück auf dem Hof machte er sich sofort daran, erste Verbesserungen vorzunehmen. Er nähte einen ledernen

Kragen, den er mit der Kugel verband und der hinten im Nacken zugeschnürt werden konnte, sodass die Öffnung, durch die noch Wasser eindringen konnte, verkleinert wurde. Zusätzlich nähte er sich Taschen an einen Gürtel, die er mit Sand befüllte, um dem Auftrieb entgegenzuwirken.

Zuletzt machte er sich an das Problem, eine ständige Luftzufuhr zu ermöglichen. Er experimentierte zuerst mit den Halmen von Rohrkolben und versuchte im Badezuber, durch die hohlen Röhren Luft zu holen, doch er musste ganz schön saugen, um durch den dünnen Halm genug Luft zu bekommen. Entweder musste das Atemrohr viel dicker sein oder er musste zusätzlich Luft in die Kugel pumpen. Er entschloss sich für Letzteres. Er hatte beim Stöbern in der Scheune einen alten Blasebalg gefunden, der ihm für diesen Zweck gerade geeignet schien.

Nun begann eine langwierige Arbeit. Als Erstes suchte er tagelang nach dicken und stabilen Rohkolben, die für sein Unterfangen brauchbar waren. Dann begann er, Lederschläuche zu nähen, mit denen er die Rohre wasserdicht umwickelte.

Schließlich machte er sich wieder auf den Weg zum See, doch diesmal kamen Klaas und Pitt mit, denn der eine musste die Luft pumpen und der andere die Sicherheitsleine halten, die sich Nikolas um den Bauch gebunden hatte.

Aufgeregt beobachteten Klaas und Pitt, wie ihr Freund ins Wasser ging und verschwand. Pitt pumpte gleichmäßig, während Klaas die Sicherheitsleine langsam durch die Hände gleiten ließ. Sollte Nikolas zweimal kräftig an der Leine ziehen, so war dies das Signal, ihn sofort an Land zu holen. Doch alles lief glatt. Nach fünfzehn endlos langen Minuten tauchte Nikolas wieder auf. Er strahlte vor Freude, als er sich aus seinem Apparat befreite.

Zwei Tage später brachen sie auf. Zweifelnd stand Ranghild in der Tür und sah zu, wie sie mit Pferd und Karren vom Hof zogen.

Sie brauchten ein paar Tage, bis sie an der Küste ankamen. Keiner der Fischer war jedoch bereit, ihnen sein Boot zu überlassen, und so blieb ihnen nichts anderes übrig, als in guter Piratenmanier ein Boot zu kapern. In dieser Nacht zogen sie eine Schaluppe ins Wasser und hissten das kleine Segel.

Als der Morgen graute, sahen sie in der Ferne den Felsbogen an Helgolands Spitze rot vor dem weiten Meer aufragen. Einige Stunden später hatten sie die Insel erreicht. Sie mussten vorsichtig sein, um mit dem kleinen Segler nicht gegen die Felsen geschmettert zu werden, denn obwohl die See ruhig war, tobte die Brandung an den Klippen.

Noch einen Klippenvorsprung und sie fuhren in die Bucht ein, wo Nikolas damals den Ring gefunden hatte. Sie warfen den Anker aus und Nikolas legte seine Tauchkugel an. Langsam ließ er sich vom Bootsrand ins Wasser gleiten. Noch hielt er sich fest, doch er spürte wie ihn der Sandgürtel unter Wasser zog. Pitt warf die Rohrkonstruktion hinterher und begann zu pumpen. Obwohl Nikolas wusste, dass ihm genügend Luft zur Verfügung stand, atmete er schwer. Klaas hielt die Rettungsleine locker in der Hand und machte eine ermutigende Geste. Dann endlich signalisierte auch Nikolas, dass alles in Ordnung war, und langsam sank er in die Tiefe.

Es war ein merkwürdiges Gefühl. Je tiefer er tauchte, desto stärker drückten die Wassermassen auf seinen Körper, und plötzlich schoss ihm der Gedanke durch den Kopf, dass das Wasser ihn zerdrücken könnte und wenn nicht ihn, dann doch die Kugel. Er schloss die Augen und versuchte, die schreckliche Vorstellung zu vertreiben. Gerade als seine fahrigen Finger den Knoten an seinem Gürtel gefunden hatten, um sich der Gewichte zu entledigen und wieder an die Oberfläche zu schwimmen, da setzten seine Füße auf dem feinen sandigen Boden auf.

Nikolas schlug die Augen auf. Weißer Sand reflektierte schwach das dämmrige Sonnenlicht. Das Wasser war hier klarer als in dem See, und rings um ihn herum konnte er Hunderte Fische sehen, die wie in einem Tanz ihre Kreise zogen. Einige Schritte entfernt wuchsen merkwürdig aussehende Wasserpflanzen auf roten Felsen, die einst von den Klippen ins Meer gestürzt waren, und noch etwas weiter erstreckte sich ein Wald aus Algen. Nikolas war froh, dass er nicht dort gelandet war, er wäre wahrscheinlich vor Panik gestorben.

Doch dann sah er etwas, das dennoch sein Herz für zwei Schläge aussetzen ließ. Ein Gesicht schaute ihn aus dem Algenwald an. Zwei große schwarze Augen beobachteten ihn und langsam schob sich auch der Rest des Körpers hervor. Es war eine junge Kegelrobbe, die nun neugierig auf ihn zuschwamm. Er hatte Robben sonst immer nur auf Sandbänken faul in der Sonne liegen sehen, doch hier im Wasser bewegte sich das Tier so elegant und verspielt, als sei es dafür geboren. Die Robbe kam näher und drehte Kreise um Nikolas. Er streckte die Hand aus und verschreckt stob die Robbe davon, um doch gleich wieder zurückzukommen. Misstrauisch beäugte sie die ausgestreckte Hand, bis sie begriff, dass von dem Arm keine Gefahr ausging. Bereitwillig ließ sie sich am Bauch kraulen. Dann schwamm sie vergnügt davon, doch erschien immer wieder in seiner Nähe, um zu sehen, was dieses unbekannte Wesen dort machte.

Nikolas ließ seinen Blick schweifen und entdeckte eine rostige Kette, die zu einem Ring an einem Felsbrocken führte. Der Widerstand des Wassers überraschte ihn und mühsam schritt er auf den Felsen zu und hob die Kette auf. Sie war länger, als er gedacht hatte, und so folgte er ihr von dem Felsen weg, bis er auf eine alte Truhe stieß, die völlig mit Seegras überwachsen war.

Sein Herz machte einen Hüpfer. Er hatte recht gehabt. Störtebeker hatte damals seinen Schatz in diesem Behältnis vor Helgoland versenkt und mit einer Kette am Felsen befestigt, um ihn wieder hochziehen zu können, wenn er ihn brauchte. Der Felsen musste abgebrochen und ins Meer gestürzt sein. Deshalb hatte niemand den Schatz, der ganz von Wasser umgeben war, gefunden. Bis jetzt.

Schnell entdeckte er noch zwei weitere Truhen. Eine davon war an einer Seite geborsten und als er mit den Füßen im Sand scharrte, legte er schnell einen ganzen Berg Münzen frei. Er packte die Truhe an einem Griff und setzte sie auf, sodass die Seite mit dem Loch nach oben zeigte, und sammelte die verstreuten Münzen auf. Obwohl recht klein, war die Truhe ziemlich schwer.

Kurz entschlossen machte er die Rettungsleine los und knüpfte sie an den Griff der ersten Truhe. Dann zog er sich an dem Seil empor und merkte, dass Klaas oben anfing, es einzuholen.

Als er die Oberfläche erreichte, schnaufte Klaas ganz schön. Nikolas bedeutete ihm, die Leine weiterzuziehen, bis schließlich die Kiste an das Boot stieß. Mit vereinten Kräften hoben und zogen sie die erste Truhe an Bord. Dann tauchte Nikolas wieder hinab. Auch die anderen beiden Kisten bargen sie mühelos, doch Nikolas war sich sicher, dass noch mehr Teile des Schatzes über den Meeresboden verstreut waren. Doch diese würden wohl für alle Ewigkeit dort in der Tiefe bleiben.

Bevor er auftauchte, blickte sich Nikolas noch ein letztes Mal um. Die Robbe war immer noch da und schaute ihn mit schräg gelegtem Kopf an. Er streckte die Hand aus und sie kam und ließ sich wieder den Bauch kraulen. Sie blickte ihn direkt an, und es schien ihm, als würde sie lächeln, bevor sie davonschwamm und in dem Algenwald verschwand. Dann löste er den Gürtel, ließ die Gewichte zu Boden sinken und machte sich auf, an die Oberfläche zurückzukehren.

26

Das Schicksal nimmt seinen Lauf

Wenige Tage nach dem Aufbruch von Pitts Hof und zwölf Jahre nachdem sie zum ersten Mal die Gundelinde betreten hatten, kehrten die drei Piraten nun endlich mit einem echten Schatz zurück.

Ranghild trieb gerade die Schafe in den Stall, denn sie sollten geschoren werden. Als sie Pitt erkannte, blieb sie einen Moment erschrocken stehen und prompt brachen einige Schafe aus und liefen laut blökend über den Hof. Pitt sprang sofort vom Wagen und trieb die Ausreißer zurück.

„Du schaust, als hättest du einen Geist gesehen." Pitt ging lächelnd auf seine Frau zu.

„Das hätte ich eher geglaubt. Ich hätte nicht gedacht, dass du wiederkommst."

Nikolas und Klaas hatten den Wagen vor das Haus gelenkt und holten unter die Schatztruhen hervor, die sie unter Holzscheiten und Ästen verborgen hatten. Ranghild staunte nicht schlecht und vergaß völlig ihre Schafe. Pitt schloss die Stalltür hinter der Herde.

„Komm." Pitt nahm seine Frau bei der Hand und zog sie ins Haus. Sie wurde nicht enttäuscht. Die Truhen waren zum Rand gefüllt mit Goldmünzen und dazwischen blitzten und funkelten wertvolle Ketten und Ringe, Haarschmuck und Broschen.

„Nicht jetzt", flüsterte Ranghild, als sie ihre Sprache wiedergefunden hatte. „Lasst uns alles genau anschauen, sobald die Nacht hereingebrochen ist und die Kinder im Bett sind. Ich wag gar nicht zu fragen, wo ihr das her habt."

Pitt wollte es erklären, doch sie zischte ihn an. „Sag nichts, ich will es nicht wissen. Schnell, schiebt die Truhen erst mal hierher."

Damit versteckten sie die drei Kisten unter einem Stapel frisch gefilzter Decken. Den Rest des Tages verbrachten sie damit, die Schafe zu scheren, als ob nichts geschehen wäre.

Erst als die drei Mädchen in ihrer Kammer eingeschlafen waren, die Fensterläden geschlossen und die Tür verriegelt, holten sie die Truhen wieder hervor. Sie alle saßen auf dem Boden und staunten über ihren plötzlichen Reichtum.

Zuerst sortierten sie alle Schmuckstücke aus und dann zählten sie immer fünfzig Gulden ab und steckten sie in Lederbeutel, die Ranghild zusammengesucht hatte. Als sie fertig waren, hatten sie vierhundertsechzig Goldgulden, zweihundertdreißig Florentiner, achthundertneunzig Kreutzer und sechzig Pfennige gezählt. Aus dem Schmuckhaufen nahm sich reihum jeder ein Stück, bis nichts mehr übrig war. Das Geld wollte Nikolas durch drei teilen.

„Ehrlich bis zuletzt. Dass du unter Piraten überlebt hast, ist mir heute noch ein Rätsel." Pitt schüttelte belustigt den Kopf.

„Selbst unter Piraten ging es immer gerecht zu, und hier sitze ich mit Freunden zusammen", gab Nikolas zurück.

„Deshalb steht dir ein größerer Anteil zu." Damit warf Pitt ihm einen Beutel mit Gulden zu.

„Und du hast jetzt Frau und Kinder zu versorgen", sagte Nikolas und schon flog der Beutel wieder zurück.

„Ohne dich hätten wir gar nichts." Nun war es Klaas, der ihm ein Säckchen zuschob.

Nikolas wog die Münzen in seiner Hand.

„Gib es dem Heim, in dem du aufgewachsen bist. Die Welt braucht nicht noch so einen Rumtreiber wie dich." Und damit warf Nikolas auch diesen Beutel zurück.

Sie waren sich endlich einig und ihre geteilten Schätze wurden gut versteckt.

Am nächsten Tag bauten sie neue Truhen, in denen sie die Lederbeutel verwahren konnten. Pitt und Ranghild vergruben den größten Teil an verschiedenen Orten auf ihrem Hof, doch sie hüteten sich, irgendjemandem von ihrem neuen Wohlstand zu erzählen. Nicht einmal ihre Kinder erfuhren davon, aus Angst, es könnte doch ein Wort an die Nachbarn gelangen und Neid, Missgunst oder Schlimmeres nach sich ziehen.

Nikolas konnte es lange selbst kaum glauben, dass sie Störtebekers Schatz gefunden hatten. So viele Jahre hatte es gedauert und so viel Arbeit und noch mehr Glück hatte es gebraucht, um dieses Ziel zu erreichen. Und auch viele Leben hatte es gekostet. Immer wieder betrachtete er die Schmuckstücke und überlegte, wem sie mal gehört haben mochten und wann sie geraubt worden waren. Hatten die ehemaligen Eigentümer den Raub überlebt? Kein anderes Kleinod hatte eine Gravur wie der Rubinring, den er Ben gegeben hatte, und der nun wahrscheinlich einem französischen Totengräber etwas zu essen auf den Tisch brachte.

Die Schafschur war vorüber und das erste zarte Grün des Frühjahrs entwickelte sich kräftig. Klaas hatte beim Kirchgang eine junge Witwe kennengelernt, mit der er sich außerordentlich gut verstand. Zur Verwunderung aller war Ranghild noch einmal schwanger geworden und Pitt verkündete, dass er hoffe, noch eine Tochter zu bekommen, denn er wäre kein gutes Vorbild für einen Sohn.

Nur an Nikolas nagte eine stärker werdende Unruhe. Er konnte es sich einfach nicht vorstellen, sein Leben als Landarbeiter zu vertun oder sich dem Müßiggang hinzugeben. So fasste er den Entschluss, wieder hinauszuziehen und das Leben noch einmal herauszufordern.

Es war ein warmer Spätsommerabend, die ganze Familie war im Hof zusammengekommen, um einem langen Erntetag mit einem saftigen Spanferkel abzuschließen.

Nikolas räusperte sich und alles schaute ihn gespannt an. „Ich wollte euch danken, dass ihr mir ein Heim und eine Heimat gegeben habt. Ich weiß nicht, was Pitt sich gedacht hat, so lange fortzubleiben. Sollte er noch einmal auf dumme Gedanken kommen, dann werde ich zurückkehren und ihm so lange Verstand einprügeln, bis er auch im Schlaf Lobgesänge anstimmt." Niemand lachte. „So schwer es mit fällt, doch ich kann nicht bleiben."

„Wo willst du denn hin?", fragte Pitt.

„Ich weiß es noch nicht. Doch die See hat mich noch nicht losgelassen. Ich denke daran, erst mal auf einem Handelsschiff anzuheuern und zu sehen, wohin es mich verschlägt. Wenn es mir da nicht gefällt, dann jedoch ist dies der Ort, an den ich heimfahren werde."

Betretenes Schweigen machte sich breit, wo wenige Minuten zuvor ausgelassene Heiterkeit geherrscht hatte.

Der Geruch des leckeren Bratens riss Pitt aus seiner Melancholie. „Ich glaube, das Ferkel ist gut durch. Dann lasst uns diesen Abend nutzen und uns gebührend verabschieden vom besten Kämpfer, treuesten Freund und verdammt noch mal schlausten Hundesohn, der mir je untergekommen ist." Pitt schluckte hart gegen seine Tränen.

„Dem schließe ich mich an, aber mich wirst du so schnell nicht los", polterte Klaas lautstark, was alle zum Lachen brachte.

Es wurde doch noch ein fröhlicher Abend, und irgendwann saßen die drei Freunde allein am Feuer.

„Weißt du schon, wann du aufbrechen willst?" Klaas starrte in seinen Bierkrug.

„Ich dachte, schon morgen früh."

„Morgen schon? Und was ist mit der Ernte?" Pitt war entrüstet.

„Ihr habt hier genug Hände, die mitarbeiten. Die Jahreszeit ist günstig und es werden nun viele Händler im Hafen sein."

„Er hat recht, Pitt. Wir haben doch gewusst, dass er nicht für immer hierbleiben wird."

„Ich habe das nicht gewusst", protestierte Pitt.

Der Morgen kam hell und klar und es versprach erneut, ein warmer Tag zu werden. Ein Nachbar aus dem Dorf, der nach Hamburg auf den Markt fuhr, hatte sich bereit erklärt, Nikolas mitzunehmen. Klaas und Pitt standen am Wegesrand, als Nikolas seine Truhe auf den Karren lud.

„Pass auf dich auf", setzte Pitt theatralisch an. „Normalerweise würde ich mitkommen. Aber etwas Besseres, als ich es hier habe, werde ich nirgends finden." Er hielt Ranghild in seinem Arm und drückte ihr einen Kuss in die Haare.

„Ich bin froh, dass du doch noch zu Verstand gekommen bist", lächelte Nikolas.

„Geht mir genauso. Schließlich hab ich hier eine Hochzeit vorzubereiten", sagte Klaas.

„Ach so?" Sie waren alle überrascht.

„Aber erst kommt der Antrag! Du siehst, ich habe alle Hände voll zu tun", gab Klaas zu.

„Ich wünsche euch alles Glück der Erde." Nikolas schwang sich neben dem Nachbarn auf den Kutschbock. „Ich werde euch vermissen!", rief er, als sich der Wagen langsam in Bewegung setzte.

Klaas und Pitt standen noch da, als der Wagen bereits hinter einem lichten Birkenwald verschwunden war. Nikolas drehte sich nicht noch einmal um, denn sein Herz war so schwer, dass er fürchtete, bei dem kleinsten Anlass seinen Entschluss rückgängig zu machen. Doch das Kribbeln in seinem Bauch bestärkte ihn, dass es die richtige Entscheidung war.

Den ganzen Weg über war Nikolas in Gedanken versunken und hörte kaum ein Wort von dem Redeschwall, mit dem der Bauer ihn überschüttete. Ab und an gab er ein Grunzen von sich, worauf der Mann zufrieden fortfuhr.

In Hamburg stieg er schon an den Wassermühlen ab, obwohl er noch bis zum Fischmarkt hätte mitfahren können. Er schulterte seine Kiste und seine Füße trugen ihn, ohne dass er es gewollt hätte, wieder zu der Mauer und der kleinen Pforte der St. Nikolai-Schule. Sachte versuchte er die Klinke niederzudrücken und war überrascht, als sich die Tür öffnete ließ.

Die Glocke läutete zum Unterricht und die Scholaren drängten sich vor dem Hintereingang. Nur ein kleiner Junge blieb in dem alten knorrigen Birnbaum sitzen. Mit einer Hand hielt er sich fest, die andere hatte er über die Augen gelegt und spähte in die Ferne.

Nikolas schritt über den Hof zum Birnbaum. „Irgendwelche feindlichen Schiffe entdeckt, Matrose?"

Der Junge schaute erstaunt zu Nikolas hinunter.

„Nein, noch nicht. Aber ich glaube, ich habe die Küste Afrikas gesichtet."

„Gute Arbeit, Matrose!"

Flink wie ein Affe kletterte der Bursche vom Baum und sprang neben Nikolas auf den Boden.

„Seid Ihr ein echter Kapitän?"

„Ich bin ein echter Seeräuber", antwortete Nikolas.

„Ihr seht aber gar nicht so aus, Ihr seid viel zu sauber und gut gekleidet."

„Was? Du glaubst mir nicht, du kleine Landratte? Ich habe sogar einen eigenen Schatz, den ich auf einer einsamen Insel versteckt habe." Damit zog Nikolas eine kleine Goldmünze aus seiner Hosentasche.

Der kleine Junge kam aus dem Staunen nicht mehr heraus und drehte und wendete die Münze im Sonnenlicht.

„Ich schenk sie dir, doch nun lauf. Wer ein guter Seefahrer werden will, der muss lesen und schreiben können. Wie willst du sonst Schatzkarten deuten?"

Der Kleine nickte verständig. „Wie heißt Ihr?"

„Das darf ich dir nicht sagen, sonst müsste ich dir die Kehle durchschneiden."

Mit großen Augen starrte der Junge Nikolas an und lief dann erschrocken davon. Nikolas schmunzelte, schulterte seine Kiste und machte sich von dannen.

Er mietete sich in eine Herberge am Hafen ein. Die mittägliche Pause war schon lange vorüber und die Ketten des kleinen Krans klapperten und rasselten unablässig, während die Männer im Tretrad schwitzten. Unzählige kleine Schuten

wurden durch die Fleete gestakt und träge lagen die Handelsschiffe auf der Elbe.

Nikolas kaufte sich bei einem Straßenhändler einen halben Stockfisch und schlenderte an den Anlegestellen entlang.
Dabei beobachtete er, welche Schiffe beladen wurden, und
anhand ihrer Namen versuchte er abzuschätzen, wohin sie
segeln würden. Die Küste Afrikas, dieser Gedanke ging ihm
nicht mehr aus dem Kopf. Und dann fiel ihm ein Name ins
Auge.

Nikolas fragte sich unter den Hafenarbeitern durch, bis er
den Kapitän des Schiffes gefunden hatte.

„Seid Ihr der Kapitän der Santa Isabella?"

„Was kann ich für Euch tun?"

Der schlanke und wettergegerbte Mann sprach mit einem
Akzent, den Nikolas noch nie gehört hatte. Es schwang so-
wohl Gelassenheit als auch Stärke mit, was sich nur selten
miteinander vereint fand. Endlich blickte der Kapitän von
seiner Liste auf.

„Wohin fahrt Ihr, wenn ich fragen darf?"

„Nach Portugal. Lissabon."

„Und wann legt Ihr ab?"

„Morgen früh, wenn wir bis dahin alles verladen haben."

„Das klingt, als wenn Ihr Eurem Zeitplan etwas hinter-
herhinkt. Ich möchte gerne bei Euch anheuern."

Der Kapitän musterte Nikolas von oben bis unten.

„Ihr seht kräftig aus. Dort, diese Säcke mit Pfeffer müssen
in den Kahn und dann auf das Schiff. Fragt nach António, er
wird Euch zeigen, wo alles untergebracht wird. Sagt ihm, ich
habe Euch gerade angeheuert."

„Und wie ist Euer Name?"

„José Lopes."

Nikolas arbeitete den ganzen Tag. Er schleppte Säcke mit Gewürzen aus fernen Landen, rollte Fässer mit Bier, in heimischen Landen gebraut, und als die Sonne schon fast untergegangen war, hatten sie es doch geschafft. Durch seinen Fleiß und gute Ideen zum platzsparenden Laden hatte sich Nikolas schnell den Respekt des Kapitäns verschafft, und er spürte, dass sein Schicksal schon angefangen hatte, eine gute Wendung für ihn zu nehmen.

Müde und glücklich schlenderte er durch die dunklen Gassen zur Herberge zurück.

Plötzlich kam eine Gestalt, von Kopf bis Fuß in einen dunklen Umhang gehüllt, aus einer Seitentwiete und rannte direkt in ihn hinein. Beide waren überrascht und erschrocken, doch als die Kapuze des Umhangs ein Stück nach hinten rutschte, erkannte Nikolas sofort diese dunklen blitzenden Augen und das lange braune Haar wieder.

„Warte!", rief er und hielt die Frau am Arm fest. Doch das hätte er nicht tun sollen. Wie ein Blitz traf ihn ein rechter Haken genau am Kinn und beförderte ihn auf den Hosenboden. „Das hätte ich wissen müssen. Erkennst du mich denn nicht?"

„Nikolas? Wo kommst du denn her?"

„Von dort", deutete Nikolas mit einer Kopfbewegung an. „Und wo willst du hin?"

„So weit weg wie möglich." Mathi schaute sich wie ein gehetztes Reh um, doch es war weit und breit niemand zu sehen.

„Was ist passiert?" Nikolas rappelte sich auf.

„Es dauert zu lange, das zu erklären. Kannst du mir helfen, von hier zu verschwinden?"

„Ich werde morgen früh nach Portugal segeln."

„Portugal. Ist das weit weg?"

„Wenn der Wind günstig steht, kann man in zwei Monaten dort sein, schätze ich."

„Das klingt weit genug. Und du sagst morgen schon?"

„Ja. Du willst doch nicht etwa auf einem Schiff anheuern?"

„Wieso nicht?"

„Du bist eine Frau."

„Und?" Ihre Augen funkelten wild entschlossen.

Die Laterne eines Stadtbüttels tanzte am Hafen entlang und Mathi drückte sich in den Schatten der Häuser.

„Ich hab hier um die Ecke ein Bett in einem Gasthaus. Wenn du willst, dann kannst du mit mir kommen."

Mathi nickte. Schnell hatten sie die Herberge erreicht und schlüpften unbemerkt die Treppe zu den Schlafräumen hinauf. Zum Glück war die Kammer nicht mit weiteren Gästen belegt und so hatten sie den Raum für sich allein.

„Was ist geschehen?", fragte Nikolas, als Mathi die mottenzerfressenen Vorhänge zuzog.

„Eberhart ist letzten Herbst gestorben. Es kam völlig unerwartet. Die Schenke war voll, alle wollten auf einmal bedient werden, und dann brach er einfach zusammen und war tot. Ich hab versucht, alles am Laufen zu halten, doch die Gäste scheinen mit einer Frau als Wirtin nicht klarzukommen. Langer Rede kurzer Sinn, ich musste zumachen."

„Du könntest doch anderswo Arbeit finden."

„Bei einem Hurenwirt, oder was?", fauchte sie.

„Oder du könntest heiraten." Verlegen versuchte sich Nikolas aus der Situation zu retten.

„Entweder du wirst eine Hure und musst allen Männern dienen, oder du heiratest und musst einem Mann dienen." Mathi hatte sich auf das Bett gesetzt und die Knie an die Brust gezogen. „Den ganzen Winter habe ich noch im Wilden Eber gewohnt, doch ich musste mich verstecken, sonst hätte man mich als Freiwild betrachtet." Ihr Blick war starr auf die Flickendecke gerichtet. „Der Vogt von Ritzebüttel hatte schon länger ein Auge auf mich geworfen und stöberte mich schließlich auf. Er bot mir an, mich zu unterstützen, falls ich die Schenke wieder öffnen würde. Aber natürlich nur, wenn ich gewisse Gegenleistungen erbringe."

„Ich erinnere mich an den Kerl. Und? Was hast du gemacht?" Nikolas spürte, dass er wütend wurde.

„Ich hab ihn hinausgeschmissen, so deutlich, wie man es bei einer solchen Person wagen kann. Doch er kam immer wieder und erhöhte sein Angebot." Sie schnaubte verächtlich. „Das letzte Mal kam er vor einer Woche. Er versuchte, sich mit Gewalt zu nehmen, was er wollte. Ich glaub, ich habe ihm die Nase und ein paar Rippen gebrochen." Sie rümpfte die Nase und kleine Falten bildeten sich auf ihrer Stirn. „Er drohte, dass er mich hängen lassen würde. Heute früh tauchten dann seine Handlanger auf. Sie schlugen die Tür ein und stellten alles auf den Kopf. Ich habe mich bis zur Dunkelheit auf dem Dach des Stalls versteckt und dann ein paar Sachen geschnappt und bin los."

„Schöne Geschichte. Ich verstehe, dass dich hier nichts mehr hält."

„Und wenn man uns zusammen gesehen hat, dann könnten sie auch dich an den Galgen bringen. Wir müssen nur bis zum Morgengrauen durchhalten, und dann sind wir für immer weg", sagte sie mit flehendem Blick.

Nikolas bezweifelte, ob es so einfach werden würde.

27

Glück an fremden Ufern

Sie wachten beide wie gerädert nach nur wenigen Stunden wieder auf. Mathi war im Bett eingeschlafen und Nikolas hatte sich auf einer der anderen harten Liegen eingerichtet.

Wenige Minuten später standen sie vor dem Gasthaus auf der Straße. Niemand hatte sie gehen sehen und auch jetzt begegneten sie niemandem, als sie zum Hafen gingen. Nikolas bahnte sich den Weg durch die Stapel von Waren und Mathi folgte ihm wie ein Schatten.

„Du bist pünktlich, dass gefällt mir." Nikolas hatte José gefunden, der am Kai stand.

Die meisten Besatzungsmitglieder waren schon an Bord.

„Ich hoffe, ich verspiele Eure Gunst nicht, wenn ich Euch darum bitte, noch einen Passagier mitzunehmen."

Mathi schlug die Kapuze zurück.

„Eine Frau?" Der Kapitän schien wenig begeistert, so wie Nikolas es geahnt hatte.

„Sie muss die Stadt verlassen."

„Da gibt es doch sicher andere Wege. Was soll ich denn mit einer Frau an Bord und noch dazu einer, die Dreck am Stecken hat?"

„Ich versichere Euch, dass Ihr nichts zu befürchten habt."
Mathis Stimme bebte. „Mir ist hier nur nichts mehr geblieben, was mir ein ehrbares Leben ermöglicht."

„Angenommen, ich glaube euch ... Einen zusätzlichen Esser, der nicht arbeiten kann, kann ich mir dennoch nicht leisten."

„Weshalb sollte ich nicht arbeiten können?"

„Darf ich Euch kurz unter vier Augen sprechen?" Nikolas legte eine Hand auf die Schulter des Kapitäns und sie entfernten sich ein paar Schritte von Mathi.

„Hier, das dürfte Eure Kosten für die ganze Überfahrt decken, wenn Ihr sie mitnehmt. Und das Scheuern der Planken und das Flicken der Segel kann doch auch eine Frau machen." Weniger die letzten Worte als vielmehr die Münzen, die Nikolas ihm versteckt in die Hand gedrückt hatte, ließen José seine Meinung ändern.

„Aber ich übernehme keine Verantwortung dafür, was mit ihr auf dem Schiff passiert. Eine Frau allein unter Männern, das kann zu allerhand unschönen Situationen führen."

„Da würde ich mir weniger Sorgen um sie machen als um Eure Männer."

Die Seemänner schauten nicht schlecht, als Mathi an Bord kletterte, doch der Kapitän löste schnell die gaffende Schar auf und gab Befehl zum Auslaufen.

Sie brachten ihre wenigen Sachen unter Deck und es fand sich auch noch ein Platz, wo eine Hängematte für Mathi befestigt werden konnte. Nikolas war die meiste Zeit beschäftigt und so stand Mathi etwas verloren an Deck. Schließlich suchte sie sich eine Ecke, wo sie niemandem im Weg war, und sah zu, wie sie die Stadt langsam hinter sich ließen. Die Sonne ging auf und überzog die Mauern und Dächer mit einem goldenen Schimmer. Der Fluss schlängelte sich dahin und trieb sie in eine unbekannte Zukunft.

Nikolas beobachtete sie und musste daran denken, wie er damals zum ersten Mal ein Schiff bestiegen hatte. Er ahnte, was sie nun fühlte, doch er hatte keine Zeit, sich zu ihr zu setzen. Als er wieder nach ihr sah, war sie eingeschlafen.

Zum Frühstück wurde Mathi von Nikolas geweckt. Der Haferbrei schmeckte scheußlich und Mathi beäugte den Smut António argwöhnisch, als er das Mittagessen zubereitete. Es sollte Labskaus geben, das dann auch noch die nächsten Tage serviert werden konnte. Sie half beim Rübenschälen und schlug vor, noch Zwiebeln hinzuzufügen. Auch das Gurkenwasser rettete sie und gab es in den Topf. Der Smutje betrachtete den Störenfried in seiner Kombüse mürrisch, doch als ihm dann die Matrosen anerkennend auf die Schulter klopften und sogar der Kapitän sein Lob für das schmackhafte Mahl aussprach, da nahm António gerne auch weiterhin ihre Hilfe in Anspruch.

Die nächsten Tage fand Mathi noch mehr Arbeiten, die sie erledigen konnte. Da sie des Schreibens mächtig war, nahm sie die Bestände der Vorräte auf und plante die Mahlzeiten voraus, bis sie neue Lebensmittel einkaufen konnten. Der Kapitän war beeindruckt, als sie ihm ihre Liste vorlegte und noch mehr, als ihre Berechnung dann auch auf den Tag genau aufging. Sie knüpfte Schnüre und Seile, flickte Kleidung und Segel und arbeitete bald ebenso viel wie die Männer an Bord. Doch als sie das Deck schrubbte, konnte der erste Seemann sich nicht mehr zurückhalten.

Mathi hatte sich den Rock hochgebunden und kniete auf allen vieren, als sich eine raue Männerhand auf ihren Hintern legte.

„Wie wär's, wenn du nachher auch mal bei mir schön feucht durchwischst?"

Das folgende Gelächter zog auch die Aufmerksamkeit des Kapitäns auf sich. Nikolas stand neben ihm auf dem Achterdeck und sie hatten eine gute Sicht auf das Geschehen.

Mathi erhob sich langsam und als sie sich zu ihm umdrehte, lächelte sie ihn übertrieben freundlich an. Doch urplötzlich riss sie den Arm hoch und traf ihn mit dem Handballen unten am Kinn. Überwältigt ging der Mann, der gut einen Kopf größer und breiter war als sie, zu Boden. Das Gelächter verstummte und ein Raunen ging durch die Reihen der Gaffer.

„Ich hab's ja gesagt, ich würde mir mehr Sorgen um Eure Männer machen", sagte Nikolas. „Das hab ich auch am eigenen Leib erfahren müssen."

José musste laut lachen und fragte dann seinen Matrosen, warum er da so faul herumläge.

Ein paar Tage später versuchte der Nächste, sich an Mathi heranzumachen. Sie verteilte gerade Essen, als zwei Hände von hinten an ihren Busen griffen.

„Darf ich nachher noch einen Nachschlag haben", raunte ihr eine Stimme ins Ohr.

Nikolas war überrascht, einen leicht panischen Ausdruck auf ihrem Gesicht zu sehen, und für einen kurzen Moment überlegte er, einzuschreiten. Doch wie eine gereizte Katze wand sich Mathi aus dem Griff und mit ausgefahrenen Krallen packte sie zu. Das Gesicht des Mannes wurde erst weiß, dann rot, als sein Geschlechtsteil schmerzhaft zusammengequetscht wurde.

„Mach das noch einmal, und du kannst demnächst nur noch Punkte in den Schnee pissen. Haben wir uns verstanden?" Der Mann nickte nur und schluckte schwer. „Gut.

Und das gilt für jeden von euch. Ist das jetzt jedem klar?" Bekräftigendes Murmeln schlug ihr entgegen. Endlich ließ sie den Kerl los und hob den Suppentopf wieder auf. „Noch einen Nachschlag?" Kopfschüttelnd setzte sich der Seemann und hielt noch eine ganze Weile stumm sein bestes Stück. Den Rest ihrer Reise traute sich keiner mehr, Mathi in die Quere zu kommen, doch prahlten sie hinter ihrem Rücken, was sie gerne alles mit ihr anstellen würden. Nikolas beteiligte sich nicht an diesen Gesprächen, doch er konnte nicht umhin, auch die ein oder andere Fantasie zu hegen.

In Calais nahmen sie weitere Waren auf. Durch die zusätzliche Last kamen sie trotz einer kräftigen Brise nur langsam voran. Kurz darauf wurden sie das Ziel eines Überfalls.

„Alle Mann an die Segel!", kam der Befehl, als der Ausguck die Gefahr meldete.

Nikolas wusste, dass das nichts bringen würde. Das Piratenschiff war kleiner und wendiger. Es durchschnitt das Wasser pfeilschnell und bald konnten sie die gut gerüsteten Männer an Bord erkennen.

„Bewaffnet euch, es kommt zum Kampf." Auch José wusste, dass sie einer Auseinandersetzung nicht mehr entgehen konnten, und so wie Nikolas war auch ihm klar, dass dies ein ungleicher Kampf zu ihrem Nachteil werden würde, wenn nicht ein Wunder geschah.

Sie beobachteten die Piraten, die ihnen den Weg abschnitten. Es blieb ihnen keine andere Möglichkeit, als die Geschwindigkeit zu drosseln.

„Ich hab da eine Idee". Nikolas sprang auf das Deck und bedeutete ein paar Männern, ihm zu folgen.

„Wo sind die Säcke mit dem Pfeffer?", rief er Mathi zu, die sich unter Deck versteckt hielt.

„Hinter den Kisten da."

Normalerweise wurde Pfeffer in ganzen Körnern transportiert. Doch er hatte sich erinnert, beim Verladen auch einige Säcke mit bereits gemahlenem Pfeffer gesehen zu haben. Schnell schnappte sich jeder einen dieser Säcke und brachte ihn an Deck.

„Macht alles klar zum Ausweichen. Wenn ich das Zeichen gebe, muss alles klappen", schrie er aufgeregt.

Die Matrosen schauten ihn entgeistert an.

„Klar machen für Ausweichmanöver", wiederholte José den Befehl.

Das Piratenschiff war nun schon auf zwanzig Schritt an sie herangekommen und sie konnten das Grölen und Säbelrasseln in voller Lautstärke hören. Nikolas und seine Männer schleppten die Säcke aufs Vorderdeck.

„Streut den Pfeffer in den Wind!"

Der Wind blies das Gewürz über das Meer und schnell waren die Angreifer von einer Pfefferwolke eingehüllt.

„Alles klar zum Ausweichen!", klang Nikolas' Stimme über das Deck und diesmal kamen sie alle sofort seinem Befehl nach.

Von dem anderen Schiff erfolgte kein Manöver. Die Piraten hatten eine volle Ladung Pfeffer abbekommen und mit tränenden Augen und brennenden Nasen stolperten sie blind durcheinander.

Als sie endlich eine gute Seemeile zwischen sich und das Piratenschiff gebracht hatten, brach lauter Jubel aus. José schüttelte Nikolas die Hand und bot ihm an, ein festes Mitglied seiner Besatzung zu werden, worüber Nikolas nachdenken wollte. Für den Abend hatte der Kapitän schließlich die uneingeschränkte Ausgabe von Bier angeordnet, was erneut einen Begeisterungssturm unter den Männern auslöste.

Als der Abend kam, ankerten sie vor der Küste und ein rauschendes Fest begann. Es wurde musiziert und gesungen, und Nikolas und Mathi tanzten ausgelassen. Jeder unterhielt sich mit jedem, wobei die Gespräche mit steigendem Alkoholpegel bald von Fachsimpeleien über Anekdoten zu sittenfreien Zoten wurden. Es war schon nach Mitternacht, als auch die Letzten zu ihren Schlafstätten wankten. Nur die Wachen und José hatten dem Alkohol nur mäßig zugesprochen und gingen frohen Mutes ihrer Arbeit nach.

Nikolas und Mathi saßen nebeneinander auf einer Kiste und ließen die Beine baumeln.

„Danke, dass du José bezahlt hast, damit er mich mitnimmt", fing sie an.

„Du hast das gewusst?"

„Was hast du denn gedacht?" Sie lehnte sich an seine Schulter.

„Ich werde es dir zurückzahlen, sobald ich kann."

„Vergiss es. Ich bin doch reich."

„Ja klar, und verwandt mit der dänischen Königin ..." Sie lachten.

Wie ein schüchterner Junge schob er sein Bein näher, bis es ihres berührte.

„Ich bin froh, dass wir uns wiedergetroffen haben", fuhr er fort.

Sie lächelte. „Ich auch. Was wird in Portugal eigentlich für eine Sprache gesprochen?"

„Portugiesisch."

„Kannst du das?"

„José hat mir etwas beigebracht. Ist nicht so schwer, wenn man Latein kann."

„Haha, und wenn man es nicht kann?"

„Dann ist es schwerer." Nikolas lachte. „Wenn du willst, kann ich es dir beibringen. Ich hab ein paar Aufzeichnungen bei meinen Sachen. Ich könnte sie dir morgen zeigen."

Mathi atmete tief durch. „Willst du noch Bier?" Sie stand auf und füllte ihre Krüge. „Und was sind das für Aufzeichnungen?"

„Nur ein paar Vokabeln und Sätze."

„Du kannst sie mir jetzt zeigen."

„Wenn du willst", sagte Nikolas.

Er drehte seinen Krug in den Händen, und dann wandte sie sich zu ihm um und küsste ihn mitten auf den Mund. Zurückhaltend erwiderte Nikolas die Zärtlichkeit. Vorsichtig öffnete sie den Mund und schob ihre Zunge zwischen seine Lippen. Nikolas spürte die Wärme, schmeckte das Bier auf ihrer Zunge und erwiderte ihr Necken mit seiner Zungenspitze.

Dann zog sie sich plötzlich zurück. „Dann zeig mal, was du hast."

Ohne ein weiteres Wort standen sie auf und Nikolas folgte ihr unter Deck. Sie steuerten beide achtern auf die Kisten zu, hinter denen ein Stapel leerer Säcke lag. Niemand konnte sie hier sehen und sie waren ungestört, so gut es eben in der Enge eines Handelsschiffs möglich war.

Mathi küsste ihn erneut. Von da an ging alles ganz schnell. Im Dunkeln schnürte sich Nikolas die Hose auf und ihre Hände befreiten sein erigiertes Glied. Dann raffte er ihr Kleid und fühlte ihren weichen Hintern. Ohne auch nur einmal ihre Lippen voneinander zu trennen, sanken sie zu Boden. Mathi lag auf dem Rücken und Nikolas war über ihr. Langsam drang er in sie ein, und ebenso langsam begannen sie ihre Hüften zu bewegen, bis sie einen gemeinsamen Rhythmus gefunden hatten. Unerwartet rollte Mathi herum und saß nun rittlings auf ihm. Geschmeidig bewegte sie sich und bestimmte, wie tief und schnell sie ihn spüren wollte. Er fuhr mit seinen Händen unter ihr Kleid und umfasste ihre Brüste. Nikolas beobachtete, wie sie ihren Kopf vor Ekstase nach hinten warf und sich ganz auf ihn einließ, was auch ihn zum Höhepunkt brachte. Erschöpft sank sie auf seine Brust und kaum eine Sekunde später war sie in seinem Arm eingeschlummert.

Sie wachten auf, so wie sie eingeschlafen waren, eng aneinander geschmiegt. Er hatte einen Arm um sie gelegt und als er merkte, dass sie sich rührte, streichelte er sanft den Bogen ihrer Taille. Schlaftrunken fanden ihre Finger die seinen und für eine Weile spielten sie miteinander.

Als sie die ersten Geräusche auf der anderen Seite der Kisten hörten, standen auch sie auf und richteten ihre Kleidung.

Die nächsten Tage nahm sie der Alltag wieder in Beschlag. Weder Nikolas noch Mathi ließen sich anmerken, dass sich in dieser einen Nacht etwas geändert hätte, und so arbeiteten sie wie bisher nebeneinander her, während Portugal immer näher kam.

Eine Flaute zwang sie für zwei Tage kurz vor ihrem Ziel zur Untätigkeit. Nikolas und Mathi hatten sich nach dem Frühstück zusammengesetzt, um nun doch etwas Portugiesischunterricht zu machen, doch sie schien unaufmerksam.

„Mit wie vielen Frauen hast du schon geschlafen?", fragte Mathi aus heiterem Himmel.

„Bei hundert hab ich aufgehört zu zählen", antwortete Nikolas mit einem Schmunzeln.

„In jedem Land eine, wie?"

„So ungefähr."

„Und du hast nie jemanden getroffen, mit dem du mehr als nur eine Nacht verbringen wolltest?"

Nikolas blieb stumm. Er war hin und her gerissen zwischen Wahrheit und Aufschneiderei.

„Ich hab da jemanden kennengelernt, mit dem ich in den letzten Wochen viel Spaß hatte", fing sie herausfordernd an.

„Kenn ich ihn?", stieg Nikolas auf das Geplänkel ein. Natürlich war seine Frage unsinnig, da sie seit Wochen zusammen auf diesem Schiff waren und jeder jeden kannte.

„Er ist mit uns in Hamburg an Bord gegangen", fuhr Mathi fort.

„Woher kommt er?"

„Von überall. Ich glaube, er war mal ein Pirat."

„Ich denke, den kenn ich. Die Welt ist klein."

Mathi musste lachen. „Und er war der Einzige an Bord, der nicht versucht hat, bei mir zu landen."

„Vielleicht wusste er, dass wir bald ankommen und sich eure Wege dann trennen werden." Er musste schwer schlucken, als er diese Wahrheit aussprach, und hätte er Mathi angesehen, dann hätte er bemerkt, dass sie sich die Tränen verkniff.

Schweigend saßen sie nebeneinander und blickten über das Meer. Erst leicht und dann immer stärker werdend kam Wind auf, als hätte er so lange geruht, bis sie sich ausgesprochen hatten.

Zwei Tage später erreichten sie den Hafen von Lissabon. An dem Abend bekamen sie ihren Lohn. Für die meisten von ihnen würde es in den nächsten Tagen wieder an Bord gehen, zurück nach Hamburg.

Nikolas hatte sich entschieden, das Angebot von José, fest auf seinem Schiff zu arbeiten, nicht anzunehmen. Er wollte fremde Städte und Länder sehen. José verstand ihn und gab ihm den Rat, sich am Königshof zu melden. Der jüngere Prinz sei vernarrt in die Seefahrt und gäbe viel Geld aus, um Expeditionen auszustatten. Ein so fähiger Seemann wie Nikolas würde sicherlich mit offenen Armen empfangen werden. Nikolas bedankte sich herzlich für den Rat.

Der Abend ging vorüber und António versprach, Mathi seiner Frau vorzustellen, die ihr helfen konnte, Arbeit zu finden. Der Abschied kam viel zu schnell, denn wollte Mathi diese Gelegenheit nutzen, dann musste sie jetzt mit António gehen.

28

Das Erbe des Seefahrers

Am nächsten Morgen machte sich Nikolas auf zum Castelo de São Jorge, der Königsburg. Er kam bald ins Schwitzen. Die Sonne schien schon früh vom Himmel und die Festungsanlage stand auf dem höchsten Punkt in der Umgebung und überragte die Stadt. Im Schatten der Kathedrale Sé Sedes Episcopalis machte er Rast. Von hier aus hatte er eine gute Sicht. Sein Blick schweifte über Hügel, die mit weißen flachen Häusern übersät waren, auf deren Dächern die Wäsche zum Trocknen hing und Farbtupfer in die Landschaft setzten. Unten im Hafen sah er die Schiffe so klar und deutlich, als befänden sie sich direkt vor ihm. Sein Blick folgte dem Tejo, dessen Ufer mit Palmen gesäumt war. Außerhalb der Stadt machte er Ziegenherden aus, die auf den vertrockneten Hängen grasten.

Eine Karawane mit vollbepackten Eseln bahnte sich den Weg durch die verwinkelten Gassen Lissabons hinauf zur königlichen Residenz.

Irgendwo dort unten war Mathi, doch er verscheuchte den Gedanken an sie und stand auf, fest entschlossen, seinen Weg zur Burg fortzusetzen.

Den halben Tag wartete er, bis er zu einer Audienz vorgelassen wurde. Dann unterbreitete er dem König sein Gesuch, als Seefahrer an den königlichen Expeditionen teilnehmen zu dürfen. Johann I. schien wenig beeindruckt, ja sogar abweisend. Er war wenig aufgeschlossen einem Mann gegenüber, der noch nicht einmal fließend Portugiesisch sprach. Nikolas bemerkte sein Desinteresse und versuchte, den König umzustimmen, indem er ihm von seinen Erfindungen erzählte. Er erklärte, wie ein Kompass konstruiert sein müsse, um auch bei schwerem Seegang noch seinen Zweck zu erfüllen. Doch als er auch noch beschreiben wollte, wie man mit Kompass und Geschwindigkeitsbestimmung auch ohne Sicht auf Seezeichen die Position von Schiffen festlegen konnte, unterbrach ihn der König mit einer Handbewegung.

Johann I. hatte zwar alles verstanden, was Nikolas ihm auf Latein berichtet hatte, doch ließ er sich nicht dazu herab, ihm direkt in Latein zu antworten und gab seinen Beschluss an einen Übersetzer weiter. Dieser erklärte Nikolas, dass er sich bei der Flotte melden solle, dort würde man entscheiden, ob es noch Bedarf an Seeleuten gab.

Man öffnete ihm die Tür hinaus aus dem Empfangssaal, als er schnelle Schritte hinter sich hörte. Nikolas drehte sich um und sah den jungen Mann, der während der Audienz neben dem Thron gestanden hatte, auf ihn zueilen. Er sprach ihn in Latein an.

„Ich möchte mit Euch sprechen."

„Worum geht es?"

„Ich habe Eure Ausführungen über die sichtlose Navigation interessiert verfolgt und würde gerne mehr darüber erfahren."

„Gerne, doch erst möchte ich sehen, ob ich eine Chance habe, auf einem Schiff anzuheuern."

„Ich bin Prinz Heinrich, vierter Sohn des Königs. Ich garantiere euch einen Platz auf einem Expeditionsschiff, das nach Afrika segeln wird, wenn ihr mir zu Diensten seid."

Nikolas hörte aufmerksam zu. Dies war also der Prinz, der sich für die Seefahrt interessierte. Er war ein paar Jahre jünger als Nikolas, doch mit seiner aufgeweckten Art und allem Anschein nach großem Verständnis für die Navigation hatte er sofort Nikolas' Sympathie gewonnen.

Die beiden jungen Männer begaben sich in den Schlossgarten. Nikolas erklärte ihm seine Theorien zur Navigation und was er schon unternommen hatte, um diese zu beweisen. Der junge Prinz hörte konzentriert zu und dann begann er, seine eigenen Ideen zu äußern. Nikolas war hochgestimmt. Noch nie hatte er sich mit jemandem austauschen können, der dieselben Interessen hegte. Bis Sonnenuntergang waren sie in Diskussionen vertieft, und Nikolas hörte mit Begeisterung vom Aufbau eines dreieckigen Lateinersegels, mit dem man auch vor dem Wind kreuzen konnte. Als Nikolas seine Bemühungen für eine reibungslose Kompassaufhängung erläuterte, erklärte der Prinz ihm die magnetischen Eigenschaften von Metallen und dass dies das Geheimnis hinter der Kompassnadel war. Kupfer und Blei waren nicht magnetisch und sollten sich daher als Material für die Aufhängung der Kompassrose eignen.

„Ich möchte eine Schule für Seefahrer gründen. Meinem Vater geht es nur darum, das Reich auszudehnen, und seine Kapitäne sind dafür da, Soldaten auf dem schnellsten Wege zum Kampfplatz zu bringen. Ich aber möchte einen Seeweg nach Indien und den fernen Osten finden, doch dafür brauche ich gut ausgebildete Seefahrer. Ich habe von Euch an einem Abend so viel gelernt, wie ich von meinen Gelehrten in zehn Jahren nicht gehört habe. Wollt Ihr an meiner Academia Nautica unterrichten?"

Nikolas war tief bewegt von dem großen Vertrauen und der Anerkennung seiner Fähigkeiten, besonders da es von jemandem kam, der selbst ein großes Wissen auf diesem Gebiet angesammelt hatte.

„Ihr werdet natürlich auch die Gelegenheit bekommen, selbst auf Entdeckungsfahrten zu gehen", fügte der Prinz hinzu, als Nikolas nicht sofort zustimmte.

Von da an ging Nikolas jeden Tag hinauf zur Königsburg. Sie schmiedeten gemeinsam Pläne, was sie an der Schule unterrichten wollten. Nikolas schrieb Listen über Gerätschaften, die angeschafft werden mussten und Prinz Heinrich verfasste Briefe an Gelehrte, die sie überzeugen wollten, an der Akademie ihr Wissen weiterzugeben. Bald schon lud Heinrich ihn ein, eine Kemenate in der Burg zu beziehen.

Die Freundschaft zwischen den beiden wurde am Hof argwöhnisch beäugt, doch neben ihren Fachsimpeleien über die Seefahrt und den Überlegungen für eine Schulgründung lernte Nikolas auch Portugiesisch, und schon bald konnte er sich fließend in dieser Sprache unterhalten, was ihm den Respekt der Schlossbewohner einbrachte.

Er nahm schließlich sogar an königlichen Jagden teil, wobei er immer froh war, wenn er wieder vom Pferd absteigen konnte.

Als das nächste Jahr begann, hatte der Prinz viel zu tun, denn der König plante einen Ausfall nach Marokko und Heinrich sollte einen Teil der Schiffe anführen. An diesen Tagen machte sich Nikolas auf in die Stadt, wo er sich durch die Schriftrollen und Folianten der Universität arbeitete. Insbesondere hatten es ihm die Aufzeichnungen aus der griechischen Antike angetan. Er verschlang die Werke Senecas, vergrub sich in den Schriften Strabos und verbiss sich in den Theorien des Aristoteles.

Gerne hätte er Heinrich die Beweise der alten Griechen gezeigt, dass die Erde doch eine Kugel war, und bei dem Gedanken hatte er eine Idee. Wenn man einfach weiter nach Westen segeln würde, müsste man irgendwann wieder auf Land, zum Beispiel auf Indien, treffen. Doch niemand wusste, wie weit es war, und so studierte er sämtliche Karten, die die Bibliothek zu bieten hatte. Er veranlasste Heinrich, die verschiedensten Seekarten aufzukaufen, so wie es Ben schon vor Jahren getan hatte, und überwachte persönlich deren Abgleichung und Aktualisierung.

Oftmals ging er nun früh morgens zur Stadt hinaus auf einen nahen Berg, von wo aus er die Schiffe über das Meer kommen und auf dem Tejo in den Hafen Lissabons einfahren sah. Er beobachtete, wie zuerst die Masten eines Schiffes am Horizont auftauchten, bevor sich das ganze Schiff langsam ins Blickfeld schob. Es konnte nur eine einzige Erklärung für dieses Phänomen geben: Die Erde war eine Kugel. Wenn es wirklich einen Seeweg nach Westen gab, dann müsste man lange Zeit ohne Sicht zur Küste segeln und eine sichtlose Navigation wäre unumgänglich.

Froh gestimmt ging er wieder zurück in die Stadt. Er spazierte durch den Hafen und beobachtete die Truppen des Königs, die sich zum Appell formierten. In wenigen Tagen sollte die Fahrt zum marokkanischen Ceuta losgehen.

Vom Hafen aus wollte er wieder in die Bibliothek gehen, doch schon an der nächsten Straßenecke wurde er überraschend aufgehalten. Er war mit Mathi zusammengestoßen.

Seit ihrem letzten Abend hatte er sie nicht mehr wiedergesehen. Zwei Mal hatte Mathi ihm geschrieben und erzählt, wie es ihr ging. Alles schien gut zu laufen. Er hatte ihr auch antworten wollen, doch sein neues Leben und die Arbeit nahmen ihn voll und ganz in Beschlag. Irgendwann war es einfach zu spät, um angemessen zurückzuschreiben. Auch hatte er nicht versucht, sie zu finden, aus Angst, alte Gefühle wieder aufzuwühlen. Doch jetzt, nach all den Monaten freute er sich doch, sie zu sehen.

„Was machst du denn hier?", rief er verwundert aus.

„Ich lebe hier, falls du es nicht vergessen hast."

Sie hatte ihm lachend geantwortet und ihre Enttäuschung über den Kontaktabbruch so gut überspielt, dass auch Nikolas ihr nichts anmerkte. Sie war ein wenig fülliger geworden, was ihr gut stand, und besonders ihr praller Busen fiel Nikolas sofort auf. Ihre Haut war sonnengebräunt und mit ihren dunklen Haaren sah sie fast aus wie eine Einheimische. Sie umarmten sich wie alte Freunde.

„Ich hab gehört, dass da ein Nordmann den Königshof auf den Kopf stellt."

„Tatsächlich? Ich hab noch keinen Nordmann getroffen." Beide lachten. „Wie geht es dir?"

„Ich arbeite immer noch bei António. Er hat jetzt sein eigens Wirtshaus aufgemacht und es läuft ziemlich gut. Vorher hatten sie einen kleinen Laden, in dem ich seiner Frau ausgeholfen hatte. Aber das hatte ich dir ja alles in meinem letzten Brief geschrieben."

Erst jetzt erkannte Nikolas, dass sie enttäuscht war, und plötzlich tat es ihm leid, dass er nie geantwortet hatte.

„Ich bekomme freie Kost und Logis und einen kleinen Lohn, von dem ich versuche, das meiste zu sparen. Wenn ich alt bin, möchte ich mir ein paar Ziegen und eine kleine Hütte am Rande der Stadt kaufen."

„Das klingt gut. Da werde ich dich bestimmt mal besuchen kommen."

„Wenn du jemals die Zeit dazu finden wirst."

„Und wie steht es mit den Männern? Verprügelst du sie noch immer oder hat dich endlich doch einer einfangen können?" Er versuchte, die Stimmung ein wenig aufzuheitern.

„Nichts Neues. Die, die ich will, wollen mich nicht, und die, die ich nicht will, rennen mir wie törichte Hunde hinterher. Wenn du willst, kannst du ja mal vorbeikommen und wir können uns ein wenig länger unterhalten. Ich muss jetzt weiter."

„Das mache ich."

„Ja, komm wirklich mal vorbei." Mathi sah ihm ernst in die Augen und er nickte ehrlich. Sie verabschiedeten sich voneinander und gingen wieder ihrer Wege.

Nikolas hatte wirklich vorgehabt, sie zu besuchen. Doch zwei Tage später rief Heinrich ihn zu sich und unterbreitete ihm, dass sie ebenfalls nach Ceuta segeln würden. Nikolas packte seine Sachen, unter denen sich viele Karten und Messinstrumente befanden, und am nächsten Tag betrat er endlich wieder die Planken eines Schiffes.

Sie eroberten Ceuta und Portugal konnte sein Einflussgebiet nun auch auf den afrikanischen Kontinent ausdehnen. Heinrich übernahm die Verwaltung und Verteidigung der Stadt, weshalb sie für einige Monate dort bleiben mussten.

Als die Stadt gesichert und die Soldaten formiert waren, um den Frieden auch ohne Anwesenheit ihres obersten Kommandanten aufrecht zu erhalten, nahmen Nikolas und Heinrich das nächste Schiff zurück nach Portugal. Doch sie fuhren nicht nach Lissabon, sondern gingen am Kap São Vicente an Land.

Hier hatte sich Heinrich die kleine Stadt Sagres ausgesucht, um seine Akademie endlich zu verwirklichen. Die beiden Männer arbeiteten unermüdlich. Nikolas kümmerte sich besonders darum, Bücher zusammenzutragen und selbst seine ersten Niederschriften zu machen. Angelockt von dem Wissen, das sich nun in Sagres ballte, kamen immer mehr Gelehrte aus aller Welt. Nikolas liebte es, sich mit all den Menschen auszutauschen und neue Dinge zu erfahren und andere Ansichten zu hören. Oft saß er nächtelang in der großen Halle und hörte den Reden zu. Hier kam ihm auch erneut seine Sprachgewandtheit zugute und er erhielt viele Schriften, die er übersetzen sollte.

Zwei Jahre nach der Eroberung von Ceuta entdeckten sie die Insel Madeira, später die Azoren und die Kapverdischen Inseln. Nikolas perfektionierte die Navigation mithilfe der Kopplung, die eine laufende, annähernd korrekte Positionsbestimmung eines Schiffes ermöglichte, doch bestand vorerst dafür kein Bedarf, da sich die Expeditionen auch in den folgenden Jahren weiter auf Afrikas Küste konzentrierten.

Es waren sechs Jahre vergangen, als er nach Lissabon zurückkehrte, um aus der Bibliothek Bücher nach Sagres zu bringen. Mit zwei Scholaren durchforstete er die Regale und Truhen und da sich seit seinem letzten Besuch kaum etwas geändert hatte, trugen sie die Schriften, die der Akademie nützlich waren, schnell zusammen.

Am Morgen, bevor sie wieder nach Sagres aufbrachen, löste Nikolas endlich sein Versprechen ein und suchte Antónios Wirtshaus auf. Er bestellte sich Queijo-Käse mit Brot als Vorspeise und eine kühlende Gaspacho-Suppe. Als ein etwa zehnjähriger Junge ihm den Ziegenkäse brachte, fragte er ihn nach António und kurz darauf kam der Mann aus der Küche.

„Ist etwas mit Eurem Essen, mein Herr?" fragte António.

„Ganz im Gegenteil. Dieser Käse erinnert mich an meine Heimat. Erkennst du mich nicht?"

„Pfeffer! Nikolas!" António lachte, drückte Nikolas an seine Brust und setzte sich zu ihm. „Ich habe gehört, du stehst im Dienst des Königshofs?"

„Nicht direkt. Prinz Heinrich hat mich an seine Academia Nautica geholt."

„In Sagres?"

„Ja, ich werde morgen früh wieder dorthin aufbrechen."

„Hast du schon Mathi besucht?", fragte António.

„Ich hatte gehofft, sie hier zu treffen. Arbeitet sie nicht mehr hier?"

„Doch, aber nur noch hin und wieder. Sie macht den Ziegenkäse, der dich an deine Heimat erinnert."

Nikolas betrachtete die cremigen weißen Stücke auf seinem Teller und dachte an den Wilden Eber in Hamburg zurück. „Kommt sie heute noch hierher?"

„Nein, aber sie wohnt nicht weit. Wenn du der Straße den Hügel hinauf folgst, dann kommst du an ein kleines Haus mit ein paar Olivenbäumen davor."

Nikolas schmunzelte. „So alt ist sie doch noch nicht, dass sie sich zur Ruhe setzen kann."

„Oh nein. Sie ist eine Frau in ihren besten Jahren. Du solltest sie wirklich besuchen. Sie hat nicht geheiratet, weißt du?" António hatte denselben ernsten Ausdruck auf dem Gesicht wie Mathi, als sie ihn das letzte Mal aufgefordert hatte, sie zu besuchen.

Nachdem er gegessen und António ihm verwehrt hatte, zu bezahlen, machte er sich auf den Weg zu Mathis Haus. Die Straße war steinig und wand sich eine Anhöhe hinauf. Fast alle Häuser hatten Olivenbäume im Garten, doch nur beim letzten lagen fünf braune Ziegen in ihrem Schatten. Er öffnete eine kleine Zaunpforte und die Ziegen erhoben sich langsam, um den Besucher zu begrüßen. Er klopfte an die Tür und merkte, wie es in seinem Bauch zu kribbeln begann.

Ein etwa siebenjähriger blonder Junge öffnete ihm die Tür. Als Nikolas genauer hinschaute, war ihm, als blickte er in sein eigenes dreißig Jahre jüngeres Ebenbild. In diesem Moment kam Mathi durch die Hintertür herein und als sie ihn sah, ließ sie die hölzernen Käseformen fallen, die sie in Händen hielt. Der Junge und Nikolas kamen ihr sofort zu Hilfe.

„Was machst du denn hier?", fragte sie.

„Ich dachte, ich komm dich besuchen, so wie versprochen."

„Jasper, geh bitte und bring die Ziegen in den Stall."

„Jawohl, Mama."

Nikolas wusste nicht, was er sagen sollte. Er schaute dem Jungen nach, dann sah er Mathi an, die seinem Blick auswich, während sie die Holzringe zum Trocknen an Haken an die Decke hängte. Endlich drehte sie sich um.

„Ist das ...?", begann Nikolas zögerlich.

„Ja."

„Warum hast du nie etwas gesagt?"

„Ich wollte. Ich wusste nicht wie. Was hätte es geändert?" fragte sie ihn beinahe vorwurfsvoll.

Nikolas blieb stumm. Er war glücklich mit seinem Leben, doch hätte er auch so glücklich sein können, wenn er hier mit Mathi und seinem Sohn leben würde? Er schaute sich in dem kleinen Haus um.

„Weiß er, wer sein Vater ist?", fragte er schließlich.

„Ja, aber er weiß nicht, dass du es bist."

„Darf ich ...", Nikolas konnte seine Gedanken kaum ordnen, „... darf ich mich mit ihm unterhalten?"

„Naturlich."

Nikolas ging nach draußen, doch Jasper war mit den Ziegen verschwunden. So ging er um das Haus herum und fand den Jungen im Stall. Jasper hatte die Tiere angebunden, jedem eine Handvoll Hafer gegeben und war dabei, sie zu melken.

Nikolas nahm einen weiteren Eimer und einen Schemel und setzte sich neben den Jungen.

„Darf ich dir helfen?", erkundigte sich Nikolas.

Jasper blickte über die Schulter zu seiner Mutter, die ihm aufmunternd zunickte.

„Du musst aber vorsichtig sein. Nicht ziehen, sondern nur drücken", erklärte Jasper besorgt.

„Ich versuch's mal und du kannst mir sagen, ob ich es richtig mache."

Der Junge nickte und beobachtete Nikolas' Bemühungen ganz genau.

„Nicht schlecht", urteilte Jasper schließlich. „Warum kannst du auch Deutsch sprechen?"

„Ich komme, wie deine Mutter, aus Hamburg", erklärte Nikolas.

„Das ist oben im Norden. Da gibt es Schnee im Winter und man braucht zwei Monate mit einem Schiff, um dahin zu kommen."

„Das stimmt."

„Ein Vogel wäre bestimmt schneller."

Nikolas war überrascht, hatte er doch nie daran gedacht, dass ein Vogel einfach eine gerade Strecke von einem Ort zum anderen fliegen konnte und keine längeren Wege an einer Küste entlang machen musste.

„Die Segel von einem Schiff sind so ähnlich wie die Flügel eines Vogels, beide nutzen den Wind, um voranzukommen", erklärte Nikolas.

„Meinst du, mit Flügeln könnte ein Schiff auch fliegen?" Jasper hatte aufgehört zu melken und starrte gedankenverloren in die Luft.

Sie unterhielten sich über die fantastischsten Dinge, bis alle Ziegen gemolken waren, und trugen dann die Milch in ein kleines, kühles Steingebäude, in dem Regale voll mit Käselaiben in allen Reifungsstadien lagen.

Mathi lud Nikolas zum Abendessen ein, was er gerne annahm. Sie erzählten abwechselnd Geschichten aus Hamburg, bis Jasper mit dem Kopf auf dem Tisch eingeschlafen war. Als Mathi den Jungen ins Bett getragen hatte, begleitete sie Nikolas noch bis zur Gartenpforte.

„Ich muss morgen nach Sagres zurück", sagte Nikolas.

„Ich wünsche dir eine gute Reise."

Nikolas sah ihr Lächeln im Mondschein. Er drehte sich um und öffnete das kleine Tor, doch dann hielt er inne.

„Willst du mich heiraten?", fragte er unvermittelt.

Sie schmunzelte. „Nein."

Nikolas war verwirrt. Der Abend war harmonisch verlaufen, und er hatte sich gedanklich der Vorstellung genähert, hierzubleiben.

„Aber es wäre schön, wenn du öfter mal vorbeischauen könntest. Und Jasper hat mir verraten, dass er dich ganz nett findet." Sie sah ihn immer noch lächelnd an.

„Versprochen." Nikolas spürte, wie sein Herz schwer wurde. Er hatte einen Sohn. Obwohl er ihn heute zum ersten Mal gesehen hatte, spürte er bereits jetzt eine tief empfundene Liebe, die ihm den Abschied nicht einfach machte.

„Ich werde im nächsten Monat wiederkommen."

„Wir freuen uns drauf."

Und damit riss er sich los und marschierte die Hügel hinab zum Hafen, ohne sich noch einmal umzudrehen.

Doch diesmal hielt er sein Versprechen und kam im nächsten Monat wieder und im darauffolgenden und in jedem Monat danach, in dem er nicht auf Entdeckungsfahrt war.

Er unterstützte Mathi finanziell und nach einem Jahr lebten sie in den paar Tagen, die er in Lissabon verbrachte, wie eine Familie zusammen. Doch heiraten taten sie nie, denn Mathi bestand darauf, ihre eigene Freiheit zu behalten und ihm die seine zu lassen.

Mit den Jahren fuhr Nikolas immer seltener zur See. Den Schatz des Störtebeker hatte er fast vollständig bewahren können und auf einer seiner letzten Fahrten an einen Ort gebracht, den selbst der berüchtigte Seeräuber nicht besser hätte aussuchen können.

Er hatte eine neue Leidenschaft entdeckt. Das Lehren. Er schmunzelte, als er daran dachte, dass Magister Deubel ihm eine Zukunft als Domschullehrer zugedacht hatte, und er damals bei dem Gedanken Reißaus genommen hatte. Jetzt, da seine Haare schon grau wurden, sah Nikolas es als Ehre an, sein Wissen an die nächsten Generationen weiterzugeben.

Auch Jasper war an die Academia Nautica gekommen, doch interessierte ihn weniger die Seefahrt als das Fliegen. Er reiste viel, um auch an anderen Akademien zu studieren, doch fand er an den Universitäten Europas niemanden, der es für möglich hielt, dass ein Schiff oder auch nur ein Mensch wie ein Vogel fliegen könnte. Seine Skizzen jedoch fielen schließlich in Florenz einem jungen Schüler des Bildhauers Verrocchio in die Hände, der sein Talent dazu nutzte, um die Flugapparate detailliert auf Papier festzuhalten.

Nikolas kehrte jeden Monat nach Lissabon zurück, denn Mathi weigerte sich weiterhin stur ihre Unabhängigkeit aufzugeben und mit ihm nach Sagres zu ziehen. Doch als klar wurde, dass sie ohne Hilfe nicht mehr zurechtkam, blieb er bei ihr, bis sie eines Morgens neben ihm nicht mehr aufwachte.

* * *

Es war eine stürmische Nacht. Nikolas hatte sich schon lange zur Ruhe gesetzt. Sein kleines Häuschen stand nicht weit von der Akademie entfernt, sodass er, so oft es seine alten Knochen zuließen, hinübergehen und an den neuesten Entwicklungen teilhaben konnte.

Er hatte es sich vor dem offenen Feuer gemütlich gemacht und las, dicht über die Seiten gebeugt, die Werke des Aristoteles zum wiederholten Male, als es an der Tür klopfte.

Das Klopfen wollte nicht aufhören und so schlurfte er schließlich doch zur Tür und öffnete. Ein junger Mann stand dort vor ihm. Er trug die Kleidung eines Händlers und auf dem Kopf einen alten Lederhut, unter dem die braunen Locken über seine Ohren fielen.

„Seid Ihr der Gelehrte der Seefahrt, über den alle Welt spricht?", fragte der Fremde in Italienisch.

„Alle Welt? Da hat der Wind aber kräftig geblasen und wohl reichlich übertrieben", brummte Nikolas.

„Ich möchte bei Euch in die Lehre gehen."

„Der Wind scheint wohl nicht nur übertrieben, sondern auch die Hälfte der Nachricht verloren zu haben. Ich unterrichte nicht mehr."

„Dafür seid Ihr aber noch recht häufig im Observatorium zu sehen und das nicht nur als Zuhörer."

„Diese kleine Brise ist Euch also auch zu Ohren gekommen."

Der junge Mann ließ sich nicht abwimmeln und so bat ihn Nikolas schließlich herein, da es angefangen hatte zu regnen.

Bei einem heißen Becher Tee wärmten sie sich auf und auch die Unterhaltung kam in Fluss. Nikolas war von dem jungen Mann angenehm überrascht. Was ihn jedoch letztendlich umstimmte, war die Tatsache, dass dieser Grünschnabel die Idee vorbrachte, nach Westen zu segeln, um so nach China und Indien zu gelangen.

„Ich bin zu alt, um weiter zu unterrichten, aber wenn Ihr morgen zu einem kleinen Schwätzchen mit einem alten Mann kommen wollt, dann werde ich Euch gern erneut auf einen Becher Tee hereinbitten."

Der junge Mann strahlte vor Freude. „Vielleicht auch auf zwei oder drei Becher?"

„Vielleicht auch das. Aber sagt mir doch noch Euren Namen, damit ich weiß, wem ich hier mein wertvollstes Gedankengut vererbe."

„Christopher Kolumbus."

Glossar

abfallen:	Richtungsänderung eines Segelschiffs nach Lee (windabgewandte Seite), sodass der Wind mehr seitlich oder von hinten einfällt. Gegenteil von „anluven"
Achterkastell:	Kastell oder erhöhte defensive Befestigungsanalage auf dem Heck eines Schiffes
achtern:	aus dem Niederdeutschen für „hinten"
anhieven:	auch hieven: Holen oder Ziehen einer Leine, Gegenteil von „auffieren"
auffieren:	auch nur „fieren", kontrolliertes Nachlassen einer Leine, das unkontrollierte Fieren wird als „ausrauschen" bezeichnet; Gegenteil von „anhieven"
Backbord:	linke Seite (vom Heck zum Bug gesehen)
Bilge/ Bilgen-raum:	unterster Raum auf einem Schiff direkt oberhalb des Kiels. Auf Holzschiffen dringt hier oft Wasser ein und muss regelmäßig ausgeschöpft werden. Das erfundene Bilgenschwein (Fabelwesen) soll hier leben.
Bug:	Vorderteil eines Schiffs
Bugkastell:	Kastell oder erhöhte defensive Befestigungsanalage auf dem Bug eines Schiffes
Canonicus Scholasticus:	kirchlicher Schulmeister
Döspaddel:	tollpatschiger oder ungeschickter Mensch,

	auch: Dummkopf
Drömel:	Träumer, langsamer Mensch, Schlafmütze
Fall:	Ein Stück Tauwerk, das zum Hochziehen und Herablassen von Segeln benutzt wird. Fallen (Pl.) gehören zum laufenden Gut.
Fleet:	das „Fließende", zu „fließen"; Wasserläufe der Elbmarschen, die auch das Stadtbild Hamburgs prägen
Fleetenkieker:	Fleetengucker, im Sinne von kontrollieren, überwachen
Großrah:	Rah oder Rahe ist ein Rundholz, an dem das Segel geführt wird. Die Großrah ist am Großmast, dem hintersten Mast, angebracht.
halber Wind:	Kurs eines Segelschiffes zum Wind, wo der Wind von seitlich hinten kommt
Heck:	Hinterteil eines Schiffs
Karavelle:	zwei- bis viermastiger Segelschiffstyp des 14. bis 16. Jahrhunderts. Portugiesische und spanische Karavellen waren entscheidend für die Entdeckungsfahrten entlang Afrikas Küsten. Kolumbus' Niña und Pinta waren Karavellen.
Klabautermann:	ein Schiffsgeist oder Kobold, von niederdeutsch *klabastern:* „poltern". Zeigt er sich, ist das ein schlechtes Zeichen.
Kogge:	einmastiger Segelschiffstyp der Hanse, der

	vor allem dem Handel diente, aber auch als Kriegsschiff ausgestattet wurde
Kombüse:	Schiffsküche
Krähennest:	umbauter Beobachtungsstand oder auch Ausguck an der Mastspitze
Krängung:	Neigung eines Schiffes zur Seite
Kutter:	kleines Segelschiff
laufendes Gut:	Tauwerk, das zum Bewegen der Segel dient
Likedeeler:	Gleichteiler, d.h. jemand, der etwas (eine Beute) gerecht verteilt
loten:	Messen der Wassertiefe
Nock:	äußeres Ende eines Rundholzes, an dem Segel angeschlagen werden
Palstek:	Knoten zum Knüpfen einer festen Schlaufe
reffen:	die Segelfläche verkleinern
Reling:	eine Art Geländer, das um ein freiliegendes Deck verläuft
Schaluppe:	einem Kutter ähnliches kleines Segelboot
Scholaris major:	ältere Schüler einer Klosterschule bzw. kirchlichen Einrichtung, die für spätere klerikale Aufgaben ausgebildet wurden (scholares majoris, Pl.)
Scholaris sub jugo:	wörtlich „Schüler unter dem Joch", d. h. unter der Vormundschaft (meist Klerus)
Schot:	Tau zum Bedienen eines Segels, Bestand-

	teil des laufenden Guts
Schute:	antriebsloser Schiffstyp zum Transport von Gütern
Smut od. *Smutje:*	Koch auf einem Schiff
Snuten un Poten:	Schnauzen und Pfoten, norddeutsches Gericht aus gepökeltem Schweinefleisch
Snuutje:	Schnäuzchen, Kosewort im Sinne von Liebling oder Schatz
stehendes Gut:	Tauwerk, das als Abspannung zur Versteifung der Masten dient
Steuerbord:	rechte Seite (vom Heck zum Bug gesehen)
Takelage:	stehendes Gut und Teile des laufenden Guts
Toppmast:	Verlängerung des Mastes
Twiete:	von „zwischen"; kleine, meist nicht befahrbare Gasse zwischen Häusern
Vitalienbrüder:	vermutl. abgeleitet vom französischen „vitailleurs" für Heeresversorgung, zu „Viktualien" (lat.) = Lebensmittel
Wanten:	Bespannung, die den Mast zu beiden Seiten und nach hinten stützt, Teil des stehenden Guts

Nachwort

Ich hoffe, meine Geschichte hat Ihnen gefallen und das 15. Jahrhundert ist Ihnen etwas nähergekommen. *Das Erbe des Seefahrers* hat Sie an historische Orte geführt, Ihnen einige Persönlichkeiten vorgestellt, die tatsächlich gelebt haben, und an nautischen Entwicklungen des Mittelalters teilhaben lassen. Doch ich habe mir auch ein paar dichterische Freiheiten genommen. So ist die Mannschaft der Gundelinde gänzlich der Fantasie entsprungen, und ob die erste Nähmaschine tatsächlich damals so entstanden ist, ist auch nicht belegt. Die Existenz der Academia Nautica (*escola náutica*), die Heinrich der Seefahrer gegründet hat, um seine Expeditionen voranzutreiben, wird mittlerweile auch von Historikern bezweifelt und war höchstwahrscheinlich eine Erfindung späterer Jahrhunderte.

Ich möchte an dieser Stelle auch Waltraud und Linda danken, die sich als Testleserinnen zur Verfügung gestellt haben und darauf bestanden, ein happier end zu schreiben. Großer Dank geht auch an meine Lektorin Wolma Krefting, die noch mal hervorragend nachrecherchiert und die historische Richtigkeit meiner Geschichte überprüft und natürlich all meine krummen Sätze gerade gerückt hat.

Wenn Ihnen *Das Erbe des Seefahrers* gefallen hat, dann empfehlen Sie den Roman bitte weiter und nehmen Sie sich eine Minute, um eine kurze Rezension auf Amazon oder einer Bücherplattform Ihres Vertrauens zu schreiben.

Eva Laurenson

Eine Nachricht von Ihrem Buch

Ich hoffe, Sie haben die Reise wohlbehalten überstanden. Sollten Sie Platz in Ihrem Bücherregal schaffen wollen, dann geben Sie mich doch bitte in der Bücherei Ihres Vertrauens, einem Büchercafé oder an eine*n lesebegeisterte*n Freund*in weiter. Ich freue mich, auch weiterhin gelesen zu werden.

Printed in Germany
by Amazon Distribution
GmbH, Leipzig